Garry Kilworth
Windjammer

PIPER

Zu diesem Buch

Das Finale von Garry Kilworths gefeierter »Weasels«-Trilogie: Die Insel Welkin ist dem Untergang geweiht. Sylber und seine Gefährten machen sich erneut auf, die Menschen zurückzuholen und die Insel zu retten. Ihre Reise führt sie aufs freie Meer hinaus. Verfolgt von dem skrupellosen Hermelin Trugkopp und Ratten auf Piratenschiffen müssen die Freunde ihre härteste Probe bestehen. Doch die Wiesel wissen, was auf dem Spiel steht: In ihren Pfoten liegt das Schicksal der Welt …

Garry Kilworth, geboren 1941 in York, hat über sechzig phantastische Romane für Jugendliche und Erwachsene geschrieben. Sein berühmtestes Werk ist der Zyklus um die Abenteuer der »Weasels«. Wenn er nicht schreibt, besucht Garry Kilworth am liebsten die entlegensten Flecken der Erde.
Weiteres zum Autor: www.garry-kilworth.co.uk

Garry Kilworth

WEASELS
Windjammer

Aus dem Englischen
von Irene Bonhorst

Piper München Zürich

Entdecke die Welt der Piper Fantasy:
Piper-Fantasy.de

Von Garry Kilworth liegen bei Piper vor:
Donnereiche. Weasels 1
Sturmburg. Weasels 2
Windjammer. Weasels 3

MIX
Papier aus verantwortungsvollen Quellen
FSC® C083411
FSC
www.fsc.org

Ungekürzte Taschenbuchausgabe
März 2015

Titel der englischen Originalausgabe:
»Windjammer Run. Welkin Weasels 3«, Corgi/Transworld Publishers,
London 1999

Umschlaggestaltung: Guter Punkt, München | www.guter-punkt.de
Umschlagabbildung: Alexander Smolyakov, Odessa (Wiesel) und
Grzegorz Rutkowski (Landschaft)
Satz: Uhl + Massopust, Aalen
Papier: Munken Print von Arctic Paper Munkedals AB, Schweden
Druck und Bindung: CPI books GmbH, Leck
Printed in Germany ISBN 978-3-492-26953-7

Für Jennifer Kettle

Aus: *Die Geschichte von Welkin*

Im Jahr des Eies war die Gruppe des Waldwiesels Sylber auf eine Mitgliederzahl von sieben geschrumpft: da gab es noch den Mönch Lukas, den Magier Waldschratt, die zuverlässige Birnoria, Alissa die Flinke, Kunicht den Zweifler, den schrecklichen Grind sowie Miniva, die winzige Kundschafterin.

Im gesamten Gebiet von Welkin unterlagen die Meeresdämme und Flussdeiche einem rasanten Zerfall, und Lord Hohkinn, einer der wenigen guten Edelhermeline, ging den Wieseln bei der Erkundung des Verbleibs der Menschen zur Hand. Die Wiesel waren von dem Wunsch beseelt, die Menschen zur Heimkehr zu bewegen. Sie hegten nämlich die Hoffnung, dass die Menschen, wenn sie erst einmal zurückgekehrt wären, sich der Schutzeinrichtungen gegen die Wassermassen annehmen und Welkin vor den furchtbaren Überschwemmungen bewahren würden, die das Land bedrohten.

Prinz Punktum und seine Hermeline hingegen waren von der Vorstellung, dass die Menschen zurückkehren könnten, alles andere als begeistert. Der Prinz führte ein außerordentlich angenehmes Leben, und er und seine Höflinge hätten sich lieber vom Meer davonspülen lassen, als ihren Status als Herrscher von Welkin aufzugeben. Und so hatten es sich Prinz Punktum und sein getreuer Gefolgsmann Sheriff Trugkopp zur Aufgabe gemacht, alles in ihrer Macht Stehende zu tun, um den Plan der Wiesel zu vereiteln.

Damals gab es immer noch einige Statuen, die zu jener Zeit, als die Menschen das Land verlassen hatten, zum Leben erwacht waren und jetzt mit geradezu wichtigtuerischem Gehabe durch die Gegend streiften. Die Tiere hatten den Statuen Spitznamen verpasst: Steinfiguren waren bekannt als ›Blöcke‹, hohle Metallstatuen wurden ›Gongs‹ genannt; Holzfiguren waren Klötze, Gipsstatuen wurden als ›Puddings‹ bezeichnet, und schließlich gab es noch die ›Stumpen‹, die nur aus Büsten und Köpfen bestanden, also keinen Körper hatten. Diese wandelnden Statuen – wobei die Stumpen von Freunden getragen wurden, die mit Beinen versehen waren – erwiesen sich im Grunde als harmlose Geschöpfe, stets auf der Suche nach ihrer Ersten und Letzten Ruhestätte – jenem Ort, an dem ihr Metall oder ihr Stein gewonnen worden war –, auf dass sie sich niederlegen und aufs Neue mit der Erde verschmelzen konnten. Gelegentlich geschah es, dass eine dieser Statuen die Wiesel unwillentlich in deren Bestreben behinderte.

Bis jetzt waren zwei Hinweise bezüglich des Aufenthaltsorts der Menschen gefunden worden: die eingeschnitzte Darstellung einer Schlafmaus an einem Ort namens Donnereiche sowie der Name einer Insel an einem solchen namens Sturmburg. Sylbers kleine Gruppe von rebellischen Wieseln aus dem Halbmondwald wusste inzwischen, wo sie ihre Suche nach den verschollenen Menschen fortzusetzen hatten. Sie mussten jedoch all ihren Wieselmut aufbieten, denn es war eine lange Seereise damit verbunden.

Sie hatten keinerlei Erfahrung mit dem Reisen zu Wasser, und ihnen war überaus bewusst, dass sie ein Abenteuer zu bestehen hatten, von dem es möglicherweise keine Rückkehr geben würde. Sie würden Meeresungeheuern begegnen, und es würde wilde Stürme mit riesigen Wogen geben. Sie wussten auch um die Möglichkeit, dass sie sich son-

derbaren Inselstämmen gegenübersehen würden, wenn sie gezwungen wären, Rast einzulegen, um Reparaturen durchzuführen und Proviant aufzufüllen. Als ob das nicht schon genug wäre, gab es da auch noch das Hermelin Flaggatis, das Oberhaupt der Rattenhorden, das ihnen ebenfalls nach dem Leben trachtete.

Sylber und seine Gruppe einschließlich des recht betagten Waldschratts hatten noch nie einen leibhaftigen Menschen zu Gesicht bekommen. Die Menschen hatten Welkin verlassen, bevor Sylber und seine Freunde das Licht der Welt erblickt hatten. Allerdings gab es langlebige Geschöpfe – wie zum Beispiel Kröten –, Amphibien, die in den unzähligen Jahren ihres Daseins dem einen oder anderen Menschen begegnet sein mochten. Doch Wiesel neigen dazu, die Zeit in Jahreszeiten oder gar in Monaten zu messen und nicht so sehr in Jahren. Ihre Lebensspanne ist um einiges kürzer als die von Menschen oder Kröten, und die Ausdehnung der Zeit ist für die Tiere des Waldes etwas Verwirrendes.

Nachdem Sylber dazu beigetragen hatte, dass Prinz Punktum nicht von Flaggatis und seinen Ratten überwältigt worden war, hatte er sich widerstrebend zum Lehnsherrn der Grafschaft Sonstewo und zum Herrn von Distelhall ernennen lassen. Trugkopp, der Hochsheriff, war immer noch entschlossen, ihn und die anderen Wiesel dingfest zu machen, sofern ihm das jemals gelingen sollte, aber bis jetzt hatte sich Sylber an das Gesetz gehalten.

Also bereitete sich Sylber auf die Seereise vor, um die Insel Dorma zu suchen, wo die Menschen im Schlaf gefangen waren. Er und seine Wiesel wussten, dass Prinz Punktum dies als Verrat ansehen würde. Ihre Mission musste geheim bleiben, bis sie Welkin verlassen hätten. Lord Hohkinn und meine Wenigkeit halfen ihnen bei den Vorberei-

tungen für die schweren Zeiten, die vor ihnen lagen und in denen ihnen nur eine einzige Waffe zur Verfügung stehen würde: Wissen. Wenn es auf diese Weise bewaffnet ist, dann kann ein Wiesel es mit jedem Hermelin aufnehmen, möge dessen Name nun Punktum, Trugkopp oder Flaggatis lauten.

Aus der Feder
von
Tauberich dem Wiesel

Erstes Kapitel

Es war März, die Zeit der Wirbelnden Herwische, da Hasen auf den ländlichen Wegen herumzutoben pflegten. Sie stellten sich auf die Zehenspitzen und drehten Pirouetten, so elegant wie sonst nur ein Staubteufel, wobei sie die Erde unter ihren Füßen kaum aufwühlten. Während dieses Tanzes pflegten sich die Hasenohren mit den teerschwarzen Spitzen umeinander zu verschlingen und eine Art Seil zu bilden, das senkrecht vom Kopf in die Höhe stand. Manchmal gefiel es ihnen, dieses Ohrenseil zu einem Knoten auf ihren Köpfen zu verknüpfen, sodass sie aussahen wie exotische Geschöpfe aus einem orientalischen Land.

Der Tanz war eine einzige verrückte wirbelnde Bewegung, die der Tänzer mit wildem Blick und gesträubtem Fell ausführte. Oft banden sich die Hasen Bänder um Leib und Schultern, die bei den Drehungen aufleuchteten und nicht nur sie selbst, sondern auch die Zuschauern in eine Art Trance versetzten.

Das Wiesel Grind, ein Mitglied von Sylbers fröhlicher Gruppe ehemaliger Gesetzloser, hatte eine Winterstellung angenommen. Er betätigte sich als Milchversorger, indem er Fässer mit Wühlmausmilch in die entlegenen Gebiete der Grafschaft Sonstewo lieferte.

»Ich muss mich mit irgendetwas beschäftigen«, hatte

er dem Rest der Gruppe erklärt, die im Halbmondwald lebte. »Ich kann nicht den ganzen Winter über nur auf dem Hintern herumhocken wie unser Kunicht hier.«

Grind, das schreckliche Wiesel, das sich einst mit dem Bewachen von Rhabarberdung seinen Lebensunterhalt verdient hatte, war von Natur aus kein faules Geschöpf, außer wenn es um die Verschönerung seiner äußeren Erscheinung ging. Grind war jede Eitelkeit oder Vorspiegelung falscher Tatsachen fremd: was man sah, das bekam man auch. Und was man sah, war ein zerzaustes, von Flöhen zerbissenes Wiesel mit glanzlosem Fell und struppigen Schnauzhaaren. Er legte nicht den geringsten Wert auf sein Äußeres. Das kam daher, pflegte Grind zu erklären, dass er so lange Zeit die Gesellschaft von Mistfliegen genossen hatte. Doch sein Geist war hellwach und ständig bereit, das Ungewöhnliche zu hinterfragen.

»Warum macht ihr das?«, fragte er die Wirbelnden Herwisch-Hasen. »Was soll das Herumgehampel?«

»Weil es März ist«, lautete die rätselhafte Antwort.

»Verrückte Bande!«, raunzte Grind, während die Hasen an ihm vorbeirauschten. »Das muss am Wind liegen. Der pfeift ihnen in die Ohren und macht sie plemplem im Kopf. Ich persönlich kann den Wind auch nicht leiden, schon gar nicht, wenn er einem in den Bau weht. Kann einen richtig blöd machen.«

Außerdem war es die Zeit des Jahres, in der die traditionellen Boxkämpfe zwischen den Hasen stattfanden. Dann öffnete Prinz Punktum Burg Rägen für die Hasen und ihr Publikum, wobei er riesige Summen an Eintrittsgeld kassierte. Heutzutage konnte man die Burg nur per Boot erreichen, da sie mitten in einem großen See voller Meereswasser stand. Das verhinderte jedoch nicht die Austragung des Kampfes, und Grind hatte Sylber gebeten, er möge sie alle zu diesem großen sportlichen Ereignis ausführen. Die Wiesel lungerten müßig zwischen den frühen Hyazinthen am Rand des Halbmondwaldes herum, als Grind erneut seine Bitte um den Besuch der Burg vortrug.

»Du weißt doch, dass wir jetzt, da der Frühling gekommen ist, uns unbedingt wegen eines Schiffes umsehen müssen!«, hatte Sylber streng erwidert. Er entschied, dass dies der geeignete Augenblick für seine Rede sei, die er für seine Wieselgruppe vorbereitet hatte. »Wir müssen eine Reise unternehmen und eine Insel mit dem Namen Dorma suchen. Wie ihr alle wisst, ist die Insel Dorma ein Ort, wo alle Geschöpfe unweigerlich in tiefen Schlaf fallen, sobald sie dort an Land gehen.

Waldschratt, unser wackerer Magier, hat sich eingehend mit diesem seltsamen Phänomen beschäftigt und ist zu der Ansicht gelangt, dass es mit den Lotusblumen zusammenhängt, die auf jener Insel wachsen. Von diesen besonders schweren Blüten geht ein Duft aus – ein Gas –, das jeden, der es einatmet, sofort in Tiefschlaf versetzt.

Weiter gehende Studien bezüglich der Wirkung dieser Pflanze haben Lord Hohkinn, der zusammen mit Waldschratt an diesem Projekt gearbeitet hat, zu der Theorie veranlasst, dass alle Geschöpfe, die auf der Insel Dorma eingeschlafen sind, nicht altern, solange sie sich in ihrem Einflussbereich befinden. Sie schlafen möglicherweise hundert Jahre und bleiben dabei stets so alt wie am Tag ihrer Ankunft ...«

Ein Neugier bekundendes Raunen wurde unter den Zuhörern laut. Das war eine bisher unbekannte Information. Sie bedeutete, dass Alice und Tom, die Kinder, die den Tieren Hinweise hinterlassen hatten, beinahe noch so jung sein konnten wie damals, als sie Welkin verlassen hatten. Die Wiesel hatten das Gefühl, dass es leichter wäre, mit diesen beiden zu reden, als mit erwachsenen Menschen, die dem Hörensagen nach ziemlich kriegslüsterne, reizbare Wesen und nur schwer von etwas zu überzeugen waren, das nicht ihrer eigenen Ansicht entsprach. Wenn die Wiesel zuerst die Kinder auf ihre Seite ziehen könnten, hätten sie vielleicht bessere Aussichten, die Erwachsenen ebenfalls für sich zu gewinnen.

»Waldschratt und Lord Hohkinn«, fuhr Sylber fort, »haben ein Kraut gefunden, ein Blatt, das wir uns in getrocknetem und zerbröseltem Zustand in die Nasenlöcher stecken sollen. Dadurch werden die einschläfernden Aromen der Lotusblüten herausgefiltert. Somit besteht die Hoffnung, dass wir auf diese Weise die Insel besuchen können, ohne einzuschlafen.«

Sylber betonte weiterhin, wie wichtig es sei, die Menschen zur Rückkehr nach Welkin zu überreden, auch wenn sie angeblich die meiste Zeit damit zubrachten, gegeneinander Krieg zu führen. Die Meeresdeiche zerfielen, und es käme zu katastrophalen Überschwemmungen, wenn sie nicht ordentlich instand gesetzt würden. Die Tiere konnten zwar jene Stellen, an denen Wasser durch die Dämme hereinsickerte, mit Steinen und Lehm ausbessern, doch ihre Bemühungen waren bei weitem nicht so wirkungsvoll wie die der Menschen. Für das Fundament waren große Steinbrocken erforderlich, die nur die Menschen aus den Granithügeln herausbrechen konnten. Diese Blöcke mussten über Land transportiert und mit Winden an Ort und Stelle gehievt werden, bevor die Fugen mit Mörtel abgedichtet werden konnten.

Kunicht war allerdings immer noch nicht überzeugt. »Bist du sicher, dass wir die Menschen brauchen, Sylber? Überleg doch mal, welche Scherereien die uns bereiten werden! Ich meine, wenn wir alle Biberratten und Dachse zusammenrufen würden – Tiere, die gut im Buddeln sind –, dann könnten wir doch bestimmt einiges bewirken.«

Sylber schüttelte traurig den Kopf. Im tiefsten Innern stimmte er mit Kunicht überein, was die Scherereien betraf, die Menschen verursachen konnten. Die meisten Vierbeiner misstrauten grundsätzlich allen Zweibeinern. Aber Menschen hatten Hände mit Daumen und konnten geschickt und wirkungsvoll mit Werkzeugen umgehen.

Und sie genossen das Vertrauen von größeren Tieren wie zum Beispiel von Pferden. Ein Pferd würde niemals für ein Wiesel oder ein Hermelin arbeiten. An einigen Stellen sickerte jetzt schon Wasser durch die Dämme, und in den Senken bildeten sich bereits ausgedehnte Salzseen. Häuser waren weggespült, Dörfer überflutet worden. Turmspitzen kündeten von ehemaligen Ortschaften, doch die Straßen lagen unter Wasser. Tiere waren geschickt im Gebrauch von Holz und Eisen, aber größere Bauprojekte wie Straßen, Burgen oder Dämme überstiegen ihre Fähigkeiten.

»Wir könnten auf unserer Suche nach einem Schiff der Burg einen Besuch abstatten«, schlug Grind vor, keineswegs durch Sylbers ernsten Ton entmutigt. »Wir könnten einen kleinen Umweg zur Burg machen und dann unseren Weg nach Nordwesten fortsetzen, wo es einen Hafen voll mit Schiffen gibt. Das würde höchstens einen oder zwei Tage länger dauern, oder?

Ich habe noch nie einen Hasenboxkampf gesehen.

Früher war uns das nicht möglich, als wir noch Gesetzlose waren und Sheriff Trugkopp es auf unsere Köpfe abgesehen hatte. Jetzt hat Prinz Punktum gesagt, dass wir nicht mehr gejagt werden dürfen und dass wir überall hingehen können, wo wir wollen …«

»Ich verstehe nicht, warum du so versessen darauf bist, einen Boxkampf zu sehen«, unterbrach Alissa ihn tadelnd. »Ich finde, das ist ein barbarischer Sport.«

»Es werden mehr Leute beim Krocketspielen verletzt als beim Boxen«, entgegnete Grind leidenschaftlich. »Das ist eine bekannte Tatsache.«

Birnoria mischte sich ein. »Ist es nicht. Ich glaube, das hast du dir ausgedacht. Ich glaube, du denkst dir viele dieser ›bekannten Tatsachen‹ aus, mit denen du immer wieder daherkommst.«

Grind schüttelte aufgebracht den Kopf. »Krocket und Diskuswerfen – das sind die Sportarten mit der höchsten Verletzungsgefahr. Ihr solltet mal solche Beulen und Prellungen sehen, wie sie mir untergekommen sind. Krocketschläger in den falschen Pfoten sind tödlich. Und von den Ringen an den Wurfscheiben kriegt man hässliche Verbrennungen, wenn man beim Abschleudern nicht gut aufpasst.«

»Du redest einen Haufen Mist, Grind.«

Lukas, Kunicht und Waldschratt unterstützten jedoch Grinds Begehr, und schließlich gab Sylber nach und versprach, sie würden auf dem Weg nach Nordwesten einen Abstecher machen und sich die Wettkämpfe ansehen.

Eines Morgens im April brachen sie auf und besuchten unterwegs Lord Hohkinn, den jetzigen Lehnsherrn von Schreckenburg-Großdummern. Das adelige Hermelin war emsig damit beschäftigt, in seinen Büchern zu stöbern, während sein Diener Tauberich die Flaschensammlung putzte. Er blickte auf, als Sylber und seine Gruppe die Bibliothek betraten. Lord Hohkinn wirkte immer etwas weggetreten, wenn er unerwartete Gäste begrüßte.

»Ah, Lord … Wiewarnochdername. Sehr erfreut, sehr erfreut. Du bist zu einem nachbarschaftlichen Besuch gekommen, nicht wahr? Nun, wie du siehst, ich bin zu Hause. Eine große, zugige Festung, nicht wie mein gutes altes Distelhall, aber man muss nun mal Opfer bringen, wenn man eine größere Bibliothek haben möchte.«

Lord Hohkinn war der frühere Bewohner von Distelhall. Er galt als eines der umgänglicheren Hermeline im Reich, und er behandelte jeden als seinesgleichen. Er war es gewesen, der Prinz Punktum dazu überredet hatte, Sylber in den Adelsstand zu erheben.

»Wir sind unterwegs, um uns ein Schiff zu suchen, Lord Hohkinn, und dabei planen wir einen Abstecher zur Burg Rägen.«

Das alte Hermelin runzelte die Stirn. »Einen Abstecher zur Burg? Warum dieses?«

»Ich habe einige widerspenstige Gemüter in meiner Gruppe, die sich weigern, aufs Meer zu gehen, ohne den Boxkämpfen zwischen den Hasen beigewohnt zu haben. Wisst Ihr, dass um diese Jahreszeit Wettkämpfe in der Burg stattfinden?«

Die drei Mädchen erwarteten selbstgefällig, dass Lord Hohkinn den Boxsport rundweg verdammen werde. Der körperlich so träge Aristokrat war ein Bücherwurm und lehnte jede Gewalt ab; es hätte eher seinem Charakter entsprochen, preisgekrönte Geranien zu züchten und sich stolz des Stammbaums seiner Herde von Wassermäusen zu rühmen. Und ohne jede Frage war es entschieden wichtiger, ein gutes Schiff aufzutreiben und in See zu stechen, als zuzuschauen, wie sich zwei Hasenmännchen auf die Hinterbeine stellten und sich gegenseitig in die Fresse schlugen. Birnoria, Miniva und Alissa waren sich seiner Unterstützung gegen die Bruderschaft der Boxanhänger gewiss.

»Ach, die alte Kunst des Faustkämpfens? Ausgezeichnet, ausgezeichnet. Es gibt nichts Besseres als einen guten Boxkampf, um euch für eure heldenhafte Reise ins Unbekannte zu motivieren. Ich stimme dem von Herzen zu.«

Die weiblichen Wiesel waren nicht nur erstaunt, sie waren geradezu angewidert. »Komm, Birnoria«, sagte Alissa, »wir wollen einen Spaziergang um den Boxgarten herum machen, während die anderen sich über linke Haken und gerade Rechte unterhalten.«

»Boxgarten? Keine gute Wortwahl, Alissa, aber ich weiß, was du meinst«, erwiderte Miniva.

Die Mädchen gingen hinaus an die frische Luft, während die Männer sich tatsächlich über die Feinheiten des bloßpfotigen Kampfsports ausließen. Kurze Zeit später kamen die drei jedoch wieder herein, völlig außer Atem.

»Lord Hohkinn, da ist eine Truppe von reisenden Schauspielern im Hof, die Einlass begehren«, sagte Birnoria aufgeregt. »Sie wollen heute Abend eine Aufführung geben, hier in Eurer Festung.«

»Ach ja? So, so. Was meinst du, Tauberich? Sollen wir sie einlassen?«

Der Diener Seiner Lordschaft war derjenige, der eigentlich hier das Sagen hatte, und er nickte. »Es spricht nichts dagegen, Euer Lordschaft. Worum handelt es sich? Wiesel oder Hermeline?«

»Beides«, antwortete Alissa. »Es sind sieben Wiesel und drei Hermeline. Die Hermeline sind anscheinend Zunftleute, ihrer Sprache und dem Benehmen nach zu urteilen. Einer von ihnen trägt eine Schuhmacher-Schürze, ein Zweiter ist offenbar ein Gerber, ein Dritter könnte ein Kerzenzieher sein.«

»So, so«, murmelte Lord Hohkinn. »Jetzt erinnere ich mich. Die derben Handwerker… Sie haben mir eine Gunst versprochen, nun, da ich mich in Lord Ragnars Festung etabliert habe. Er konnte Amateurkünstler nicht ausstehen, wisst ihr. Sagte, sie seien der Bodensatz des Reichs. Ich persönlich finde viel Vergnügen an einer guten Darbietung. Schick sie rein, Tauberich!«

»Ich glaube, wir können nicht länger bleiben«, sagte Sylber eilends. »Vielleicht sollten wir uns schleunigst auf den Weg machen…«

»Wenn wir Zeit haben für Boxkämpfe«, unterbrach Birnoria den Anführer und bedachte ihn mit einem finsteren Blick, »dann haben wir auch Zeit für ein Schauspiel.«

»Aber nicht für ein derbes«, erwiderte Kunicht. »Ich glaube, das sollten wir uns nicht antun.«

»Er meint nicht ›derb‹ im eigentlichen Sinn«, entgegnete Alissa. »Derbe Handwerker bedeutet so viel wie bodenständige, urtümliche Arbeitsleute, die sich ihren Lebensunterhalt verdienen, indem sie etwas tun.«

Sylber und Kunicht hätten womöglich noch länger mit den beiden Mädchen gestritten, wenn nicht Grind einen ausgedehnten Seufzer ausgestoßen hätte. Sie alle, einschließlich Lord Hohkinn, wandten sich ihm zu und blickten ihn erstaunt an. Was sie sahen, war ein Wiesel mit verträumten Augen und einem entrückten Gesichtsausdruck, als ob er sich in Gedanken an einem weit entfernten Ort befände. Sein Mund klaffte auf, und er deutete mit einer dramatischen Geste zu einer Rüstung.

»Schwein oder Nichtschwein? Oder handelt es sich womöglich um Wildsäue, Horatio? Was glaubest du, mein philosophischer Freund?«

Kunicht, Waldschratt, Lukas und die übrigen Wiesel stöhnten laut auf.

»Ich hätte es wissen müssen«, sagte Kunicht. »An Grind ist ein Omelett verloren gegangen.«

Jetzt war überhaupt nicht mehr ans Aufbrechen zu denken, bevor die Aufführung stattfand. Die Schauspieler liefen ein, selbstgefällig und übertrieben pompös, jedenfalls aus Sicht der Halbmondwald-Wiesel. Es stellte sich heraus, dass die Hermeline eine eigene Truppe bildeten, die zufällig zur gleichen Zeit wie die anderen eingetroffen war. Bei jenen handelte sich um Jongleure und Akrobaten, was für Grind ein Problem darstellte, denn er hielt sich auf diesem Gebiet auch für überaus begabt. Es gefiel ihm nicht, sich entscheiden zu müssen zwischen der Bitte, eine Rolle in dem Theaterstück spielen zu dürfen, oder zu der etwas weniger feinsinnigen Unterhaltung beizutragen, die als Nächstes folgen sollte.

»Vielleicht lassen sie mich an beidem teilnehmen«, flüsterte er Kunicht zu.

Die Schauspieler wollten ihre Darbietung sofort zum Besten geben, da sie zu ihren Geschäften zurückkehren mussten, und Lord Hohkinn war einverstanden damit, dass seine Gäste zum großen Westsaal geleitet würden. Tauberich nahm sich dieser Aufgabe sogleich an und führte die Wieselgruppe in den Saal. Grind blieb ein wenig hinter den anderen zurück, doch dann beschloss er, das Problem Schritt für Schritt in Angriff zu nehmen.

Nachdem alle Platz genommen hatten, kamen die Darsteller herein, angetan mit einer Vielfalt von Kostümen.

»Das Schauspiel, das wir euch zur Aufführung bringen werden«, sagte das Oberhaupt der Truppe der Handwerker, heißt Pyramaus und Diesbiene. Ich muss die weiblichen Anwesenden warnen, dass in dem Stück eine ziemlich grausame Wasserratte vorkommt – die Schurkenrolle –, aber wir haben unseren Schreiner hier gebeten, nicht allzu laut zu fauchen. Er wurde eigens angewiesen, seinen Part mit gemäßigter Stimme zu sprechen ...«

Grind sprang auf. »Ich kann mit gemäßigter Stimme sprechen. Hört mal ...« Grinds Stimme erhob sich zu einem knarzenden Kreischen. »Diesbiene, Diesbiene, wo weilest du, meine kleine Rüpelhülse? Wessenthalben verbirgst du dich – gar in Wandes Schrank?«

Das Oberhaupt der derben Handwerker runzelte die Stirn. »Mein Herr, wir sind bestens ausgestattet mit Schauspielern und bedürfen keiner Mithilfe aus den Reihen der Zuschauer, um unser Ensemble zu ergänzen. Ich bin überzeugt davon, dass Eure Schauspielkunst von höchster Qualität ist, aber eigentlich bedeutet das Wort ›wessenthalben‹ im Zusammenhang mit dem Text dieses Dramas ›warum‹ und bezieht sich nicht auf einen Ort, an dem sich irgendeine Person vor einer anderen versteckt. Dürfen wir fortfahren?«

»Heißt das, ihr habt keine Verwendung für mich?«, fragte ein fassungsloser Grind. »Obwohl ich ein so begnadeter Schauspieler bin?«

»Ich bin sicher, unser Spiel wird aufgrund Eures Nichtmitwirkens schlechter sein, Sir, aber wir müssen aus unseren eigenen Fehlern lernen.«

»Wie es Euch gefällt, edler Herr«, entgegnete Grind, wobei er die Vorderläufe verschränkte und die Pose eines Kritikers einnahm, der im Begriff war, kein gutes Haar an dem bevorstehenden Stück zu lassen.

Die Darbietung verlief tatsächlich ziemlich glatt, in Anbetracht dessen, dass sie zuvor nur ein einziges Mal geprobt worden war, und die weiblichen Anwesenden klackten anerkennend mit den Zähnen. Lord Hohkinn murmelte etwas, das als Glückwunsch für den Leiter der Theatertruppe verstanden werden konnte. Die männlichen Angehörigen der Gruppe ehemaliger Gesetzloser nickten und bestätigten sich gegenseitig, dass das Ganze gar nicht so schlimm gewesen war, wie sie erwartet hatten. Grind saß einfach nur mit finsterer Miene da.

Nachdem die Schauspieler hinausgegangen waren, schwärmten die Akrobaten Purzelbäume schlagend und »Hopp!« und »Hei!« rufend in den Raum und landeten aus dem Überschlag mit erhobenen Vorderpfoten auf den Beinen.

Diesmal fragte Grind nicht erst lange. Er sprang auf und kapriolte gemeinsam mit den Akrobaten in die Mitte des Saals. Auch ihm kam das ›Hopp und Hei‹ locker über die Lippen, und zwar nicht weniger mitreißend als bei den Besucher-Hermelinen. Ohne von ihren grimmigen Blicken Notiz zu nehmen, ahmte er weiterhin ihre Kunststückchen nach. Als sie eine Dreier-Pyramide bildeten, wobei das oberste Hermelin auf den Schultern der beiden anderen balancierte, die ihrerseits aufrecht auf den Hinterpfoten standen, vollführte Grind einen großartigen Sprung über sie alle hinweg, indem er das Weibchen oben um Haaresbreite verfehlte und das gesamte Tiergebilde zum Einsturz brachte.

Die Hermeline waren sehr verärgert über Grind, aber

er hatte seinen Standpunkt klar gemacht und nahm jetzt Platz, um die Darbietung zu genießen.

Kurz nach Mitternacht, als alles vorbei war, verabschiedeten sich die Wiesel von Lord Hohkinn und machten sich in Richtung Burg Rägen auf den Weg. Grind erklärte Kunicht (und jedem anderen, der zuhören wollte oder auch nicht), dass er sich während seiner früheren Zeit als Dungwächter in Akrobatik geübt hatte. Kunicht erkundigte sich, ob Grinds Begabungen denn unerschöpflich seien und war nicht erstaunt, als die Antwort in Form eines bescheidenen Schulterzuckens kam.

Jetzt trug jedes Wiesel eine Provianttasche mit sich. Lord Hohkinn hatte ihnen in Anbetracht dessen, dass sie irgendwann durch Glubbas Froschreich kommen würden, empfohlen, für den fetten König Geschenke mitzunehmen. Jede Provianttasche war voll gepackt mit Fliegenkuchen, die Lord Hohkinn noch vor der Ankunft der Wiesel zubereitet hatte. Es handelte sich dabei um Kuchen, die aus zusammengepressten toten Fliegen bestanden. Jedes Wiesel schleppte etwa dreißig schwarze Kuchen mit einer dünnflüssigen roten Füllung und so etwas wie einem gelbgrünen Guss oben drauf. Der Frosch-König würde sie als delikate Köstlichkeit zu schätzen wissen.

Zweites Kapitel

Auf Burg Rägen bereitete sich Prinz Punktum auf das Ereignis des jährlichen Hasenboxkampfes vor. Er mochte solche Anlässe, wenn er zwischen den emsig herumwuselnden Dienern und Sklaven von einem Raum zum anderen eilen konnte. Sein Gesicht spiegelte unverblümt jegliche Gefühle – wie Zufriedenheit oder Missfallen in Bezug auf die Arrangements. Er musste nicht einmal sein Gehirn anstrengen. Er brauchte nichts anderes zu tun, als einen mit roten Flaggen ausgeschmückten Saal zu betrachten und die Stirn zu runzeln.

»Nicht gut, falsche Farbe, ändern!« So oder so ähnlich lautete dann sein einziger Befehl.

Danach pflegte er weiterzurauschen und die Wiesel und Hermeline auf der halben Höhe von Leitern oder an staubigen Deckenbalken hängend zurückzulassen, wo sie sich gegenseitig ratlos ansahen. Wenn sich der Prinz doch nur deutlich ausdrücken würde, was eine gute Farbe ist, sagten ihre Blicke, dann hätten sie wenigstens etwas, woran sie sich halten könnten. Stattdessen mussten sie an den Säulen hinaufklettern und die rote Beflaggung entfernen, um sie durch eine blaue, gelbe oder rosafarbene zu ersetzen.

Anschließend würden sie wieder in Wartestellung verharren und das Beste hoffen.

Prinz Punktum war natürlich immer noch in seinen Winterhermelin gekleidet, obwohl es bereits Frühling war. Er legte ihn niemals ab. Als Folge davon dachte er, dass es draußen immer noch kalt sei. Und als Folge davon loderten in den Kaminen der Burg nach wie vor die Feuer. Und wiederum als Folge davon vergoss jeder in der Burg, und ganz besonders die körperlich Arbeitenden, eimerweise Schweiß.

»Dieses Rot da ist nicht fein, fällt euch denn nichts Besseres ein«, sang ein schrill gekleidetes Wiesel den Arbeitern im Saal zu. »Rosa oder Weiß, Orange oder Blau, Schwarz oder Grün – um etwas Neues sollt ihr euch bemühn.« Danach huschte das so holperig reimende Wesen von einem zum anderen und schlug jeden Einzelnen mit einer am Ende eines Stockes befestigten Mäuseblase auf den Kopf und auf das Hinterteil.

Die Arbeiter ließen diese demütigende Behandlung mit zusammengebissenen Zähnen über sich ergehen, denn das clownhafte Wiesel war der Hofnarr des Prinzen, Pompom, und er kehrte mit Wonne die in ihm gespiegelte Gunst der Obrigkeit heraus.

Die übrigen adligen Hermeline, zum Beispiel die Lords Jesses, Wilisen und Elphet, spazierten herum und gaben trockene Bemerkungen zu dieser oder jener Einzelheit von sich. Das erfreute die Diener und Sklaven in unbeschreiblichem Maße. Es gab schließlich kaum etwas Schöneres, als an den Vorderläufen gefährlich an einem Kandelaber zu hängen und zu versuchen, ein Stück Beflaggung an einem Balken zu befestigen, während müßige Betrachter von unten gute Ratschläge erteilten.

»Ein bisschen mehr nach links. Nein, das ist nicht gut. So hält das bestimmt keine Minute lang. Du musst dich auf diesen Balken hinaufhangeln und bis zur Mitte kriechen. Wovor hast du denn Angst? Vor dem bisschen Staub? Vor Spinnen? Sie tun dir nichts. Lord Elphet ist dort oben herumgeturnt, als wir noch Kinder waren und Verstecken gespielt haben, nicht wahr, edler Herr? Oh, meine Güte, jetzt hast du das ganze Band herunterfallen lassen. Tolpatsch! Nein, ich werde es dir nicht hinaufreichen, du fauler Kerl! Du kommst gefälligst herunter und holst es dir. Geschieht dir ganz recht, wenn du nicht aufpasst …«

Unten im Küchentrakt, ein Stockwerk über den Verliesen, die jetzt überschwemmt und unbrauchbar waren, beaufsichtigte Sibiline die Vorbereitungen für das Festmahl. Die Schwester des Prinzen wollte, dass das bevorstehende Ereignis eine wirklich großartige Veranstaltung würde, da die Burg in den vergangenen Jahren während der meisten Zeit unter Belagerung gewesen war und ihre Bewohner gehungert hatten.

Große Stücke von geräuchertem Mausschinken hingen an Haken und warteten darauf, in Scheiben geschnitten zu werden. Bratspatzen brutzelten in Froschfett in den Backrohren. Süßwassergarnelen, gefüllt mit Gehacktem von Wasserhüpfern, waren auf kalten Platten angerichtet.

Als Auftakt sollte Schneckensuppe oder Wurmconsommé gereicht werden und dazu mit wilden Ohrwürmern gewürztes Brot; als nächster Gang waren Wassermolchzungen in Wühlmauscremesauce vorgesehen. Außerdem standen auf dem Menüplan Dips von Kuckuckspucke und Schneckenschleim, Krötenlaichgelee an Salzbiskuit und schließlich – der Kaviar von Welkin – Stichlingsrogen auf schmalen Streifen knusprig gerösteter Brotstreifen. Doch Sibiline konnte viele der Leckereien, die sie liebend gern auf ihrem Tisch gehabt hätte, nur unter Mühen auftreiben. Leider hatte die Überschwemmung einen großen Teil der Ernte vernichtet: Getreide und Gemüse waren auf den Feldern verfault, und viele litten Hunger.

Sibiline machte sich freilich keine allzu großen Sorgen wegen Not leidender Maden im Süden oder hungernder Maulwürfe im Norden. So traurig es auch war, man musste einfach sagen, dass ihre Sicht auf diese Dinge aufgrund des Lebens in der Burg durch Scheuklappen beschränkt war. Ihr Bestreben war, ein grandioses Festmahl zu veranstalten, möge das dunkle Jenseits oder eine Sintflut daherkommen, und als letzten Gang Drecktaler Käse auftragen zu lassen.

Was die Nachspeisen betraf, war nichts Besonderes vorgesehen. Hermeline und ihresgleichen halten nicht viel von Süßigkeiten; ein bisschen Bienenhonig da, ein bisschen Wespennektar dort, doch lediglich als Zutat. Sibiline war allerdings berühmt für ihre schmackhaften Desserts, bestäubt mit lockeren Löwenzahnsamen, verfeinert mit den silbernen Strähnen aus dem Bart eines Alten oder, wenn ihr der Sinn nach etwas wirklich Ausgefallenem stand, dekoriert mit rosafarbenen Lichtnelkenknospen und überpudert mit einem Hauch von Edelwicken-Pollen.

Sie huschte geschäftig um Köche und Küchenmeister herum, wobei sie ein Frühlingslied summte und glücklich war, dass sie eine Aufgabe hatte.

Als Prinz Punktum keine Lust mehr verspürte, durch die Säle und über Treppen zu wandeln und Veränderungen anzuordnen, ließ er nach Sheriff Trugkopp rufen, auf dass sich dieser zu ihm auf die Brustwehr geselle. Zu eben dieser Zeit genoss Trugkopp gerade ein Bad. Sein Diener Spinfer goss soeben wohlriechende Öle ins Wasser, als der Bote eintraf, um den werten Sheriff nach oben zu rufen. Mit einer verärgerten Miene, die der Sheriff im Beisein des Prinzen niemals aufgesetzt hätte, stieg Trugkopp aus der warmen Wanne und ließ sich von seinem Diener mit einem Handtuch abtrocknen.

»He, nicht so fest«, rügte er Spinfer, der das Abrubbeln seines Herrn als gute Gelegenheit ansah, um sich für alle möglichen üblen Behandlungen zu rächen. »Vorsicht am Schwanz – er ist empfindlich.«

»Ja, mein Herr«, murmelte Spinfer seidenweich, rieb jedoch noch ein bisschen fester, wohl wissend, dass der Sheriff in Eile war und es sich nicht leisten konnte, ihm allzu ausgiebige Vorhaltungen zu machen. »Ich dachte nur, Ihr solltet schnell trocken werden, um den Prinzen nicht zu lange warten zu lassen.«

Mit flockenweichem Fell, aber einem wunden Schwanz und insgesamt etwas leidend, eilte Trugkopp bald darauf die Wendeltreppe zur Brustwehr hinauf. Dort traf er den Prinzen an, der auf den Salzsee hinausblickte, welcher jetzt seine Burg umgab. Eine Invasion von Rattenhorden war vor kurzem erst zurückgeschlagen worden, jedoch um den Preis trockener Landflächen. Lord Hohkinn und Sylber hatten den Durchbruch einiger ausgewählter Meeresdämme beaufsichtigt, um eine Überschwemmung zu verursachen und auf diese Weise die Ratten in die Namenlosen Marschen im Norden zurückzutreiben. Prinz Punktum, der jetzt Gefangener in seinem eigenen Zuhause war und dessen halbes Reich von Salzwasser überflutet war, fragte sich, ob das die Sache wert gewesen war.

»Ach, Trugkopp«, sagte der Prinz, als der Sheriff sich ihm näherte, »ich möchte kurz mit dir über die Boxer sprechen.«

Trugkopps Fell kribbelte. Er wusste, was kommen würde. »Ja, mein Gebieter?«

»Dieser große Haudrauf, der letztes Jahr alle k. o. geschlagen hat – wie hieß er noch gleich? Der mit den breiten Schultern.«

»Ich glaube, Ihr meint Mäcki Messingnase, mein Prinz.«

»Genau, das ist der Bursche. Du musst dafür sorgen, dass er verliert.«

Trugkopp entfuhr ein Rülpser. »Ihr meint, er soll zu Boden gehen und liegen bleiben, wegtauchen, das Handtuch werfen ...«

»Eins davon reicht, es muss nur gut aussehen. Ich habe tausend Silberlinge auf Kipper gesetzt, diesen dürren, hungrig aussehenden Hasen, der im letzten Jahr Vizemeister war. Er muss natürlich gewinnen. Ich kann es mir kaum leisten, tausend Silberlinge zu verlieren, oder? Ich bin ja nicht aus Geld gemacht, auch wenn ich ein Prinz bin. Und außerdem mag ich es nicht, wenn ich verliere. Es tut mir hier drinnen weh.« Der Prinz tippte sich auf die weiß bepelzte Brust.

»Nein, mein Gebieter, ich meine – ja, ich verstehe, dass Kipper gewinnen muss, nur – das gestaltet sich sehr schwierig, mein Prinz.«

Trugkopps Problem bestand darin, dass Hasen im Allgemeinen sehr ehrenwerte Geschöpfe waren – sie lehnten jedes Bestechungsangebot ab. Und man konnte ihnen auch keine Angst einjagen. Eigentlich waren die Hermeline den Hasen übergeordnet, aber Hasen waren große, unerschrockene Geschöpfe mit schlagkräftigen Hinterläufen. Selbst in den Zeiten, als noch Menschen in der Gegend gelebt hatten, hatten sich Hasen nicht im gleichen Maße vor Fleischfressern gefürchtet, wie es bei Kaninchen der Fall gewesen war. Hasen waren außerordentlich flink auf den Beinen; sie rannten schneller als Füchse, ganz zu schweigen von Hermelinen. Und wenn sie in die Enge getrieben wurden, dann lieferten sie ihren Gegnern einen teuflischen Kampf. Mit ihren Krallen konnten sie einem Hund so sehr zusetzen, dass er winselnd die Flucht ergriff.

»Ich sehe da keine Schwierigkeit, Trugkopp«, antwortete der Prinz süßlich. »Entweder du sorgst dafür, dass Kipper gewinnt, oder du hängst am Galgen, in Sturm und Regen …«

»… der durch die Löcher in meinem Fell peitscht. Ja, mein Gebieter. Ich verstehe vollkommen. Überlasst die Angelegenheit mir.«

Trugkopp entfernte sich niedergeschlagen. Er wusste jedoch, wohin er zu gehen hatte: geradewegs zu seinem Hermelindiener Spinfer, dessen Schädel wie ein Adlerei war, voll von zäher, dottergelber Gehirnmasse. Die Sorte, die zählt, wenn es ums Denken geht. Im Lauf der Geschichte gab es schon immer Herren und Diener wie Trugkopp und Spinfer. Die Herren hatten Doppelkinne und komische Nasen und die Diener zwei Portionen Gehirn abbekommen.

»Spinfer?«, rief Trugkopp, während er in seine Gemächer eilte. »Ich brauche dich!«

»Ja, Herr?« Spinfer tauchte aus dem Schatten auf wie ein Phantom, und Trugkopp tat vor Schreck einen Satz.

»Wie machst du das bloß? Egal. Ich brauche deine Hilfe. Der Prinz verlangt von mir, ich soll dafür sorgen, dass der dürre und hungrig aussehende Hase Kipper den Boxwettkampf gewinnt.«

»Kipper ist ein sehr guter Boxer, Herr.«

»Ist er das?«, rief Trugkopp mit steigender Hoffnung.

»Leider nicht ganz so gut wie Mäcki Messingnase.«

Trugkopps Hoffnung sank auf den Boden herab. »Das habe ich mir gedacht. Deshalb brauche ich deine Hilfe.«

»Und Messingnase hat noch nie ein Bestechungsgeld angenommen oder sich von irgendetwas oder irgendjemandem Angst einjagen lassen.«

»Ja, ja, und genau deshalb ...«

»... braucht Ihr meine Hilfe. Ich verstehe, Herr. Ich werde mich mit allen mir zur Verfügung stehenden Mitteln der Aufgabe widmen.«

»Ich dachte, wir könnten vielleicht ein paar eiserne Mäusehufe in Kippers Handschuhe stecken.«

Spinfer bedachte seinen Herrn mit einem vernichtenden Blick. »Bitte, Herr, überlasst mir die Sache. Ich ziehe es vor, beim Denken auf Eure Hilfeleistung zu verzichten. Hier handelt es sich um Nacktpfoten-Boxen. Die Kontrahenten tragen keine Handschuhe.«

»Ach ja, das hatte ich vergessen. Also gut, mach dich ans Denken, Spinfer. Ich werde ganz ruhig dasitzen und dir dabei zuschauen.«

»Wenn es Euch nichts ausmacht, Herr, würde ich es lieber in der stillen Umgebung der Küche tun.«

Mit diesen Worten verließ der Respekt einflößende Diener den Raum. Trugkopp schritt derweil ungeduldig auf und ab und spähte mit düsterer Miene durch die Schießscharten hinaus, um zu beobachten, wie die Fische auf der Jagd nach Fliegen durch die Wasseroberfläche brachen. Er hasste es, auf Ergebnisse zu warten, besonders wenn jemand anderes die Arbeit tat. Nach zwei Minuten drängte es ihn, in die Küche zu rennen und zu fragen, wie das Ganze vorankam. Doch es gelang ihm, diesen Drang zu unterdrücken, obwohl es in seinem Innern mit aller Macht brodelte. Eine geraume Zeit später betrat Spinfer schmaulend den Raum (das Wort

»schmaulend« gibt es eigentlich nicht, aber es beschreibt den Vorgang sehr zutreffend).

»Ja, und?«, rief Trugkopp.

»Ich bin zu der Ansicht gelangt, Herr, dass Messingnase überhaupt nicht an dem Boxwettkampf teilnehmen sollte.«

Der Sheriff überdachte diese Aussage, da Spinfer sie nicht weiter ausführte. War der Kerl verrückt? Mäcki Messingnase stand eindeutig auf der Teilnehmerliste, was bedeutete, dass er auf jeden Fall am Wettkampf teilnehmen würde. Was meinte der Narr? Trugkopp war bereit zuzugestehen, dass er gewisse Feinheiten oftmals nicht mitbekam, aber hier konnte er beim besten Willen keine solchen erkennen. Er knirschte mit den Zähnen und sprach eben die Worte aus, die er so ungern in Gegenwart von Spinfer äußerte: »Ich fürchte, ich verstehe nicht ganz.«

Spinfer klackte erheitert mit den Zähnen, da er einen Punkt für sich verbuchen konnte. »Ich meine, Herr, wir müssen verhindern, dass er überhaupt hier ankommt. Ihr braucht zwei ordentlich stämmige Burschen mit Knüppeln, die Messingnase unterwegs auflauern und ihn für ein paar Wochen außer Gefecht setzen.«

Ein Licht ging in den dunklen Windungen von Trugkopps Gehirn auf. »Aha! Jetzt komme ich mit! Zwei Schufte, sagst du? Wie diese beiden Frettchen, Rosenkrass und Gildeswin?«

»Wie Ihr sehr wohl wisst, Herr, sind Rosenkrass und Gildeswin tot. Ich dachte eher an etwas größere Kaliber, da Messingnase auch kein Halbpfünder ist. Wie wäre es mit den Dachsen Hark und Nackert? Die sind durch und durch Schurken, Herr, daran besteht kein Zweifel. Und sie sind groß und kräftig genug, um einen ausgewachsenen Wolf aus dem Weg zu schaffen, wenn es nötig sein sollte. Möchtet Ihr, dass ich Verbindung zu ihnen aufnehme? Ein Vetter von mir wohnt am Ende der Straße, wo Hark und Nackert die meisten Leichen ihrer Opfer verscharren. Natürlich graben sie die später wieder aus und verkaufen die verwesten Reste an Zauberer, die sie für ihre Bannsprüche verwenden. Ich müsste dafür lediglich meinem Vetter eine Nachricht zukommen lassen.«

Den Sheriff durchfuhr ein eiskalter Schauder. »Ja, ja. Ich denke, das wäre gut. Sind sie teuer? Ich meine, wenn man ihre Dienste in Anspruch nimmt?«

»Billig sind sie nicht, Herr.«

»Nein, nein, das ist klar. Also gut, ja, bitte, Spinfer. Sorge dafür, dass sie in die Burg kommen.«

Spinfer verneigte sich und verließ den Raum.

Drei Nächte später war das sanfte Klatschen von Rudern unter Trugkopps Fenster zu hören. Der Sheriff spähte hinaus und sah zwei Dachse in einem Ruderboot. Einer davon war ein riesiger Kerl mit einer Bissnarbe von der Form und Größe eines springenden Lachses auf der Schulter; ihm fehlte die Hälfte des rechten Ohrs. Der andere war noch größer und sah noch verwegener aus. Beide blickten gleichzeitig zu Trugkopps Fenster hinauf, als ob sie gespürt hätten, dass er herausschaute. Ein Schauder lief Trugkopps Rückgrat hinunter, und sein Fell stellte sich auf wie die Stacheln eines Igels. Er bemerkte am Boden des Bootes zwei dicke Knüppel mit knotigen Anhängseln.

Irgendwie gelang es Spinfer, die beiden Schurken in Trugkopps Gemächer zu führen, ohne dass der Prinz von ihrer Anwesenheit in der Burg Kenntnis bekam. Trugkopp reichte ihnen beiden einen Kelch mit billigem Honigtau und kam dann aufs Geschäftliche zu sprechen.

»Es geht um diesen Hasen, Messingnase. Ich möchte verhindert wissen, dass er zu dem Boxwettkampf erscheint. Glaubt ihr, ihr könnt das hinbekommen?«

Hark saß auf einem Hocker und hatte die Füße auf den Kartentisch des Sheriffs gelegt. Er füllte den Raum mit dem Gestank seiner selbst gebastelten Pfeife, die er zu Trugkopps Ärger angezündet hatte, ohne um Erlaubnis zu bitten. Außerdem hatte er einen gewaltigen Bauch, der ihm über den Ledergürtel hing. Sheriff Trugkopp, der in dem von Hark erzeugten Mief husten musste, konnte nicht umhin, diese unglaubliche Wampe gebannt anzustarren.

Hark bemerkte seinen Blick und zeigte die gelben Zähne, wobei er sich auf die Masse Fleisch klopfte. »Zu viel billiger Honigtau«, brummelte er, nicht ohne einen Anflug von Ärger. »Das gibt Schmalz.«

Nackert war dünner – ein nervöses Geschöpf, das vor dem Kamin auf und ab schritt. Ab und zu griff er nach Harks Rauchkolben und nahm einen Zug, um ihn gleich wieder an seinen Gefährten zurückzugeben. Er hatte schmale Augenschlitze und nahm ständig irgendwelche Gegenstände von dem Kaminsims, betrachtete sie prüfend und stellte sie wieder zurück, doch er sah sich nichts richtig an. Er tat nur irgendetwas, um seine Pfoten zu beschäftigen, während die Geschäftsverhandlungen liefen.

»Glaubst du, wir können das übernehmen?«, fragte Nackert nach geraumer Zeit.

»Natürlich können wir das. Aber was ist mit der Bezahlung? Wir sind nicht billig.«

Trugkopp seufzte und begann mit den beiden zu schachern, bis man sich schließlich auf einen Preis einigte.

»Also, was sollen wir deiner Vorstellung nach mit ihm

anstellen?«, fragte Hark. »Ich meine, soll er ein toter Hase sein? Oder sollen wir ihm nur eins über den Schädel geben, sodass er nach ein paar Tagen wieder aufwacht? Beides geht. Uns ist es egal. Allerdings, wenn wir ihn ein für allemal fertig machen, dann kostet das Beseitigen der Leiche aber extra. Sie muss an irgendeinem versteckten Ort begraben werden, und ein Grab auszuheben ist schwere Arbeit.«

An einem versteckten Ort, dachte Trugkopp, wie zum Beispiel am Ende der Straße, in der Spinfers Vetter wohnte … »Wichtig ist nur, dass er nicht beim Boxkampf auftaucht. Um mehr geht es nicht. Ihr habt mir bereits einen Beutel voll Münzen abgeknöpft. Mehr ist nicht drin.«

»Kein Problem, Sheriff. Reg dich nicht auf«, meinte Hark. »Du wirst den Typen weder tot noch lebendig zu Gesicht bekommen.«

Dann klackte der große Dachs mit den Zähnen, um seine Belustigung über seinen eigenen Scherz kundzutun, während sein Freund launig die Schnitzerei einer Libelle betrachtete, die Prinzessin Sibiline vor kurzem Trugkopp geschenkt hatte. Da Trugkopp ein Bürgerlicher und die Prinzessin von königlichem Blut war, stand eine ernste Romanze außer Frage. Doch die Missachtung, die sie früher ihm gegenüber an den Tag gelegt hatte, war einer zurückhaltenden Zuneigung gewichen, da er der einzige Junggeselle in der Burg war, der nicht mit einer festen Partnerin verbandelt oder mit einem verwirrten Geist gesegnet war.

Wie so manche verwöhnte Blaublütige nährte sich Sibiline von Schmeicheleien und Aufmerksamkeiten. Diese Bedürfnisse wurden von Trugkopp zur Genüge befriedigt, da dieser als die rechte Pfote des Prinzen ein geübter Speichellecker war. Ein solcher musste man auch sein, um im Dienst des Prinzen zu überleben. Sibiline hatte stets von einem Ritter in glänzender Rüstung geträumt, der um sie anhalten würde, mit einem Strauß von Ringelblumen im Panzerhandschuh.

Inzwischen hatte sie sich jedoch von diesem Szenario verabschiedet, da die meisten Adeligen in der Burg lebten und ziemlich langweilig waren. Jene, die bis jetzt noch nicht entweder altersschwach oder -blödsinnig oder auch beides geworden waren, wie etwa Lord Hohkinn, waren unerträgliche Exzentriker, so wie der Herzog Babbelbätsch-Reichicki. Nur Trugkopp kam entfernt in Frage, und Sibiline ließ sich bei jeder Gelegenheit von ihm mit Schmeicheleien überschütten.

Trugkopp hatte beim Grab seiner Mutter gelobt, dass er sich niemals von der Schnitzerei trennen würde: Sibiline hatte ihm geraten, dass er gut daran täte, dieses nicht zu tun, da sie ihre gegenseitige geistige Hingabe spiegele.

Die beiden Dachse brachen gegen Mitternacht auf und ruderten im Dunkeln zurück zum Ufer. Trugkopp sah die brennenden roten Spitzen ihrer Rauchkolben noch lange, nachdem ihre Gestalten mit der Nacht verschmolzen waren. Er hoffte, das Richtige getan zu haben, indem er diese beiden Geschöpfe angeheuert hatte. Nun befahl er Spinfer, ein Feuer zu entzünden, und saß dann bis zum Morgengrauen vor diesem, wobei er sich die Pfoten rieb und betete, dass sein Plan zu einem guten Ende führen möge. Erst als er müde genug war, um zu Bett zu gehen, bemerkte er, dass die Hälfte der Schmuckstücke auf seinem Kaminsims fehlte.

Trugkopp zuckte zusammen, dann richtete er sich auf und stieß voller Pein einen möwenartigen Schrei aus.

Die Schnitzerei der Libelle war weg.

Drittes Kapitel

Sylber und die ehemaligen Gesetzlosen durchquerten einsames Gelände. Kurz zuvor waren sie durch eine mit kleinen Baumgruppen durchsetzte Moorlandschaft gekommen und hatten einen schnell dahinströmenden Fluss durchwatet, der sich einen gewundenen Weg durch den Fels geschnitten hatte. Schließlich kamen sie zu einem großen Wald; eine Trockenmauer aus groben Steinen grenzte ihn zu ihrer Seite hin ab. Es gab keine Pforte, also kletterten sie über die kantigen Steine, um in den ziemlich düsteren Wald zu gelangen. Jedes der Wiesel war ganz in seine (oder ihre) Gedanken versunken. Während der letzten Zeit war ihnen allerlei widerfahren. Zwei aus ihrer Gruppe waren ums Leben gekommen, und jetzt war ihr Anführer plötzlich in den Adelsstand erhoben worden. Das waren bemerkenswerte Ereignisse im Leben eines Wiesels.

Auch wenn er seit langer Zeit für das Recht kämpfte, die Menschen zurückzuholen, war Sylber immer noch nicht vollends überzeugt davon, dass er das Richtige tat. Vielleicht wollten die Menschen gar nicht zurückkehren. Vielleicht würden sie sich nachdrücklich weigern, nach Hause zu kommen. Vielleicht waren sie nicht einmal Herren oder Herrinnen ihres eigenen Schicksals. Vielleicht hatte eine höhere Macht verfügt, dass sie

Welkin für immer verließen. All das waren unbeantwortete Fragen, und der junge Sylber fragte sich, ob er jemals eine Antwort darauf erhalten würde.

Während sich die Gruppe der Lichtung in der Mitte des Waldes näherte, dachte er daran, einen Lagerplatz für die Nacht zu suchen. Plötzlich hob er die Pfote und gebot damit den Wieseln, still zu sein. Aus einem Kreis von Felsbrocken vor ihnen ertönten die Geräusche eines Kampfes.

»Hilfe! Herrje!«, schrie eine aufgeregte Stimme. »Ich werde von Dieben überfallen.«

Dann war ein dumpfer Schlag zu hören, und die Welt verfiel in Stille.

Sylber, Birnoria und Grind, die an der Spitze marschierten, eilten nach vorn. Als sie um einen großen Stein bogen, befanden sie sich plötzlich inmitten eines Piniengehölzes. In der Düsternis waren zwei massige Gestalten auszumachen, die sich über einen Klumpen am Boden beugten. Eine davon hatte eine rauchende Pfeife im Mundwinkel. Dieses Wesen war gerade dabei, mit einer Keule auf den Buckel am Boden einzuschlagen, als Sylber einen Befehl brüllte.

»Halt! Halt inne, wer immer du sein magst, sonst wirst du es bereuen.«

Birnoria und Grind legten bereits Steine in ihre Schleudern. Die beiden mit Keulen bewaffneten Gestalten gafften die drei Wiesel an. Ihre Augen funkelten im dunklen Waldesinnern. Es waren riesige Ungeheuer – so viel konnte Sylber erkennen –, und anscheinend waren sie bereit, die drei Wiesel anzugreifen, bis sie den Rest der Gruppe sahen, der mit schnellen Schritten um den großen Stein herum kam.

Sofort schoss Birnoria einen Stein ab, der das größere

der beiden Ungeheuer an der Schnauze traf. Das Geschöpf stieß ein Knurren aus, das den Wieseln verriet, dass es sich bei den tapsenden Riesen um Dachse handelte – Wegelagerer, die zweifellos gerade dabei waren, einen Reisenden auszurauben. Wie bei allen anderen Tieren gab es auch unter ihnen gute und schlechte Vertreter ihrer Art. Hier handelte es sich eindeutig um zwei schlechte Dachse, die soeben einen gewalttätigen Raubüberfall begingen.

»Dachse oder nicht, wir werden euch mit einem Hagel von Steinen in die Flucht schlagen, wenn ihr nicht freiwillig von eurem Opfer ablasst!«, rief Sylber, der jetzt ebenfalls die Steinschleuder wirbelte.

Die beiden Gestalten wichen zögernd in die dunklen Schatten des Piniengehölzes zurück. Sie knurrten in einer übel klingenden, uralten Sprache Drohungen in die Richtung der Wiesel, einer Sprache, die nur unterirdischen Wesen wie ihnen geläufig war. Maulwürfe hätten sie wohl verstanden, oder vielleicht sogar Kaninchen, doch Wieseln war ein solcher Dialekt unbekannt. Dann trat einer der Dachse plötzlich vor und warf seine Keule. Diese trudelte mit einem pfeifenden Geräusch durch die Luft. »Pass auf!«, rief Sylber und zog Kunicht mit einem Griff um die Leibesmitte zu Boden, und zwar im letzten Augenblick, bevor die Keule über die Stelle zischte, wo Letzterer gerade noch gestanden hatte.

Dann waren die beiden Dachse weg. Die Wiesel hörten, wie sie auf der anderen Seite durch das Dickicht des Waldes brachen, doch es war sinnlos, ihnen hinterherzujagen, da die Nacht immer dichter wurde. Stattdessen huschten die ehemaligen Gesetzlosen zwischen die Bäume, um nachzusehen, ob sie etwas für das Bündel aus Fell und Knochen tun könnten, das reglos auf einem Moosbeet lag.

»Jemand soll Licht machen«, befahl Sylber. »Wir wollen mal sehen, was wir hier haben.«

Alissa nahm eine Zunderbüchse aus dem Beutel an ihrem Gürtel, und bald brannte ein Haufen trockener Piniennadeln lichterloh. Sie fertigte aus einem Bündel Farn so etwas wie eine Fackel und stellte sich neben Sylber, während dieser sich das Opfer der Dachse genauer ansah.

»Es ist ein Hase«, stellte Sylber fest, während er die reglose Gestalt betrachtete. »Kennt ihn jemand von euch?«

Grind drängte sich nach vorn. »Das ist Mäcki Messingnase«, erklärte er sogleich. »Wahrscheinlich war er auf dem Weg zum Boxkampf in der Burg.«

»Mäcki Messingnase?«, wiederholte Waldschratt. »Angeblich soll er ziemlich gut sein, was?«

»Er ist der Beste von allen«, bestätigte Kunicht.

»Na ja, im Augenblick ist er nur noch Matsch und …«, sagte Alissa. »Ich glaube, er ist tot. Er hat von diesen niederträchtigen Burschen einiges einstecken müssen. Ich möchte wissen, ob sie sein Geld erwischt haben.«

Miniva nickte. »Ja. Sieh nur, sein Beutel ist vom Gürtel abgeschnitten worden. Nur ein bisschen Leder ist noch übrig. Es ist doch wirklich ein Jammer, dass ein Tier nicht allein durch die Wälder von Welkin wandern kann, ohne von anderen angegriffen zu werden.«

Kunicht fragte: »Sollen wir ihn begraben?«

Waldschratt, der in der Gruppe die Rolle des Arztes spielte, legte dem Hasen das Ohr an die Brust und lauschte angestrengt. Er hatte den Eindruck, dort noch ein schwaches Schlagen zu hören, aber es war leiser als der Puls einer Biene. »Er lebt noch – so eben. Errichtet ein Feuer und versucht, ihn während der Nacht warm zu halten. Wenn er bis morgen früh durchkommt, hat er vielleicht noch eine Möglichkeit zu überleben. Sonst, glaube ich, ist es aus mit ihm. Ich mische einige der Heilkräuter, die ich im Beutel habe, für ihn zusammen.«

»Diese Wilden haben ihm mit ihren Keulen ordentlich zugesetzt«, meinte Sylber. »Kunicht und Grind, ihr beide sucht Holz für ein Feuer. Birnoria, du bereitest ein Bett aus Piniennadeln, schön weich. Er soll auf jeden Fall eine angenehme Nacht haben, auch wenn es seine letzte sein mag. Miniva und Alissa, ihr haltet Wache – eine am nördlichen Waldrand, eine am südlichen. Im Westen verläuft eine tiefe Schlucht und im Osten ein wilder Fluss, wir brauchen also keine Angst vor Angriffen aus diesen Richtungen zu haben.«

Die Wiesel machten sich mit Feuereifer an die ihnen aufgetragenen Erledigungen. Sie errichteten ein großes Feuer in der Mitte einer Lichtung. Waldschratt trug eine Salbe auf die Schnitte, Beulen und Prellungen des Hasen auf, dann zwang er ihn, eine Medizin zu schlucken.

Was die Dachse betraf, so hoffte Sylber, dass das Licht der Feuer sie davon abhalten würde zurückzukehren, dennoch wurden für die gesamte Dauer der Nacht Wachtposten aufgestellt. Es geschah jedoch nichts Schlimmes, und schließlich brach der Morgen an wie eine graue Katze, die über die Moorlandschaft schleicht. Alissa ging zum Fluss, um etwas frisches Wasser zu holen, dann untersuchten sie den Hasen.

»Er atmet noch«, sagte Birnoria. »Ich glaube, er kommt durch.«

»Es stand allerdings auf Messers Schneide«, bemerkte

Kunicht. »Diese Schurken hätten ihn beinahe fertig gemacht.«

Birnoria tauchte einen Stofffetzen in das kalte Wasser aus dem Fluss und tupfte damit das blutunterlaufene Gesicht des Hasen ab. Wenig später, als der Getreidebrei fürs Frühstück kurz vor dem Aufkochen war, öffnete er die Augen. Er blickte in die Gesichter von Birnoria, Kunicht und Alissa, die sich über ihn beugten.

»Dach-se«, brachte er mühsam krächzend hervor.

»Frech-dach-se«, bestätigte Kunicht.

Birnoria warf ihm einen tadelnden Blick zu. »Dies ist nicht der richtige Augenblick für Blödeleien, Kunicht.«

»Warum denn nicht? Vielleicht heitert das Messingnase ein bisschen auf.«

»Messing ... nase, ja«, murmelte der Hase. »Ich bin ... Messingnase.«

»Im Augenblick eher Schwammnase, werter Herr«, meinte Grind, der sich zu der Gruppe gesellte. »Du bist völlig zermatscht. Mach dir nichts draus, wir bringen dich zur Burg. Sylber und Waldschratt basteln gerade eine Trage, damit wir dich transportieren können. Du bist jetzt in sicheren Pfoten.«

Messingnase machte ein zufriedenes Gesicht und schloss die Augen.

Nach dem Frühstück hoben sie den Hasen auf die Trage, an jeder Ecke ein Wiesel. Während des Transports hielt er die Augen geschlossen und ruhte sich anscheinend aus. Er war ein sehr schwerer Hase, und sie waren froh, als das Wasser in Sicht kam. Sie sahen die Burg auf einer Insel in der Mitte des Sees.

»Jetzt brauchen wir ein Ruderboot oder etwas Ähnliches«, sagte Sylber. »Grind, würdest du bitte am Ufer entlanggehen und sehen, ob du eines findest? Bestimmt gibt es irgendwo in der Nähe eine Anlegestelle. Fähren sprießen wie Pilze aus dem Boden, wenn es irgendwo eine neue Wasserrinne zum Überqueren gibt.«

Tatsächlich fanden sie eine Mole, wo Fähren gute Geschäfte machten, besonders jetzt, da der Boxkampf bevorstand. Ein mürrisches altes Hermelin mit einem Kahn fand sich bereit, sie überzusetzen. Es enthielt sich jeder Bemerkung, als sie den starren und allem Anschein nach leblosen Hasen an Bord trugen. Dieser Fährmann machte den Eindruck, als könne ihn nichts mehr erschüttern; bestimmt würde er nicht einmal mit der Wimper zucken, wenn der Mond vom Himmel fallen und ins Wasser plumpsen würde.

Als die Gruppe die Burg erreichte, kamen gleichzeitig andere Boote an oder legten ab. Man hatte Holzstufen an der äußeren Wand errichtet, um den Passagieren das Ein- und Aussteigen zu erleichtern. Adelige Müßiggänger beugten sich über die Zinnen und beobachteten das Kommen und Gehen. Hier bot sich eine neue Art der Zerstreuung für jene, die sich schnell langweilten.

Zwischen diesen Aristokraten stand Sheriff Trugkopp. Sein Blick fiel auf die ehemaligen Gesetzlosen und dann auf die Gestalt, die auf der Trage lag. Er straffte sich sichtlich, und sein weißer Latz mit dem Brandzeichen sträubte sich.

»Jetzt die Treppe hinauf mit ihm«, sagte Waldschratt. »Vorsichtig, Wiesel, lasst ihn nicht runterrutschen.«

Trugkopp kam ihnen schnaufend und schwitzend an der obersten Stufe entgegen.

»Ach nee, ist das nicht unser alter Freund, Sheriff Trugkopp?«, rief Grind. »Bist wohl gekommen, um uns zu begrüßen, ja?«

»Bestimmt nicht«, entgegnete Trugkopp mit finsterer

Miene. Dann nahm seine Stimme einen anderen Klang an. »Äh … könnte es sein, dass das da Mäcki Messingnase ist?«

Sylber senkte den Blick zu der Gestalt auf der Bahre. »Ja, er ist es. Er wurde auf dem Festland von Wegelagerern überfallen.«

»Ist er … tot?«

»Nein«, antwortete Birnoria, »er ist noch ziemlich lebendig, Gott sei Dank. Der arme Hase ist von diesen Teufeln mit Schlagstöcken grün und blau geschlagen worden.«

»Ist er … erlaubt sein Zustand, dass er zum Kampf antritt?«

»Du machst wohl Scherze, werter Herr«, entgegnete Grind. »Er kann kaum ein Augenlid bewegen, ganz zu schweigen von einer Pfote. Dieser Hase läuft jedenfalls außer Konkurrenz. Warum, hast du eine Wette auf ihn abgeschlossen?«

Ein Ausdruck der Erleichterung breitete sich im Gesicht des Sheriff-Hermelins aus. »Eine Wette? Nein – das heißt ja, aber es macht mir nichts aus zu verlieren. Ich meine, dabei geht es ja nur um Geld, nicht wahr? Der arme Kerl kann schließlich nichts dafür, dass er nicht zum Kampf antreten wird, oder? Das muss man sich mal vorstellen – einfach so von Dachsen überfallen zu werden! Denen kann man heutzutage überhaupt nicht mehr trauen. Es wird immer schlimmer mit ihnen, wisst ihr. Ich kannte mal einen Dachs …« Trugkopp hielt inne, weil die Wiesel ihn mit zusammengekniffenen Augen ansahen.

»Wer hat etwas von Dachsen gesagt?«, fragte Grind.

Sylber fuhr fort: »Ja, genau – was weißt du über die Sache, Sheriff Trugkopp?«

»Wieso … habt ihr nicht von Dachsen gesprochen?«

»Er hat ›Wegelagerer‹ gesagt«, antwortete Birnoria und kniff die Lippen zusammen.

»Stimmt, das habe ich gesagt«, bestätigte Sylber.

»Nun ja«, Trugkopp gab ein klirrendes Zähneklappern von sich, »wisst ihr, heutzutage sind die meisten Wegelagerer tatsächlich Dachse. Das kann man mit Fug und Recht behaupten. Deshalb habe ich ganz selbstverständlich angenommen, dass es sich um Dachse handelt.« Sein Ton wurde ein wenig förmlicher, als ihm einfiel, mit wem er sprach. »Überhaupt, was hast du denn damit zu tun, Sylber?«

»Für dich immer noch Lord Sylber. Ich denke, ich stehe in der Rangordnung über dir, Sheriff Trugkopp, und ich wäre dir dankbar, wenn du mich mit meinem richtigen Titel anreden würdest.«

Trugkopps Gesicht lief rot an, und er sah aus, als werde er jeden Augenblick platzen. »Hör zu ...«, begann er mit angestrengter Stimme.

»Lord Sylber«, drängte Birnoria.

»Hör zu, Lord Sylber« – fast wäre Trugkopp an diesen Worten erstickt –, »ich weiß nichts über diese Sache, ehrlich. Es gab in letzter Zeit viele Berichte über zwei gewalttätige Dachse auf dem Festland, die Pilger und Wanderer überfallen. Ich werde gleich heute noch eine Gruppe von bewaffneten Hermelinen hinüberschicken, um herauszufinden, was gegen sie unternommen werden kann. Unterdessen wäre ich dankbar, wenn ihr mich nicht weiterhin beschuldigen würdet – was immer es sein mag, dessen ihr mich beschuldigt –, schon gar nicht in Anwesenheit meiner Untergebenen und Freunde.« Er machte eine weit ausholende Geste zu den Soldaten – seinen Untergebenen – sowie zu den adeligen Hermelinen hin – seinen Freunden.

»Was ist denn hier los?«, fragte Jesses, der sich zu der Gruppe gesellte. »Was macht ihr Wiesel hier, so zahlreich auf unserer Brustwehr? Und wer ist der Kerl da ... ach, du meine Güte, das ist ja Mäcki Messingnase. Ist er tot? Ich habe tausend Silberlinge darauf gewettet, dass er den Kipper platt macht.«

»Nein, er ist nicht tot, aber viel fehlt nicht dazu«, antwortete Sylber. »Ganz sicher erlaubt sein Zustand nicht, dass er boxt. Darf ich fragen, gegen wen du gewettet hast?«

»Na ja, gegen Prinz Punktum«, antwortete Jesses und hob den Kopf. Seine Miene verfinsterte sich weiter. »Nicht, dass dich das etwas angeht, Wiesel. Und schau mich gefälligst nicht so an, sonst schlage ich dir die Augen aus. Mir ist es gleich, ob du zum Lord aufgeblasen worden bist oder nicht. Meiner Meinung nach bist du immer noch ein widerliches kleines Wiesel. Am liebsten würde ich mit dir hinausgehen und dir zeigen, was ich von dir halte, aber ich habe jetzt keine Zeit.« Mit diesen Worten warf Jesses Mäcki Messingnase einen letzten verächtlichen Blick zu, machte sodann auf vier Pfoten kehrt und entfernte sich.

Grind sah Trugkopp an. »Prinz Punktum, ja? Ich schätze, jeder Adelige hier in der Burg hat wahrscheinlich gegen Prinz Punktum gewettet und auf Messingnases Sieg gesetzt. Es würde dem Prinzen sehr gut in den Kram passen, wenn Messingnase nicht in der Lage wäre zu kämpfen, oder etwa nicht?«

»Wage es ja nicht, auch noch dem Prinzen etwas zu unterstellen«, brummte Trugkopp. »An mir persönlich prallen deine Beleidigungen ab, weil ich nur Verachtung übrig habe für alles, was Kinder- und Wieselmund kundtut. Aber ich werde jeden einsperren lassen, der irgendwelche Anschuldigungen gegen meinen Prinzen vorbringt.«

»Würde es dir etwas ausmachen, uns den Weg zur Krankenstation zu weisen?«, fragte Birnoria kühl. »Dieser Hase braucht dringend medizinische Versorgung.«

»Bringt ihn zu den Nonnen im Westturm«, antwortete der Sheriff hochnäsig. »Aber bevor ihr geht, möchte ich eure Rucksäcke überprüfen. Wir werden hier in der Burg immer nachlässiger, indem wir allem möglichen Abschaum den Zutritt gestatten, ohne die Leute nach Waffen zu durchsuchen, die dafür verwendet werden könnten, dem Prinzen Schaden zuzufügen.«

»Wir tragen keine Waffen außer unseren Steinschleudern bei uns«, sagte Sylber missmutig. »Und die brauchen wir, um uns zu schützen, wenn wir freies Gelände durchqueren.«

»Trotzdem möchte ich einen Blick in die Rucksäcke werfen.«

Grind trat vor, nahm den Sack von seinem Rücken und öffnete ihn. »Bitte sehr, bedien dich, werter Herr.«

»Für dich immer noch Sheriff.«

Trugkopp griff in den Sack und zog einen der Fliegenkuchen heraus. »Was ist das?«, fragte er und hielt das Ding hoch. »Es sieht wie ein Brötchen aus.«

»Das ist ein Kuchen. Ein Geschenk für jemanden«, erklärte Sylber.

»Ein Geschenk für mich«, sagte Trugkopp, wobei er den Mund weit öffnete und einen großen Bissen nahm. »Hmmmm.« Er kaute. Plötzlich veränderte sich sein Gesichtsausdruck. Er starrte den Kuchen in seiner Pfote an. »Woraus ist er gemacht?«

»Aus toten Fliegen«, sagte Birnoria unter Zähneklacken.

Trugkopp ließ den Kuchen fallen und spuckte das aus, was noch in seinem Mund war. Er würgte laut und taumelte zum Rand der Brustwehr. Nachdem er sich ausgiebig übergeben hatte, kam er blass und krank aussehend zu den Wieseln zurück. »Das ist abscheulich«, sagte er. »Ich sollte euch einsperren lassen, weil ihr mit giftigen Nahrungsmitteln handelt. Lest mal den Anschlag da drüben am Turm.«

Grind sah zu dem Geschriebenen hin und las laut vor: »auslän dischewa rendürf enni chtindie seburg impor tiertwer den.« Nachdem er die Notiz gelesen hatte, wandte er sich an den Sheriff. »Versteh ich nicht«, sagte er. »Was soll das sein, Latein?«

»Du Blödmann«, schimpfte Trugkopp. »Das heißt: Ausländische Waren dürfen nicht in diese Burg importiert werden.«

»Das sind keine ausländischen Waren, die Fliegen stammen aus heimischer Zucht – erstklassiges Zeug. Die meisten habe ich selbst gesammelt, die Lebenden aus der Jauchegrube unterhalb vom Garten in Distelhall und die Toten von der Fensterbank in Mutter Quins Küche.«

»Sie sind an sich nicht giftig«, erklärte Birnoria und schnürte den Rucksack wieder zu. »Höchstens eklig. Wir tragen uns mit der Absicht, ein Restaurant zu eröffnen und sie dort zu servieren. ›Zoonoos‹ wollen wir es nennen, nach einem Vetter von mir …«

Der Sheriff riss entsetzt die Augen auf, dann würgte er erneut und stakste schließlich davon, um die ehemaligen Gesetzlosen sich selbst zu überlassen.

»Geschieht ihm recht«, sagte Grind. »Hoffentlich bekommt er die Scheißerei.«

Sie luden sich die Bahre mit Messingnase wieder auf

die Schultern und machten sich auf die Suche nach dem Westturm. Waldschratt wühlte in einigen Kräutern, die er am frühen Morgen gesammelt hatte. Er war kein besonders guter Magier, aber er kannte seine Medizin. Es ging die Sage, dass er ein dem Tode nahes Tier mit einer Prise hiervon und einem Zweiglein davon ins Leben zurückgeholt hatte. Er war überzeugt, dass sich der Zustand des Hasen bald verbessern werde, wenn Messingnase erst einmal in einem ordentlichen Bett behaglich untergebracht wäre und ihm selbst die entsprechenden Einrichtungen zur Verfügung stünden, um damit den einen oder anderen Sud zuzubereiten.

Viertes Kapitel

Die Wiesel luden ihre Fracht im Westturm ab und überließen Messingnase der Fürsorge von Wieselnonnen. Waldschratt blieb bei ihm. Der Zauberer kochte bereits einige sonderbar aussehende Blätter und Wurzeln in einem Eisentopf aus. Der Rest der Gruppe begab sich zum großen Saal, wo ein Boxring aufgebaut worden war. Im Gegensatz zu den Boxringen der Menschen, die eckig sind, sind die von Hasen benutzten rund. Hasen haben den Boxring als solchen erfunden, und daher stammt auch ursprünglich der Name. Die Menschen übernahmen zwar den Namen, veränderten jedoch die Form aus einem unerfindlichen Grund, der lediglich diesen widersprüchlichen zweibeinigen Geschöpfen bekannt sein dürfte.

Hier trafen sie Hasen an, die sich gegenseitig als Sparringspartner dienten, so wie sie es im Freien auf grasbewachsenen Hügeln oder Feldern zu tun pflegten.

Auf einem hohen Sessel saß Prinz Punktum und schaute ihnen zu. Er befand sich in Gesellschaft seiner Schwester, Sibiline, und seines Hofnarren, Pompom.

Als Pompom die Wiesel erblickte, tänzelte er mit seiner an einem Stock befestigten aufgeblasenen Mäuseblase zu ihnen heran. Er strotzte offensichtlich vor frühlingshaftem Übermut und war im Begriff, die ehemaligen Gesetzlosen mit seinem Ballon zu schlagen. Dann traf ihn der Blick von Grinds Augen, und er hielt wie erstarrt in seinem Tun inne.

»Wenn du mich mit diesem Ding berührst«, sagte Grind, »dann nehme ich dich mit in diesen Ring da drüben und verpasse dir eine gehörige Abreibung.«

Pompom blinzelte, als ob er gleich anfangen werde zu weinen, dann machte er kehrt und stolzierte geziert zurück an die Seite des Prinzen, wobei er »Spielverderber« über die Schulter rief.

Als der Prinz das hörte, schaute er zu den Wieseln hinüber und verzog das Gesicht zu einer mürrischen Grimasse. Er flüsterte seiner Schwester etwas zu, und beide klackten erheitert mit den Zähnen. Kurze Zeit später erhob sich der Prinz träge und schritt durch eine Tür auf der anderen Seite des Saals, sein Gefolge im Schlepptau.

»Gut, dass der weg ist«, murmelte Sylber. Dann rief er einem Hasen in seiner Nähe zu: »Bist du nicht Kipper?«

Der magere, drahtig aussehende Hase hielt mitten in einem Übungskampf inne. »Der bin ich. Wer will das wissen?«

»Sylber – Lord Sylber von Distelhall, Grafschaft Sonstewo. Wir haben auf dem Weg nach hier einen Freund von dir aufgelesen. Mäcki Messingnase.«

»Das ist kein Freund von mir. Er ist zwar ein guter Boxer, aber man kann sich in diesem Geschäft keine Gefühle leisten. Ich werde ihn zu Boden zwingen, wenn die Zeit dafür gekommen ist.«

»Nein, das wirst du nicht. Er wurde mit Knüppeln zusammengeschlagen. Und nun liegt er auf der Krankenstation.«

Kipper runzelte die Stirn und kam zu den Wieseln.

»Zusammengeschlagen, sagst du? Das ist schlimm. Er ist zwar mein Kampfgegner und Rivale, aber so etwas Böses wünsche ich ihm nicht. Wisst ihr, wer dafür verantwortlich ist?«

»Die schurkischen Dachse. Sie standen über ihm, als wir am Schauplatz des Geschehens ankamen. Ich glaube, sie hätten ihn umgebracht, wenn wir nicht aufgetaucht wären.«

Kipper nickte. »Ich wette, da ist etwas Übles im Gange. Wie ich gehört habe, sind die Wettsummen in diesem Jahr besonders hoch. Ich selbst halte nicht viel vom Zocken. Ich wünschte, wir könnten den Sport von solchen Dingen sauber halten. Aber so ist das nun mal. Selbst wenn es von Gesetzes wegen verboten wäre, würden sie es trotzdem tun, jene, die töricht genug sind, ihr mehr oder weniger schwer verdientes Geld zu vergeuden.«

»Dann weißt du also nichts von der Sache?«, fragte Grind.

»Nicht das Geringste, und ich weise die in deinen Worten anklingende Unterstellung weit von mir, Freundchen.«

»Entschuldigung«, bat Sylber, »natürlich verdächtigen wir in erster Linie das Tier, das am meisten Nutzen von dem Umstand hat, dass Messingnase außer Gefecht gesetzt wurde.«

»Hör zu, Wiesel, klar will ich gewinnen – aber ich will in einem fairen Kampf gewinnen. Es gibt mir nichts, wenn ich aufgrund von üblen Machenschaften gewinne. Für mich zählt nur das, was da oben im Ring passiert. Jeder andere Sieg ist unehrenhaft. Die Sache mit Messingnase tut mir wirklich Leid. Ich hatte mich auf den Kampf gefreut.«

»Ich glaube dir«, sagte Sylber. »Wenn dir irgendetwas zu Ohren kommt, lass es uns wissen, ja? Wir haben jetzt sozusagen einen Wetteinsatz, was den Ausgang der Geschichte betrifft.«

»Das mache ich ganz bestimmt.«

Sie verließen den Saal und gingen zu einem Innenhof im Ostflügel, wo sich alle Besucher einen Schlafplatz suchten und diesen am Boden kennzeichneten. Dort herrschte ein lebhaftes und buntes Treiben: es gab Buden mit etwas zu essen, Wasserverkäufer und andere Händler. Die ehemaligen Gesetzlosen trafen bald auch einen alten Bekannten – einen Otter namens Flutsch, der stark ins Stoffe- und Modegeschäft eingestiegen war.

Flutsch war inzwischen der persönliche Modeberater der Prinzessin, dennoch bewegte er sich noch zwischen den gewöhnlichen Tieren. Heute war er mit einem wallenden Gewand in gebranntem Orange bekleidet (Orange war seine Lieblingsfarbe). Es war ein fließendes, locker sitzendes Kleidungsstück, eher aus östlichen Gefilden inspiriert, und der leichte Stoff wogte und wallte in großartigen Wellen um seine Ottergestalt. Auf dem Kopf trug er einen indigofarbenen Turban; seine Hinterpfoten steckten in Sandalen mit Riemen in gebranntem Orange und Indigo.

»Hallo, Flutsch!«, rief Grind. »Wie läuft's in der Nadel-und-Faden-Branche?«

Der Otter sah zu ihnen herüber, und seine Miene verriet die Freude, die er beim Anblick der ehemaligen Gesetzlosen empfand. Sie hatten einigen Anteil daran, dass er sich von seiner alten Clique gelöst hatte; sie lebte immer noch in einem unterirdischen Fluss, in ständiger Angst, dass ihr Aufenthaltsort entdeckt werden könnte.

»Grind, Sylber, Birnoria, Alissa, Lukas!«, rief der junge

Otter. »Es ist einfach wundervoll, euch zu sehen!« Er schwebte entzückt zu den Wieseln hin und kam vor ihnen zum Stehen.

»Du siehst so aus, als ob es dir nicht eben schlecht ginge«, bemerkte Grind. »Das Leben in der Burg gefällt dir, was?«

»Ich bin zurzeit der Liebling der Prinzessin. Sie ist so aufregend. Ihr gefällt jede meiner Schöpfungen. Ich verarbeite diesen wundervollen Stoff, den ich aus dem fernen Osten von Welkin bekomme. Er wird mir mittels Mäusekarawanen geliefert. Das Geheimnis liegt in der Färbung, sie beruht auf einem Lehm, den man nur im Okatonbecken findet …«

Die Augen der Wiesel wurden allmählich glasig, während sich der Otter ausschweifend seinem Lieblingsthema hingab. Sie sprachen mit ihm über dies und jenes und fragten ihn schließlich, ob er irgendetwas über die Umtriebe von Schurken in der Gegend gehört hätte.

Der Otter legte die Stirn in kleine Falten, während er angestrengt nachdachte. »Ich bin mir nicht sicher, was das Schurkische betrifft«, sagte er, »aber ich habe neulich morgens zwei verdächtige Dachse gesehen. Sie kamen im Frühnebel über den See und betraten die Burg, noch bevor irgendjemand wach war. Das heißt, ich war wach, aber abgesehen von ein paar dösenden Wachtposten war ich der Einzige.«

»Weißt du, zu wem sie wollten?«, fragte Sylber.

»Ich habe gesehen, dass Spinfer sie empfangen hat. Er ist der Hermelindiener des Sheriffs. Die beiden haben ziemlich ungepflegt ausgesehen, wie zwei richtige Penner, das kann ich euch sagen. Ich habe gehört, wie Spinfer sie mit Namen angesprochen hat – Jerk? Lurk?

Nein, wartet mal – Hark. Hark und Nackert. So hat er sie genannt.«

»Fellabzieher«, sagte Grind. »Die kenne ich. Echte Penner, wie du gesagt hast, Flutsch. Wenn sie nicht gerade jemandes Großmutter klauen, stehlen sie Leichen von Galgen, um die Häute an Stiefelmacher zu verkaufen.«

»Hmmm«, murmelte Sylber. »Dann sieht es wohl so aus, als ob wir in Bezug auf Sheriff Trugkopp Recht gehabt hätten. Er steckt tatsächlich hinter dem Ganzen. Wir können allerdings nicht viel dagegen unternehmen, selbst wenn wir es beweisen könnten. Es ist äußerst unwahrscheinlich, dass der Prinz den Sheriff dafür bestraft. Ich denke, im Augenblick müssen wir die Dinge einfach auf sich beruhen lassen.«

Die ehemaligen Gesetzlosen verabschiedeten sich von Flutsch, und Sylber erklärte den anderen, er werde später wieder zu ihnen stoßen. Es gab nämlich tatsächlich einen guten Grund, warum er nach Burg Rägen gekommen war. Als zum ersten Mal die Rede von dem Boxkampf gewesen war, war er gegen den Vorschlag gewesen, sich die Zeit zu nehmen und dem Ereignis beizuwohnen, doch dann war ihm eingefallen, dass es einen sehr berühmten Landkartenzeichner gab, der in der Burg wohnte. Es handelte sich dabei um einen Iltis namens Polemig, eines der wenigen Tiere auf Welkin, das mit den Vögeln der Luft befreundet war. Im Allgemeinen gingen Feder und Fell getrennte Wege, doch Polemig hatte mit den Fliegern und ihresgleichen eine Basis des gegenseitigen Verständnisses aufgebaut.

Jetzt machte Sylber sich auf die Suche nach Polemig. Nachdem er sich bei einigen Tieren erkundigt hatte, fand er den Landkartenzeichner schließlich in einem Raum im Nordturm. Dieser Raum hatte viele Fenster, durch die Vögel hereinflogen, um den Iltis zu besuchen. Vor der Tür hing eine Glocke, an der Sylber läutete.

»Herein! Herein!«, rief eine schrille Stimme. »Es ist offen.«

Sylber öffnete die kleine Tür, die in eine größere eingebaut war, und betrat einen Raum, der voll gestopft war mit losen Papierblättern. Sie hingen überall herum, mit Stecknadeln an Leinen aufgehängt. Diese verliefen kreuz und quer durch den Raum, wie Wäscheleinen in den Hintergassen von Wieseldörfern. An den Leinen hingen Papierblätter, die in Rot, Blau und verschiedenen anderen Farben bekritzelt waren. Sie schwankten sanft im Wind, der durch die vielen Fenster hereinwehte. Unter den Papieren, bei denen es sich offensichtlich um Karten handelte, deren Tinte trocknete, staksten Dutzende von Vögeln einher. Sie wanderten im Raum herum und blickten mit kritischen Augen zu den Karten hinauf; manchmal traten sie einen Schritt zurück und neigten den Kopf zur Seite, als ob sie einen besonderen Teil der Arbeit vor ihnen eingehend prüfen wollten.

»Was kann ich für euch tun, Wiesel? Macht schnell, ich habe viel zu tun.«

Sylber schaute zu der Stelle, von der aus die Stimme kam, und sah ein mageres, dunkelfarbiges Geschöpf, dessen langhaariges, weich wirkendes Fell unter dem Deckhaar einen cremefarbenen Ton zeigte, wenn der Wind es zauste. Der Iltis saß an einem hohen Pult und war emsig damit beschäftigt, einen kratzenden Federhalter über das Papier zu ziehen. Verschiedene andere Federhalter standen in Töpfen mit unterschiedlich farbiger Tinte vor ihm. Tinte rann über die Ränder der Töpfe, und die Rinnsale erzeugten einen Regenbogen, während sie sich über die Schreibtischplatte ergossen und eine Pfütze am Boden unter seinem Stuhl bildeten.

»Was hast du da im Gesicht?«, fragte Sylber und betrachtete ein Gestell aus Draht und Glas, das wie eine glanzäugige Krabbe an den Ohren und der Nase des Landkartenzeichners haftete. »Sieht aus wie zwei Fensterscheiben.«

»Das?«, antwortete der Iltis erheitert und nahm dabei den Gegenstand ab. »Der wissenschaftliche Ausdruck dafür lautet ›Glotzer‹. Meine Erfindung. Er besteht aus Flaschenböden und Draht. Ich kann damit besser sehen, wenn ich Einzelheiten zeichnen muss, die einen feinen Strich und viel Fingerspitzengefühl erfordern.«

Er setzte sich das Gestell wieder auf die Nase. Sylber fand, dass es sehr düster wirkte, und war sich nicht sicher, ob er einem Geschöpf trauen konnte, das etwas so Seltsames im Gesicht trug. Man konnte nicht einmal sehen, wie die Augen hinter diesen kleinen runden Bullaugen dreinblickten.

»Also? Sicher hast du ein bestimmtes Anliegen, sonst wärst du nicht hier. Worum geht es?«, fragte der Landkartenzeichner.

»Ah… ja, Entschuldigung. Ich bin… ich bin Lord Sylber von Distelhall.«

»Hab von dir gehört. Warst früher mal ein Gesetzloser. Dann hat man dich zum Lord befördert.«

»Stimmt. Nun, ich bin im Begriff, eine Reise anzutreten. Meine Freunde und ich haben die Absicht, über das Kobaltmeer zu segeln. Wir brauchen Landkarten…«

»Seekarten«, berichtigte ihn der Iltis. »Für eine Reise übers Meer braucht man Seekarten. So nennt es die Marine.«

»Welche Marine?«

»Oh, irgendeine Marine. Wir Tiere haben natürlich keine Marine, aber die Menschen hatten eine. Seekarten, mein liebes Wiesel. Es handelt sich um Seekarten.«

»Also gut. Wir würden gern einige deiner Seekarten kaufen.«

Der Iltis mit dem Namen Polemig machte sich wieder daran, mit dem Federhalter auf dem Papier, das vor ihm lag, herumzukratzen. »Tut mir Leid, ich verkaufe nicht an Säugetiere. Das sind Kunstwerke, die nur für die Vögel gemacht sind. Die Vögel halten sie als Originalwerke in Ehren. Oft rahmen sie meine Arbeiten und hängen sie auf. Sie werden genau nach Anweisung geschaffen, verstehst du, anderenfalls hätte ein Künstler wie ich nicht das nötige Wissen, um danach zu arbeiten.«

»Ich bin nicht sicher, ob ich dich richtig verstehe.«

Der Iltis hielt erneut inne und musterte Sylber durch seine ›Glotzer‹, wobei rote Tinte von seinem Federhalter tropfte und ihm über die Pfoten lief. »Viele Vögel befinden sich auf Wanderschaft. Sie fliegen über das Land und das Meer und prägen sich die Landschaft, die sie überfliegen, ins Gedächtnis ein. Sie kommen zu mir und erzählen mir, wo sie gewesen sind und wie die Formen der betreffenden Landschaften und Meere aus der Luft aussehen. Ich zeichne diese Einzelheiten in meine Land- und Seekarten ein. Die Wanderer zeigen ihren Freunden gern ihre Reiserouten und die Orte, an denen sie den Winter oder den Sommer verbracht haben, also kaufen sie die Karten, um sie für sich zu behalten oder zu verschenken.«

»Machst du denn keine Kopien?«, wollte Sylber wissen.

Der Iltis erschauderte auf eine Weise, wie es bei Flutsch vorstellbar gewesen wäre, wenn ihm jemand nahe gelegt hätte, er solle braunes Sackleinen für eine seiner Kreationen verwenden. »Kopien? Ich mache niemals Kopien. Ich habe dir doch gesagt, es handelt sich hierbei um Kunstwerke. Aber sieh dich ruhig um. Hab nicht das Gefühl, dass du mir nicht willkommen bist.« Mit diesen Worten machte sich der Iltis wieder an die Arbeit und überließ Sylber etwas ratlos sich selbst.

Er wanderte tatsächlich in dem Raum herum und betrachtete einige der Land- und Seekarten, die an den Wäscheleinen hingen. Sie waren genau das, was er haben wollte. Sie zeigten die Inseln und Küstenlinien größerer Landmassen, und das Meer und die Flüsse dazwischen waren gekennzeichnet. Die Namen, die auf diesen ›Kunstwerken‹ vermerkt waren, waren tatsächlich Vogelnamen. Da gab es eine Ei-Insel und eine Nest-Bucht, eine Feder-Landzunge und eine Schnabel-Halbinsel, aber dennoch könnten sie ihm von großem Nutzen sein. Während Sylber so herumschlenderte, hatte er plötzlich eine Idee.

Er ging zurück zu dem Iltis, der immer noch an seinem Pult saß und emsig mit Zeichnen beschäftigt war. »Entschuldigung, Polemig, ich möchte dich nicht weiter stören, aber bewahrst du nicht vielleicht die Entwürfe deiner Arbeiten auf – du weißt schon, Rohzeichnungen und Skizzen?«

»Was? Ach, die. Ja, ja, natürlich, ich muss ja irgendwelche Vorlagen haben, nach denen ich arbeite. Sie befinden sich alle in den Heften da drüben.«

Sylber ging zu einem Hocker, auf dem ein Dutzend oder mehr Zeichenhefte mit rotem Einband lagen. Er schlug eines davon auf und sah auf jeder Seite Entwürfe und Skizzen von Land- und Seekarten. Der Maßstab stimmte nicht ganz, und natürlich waren sie etwas weniger kunstvoll ausgeführt als die Arbeiten, die der Iltis zum Verkauf an die Vögel anfertigte, aber ansonsten unterschieden sie sich kaum von diesen.

Sylber kehrte zum Zeichenpult zurück, und der Iltis verdrehte die Augen zur Decke. »Ich habe mich gefragt…«, setzte Sylber an, doch Polemig unterbrach ihn.

»Du möchtest meine Hefte ausleihen?«

»Falls das möglich ist.«

»Nur zu, nur zu. Nimm sie mit. Wenn das bedeutet, dass ich dich für eine halbe Stunde los bin.«

»Na ja, ich dachte an eine etwas längere Zeit.«

»Wie auch immer. Bring sie zurück, wann es dir beliebt. Aber lass mich in Ruhe.«

Sylber nahm schweigend die wertvollen Hefte mit den Land- und Seekarten an sich und verließ den Raum.

Fünftes Kapitel

Prinz Punktum wusste natürlich nicht, dass Sylber und seine Gruppe immer noch die Absicht verfolgten, die Menschen zu finden und sie nach Welkin zurückzuholen. Der Prinz gehörte zu den Tieren, die auf eine sehr unkluge Weise selbstgefällig waren. Er weigerte sich, die Gefahr der Überschwemmung ernst zu nehmen, und hielt jene, die es taten, für Angst-Hasen. Und überhaupt redete er sich ein, dass es ihm egal sei, ob die zukünftigen Generationen eine wässrige Welt erben würden. Alles war ihm gleichgültig, solange er selbst nur behaglich lebte und die Macht innehatte. Hier und da ein paar Seen mehr machten ihm nichts aus. Er hatte Speisen auf dem Tisch und Honigtau in seinem Becher, also war mit der Welt doch wohl alles in Ordnung.

Aus diesem Grund überlegten es sich die ehemaligen Gesetzlosen gut, wen sie über ihre bevorstehende Expedition in Kenntnis setzten. Der Prinz lebte in erhabenem Unwissen, was ihre Pläne betraf. Mit der Welt war schließlich alles im Lot.

Der Boxwettkampf begann abends um sieben.

Grind hatte Kunicht gesagt, dass er ihn für einen Kampf gegen einen Hasen mit dem Namen Hans der Hammer angemeldet habe. Sie mussten Kunicht mit aller Gewalt zu seinem Platz in dem großen Saal schleppen, und er wehrte sich strampelnd und schreiend. Erst da klärte Grind ihn darüber auf, dass das Ganze nur ein Scherz gewesen sei.

»Du bist ein elender Mistkerl, Grind«, zischte Kunicht. »Eines Tages werde ich es dir heimzahlen.«

Während sie auf den ersten Kampf warteten, erhob sich im Saal ein Tumult. Natürlich verspäteten sich der Prinz und seine adligen Hermeline, und der Kampf musste aufgeschoben werden, bis sie ihre Plätze eingenommen hatten. Nachdem sie sich gesetzt hatten, blickten sich die adligen Hermeline um und entdeckten die ehemaligen Gesetzlosen drei Reihen hinter sich. Sie gaben Zischlaute und Buhrufe von sich und vollführten hässliche Gesten mit den Pfoten. »Wie-sel, Wie-sel, Wie-sel, Wie-sel ...«, skandierten sie und wollten damit erreichen, dass sich Sylber und die anderen unbehaglich fühlten.

Als die Gruppe trotzdem auf ihren Plätzen blieb, anscheinend ohne von dem Hohn und Spott Notiz zu nehmen, verstummten die Rufe bald, und der erste Kampf nahm seinen Lauf. Dieser wurde zwischen zwei jungen Hasenmännchen ausgetragen, die zum ersten Mal an diesem Ereignis teilnahmen. Der Kampf dauerte nur zwei Minuten, nach denen einer von ihnen mit blutiger Nase aufgeben musste. Der Schiedsrichter, ein betagter Hase, beendete den Kampf zu Gunsten des Grünbehosten, und auch wenn der Gelbbehoste Einspruch erhob, wurde die Entscheidung für gültig erklärt.

Im weiteren Verlauf des Abends wurden die Kämpfe von immer bekannteren und erfahreneren Hasen geführt. Die Summen, die von den adeligen Hermelinen bei jedem Kampf gewettet wurden, gingen dementsprechend in die Höhe. Doch die ganz großen Geldbatzen wurden noch für den Hauptkampf des Abends zurückbehalten.

Als die Glocke auf dem Nordturm, die mit der großen Wasseruhr im Innenhof des Prinzen verbunden war, die zehnte Stunde schlug, war die Zeit für das Finale gekommen. Kipper sprang mit federnden Schritten von der gelben Seite in den Ring, schattenboxend, um seine Muskeln kraftvoll-geschmeidig und seine Füße beweglich zu halten. Sheriff Trugkopp machte ein blasiertes Gesicht und flüsterte dem Prinzen etwas ins Ohr. Der Prinz klackte mit den Zähnen und rieb sich die Pfoten. Beide erwarteten vertrauensvoll die Ankündigung, dass Mäcki Messingnase aufgrund unvorhergesehener Umstände nicht würde erscheinen können: Dann würde Kipper einen Versäumnissieg davontragen.

Doch dann war aus dem hinteren Teil des Saals, wo sich die große Tür öffnete, aufgeregtes Raunen zu hören. Es breitete sich wie Wellengekräusel auf einem Teich in der Zuschauerschaft aus, bis es die vorderen Reihen erreichte. Der Prinz wandte sich um und runzelte die Stirn. Sheriff Trugkopp drehte sich ebenfalls um und verdrehte entsetzt die Augen.

Geführt von Waldschratt, schritt Mäcki Messingnase durch den Gang heran, ein wenig mitgenommen aussehend, aber keineswegs kampfunfähig. Der große Hase kletterte ohne Hilfe in den Ring. Der Schiedsrichter wechselte einige Worte mit ihm, nickte und ging dann in die Mitte des Rings, um eine Ankündigung zu machen.

»Wwwiiieee iiichch vvvooonnn dddeeerrr gggrrrüüünnneeennn Ssseeeiiittteee hhhööörrre, wwwiiirrrddd dddeeerrr Kkkaaammmpppfff fffooorrrtttgggeeessseeetttzzzttt!«, schrie er.

Ein tumultartiger Applaus begrüßte diese Eröffnung.

Die beiden großen Boxhasen traten in die Mitte des runden Rings und standen sich Kopf an Kopf gegenüber. Sie blickten sich gegenseitig in die Augen, wie es Boxer zu tun pflegen, wenn sie den Gegner einschüchtern wollen. Dann kehrten sie zu ihrer jeweiligen Seite zurück und trippelten pfotenschwingend vor, als die Glocke läutete. Kipper war ein Linkspfoter, was ihn für Messingnase zu einem schwierigen Ziel machte, während Mäcki seinerseits eine lange Reichweite und einen gefährlichen linken Haken hatte. Alles in allem waren sie einander ebenbürtig und deshalb auf der Hut.

Der Kampf war kein so großartiges Schauspiel, wie es nach allem Hörensagen versprochen worden war. Solche Ereignisse werden den Erwartungen nie gerecht. In der Vorstellung der Allgemeinheit bauen sie sich zu einer Größe – einem Phänomen – auf, die sie niemals erreichen können. Es war ein guter, harter Kampf, der ziemlich unbefriedigend mit einem Unentschieden endete. Boxfanatiker schworen noch Jahre später, dass Messingnase, wenn er in Form gewesen wäre, Kipper in die Wüste geschickt hätte, aber solche Typen stellten einen jeden Kampf mit einem ›Was-wäre-gewesen-wenn‹ in Frage und versuchten, das unveränderliche Ergebnis mit nachträglichem Gerede zu verändern.

Wegen des unentschiedenen Ausgangs waren alle Wetten null und nichtig. Der Prinz hatte kein Geld verloren, aber er hatte auch keines gewonnen. Er stand auf und wandte sich Trugkopp zu, den er mit leisen Worten aufforderte: »Sei so gut und komm mit in meine Gemächer, Hochsheriff, wir wollen uns ein wenig unterhalten.« Der unselige Sheriff folgte dem weißen Hermelin aus dem Saal hinaus, sichtlich zitternd. Als er an den ehemaligen Gesetzlosen vorbeiging, warf er ihnen einen hasserfüllten Blick zu, und es mutete geradezu wie ein Wunder an, dass sie nicht schrumpften und davongeweht wurden.

Als sich Waldschratt zu den Wieseln gesellte, klopften sie ihm mit den Pfoten auf die Schulter.

»Gut gemacht, edler Knappe«, lobte Grind feierlich. »Du hast es also geschafft, ihn wieder zusammenzusetzen, ja?«

»Meine Kenntnisse um die Wirkung von Heilpflanzen haben ein wenig dazu beigesteuert, glaube ich«, sagte der gelernte Zauberer. »Ich schmeichele mir, dass ohne sie Messingnase noch immer auf dem Rücken läge.«

»Ganz bestimmt«, bestätigte Sylber.

Später kam Messingnase persönlich zu den Wieseln und dankte ihnen für ihre Hilfe. Er versprach ihnen, dass er ihnen jederzeit einen jeden Gefallen tun würde, soweit es in seiner Macht stünde, ohne dass sie groß darum bitten müssten.

Die Wiesel verließen die Burg in der Nacht mit der Spätfähre, da sie nicht Gefahr laufen wollten, am Ende noch hinausgeworfen zu werden. Während das Fährhermelin sie von der Burg weg ruderte, blickten sie zur Brustwehr und sahen den Sheriff, der mit dem Kopf nach unten, an den Fußknöcheln verschnürt, von den Zinnen herabhing. Er wirkte äußerst unglücklich. Jeder von ihnen winkte ihm kurz zu – eine Geste, die er nicht erwiderte oder auch nur zur Kenntnis nahm –, dann wandten alle die Gesichter der Küste zu. Nun sollte ihr großes Abenteuer beginnen.

Ihr Ziel befand sich im fernen Nordwesten von Welkin, wo angeblich die Schiffe sein sollten, einige ungenutzt in einem großen Hafen schwimmend vertäut, andere noch auf Dock liegend. Sylber hoffte, dass sie ein geeignetes Schiff finden würden, nachdem die Menschen viele für sich beansprucht hatten, um zur Insel Dorma davonzusegeln.

Keinem Tier war vollkommen klar, warum die Menschen Welkin verlassen hatten. Sie waren schon seit vielen Jahren weg – eine lange Zeit, gemessen an der Lebensspanne der Wiesel, die ihr Dasein auf Erden in Jahreszeiten rechneten. Geschichten waren von Generation zu Generation überliefert worden, und der Legende nach waren die Menschen eines Morgens aufgewacht und hatten alle dasselbe Lied gesungen. Es war eine gespenstisch anmutende Weise gewesen, eine unter die Haut gehende Melodie, die sich in den Köpfen der Menschen eingenistet hatte, während sie geschlafen hatten.

Solche verzaubernde Musik wurde von den tückischen, wechselhaften Winden herangetragen, aus irgendeinem dunklen Winkel der Welt, wo natürliche Magie wie Gas aus Erdspalten aufstieg. Dieser Dampf schwebte über den gesamten Globus dahin. Meistens wurde die unbeherrschte Magie von den Elementen aufgelöst, vom Wind zerstreut oder von schweren Regenfällen verdünnt. Einmal in zehntausend Jahren jedoch war jener Dampf so dicht, dass er Teil des Windes ward und über Land und Meer getragen wurde und überall, wo er hinkam, Verwüstung anrichtete.

Deshalb waren die erwachsenen Menschen weggegangen, waren wie Lemminge zu den Häfen geströmt und hatten ihre Kinder mitgenommen. Die Kinder, die von anderer Art als die Erwachsenen sind, hatten sich von der seltsamen Magie nicht so sehr beirren lassen. Einige von ihnen hatten versucht, den Bann des Windes,

des unirdischen Liedes zu brechen, doch da sie kleine Geschöpfe mit begrenzter Kraft waren, waren ihre Bemühungen fruchtlos verlaufen. Sie wurden von Eltern mitgeschleift, deren Augen glasig waren, deren Kehlen allesamt dieselbe Melodie stöhnten, deren Geist hypnotisiert war. Einigen wenigen Kindern war es gelungen, Hinweise zu hinterlassen, aber mehr hatten sie nicht tun können.

Warum eine solch ungezähmte Magie die Erde heimgesucht hatte, gehörte zum Geheimnis des Lebens. Die Menschen hatten immer gedroht, eben jene Welt zu zerstören, die ihnen das Leben geschenkt hatte, indem sie die Erde bis zur Nacktheit entblößten und all jene Geschöpfe töteten, die für sie keinen Nutzen hatten. Vielleicht war also deshalb die Magie gekommen, um ihr irrsinniges Streben in Richtung einer Katastrophe aufzuhalten.

Der verrückte Wind hatte den erwachsenen Menschen eingegeben, sich zu einer Insel aufzumachen, wo sie alle sofort in einen tiefen, ewigen Schlaf fallen würden, ohne dass sie altern oder sich in irgendeiner Weise verändern würden ...

In dieser Nacht lagerten die Wiesel auf einem freien Feld. Sie entzündeten ein riesiges Feuer und sangen bis spät in die Nacht Wiesellieder. Grind erzählte Geschichten in der alten Sprache, während die anderen in die Flammen des Lagerfeuers starrten, mit seinen knisternden Stöcken und den Scheiten, die blau und orangefarben züngelten. Vor langer Zeit hatten sich ihre Vorfahren vor dem Feuer gefürchtet, doch heute schätzten sie es, da es ihnen Behaglichkeit, Wärme und Schutz bescherte.

Sie waren nicht weit vom Rattenterritorium entfernt.

Am nächsten Morgen würden sie früh aufstehen und aufbrechen müssen, denn das Feuer würde ihre Anwesenheit verraten. Doch fürs Erste waren sie in Sicherheit; die Ratten hatten sich ihre urtümliche Angst vor dem Feuer bewahrt, außerdem griffen sie niemals in der Dunkelheit an – ihre seltsamen Sumpfgötter verbaten das. Der böse Zauberer Flaggatis hätte sie zum Angriff gedrängt, doch selbst ihm war es nicht gelungen, die Angst der Ratten vor ihren barbarischen Göttern zu besiegen.

Sechstes Kapitel

Tatsächlich war am folgenden Morgen eine Bewegung in den namenlosen Marschen, als Flaggatis' Spione ihm berichteten, dass Lord Sylber und seine Wiesel unterwegs nach Nordwesten seien und sein Territorium streifen würden. Flaggatis hegte einen Hass gegen die Wieselgruppe, dem nur der Hass von Heckenvögeln gegenüber dem Kuckuck gleichkam. Diese Wiesel hatten seine Pläne bezüglich der Herrschaft in Welkin zunichte gemacht, und zwar kurz vor ihrer Durchführung, und nun hatte er nur noch ein Lebensziel, nämlich ihre Vernichtung.

Allerdings war der alte Hermelinzauberer auch neugierig zu erfahren, warum die Wiesel ihre sichere Heimat im Halbmondwald verließen, um sich so nahe an ihren eingeschworenen Feind heranzuwagen. Er hatte das Gefühl, es könne zu seinem Nutzen sein, sie zunächst verfolgen zu lassen, ohne sie gleich zu vernichten. Das könnte später immer noch geschehen. Seinem Befehl unterstanden zahllose Horden stinkender, schwachsinniger großer Nager, die mit Wonne schon allein deshalb töteten, um das Blut eines anderen Geschöpfes zu sehen. Es bedurfte nur eines Wortes von seiner Seite, dann würden die Rattenstämme sich übers Land ergießen; ihre Ochsenfroschbrüller würden die

Erde erschüttern, ihre Schädelstandarten würden flattern, ihre bösartigen Haken und Sicheln würden die Luft durchschneiden, voller Vorfreude darauf, andere Wesen umzubringen. (Flaggatis hatte seine Horden irrwitziger Ratten natürlich schon früher bei anderen Gelegenheiten ausgeschickt, jedes Mal ohne Erfolg, aber er war ein unerschütterlicher Optimist.)

Sylber und seine Gruppe merkten, dass sie verfolgt wurden. Diese besonderen Ratten waren gut darin, überallhin auszuschwärmen, aber im Anpirschen waren sie nicht sehr geschickt. Die Wiesel ließen sich nicht anmerken, dass sie die Ratten gesehen hatten. Es war besser, sie im Blick zu haben und zu wissen, was sie taten. Wenn sie sich mit den Ratten anlegen und sie in die Flucht schlagen würden, wäre das nur eine Ermunterung für Flaggatis, noch mehr solch niederträchtige Patrouillen auszuschicken.

Etwa gegen Mittag erreichten die Wiesel den Rand des Sumpfes, den sie durchqueren mussten. Dies war Ochsenfroschgebiet, das unter der Herrschaft eines großen, dicken Frosches namens Glubba stand. Gewöhnlich stellen Frösche für Wiesel keine Gefahr dar; es sind kleine, zahme Amphibien, deren einziges Interesse dem Fangen von Insekten gilt. In Glubbas Reich waren die Frösche jedoch so zahlreich, dass sie für Reisende eine beträchtliche Bedrohung darstellten. Sie konnten zu Hunderten über ein Tier herfallen und ihr Opfer ersticken oder allein aufgrund ihres Gewichts gar zerquetschen. Sie vermehrten sich hier ungehindert, da sie alle anderen Geschöpfe vertrieben oder vernichtet hatten – Fische, Molche und Kröten –, und nur noch wenige Vögel kamen in diesen Winkel. Es gab also keine Tiere mehr, die den Froschlaich oder die Kaulquappen aßen;

jedes Ei gedieh, wuchs zu einem weiteren Frosch heran und ergänzte die Massen, die bereits den Sumpf übervölkerten.

Sylber und seine Gruppe betraten den Sumpf unter den Blicken von zehntausend Fröschen.

»Was wollt ihr hier?«, dröhnte einer, der größer war als die anderen. »Was wollt ihr im Reich der Frösche?«

»Bist du König Glubba?«, fragte Sylber.

Der Frosch gab ein gewaltiges Quaken von sich, das durch den ganzen Sumpf widerhallte. Das war das Äquivalent zum Zähneklacken der Wiesel oder zum Lachen der Menschen. Der große Frosch gab also seiner Erheiterung Ausdruck. »Ich?«, fragte er.

»Nun, ich habe gehört, König Glubba sei der größte Frosch im Sumpf – und du scheinst dieser Beschreibung zu entsprechen.«

»Was wollt ihr von König Glubba?«

»Wir müssen sein Reich durchqueren, und wir haben Fliegenkuchen als Geschenk für ihn dabei, als Gegengabe für die Gewähr einer sicheren Durchreise.«

In diesem Augenblick krabbelte einer von Grinds Flöhen, jenen Geschöpfen, die ihm so sehr am Herzen lagen, aus seiner buschigen Braue hinunter auf die Nasenspitze. Sofort zuckte die Zunge des großen Frosches wie eine Peitsche aus dessen Maul. Mit tödlicher Zielsicherheit schnappte sie den Floh von Grinds Nasenspitze. Der Frosch schluckte und rülpste.

»He!«, brüllte Grind.

Doch der Frosch sagte lediglich: »Ein leckeres Häppchen«, und wandte sich ab, wobei er die Gruppe aufforderte, ihm zu folgen.

Mit strengem Blick ermahnte Sylber Grind, sich nicht weiter zu beschweren. Dann bedeutete der Anführer der Wiesel seiner Gruppe mit einem Handzeichen, dem großen Frosch in die Tiefen der Marschen zu folgen. Sie mussten sich an die einigermaßen trockenen Pfade durch den Sumpf halten, während der große Frosch einfach von einem Lilienbusch zur nächsten Leimkrautmatte und von dort zum nächsten Schilfbüschel hüpfte – immer unter der Voraussetzung, dass die Pflanzen sein Gewicht aushielten. Schließlich gelangten sie alle zu einer Stelle, wo die Binsen groß und stämmig waren. In der Mitte war eine Lichtung, wo sich ihnen ein grotesker, abscheulicher Anblick bot.

Es war ein Frosch von gespenstischen Ausmaßen.

König Glubba hatte sich auf die zwanzigfache Größe eines gewöhnlichen Ochsenfrosches ausgedehnt. Außerdem war seine Haut so straff über den Körper gespannt, dass sie beinahe durchsichtig war. Die Wiesel sahen durch die Schichten glänzenden Fetts darunter, wie sein Herz schlug. Er bot einen wirklich faszinierenden, wenn auch äußerst abstoßenden Anblick.

»WER WAGT ES, IN MEIN KÖNIGREICH EINZUDRINGEN?« Die Worte dröhnten über die Schilfgewächse hinweg.

Sylber versuchte, den Gesichtsausdruck des Königs zu deuten, doch die straffe Haut ließ kein Mienenspiel zu. Niemand vermochte zu sagen, ob er glücklich oder traurig war, wütend oder erfreut. Sein Maul verlief wie eine schmale Rinne von einem Ohr zum anderen. Unter diesem schmallippigen Schlitz hing ein fleischiges Kinn, das beim Sprechen an- und wieder abschwoll.

Sylber gab zur Antwort: »Wir sind nicht gekommen, um in dein Königreich einzudringen, sondern nur, um es zu durchqueren. Wir wollen zu dem Hafen gelangen, wo die Menschen all ihre Schiffe untergebracht haben.

In unseren Rucksäcken befinden sich Geschenke für dich, großer König.«

»GESCHENKE?«

Die Wiesel nahmen die Rucksäcke ab und öffneten sie. Dann holten sie ein in fettdichtes Papier gewickeltes Paket nach dem anderen heraus und packten es aus. Tausende von Froschaugen drängten näher, um eine gute Sicht zu haben, während die Fliegenkuchen mit ihren zerfließenden roten Mittelkernen und dem grünlich gelben Belag enthüllt wurden.

Ein allgemeines »Ooohhh…« schwebte über die Marschlandschaft, als die kritischen Frösche erkannten, um welche Art von Geschenken es sich handelte.

»Fliegenkuchen!«, rief der Frosch aus, der sie hergeführt hatte. »Das sind ganz köstliche Fliegenkuchen, o Aufgeblasener! Einer königlichen Zunge würdig, o Großer Fetter Potentat des Sumpfes!«

»MAN GEBE MIR EINEN!«

Grind nahm einen seiner Kuchen und warf ihn hoch in die Luft. Eine gewaltige Zunge, dick und lang wie ein Schiffstau, peitschte hervor. Innerhalb eines Augenblicks war der Kuchen im Schlund des Königs verschwunden. Dann folgte ein lauter Rülpser, der wie ein Donner durch den Schilf schallte, sodass sich die Halme bogen und raschelten.

»GUT – SEHR SCHMACKHAFT. EIN FEST, WIR MÜSSEN EIN FEST VERANSTALTEN!«

Die anderen Frösche schien diese Ankündigung sehr zu erregen. Sie hüpften und sprangen hierhin und dorthin und legten geheime Nahrungsdepots im Schilf, zwischen den Binsen, unter Seegras und unter Schlammbänken frei. Bald türmten sich die Speisen um den König herum, der vor Vergnügen laut quakte. Er saß erhaben und stolz auf einem Torfballen, und seine gierigen Augen überwachten das Treiben.

Da waren Platten mit Libellenflügeln, in Sirup mariniert und in der Sonne zu süßen Barren getrocknet. Es gab Schüsseln mit knusprigen Mistkäfern, mit Zuckerguss überzogen, und Kübel voll mit sich windendem Gewürm, triefend von einer honigzähen Masse. Auf Tranchierbrettern lagen Kugeln aus Maden in einem Bett aus Silberfischen. Häppchen, belegt mit Staubmotten und garniert mit Vogelmiere, waren im Halbkreis um den König herum angeordnet; auf der anderen Seite wartete ein Arrangement von Kanapees mit farbenprächtigen Schmetterlingen. Aufgehäuft auf Tellern in der Mitte waren Mistfliegen, Pferdefliegen, tote Wespen und Bienen, grüne Grillen mit ordentlich in Reih und Glied ausgerichteten Beinen sowie Schaben.

»ESSEN!«, befahl der König.

Die Frösche fielen über die Speisen her und mampften mit großem Appetit. Trotz seines massigen Körpers stürzte sich der König nicht weniger flink darauf. Die Fliegenkuchen waren größtenteils noch in ihrer Verpackung, doch Sylber glaubte nicht, dass das noch lange so bleiben würde. Er hatte den Eindruck, dass der König sie sich als Nachtisch aufheben wollte. Die Wiesel waren einem oder zwei Krabbelwürmern nicht abgeneigt, aber sie würden für einen solchen Imbiss niemals gegen Tausende von Fröschen kämpfen.

Eine Zeit lang war die Luft belebt vom Peitschen und Schlagen von Froschzungen. Sie füllten den Raum zwischen den Fröschen wie rote Luftschlangen. Das Schöne am Dasein eines Frosches war offenbar der Vorteil, dass man mühelos vom Teller des Nachbarn essen konnte – oder sogar den Teller des Nachbarn –, ohne von seinem Platz aufstehen zu müssen. Man drehte einfach den Kopf und ließ die lange Zunge herausschnellen, um die letzte Wespe oder Grille zu erwischen. Die Wiesel wichen ein wenig zurück und beobachteten die Schlemmerei voller Abscheu.

»Welch ein gefräßiger Haufen«, bemerkte Birnoria. »Ich habe noch nie so schlechte Essmanieren gesehen.«

»Hat wohl was mit diesen komischen Zungen zu tun«, murmelte Grind düster. »Solche Zungen sind wirklich nicht normal.«

Als das Festmahl dem Anschein nach beendet war, verlangte der Froschkönig seine Geschenke von den Wieseln.

»Du liebe Güte, er will doch wohl nicht *noch* mehr essen, nach allem, was er schon verschlungen hat?«, sagte Alissa. »Ich fasse es nicht.«

Doch anscheinend war das bisherige Fressen nur ein Übungslauf für die Hauptveranstaltung gewesen: den Verzehr der Fliegenkuchen. Der König verkündete, dass sie ausschließlich für ihn bestimmt seien. Seine Untertanen hatten genug gegessen, und es sollte ihrem König überlassen bleiben, sich an den Geschenken zu laben. Der Kreis von Fröschen um den König herum weitete sich, begleitet von enttäuschtem Geraune, um Platz zu machen für das Auslegen der Geschenke.

Der aufgeblasene Glubba sah aus, als ob er jeden Augenblick platzen würde, doch Sylber bemerkte die Gier in seinen Augen, während die Wiesel die Kuchen auspackten. Diese großen Froschkulleraugen funkelten vor Wonne beim Anblick der Köstlichkeiten. Ein ekelhafter Schleim rann aus den Winkeln des großen Mauls und tropfte ins Sumpfgras. Er zitterte von der Nasenspitze bis zu seinem äußersten Ende – ein Zittern, das den ganzen feisten Körper erschütterte. Seine mit Schwimmhäuten versehenen Füße ballten und spreizten sich abwechselnd vor Vorfreude.

»LASST MICH HIN! ICH MUSS ESSEN!«

Die Wiesel wichen wieder ein Stück zurück, als die Zunge des Königs mit erregter Unersättlichkeit in alle Richtungen schnellte. Glubba konnte die Kuchen gar nicht schnell genug hinunterschlucken. Er stopfte sich einen nach dem anderen ins Maul, doch das war bereits so voll, dass sich die Backen zu beiden Seiten ausbeulten. Er mampfte immer schneller, die Backen dick, die Augen glasig. Schwarzer Rotz lief ihm aus der Nase und tropfte in Brocken zu Boden. Er ächzte und keuchte und grunzte und versuchte, Luft zu holen, während er unablässig die zermatschten toten Fliegen in sich hineinstopfte.

Die Fliegenkuchen verschwanden schnell, einzeln und in Zweier- und Dreierportionen. Mitten unter dem Schlemmen wurde dem König schlecht, doch er aß weiter, bis alle Kuchen vertilgt waren; dann saß er plumpsfett da und japste nach Luft; die Augen traten ihm aus dem Kopf.

»Das ist ekelhaft«, flüsterte Birnoria. »Noch nie im Leben habe ich ein derartiges Schauspiel von Gier gesehen.«

»Hüte deine Zunge«, sagte einer der Wachfrösche. »Du sprichst schließlich von unserem König.«

Doch in diesem Augenblick entwich ein pfeifender, zischender und kreischender Laut dem Maul des großen Königs, wie Dampf aus einem Kessel. Alle Augen wandten sich dem königlichen Antlitz zu.

Zehntausend Frösche und ein halbes Dutzend Wiesel betrachteten König Glubba fassungslos und entsetzt.

Zweifellos war mit dem Monarchen irgendetwas nicht in Ordnung, offensichtlich ging es ihm nicht gut. Beulen waren auf seiner straff gespannten Haut ausgetreten, wie kleine Ballone. (Sie reizten zum Hineinstechen, damit sie aufplatzten.) Ein dumpfes Wimmern stieg aus der königlichen Kehle hoch. Plötzlich fiel seine Zunge heraus und entrollte sich wie ein langer, schmaler roter Teppich über den Sumpf. Sein Augen wurden riesig und glupschrund und traten noch weiter aus den Höhlen. Anscheinend baute sich Druck im Innern der königlichen Persönlichkeit auf.

»Achtung!«, schrie ein älterer Frosch. »Er explodiert gleich.«

Unter den Amphibien entstand allgemeine Panik. Anscheinend begriffen sie, was da vor sich ging. Zweifellos hatten sie dergleichen schon bei früheren Froschkönigen und -königinnen erlebt. Sie stoben in alle Richtungen davon, suchten Deckung in irgendwelchen Löchern oder Tümpeln mit stehendem Wasser. Bald waren nur noch ganz vereinzelte, verzweifelte Frösche zu sehen. Die Wiesel waren verdattert zurückgeblieben und überlegten, ob sie sich verstecken sollten, und wenn ja, wo.

In diesem Augenblick flogen die Augen des Königs aus seinem Kopf wie Steine aus einer Doppelschleuder. Sie sausten wie Raketengeschosse über die Sumpflandschaft und bohrten sich tief in eine Schlammbank hinein. Die Zehen am Ende der mit Schwimmflossen versehenen Füße spritzten in alle Richtungen. Es war ein Wunder, das keines der Wiesel von diesen tödlichen Geschossen getroffen wurde. Schließlich explodierte der König mit dem Krachen eines Donnerschlags.

Fetzen von Haut und Knochen flogen überall herum, landeten klatschend im Wasser des Sumpfes, raschelten durch die Binsen. Eine Zeit lang regnete es Froschfetzen. Stücke grüner Haut drapierten sich über die Beine und Rücken der Wiesel. Die lange Zunge hatte sich wie eine Boa um Grind gewickelt. Ein Fuß mit Schwimmhäuten klatschte Waldschratt im Vorbeiflug auf den Hintern – der letzte Abschiedsklaps des Königs, bevor er in den Froschhimmel einging.

Endlich herrschte Ruhe, abgesehen von den ganz kleinen Stücken, die noch wie Schlangenschuppen herumschwebten.

»Pfui!«, schrie Birnoria und wischte sich all den Dreck vom Fell ab. »Das ist wirklich ekelhaft!«

»Kennst du denn keine anderen Worte?«, brummte Lukas, der dabei war, den gefesselten und sich windenden Grind aus der Umwickelung der Zunge zu befreien. »Du sagst ständig: ›Das ist ekelhaft.‹«

»Na, es ist ja auch tatsächlich ekelhaft. Mir fällt kein passenderes Wort dafür ein.«

Die anderen Frösche kehrten nicht zurück. Sie hatten sich allesamt in Löchern und Ritzen im Schlamm verkrochen und sahen keinen Grund, diese behaglichen Schlupfwinkel zu verlassen. Das gewährte den Wieseln eine ungehinderte Passage durch den Sumpf. Sie nahmen die Gelegenheit dankbar wahr; es war keineswegs ihre Absicht gewesen, den König der Frösche zu vernichten, doch da er ebendies selbst erledigt hatte, fanden sie es ganz in Ordnung, dass sie sich die Lage zu Nutze machten.

Der Mond stand wie ein leuchtender aufgeblasener Ballon am Horizont. Die Wiesel marschierten in seine Richtung und nutzten sein Licht als Leitstrahl auf den Pfaden durch den Sumpf.

Siebtes Kapitel

Inzwischen fühlten sich die Wiesel einigermaßen sicher. Eine kleine Rattenpatrouille würde es nicht wagen, in Glubbas Reich einzudringen. Es würde eines ganzen Heeres bedürfen, wahrscheinlich unter der Führung von Flaggatis persönlich, um den von Fröschen verseuchten Morast zu durchqueren.

Sylbers Gruppe näherte sich voller Zuversicht dem Hafen am Kobaltmeer. Doch als sie den Zugang zu der Anlage erreichten, sahen sie, dass sie nicht allein waren. Auf den Docks wimmelte es von Gestalten, die emsig in alle Richtungen hasteten.

»Was ist denn hier los?«, fragte Sylber. »Ist das vielleicht ein Treffpunkt für Statuen?«

Es gab tatsächlich Statuen aller Sorten – Klötze, Gongs, Puddings, Brocken und Stumpen –, und alle wirkten sehr beschäftigt. Die Wiesel hatten noch nie zuvor so viele Statuen an einem Ort gesehen. Meistens traf man sie allein an, durch die Landschaft wandernd, auf der Suche nach ihrer Ersten und Letzten Ruhestätte.

Grind hielt einen vorbeikommenden Klotz an. Die Holzstatue trug aufgerollte Seile auf der Schulter. Sie gab sich wichtig.

»Wohin des Wegs?«, fragte Grind.

»Zu-meinem-Schiff«, antwortete der Klotz in der stockenden Sprechweise eines sprachlich Ungeübten. »Ich-gehe-nach-Hause.«

Jetzt bemerkten die Gesetzlosen, dass eine Gruppe von Statuen einen großen Kahn mit Ersatzsegeln und Seilen belud. Mehrere Steinstatuen befanden sich bereits an Bord. Der Kahn lag sehr tief im Wasser – anscheinend waren genauso viele Statuenpassagiere an Bord, wie menschliche Passagiere an Bord gewesen wären, und Stein wog nun mal entschieden mehr als Fleisch.

»Wo ist ›zu Hause‹?«, fragte Grind, der den Klotz nicht weitergehen lassen wollte, bevor er ihm noch einige Fragen beantwortet hatte.

»Na-ja, meine-Erste-und-Letzte-Ruhestätte-liegt-jenseits-des-Meeres. Mein-Holz …« Er klopfte sich mit den Holzknöcheln gegen den Holzkopf – »… stammt-von-einem-Baum-der-auf-Welkin-nicht-vorkommt. Man-hat-mich-von-weither-gebringt.«

»Gebracht«, berichtigte Grind, ein strenger Kritiker in Sachen Grammatik bei anderen. »Dann wollt ihr also alle dorthin zurückkehren, woher ihr gekommen seid, ja?«

Der Klotz nickte zaghaft, dann setzte er seinen Weg fort.

»So ist das also«, sagte Sylber und ließ den Blick über das geschäftige Treiben schweifen, das überall im Hafen herrschte. »Diese Statuen machen sich auf die Reise und suchen nach ihrer ursprünglichen Heimat. Ich hoffe, sie haben nicht schon die besten Schiffe mit Beschlag belegt. Wir müssen uns umsehen und eines für uns suchen.«

Die Wiesel bahnten sich einen Weg durch die Menge. Das war ein gefährliches Unterfangen, nicht weil die Statuen in irgendeiner Weise bösartig gewesen wären, sondern weil sie so tollpatschig waren. Gongs prallten mit lautem Klappern gegen Brocken. Puddings stolperten über Stumpen und liefen Gefahr, zerschmettert zu werden. Klötze stolperten über die eigenen Füße – oder Wurzeln, wie sie es vorzugsweise auszudrücken pflegten –, da sie überhaupt nicht an eine Fortbewegung gewöhnt waren. Die Wiesel schwebten ständig in der Gefahr, von fallendem Gestein erdrückt oder zwischen zusammenprallender Bronze zerquetscht zu werden.

»Haltet euch an die Ecken der Lagerhäuser«, befahl Sylber. »Ich möchte auf keinen Fall ein Wiesel verlieren, noch bevor wir in See gestochen sind.«

Bald stellten sie fest, dass viele der brauchbaren Schiffe bereits von Statuen eingenommen worden waren. Manche wurden gerade wieder seetüchtig gemacht. Viele andere befanden sich in einem erbärmlichen Zustand. Ein Schiffstyp, der den Wieseln besonders gut gefiel, war der große Windjammer, auf Geschwindigkeit hin gebaut und dennoch ein robustes Gefährt. Es gab vier Schiffe von dieser Sorte, die nebeneinander auf den Trockendocks lagen.

Selbst die am besten erhaltenen Windjammer waren im Holz verfault, aber die Wiesel kamen zu dem Schluss, dass das ein Mangel war, der durchaus behoben werden konnte, indem sie die schadhaften Stellen herausschnitten und ersetzten. Auch die Segel waren zerschlissen und hingen größtenteils in Fetzen an den Masten. Hierfür würde ebenfalls Ersatz gefunden oder angefertigt werden, und das Gleiche galt für die Seile, die die Segel strafften, die Wantenleinen und die Gordings sowie die gesamte übrige Takelage. Doch das schlanke Schiff hatte einen schönen geräumigen Stauraum und ein paar recht behagliche Kabinen. Sylber entschied, dass dieses Schiff, wenn sie es erst einmal instand gesetzt hätten, für die Reise der Wiesel über die Kobaltsee bestens geeignet sein würde.

Der Windjammer trug den Namen *Ziehende Wolke*, offenbar eine angemessene Bezeichnung: Wenn er erst einmal unter vollen Segeln an Fahrt gewänne, würde er aussehen wie eine Wolke, die am blauen Himmel dahinjagt.

»Allerdings ist sie in einem erbärmlichen Zustand«, bemerkte Grind. »Was sollen wir tun, um daraus wieder ein einigermaßen taugliches Gefährt zu machen?«

»Ich habe einiges darüber gelesen«, antwortete Miniva, das Kundschafterwiesel. »Wir brauchen Schiffsbaumeister – das sind Leute, die Schiffe bauen und reparieren –, um sie wieder seetüchtig zu machen.«

»Das Problem ist«, sagte Sylber seufzend, »dass es keine Leute gibt, sondern nur Tiere. Ich bin mir nicht sicher, ob es irgendwelche Tiere gibt, die begabt genug sind, um ein Schiff wie dieses zu reparieren. Bisher hat sich noch nie die entsprechende Notwendigkeit ergeben, also hat wahrscheinlich niemand Erfahrung darin. Vielleicht müssen wir uns mit gewöhnlichen Schreinern und Schmieden begnügen.«

»Ich kenne da ein paar Schreiner aus meinem alten Dorf«, sagte Grind, der immer jemanden kannte, der für irgendetwas gut war. »Und ich bin sicher, sie haben ein paar Freunde, die Schmiede sind. Vielleicht leisten sie nichts Großartiges, aber sie können die Leckstellen bestimmt so gut flicken, dass es für eine Reise reicht. Soll ich sie holen lassen?«

»Wie willst du das denn anstellen?«

»Ich befestige eine Botschaft an einem Kurier-Rotkehlchen«, antwortete das Wiesel, das nie um eine Antwort verlegen war. »Ich werde sie beauftragen, ein paar Geschenke für den neuen Froschkönig im Rucksack mitzunehmen, damit sie ungehindert durch die Marschen kommen, so wie wir.«

»Ich möchte darauf hinweisen, mein genialer Freund, dass wir weder Kurier- noch auch nur Jagd-Rotkehlchen bei uns haben.«

»Dann fangen wir eins und bilden es aus«, antwortete der unerschütterliche Grind. »Ich weiß, wie man Rotkehlchen fängt. Habe ich hundert Mal gesehen. Kommt, ich zeige es euch.«

Er erklärte den anderen Wieseln, dass er dazu ein paar bei den Menschen gebräuchliche Gartenwerkzeuge benötige. Sie durchstreiften die Gegend um die Hafenanlagen herum und stießen auf einige Häuser. Hinter einem davon fanden sie in einem Geräteschuppen eine Mistgabel. Grind brauchte Lukas' und Birnorias Hilfe, um die Gabel zu einem alten Schrebergarten zu tragen, wo die Menschen früher Gemüse angebaut hatten. Hier steckten sie das Werkzeug in den Boden und lockerten mit spitzen Stöcken die Erde darum herum auf. Dann schlug Grind vor, dass sie sich in einiger Entfernung aufstellen und das Weitere beobachten sollten.

Und tatsächlich, es dauerte nur wenige Minuten, da landete ein Rotkehlchen mit leuchtend roter Brust auf dem Griff der Gabel.

»Da seht ihr, das klappt immer«, sagte Grind. »Irgendwie fühlen sie sich von solchem Gabelzeug angezogen. Hallo, Rotkehlchen. Bleib mal kurz da. Ich möchte mit dir reden.« Er fügte am Ende des Satzes noch etwas in einer seltsam zirpenden Sprache hinzu, das die anderen Wiesel nicht verstanden.

»Beherrschst du den Rotkehlchen-Dialekt?«, fragte

Alissa, und in ihrer Stimme klang Bewunderung mit. »Wo hast du den gelernt?«

»Ach, hier und da, während ich den Rhabarberdung bewacht habe, damals in meiner alten Arbeit«, antwortete Grind lässig. »Das lernt man schnell.«

Das Rotkehlchen beäugte Grind argwöhnisch, als dieser sich ihm näherte. Grind blieb in einiger Entfernung von der Gabel stehen, um dem Vogel keine allzu große Angst zu machen. Dann zirpte und zwitscherte er wie ein Verrückter. Der Vogel antwortete auf die gleiche Weise, allerdings in einem melodischeren Singsang. Es war klar, dass die beiden Geschöpfe in eine lebhafte Unterhaltung miteinander vertieft waren. Schließlich flog das Rotkehlchen davon, nachdem es noch schnell einen Wurm aus der von den Wieseln gelockerten Erde gepickt hatte.

»So, das war's dann wohl«, sagte Sylber enttäuscht. »Ich nehme an, dem Vogel gefiel die Vorstellung nicht, dass ihm eine Nachricht ans Bein gebunden werden sollte.«

»Davon kann gar keine Rede sein, werter Herr«, entgegnete Grind. »Er ist davongeflogen, um meine Botschaft per Schnabel zu überbringen. Einer meiner Schreiner-Freunde beherrscht den Rotkehlchen-Dialekt ebenfalls recht gut. Wir waren seinerzeit gemeinsam im Widerstand – echte Revoluzzer waren wir –, und wir alle haben gelernt, uns in der Rotkehlchen-Sprache zu unterhalten, damit die Hermeline uns nicht verstanden, wenn sie uns beim Austauschen geheimer Informationen belauschten.«

»Widerstand?«, rief Birnoria aus. »Was denn für ein Widerstand?«

»So haben wir das genannt, weil wir uns den Regeln

der Hermeline widersetzt haben. Na ja, ich habe nur zeitweise dazugehört, weil ich ja meinen Rhabarberdung bewachen musste, aber der Organisator von dem Ganzen war ein Wiesel namens W.«

Er sprach den Buchstaben so aus, wie ein sehr junges Wiesel ihn aussprechen würde.

»Wwwh – und wie weiter?«, fragte Sylber.

»Einfach nur W. Wir hatten keine anderen Namen. Manchmal nannten wir ihn Rambo, aber das war nur ein Spitzname wegen seiner hemmungslosen Missachtung der Rechte von Landbesitzern und deren Eigentum. Jedenfalls haben wir die Hermeline bespitzelt und die Nachschubstrecken ihrer Mäusekarawanen durch den Wald erforscht. Manchmal organisierten wir einen Überfall und griffen sie an. Das war alles ziemlich aufregend. Aber der alte W kam ums Leben, und außer ihm war niemand klug genug, die Organisation zusammenzuhalten.«

»Ich hätte gedacht, du wärest der natürliche Nachfolger für ein solches Wiesel«, sagte Sylber.

Grind rieb sich bescheiden die Pfoten. »Na ja, was das betrifft, ich war damals noch sehr jung. Hatte sozusagen noch nicht den Kopf auf den Schultern, den ich heute habe. Trotzdem, so eigenartige Dialekte wie den der Rotkehlchen vergisst man nie. Sie bleiben einem im Gedächtnis. Na, jedenfalls ist das die Geschichte. Jetzt müssen wir darauf warten, dass das Rotkehlchen zurückkehrt. Ich habe ihm versprochen, dass wir in der Zwischenzeit noch mehr von dem Schrebergarten umgraben. Es ist scharf auf die Würmer …«

Sie hatten den größten Teil des Schrebergartens umgegraben, als ein Schrei vom Hafen her ertönte. Die Wiesel, neugierig wie sie nun mal waren, ließen ihre

Werkzeuge fallen und rannten in die Richtung, aus der der Schrei gekommen war. Als sie den Kai erreichten, stellten sie fest, dass der Kahn, der mit Statuen voll besetzt war, soeben ablegte. Diese Geschöpfe aus Holz, Stein, Gips und Bronze waren auf dem Weg nach Hause. Ihre Gesichter zeigten einheitlich einen zufriedenen Ausdruck, was in ihrem Fall als höchste Glückseligkeit gedeutet werden konnte. Man sah niemals eine Statue, die vor Freude Luftsprünge machte oder siegesfroh mit der Faust ins Leere schlug. Im Großen und Ganzen war es ein ruhiger und zurückhaltender Haufen, der selten Gefühlsaufwallungen erkennen ließ.

Der Kai war bevölkert von weiteren Statuen, die andere Reiseziele vor sich hatten. Sie winkten den Passagieren auf dem großen Kahn feierlich zu. Die an Bord Befindlichen winkten zurück, doch kein Lächeln lag auf ihren Gesichtern. Die Taue wurden eingezogen, und der Kahn glitt langsam hinaus in die Mitte des Hafens. Dann wurden die rostroten Segel gehisst, und das Schiff ächzte und quietschte und schob sich mit einiger Mühe durch das stille Gewässer voran.

Die Wiesel bemerkten, dass das Schiff jetzt noch tiefer im Wasser lag. Offenbar waren noch mehr Passagiere aus Stein und Metall an Bord gegangen. Der Kahn war völlig überladen, mit Geschöpfen, die sehr viel wogen. Es war ein Wunder, dass einige der Steinstatuen nicht durch die Decksplanken krachten und Löcher in den Schiffsboden schlugen.

»Ich habe Angst um sie«, sagte Birnoria. »Ich hoffe, dass sie es schaffen, aber ich fürchte das Schlimmste.«

Ihre Angst war sehr wohl begründet. Alles verlief noch einigermaßen harmlos, solange der Kahn im stillen Wasser des Hafens schwamm, doch sobald er ins offene

Meer hinaustrieb, setzte die Tragödie ein. Die Wellen schlugen über die flachen Schandeckel. Immer tiefer lag der Kahn in einer mäßig wogenden Brandung.

Ein verzweifeltes Stöhnen erklang von der Menge am Kai, als sie erkannten, was unweigerlich geschehen musste.

Allmählich sank der Kahn. Er hatte nicht mehr als eine halbe Seemeile von der Stelle zurückgelegt, wo er vertäut gewesen war, als er unterging.

Die Klötze konnten natürlich am Boden des Hafens gehen. Sie würden nach und nach aus den Untiefen aufsteigen und an den Strand spazieren. Die Holzstumpen, einige der Brocken und wenige der hohlen Bronzegongs hüpften an die Wasseroberfläche und wurden von der Strömung hinaus aufs offene Meer getrieben. Sie würden als Strandgut an irgendeiner fremden Küste anlanden. Die Gipsstatuen würden sich nach einiger Zeit im Salzwasser auflösen.

Wo der Kahn gewesen war, blubberten nur noch Wasserblasen auf, da sich die Luftkammern des Schiffes ständig weiter mit Wasser füllten.

Die Wiesel hatten den Eindruck, dass dies nicht das erste Schiff war, das unterging. Zweifellos lagen schon viele andere am Grund des Hafens.

»Das soll uns eine Lehre sein«, sagte Sylber. »Wenn wir in See stechen, werden sich keine Statuen an Bord befinden.«

Noch am selben Abend kehrte das Rotkehlchen mit einer Nachricht zurück. Sechs Schreiner und zwei Schmiede waren bereits unterwegs zu ihnen. Grinds Botschaft hatte auch eine Warnung vor den Fröschen enthalten. Zumindest würde es keinen fetten König geben, mit dem sie sich befassen müssten – jedenfalls fürs Erste.

Den Wieseln blieb nun nicht viel anderes übrig, als herumzusitzen und abzuwarten. Einige von ihnen lernten, wie man Seile herstellte. In einem der lang gestreckten Schuppen, die entlang der Hafenanlage aufgereiht waren, stand eine Maschine für die Seileproduktion. Das war ein Gerät aus Holz mit Zahn- und Schwungrädern und Haken und Spindeln. Drei Ripsstränge wurden an Haken befestigt, und wenn ein Rad gedreht wurde, verzwirbelten sich diese straff zu einem langen, dünnen Seil. Danach konnten drei dieser dünnen Seile auf die gleiche Weise zu einem dickeren Tau gedreht werden.

Es gab noch viele andere Dinge zu lernen, wie zum Beispiel Knüpfen und Spalten. Halbschläge, Achtknoten, Schotsteks, Reffknoten und alle möglichen anderen Schiffsknoten würden während einer Seereise gebraucht werden. Das Spalten war die Kunst und Wissenschaft, zwei Seile miteinander zu verbinden, indem man jeweils die drei einzelnen Stränge eines Seils mit denen eines anderen verzwirbelte. Die Verknüpfung eines ausgefransten Seilendes stellte sicher, dass das Seil nicht weiter ausfranste oder sich spaltete.

Waldschratt, Birnoria, Alissa und Lukas beschäftigten sich voller Hingabe mit dieser Sparte der Seefahrerei. Einige ihrer Bemühungen waren alles andere als zufrieden stellend, da ihre winzigen Pfoten ihnen beim Herstellen der Knoten Schwierigkeiten bereiteten, doch wenn sie etwas nicht bis zur Vollendung brachten, dann lieferten sie einfach etwas weniger perfekte Ergebnisse.

Grind beschloss, dass es für ihn an der Zeit sei, das Navigieren zu lernen. Er entlieh sich einige Bücher aus der Hafenbibliothek und stellte fest, dass man zum herkömmlichen Navigieren Messinginstrumente brauchte, die als Sextanten und Chronometer bekannt waren. Da er weder über das eine noch das andere Gerät verfügte, wandte er sich einer anderen Form der Navigation zu, die in der Südsee angewandt wurde. Das war die Navigation mit Hilfe der Sterne, der Sonne und des Mondes, der Elemente und – tatsächlich – all jener Dinge, die in der Welt, in der wir leben, ein natürliches Allgemeingut sind. Zum Beispiel Zeichen wie:

Untergehende Sterne, aufgehende Sterne
Wellen – Richtung, Größe und Form
Winde – Richtung und Geschwindigkeit
Dünungen – Richtung und Stärke
Kabbelungen – Position und Art
Treibholz – Art des Baumes
Kokosnüsse und andere schwimmende Samen
Seetang in allen Variationen
Vögel – Spezies, Land- oder Seevögel
Wolken, von Berggipfeln aufgehalten
Spiegelungen von Lagunen und Wolken
Gerüche von Meer und Land
Fische – Arten und Anzahl
Laute des Riffs
Unterwasser-Vulkane
Farbe des Wassers
Temperatur des Wassers

Für diese Art der Navigation brauchte er keine Seekarten; er musste lernen, die Zeichen der Natur zu beobachten – den Rhythmus der Erde, Ebbe und Flut des Meeres. Das war entschieden mehr nach seinem Geschmack. Wenn es einen Lehrstoff gab, der ihm wirklich Spaß machte, dann war es der Lauf der Natur, mochten das die Gewohnheiten von Mistkäfern oder die Wege über die Ozeane sein.

Sylber inspizierte immer wieder das Schiff, listete die Teile auf, die repariert werden mussten, machte sich mit dem Gefährt vertraut. Wenn er der Kapitän dieses Kahns sein wollte, dann musste er ihn in- und auswendig kennen, von oben bis unten. Also vergewisserte er sich, dass er jeden Winkel und jede Ritze beäugte und darüber hinaus noch ein paar Nischen und Spalten.

Kunicht vertrieb sich jeden Tag die Zeit mit Müßiggang, indem er mit den Statuen ›Eibisch‹ spielte. Eibisch war ein Würfelspiel, bei dem Eibisch- oder Stockrosensamen als Würfel dienten und dem er inzwischen beinahe wie einer Sucht verfallen war. So träumte er ständig davon, Schlabberdabbers, Wummischumms, Molly Maguires und Schrammfiddels zu werfen. In seinen Albträumen warf er einen Doppel-Moppelpopp nach dem anderen, ohne Unterbrechung in einer Serie von zweitausend Würfen. Kunicht war selbstsüchtig, faul und unverbesserlich. Nur die Androhung des Todes hätte ihn davon abgehalten, jeden Tag Eibisch zu spielen, und alle um ihn herum waren zu sehr mit anderen Dingen beschäftigt, um sich mit diesem feigen Wiesel herumzustreiten. Jeder war viel zu sehr in seine eigenen Angelegenheiten vertieft.

Achtes Kapitel

Als die Schreiner und Schmiede ankamen, machten sie sich sofort an die Arbeit. Sie nahmen sich nicht einmal die Zeit, zuvor über die Bezahlung für ihre Arbeit zu sprechen. Sie sagten, Grind habe ihnen erklärt, warum die Wiesel zur Insel Dorma gelangen mussten, und das genüge ihnen. Wenn die Menschen nach Welkin zurückgeholt werden mussten, dann war es eben so: sie würden Speigatt und Achterdeck und überhaupt alles Notwendige in Stand setzen, damit der Plan durchgeführt werden konnte.

Nachdem die anderen so ziemlich alles, was sie über Seile und Taue wissen mussten, gelernt hatten, wandten sie sich den Segeln zu. Es galt, das Tuch von Oberbramsegeln und Großmastsegeln zu flicken; das erforderliche Material dazu hatten sie in den Lagerhäusern des Hafens entdeckt. Nadeln blitzten in der Sonne, von emsigen Pfoten geführt: Segeltuch wurde meterweise zugeschnitten, in Form gebracht, gesäumt, mit Kreuzstichen vernäht. Während an Bord gehämmert und gesägt, geklappert und geschlagen wurde, stellten die anderen Wiesel genügend Segel her, um die verschiedenen Rahnocken zu betakeln.

Die Wieselschreiner hatten zwei Ballisten hergestellt – Sturmkatapulte, die große Steine über weite Entfernungen schleudern konnten. Sylber war sich nicht sicher, ob er dieses große Kriegsgerät brauchen würde, aber bestimmt war es keine schlechte Idee, sich auf irgendeine Weise verteidigen zu können. Außerdem gab es mehrere große Armbrüste mit den passenden Bolzen. Das waren von Menschen hergestellte Waffen, die den Wieseln, welche die Winden bedienen mussten, gigantisch vorkamen. Zwei von ihnen waren erforderlich, um das zu schaffen, eines an jedem Griff, und beide mussten all ihre Kraft einsetzen.

Die *Ziehende Wolke* bekam allmählich ein so schmuckes und gestriegeltes Aussehen, wie es überhaupt nur zu erreichen war, in Anbetracht der etwas flickwerkartigen Ausbesserung durch die Wiesel. Dann kam Kunicht in die Werft und brachte eine Bande von hässlichen Mardern mit. Er machte ein niedergeschlagenes Gesicht.

Sylber hockte an der Spitze eines der Masten, wo er einige Stricke befestigte. »Wo brennt's, Kunicht?«, rief er hinunter.

Die Marder – etwa zwei Dutzend an der Zahl – marschierten auf das Schiff. Sie begutachteten alles mit in die Hüften gestemmten Vorderläufen, so wie Menschen in wichtigtuerischer Pose. Sie benahmen sich irgendwie Besitz ergreifend.

Sylber rutschte an der Takelage hinunter, während im gleichen Augenblick ein Marder in einem Fass herumstöberte. »He! Das ist Privateigentum«, sagte Sylber. »Wer hat euch Taugenichtse auf mein Schiff eingeladen?«

Birnoria, Alissa und die anderen hatten in ihrer Arbeit innegehalten und kamen mittschiffs, um nachzusehen, worum es bei dem Geschrei ging.

Ein Marder mit Holzbein und Schielauge ergriff für

alle anderen das Wort. »Wer hat euch erlaubt, auf unserem Schiff zu bleiben? So muss die Frage richtig lauten. Ich möchte, dass ihr gefälligst vor Sonnenuntergang verschwunden seid. Ich und meine Kumpel wollen vor Einsetzen der Ebbe in See stechen.«

Der Marder sprach mit einem ausgeprägten Piratenakzent, den er sich zweifellos beim Anhören der Möwen erworben hatte. Er war ein abscheulich aussehender Kerl, um einen guten Kopf größer als Sylber, wenn er sich auf die Hinterläufe stellte. Er betrachtete das Wiesel mit einem Feixen und ergötzte sich an dessen verdattertem Gesicht. Sylber seinerseits wusste nicht so recht, in welches Auge er dem anderen beim Sprechen blicken sollte. Sie veränderten ihre Stellung so oft, dass es schwierig war zu erkennen, welches das gute und welches das schlechte war.

Kunicht verzog sich klammheimlich in den Schatten des Achterdecks.

»Anscheinend bringst du da was durcheinander, Freundchen«, sagte Sylber, entschlossen, sich nicht einschüchtern zu lassen.

»Keineswegs, Landratte. Ich habe soeben dieses Schiff bei einem Eibisch-Spiel im Gasthaus *Roter Admiral* gewonnen. Frag deinen zitternden Wackelpeter da drüben.« Der Marder deutete mit dem Holzbein auf Kunicht. »Das ist der traurige Fisch, der es an mich verloren hat.«

Grind ging zu Kunicht und blickte ihm eindringlich in die Augen. »Das hast du nicht getan! Sag mir, dass du es nicht getan hast!«

Kunicht platzte heraus: »Er hat mir einen schwarzen Punkt in die Pfote gegeben, als ich gerade im Begriff war, einen Wummischumm zu werfen und das Spiel zu gewinnen. Das hat mich rausgebracht. Sie haben gesagt, das bedeutet Tod. Sie haben gesagt, der Blinde Puh sei deswegen gestorben, weil er unter dem schaukelnden Schild mit dem Schmetterling darauf – dem *Roten Admiral* – unter die Räder einer Mäusekutsche gekommen sei, kurz nachdem er den schwarzen Punkt bekommen hatte. Das hat mir Angst gemacht. Als ich weitergespielt habe, habe ich dann stattdessen einen Schlabberdabber geworfen ...«

»All das tut nichts zur Sache«, sagte Sylber. »Hör mal, du da ... ich weiß nicht, wie du heißt ...«

»Weniger Einbein.«

»Wie?«

»So heiße ich, Meerschweingesicht. Man nennt mich Weniger Einbein, weil ich ein Bein weniger habe, klar? Und du bist Sylber, von den Halbmond-Wieseln. Hab von dir gehört, aber das ändert nichts an den Tatsachen. Dieses Schiff hier wurde redlich und getreu den Regeln gewonnen, und es gehört uns, kapiert? Wenn ihr es nicht bis Sonnenuntergang verlassen habt, kommen wir in der Abenddämmerung mit blitzenden Entermessern zurück und säubern die Decks.«

»Hör mal zu, Weniger, Kunicht stand es gar nicht zu, das Schiff zu verspielen. Es gehört uns allen. Du musst die Sache mit Kunicht auf eine andere Weise regeln.«

Ein angstvolles Krächzen war aus dem Schatten des Achterdecks zu hören. Die Marder stimmten ein hässliches Murmeln an und bewegten sich nach vorn, als ob sie entschlossen wären, die Angelegenheit gleich an Ort und Stelle zu erledigen, doch ihr Anführer, Weniger Einbein, hielt sie zurück.

»Ich lasse euch bis zum Sonnenuntergang Zeit, und das gilt. Wenn ihr danach noch hier seid, habt ihr die Folgen zu tragen.«

Mit diesen Worten verließen die Marder das Schiff und schlenderten breitbeinig auf der Kaimauer davon, in Richtung *Roter Admiral*.

»Was sollen wir tun?«, rief Kunicht, nachdem sie weg waren. »Wir müssen ihnen das Schiff überlassen und uns ein anderes suchen. Sie haben mir den schwarzen Punkt gegeben. Sie haben gesagt, der Blinde Puh ...«

»Man müsste dich nach Strich und Faden zusammenstauchen«, sagte Grind und starrte ihm ins Gesicht. »Wenn ich der Kapitän wäre, dann würde ich dafür sorgen, dass du über Bord geworfen und unters Schiff gedrückt und an Rankenfußkrebsen in Stücke gescheuert würdest.«

»Kunicht«, sagte Grind, »es kommt überhaupt nicht in Frage, dass wir dieses Schiff aufgeben. Wiesel, bewaffnet euch. Ihr werdet reichlich Steine für eure Schleudern brauchen. Birnoria, Alissa, Kunicht, Lukas – öffnet die Schleusentore und flutet das Dock. Ich möchte, dass wir wie ein echtes Schiff schwimmen, wenn diese Bande von Halsabschneidern und Dieben wiederkommt. Legt los, mit Schwung! Ich bin jetzt Kapitän.«

Und sie legten mit Schwung los. Einige der Schreiner kamen herbei und halfen beim Öffnen der Schleusentore, die natürlich sehr groß waren. Einige Räder oben auf den Toren erlaubten es ihnen, zuerst die Schleusenkanäle zu öffnen, um das Dock langsam zu füllen. Dann, als die *Ziehende Wolke* schwamm, stemmten sie die riesigen Tore auf. Das Schiff war jetzt bereit, in den eigentlichen Hafen zu gleiten.

»Lasst uns abhauen, nur weg von hier!«, schrie Kunicht in Panik. »Lasst uns nach Dorma aufbrechen!« Er rannte zu den Befestigungstauen, um sie abzuwerfen.

Sylber schüttelte den Kopf. »Wir sind noch nicht ganz

so weit. Erstens haben wir nicht genügend Proviant an Bord. Und zweitens sind die Schmiede mit der Herstellung der Klampen noch nicht fertig. Und ich werde mich nicht von einer Horde kraftmeierischer Marder dazu zwingen lassen, vorzeitig in See zu stechen. Wir erledigen diese Angelegenheit hier und jetzt, bevor wir aufbrechen.«

Sie blieben also, wo sie waren, wachsam und kampfbereit. An Deck hatten die Wieselschmiede zwei Kohlebecken mit glühend roter Holzkohle in Betrieb. Sie waren emsig dabei, Eisenstücke an Zangen in die Kohlebecken zu halten, während einige der anderen Wiesel Blasebalge bedienten, um die Holzkohle bis zur Weißglut anzufachen. Sie nahmen das Metall heraus und hämmerten darauf herum, während sie einen Amboss als flache Arbeitsunterlage benutzten. Funken regneten wie Kaskaden von Sternen. Die roten Metallklumpen nahmen nach und nach Form an und wurden zu einer Klampe oder einem eisernen Marlpfriem oder irgendeinem anderen Beschlag oder Werkzeug für das Schiff.

Am Abend ging eine blutrote Sonne unter. Kurz darauf erschien die Bande von Mardern am Kai, bewaffnet mit Entermessern. Sie waren übelster Laune: sie schwenkten die Waffen und brüllten den Wieseln Schimpfworte zu. Sylber hielt seine Gruppe ruhig. Sie stellten sich in einer Reihe an der dem Kai zugewandten Seite des Schiffs auf; Steinschleudern baumelten an ihren Pfoten, bereit, die Enterer zurückzuschlagen.

Nun, da das Schiff im Wasser schwamm, war es für die Marder jedoch schwierig, es zu entern. Da die Stauräume leer waren, lag es hoch im Wasser, und die Wiesel blickten von weit oben auf den Kai hinunter. Weniger Einbein und seine bunt gescheckte Mannschaft hätten sehr gute Springer sein müssen, um an Bord zu gelangen, und außerdem waren die Wiesel in Stellung, um sie davon abzuhalten.

»Das ist nicht gerecht!«, schrie Weniger. »Lasst uns an Bord kommen, dann werden wir ja sehen, wer von unser besser ist.«

»Du musst Löcher im Fell haben, um so etwas vorzuschlagen«, rief Sylber zurück und klackte dabei mit den Zähnen. »Meinst du, wir sind von gestern? Das hier ist kein Spiel.«

Auf der Kaimauer war ein Pfotenstampfen und Zähneknirschen zu hören, dann rief der Anführer der Marder: »Dann gebt uns Kunicht! Wir werden die Sache mit ihm austragen. Schließlich habe ich das Schiff redlich und getreu den Regeln gewonnen. Gebt uns das Wiesel, dann sind wir quitt.«

»Was habt ihr mit ihm vor?«

»Wir werden ihn als Sklaven verkaufen. Er ist sowieso nur ein unnützer Klumpen Fett. Er wird euch bestimmt nicht fehlen.«

»Das stimmt.«

Kunicht stieß ein empörtes Kreischen aus. »Ihr könnt mich doch nicht denen da auspfötigen.«

Zum Glück für Kunicht, der bei Sylber nicht gut angeschrieben war, hatte das Oberhaupt der ehemaligen Gesetzlosen eine andere Idee. »Ich sage euch was«, rief er hinunter zu den Mardern. »Ich mache euch einen Vorschlag.«

»Lass uns an Bord, um darüber zu reden«, entgegnete der listige Weniger.

»Nein, wir treffen uns auf neutralem Boden. Ich komme in einer halben Stunde in den *Roten Admiral*. Einverstanden?«

Unter den Mardern wurde eine kurze Besprechung abgehalten, dann rief Weniger Einbein hinauf: »Also gut, in einer halben Stunde.«

»Was hast du im Sinn?«, wollte Birnoria von Sylber wissen. »Was willst du ihnen vorschlagen?«

Sylber stand auf den Hinterläufen und vollführte einen Schwenk mit der Pfote, der das ganze Schiff samt seiner umfangreichen Takelage umfasste. »Schaut euch diesen Windjammer an«, sagte er, »es ist ein riesiges Schiff. Wir werden es niemals Tag und Nacht mit der nötigen Mannschaft besetzen können, bei unserer geringen Zahl von Wieseln. Ein Schiff von dieser Größe muss zu jeder Zeit mehrere Tiere in Bereitschaft haben, die die Takelage hinaufklettern, die Segel reffen, die Planen spannen – all solche Dinge. Was ist, wenn ein Sturm aufkommt, genau in einem Augenblick, da wir vor Erschöpfung kurz vor dem Zusammenbrechen sind? Wir brauchen eine größere Mannschaft. Ich werden den Mardern vorschlagen, dass sie auf der Reise nach Dorma und zurück gemeinsam mit uns das Schiff bemannen. Nach der Rückkehr von dort haben wir keine Verwendung mehr dafür, und es geht in ihren Besitz über.«

Lukas gab zu bedenken: »Du hast doch die Horde gesehen! Wenn sie erst einmal die Pfoten auf ein Gefährt dieser Größe gelegt haben, machen sie es zu einem Piratenschiff. Niemand entlang der gesamten Küste wird vor ihnen sicher sein. Das ist ein Haufen von Schurken und Gaunern.«

»Die Reise zur Insel Dorma wird eine geraume Zeit in Anspruch nehmen. Vielleicht haben wir unterdessen Gelegenheit, sie zu anständigen Tierwesen zu bekehren. Bis wir wieder zu diesem Ufer zurückkehren, haben sie hoffentlich andere Pläne mit dem Schiff. Sie könnten

Handel treiben oder für Kaufleute Frachten befördern. Es gibt viele ehrliche Verwendungszwecke für ein Schiff dieser Art.«

»Und was ist mit den Menschen – werden sie nicht ihr Schiff zurückverlangen?«, fragte Grind.

»Die Menschen haben ihren Anspruch auf diesen Besitz verwirkt, als sie Welkin verließen«, antwortete Sylber ernst. »Das hier war ein Wrack, bevor wir es wieder in ein seetüchtiges Schiff verwandelt haben. Wenn die Menschen Windjammer haben wollen, dann müssen sie sich selbst welche bauen.«

Die Wiesel hatten Sylber noch nie in diesem Ton reden hören, und sie waren beeindruckt.

»Wohl gesprochen«, lobte Waldschratt. »Wir befinden uns jetzt als Gleichberechtigte auf einer Ebene mit den Menschen. Wir alle müssen zusammenarbeiten, um Welkin wieder zu einem Ort zu machen, an dem es sich leben lässt. Sie können damit anfangen, die Meeresdämme wieder aufzubauen, die sie dem Ruin preisgegeben haben. Die Tiere können sich für eine gewisse Zeit um die Schifffahrt kümmern.«

»Genau meine Meinung«, murmelte Sylber. »So, jetzt gehen Grind und ich hinunter zum Gasthaus *Roter Admiral*. Ich nehme Grind mit, weil er die dort gebräuchliche Sprache einigermaßen beherrscht. Er hat einen besseren Draht zu Schurken als wir alle. Ich schlage vor, dass ihr anderen unterdessen die Öllampen im Laderaum reinigt. Wir brauchen sie während der Reise – und es gibt noch etliche andere Verrichtungen, die ihr erledigen könnt –, also jetzt kein Murren. Es liegt noch schwere Arbeit vor uns.«

Sylber und Grind gingen durch die Hafenanlagen zum *Roten Admiral*. Die mit groben Steinen gepflasterten Straßen waren nur notdürftig erleuchtet, hauptsächlich von Lampenlicht, das durch schmierig aussehende Fenster von Lagerhäusern und ähnlichen Gebäuden fiel. Was sich hinter diesen Fenstern abspielte, konnte man nur ahnen, aber sehr wahrscheinlich entsprach es nicht den Gesetzen. In den Straßen standen zweifelhafte Gestalten in Türöffnungen oder einfach nur in den Gassen und musterten die beiden vorbeikommenden Wiesel. Hermeline, Füchse, Marder, Dachse und noch einige andere Säugetiere schlenderten mit hintergründigen Absichten durch die Straßen, wobei sie mit den Wieseln Schritt hielten.

Grind blieb plötzlich stehen und sagte drohend: »Es gibt etwas, das ihr über uns wissen müsst – wir sammeln Ohren. Jedem, der in unsere Nähe kommt, schneiden wir die Ohren ab und befestigen sie mit Stecknadeln an einer Korkplatte, um sie zur Schau zu stellen. Wenn ihr eure Ohren entbehren könnt, dann nur heranspaziert, Herrschaften!«

Plötzlich war nirgends mehr eine zweifelhafte Gestalt zu erblicken.

Kurze Zeit darauf erreichten die beiden Wiesel den *Roten Admiral*. Sie hörten ungebändigtes Zähneklacken, das von innen herausdrang. Becher wurden auf Tischen zerschmettert. Ein von Honigtau betrunkenes Tier lag quer über dem Rinnstein unter dem schaukelnden Schild mit dem Schmetterling und bildete eine Brücke über ein schmutziges Rinnsal von Spülicht und verfaulenden Küchenabfällen.

»Na ja, genau so habe ich mir diesen Ort vorgestellt«, sagte Grind, »und wahrscheinlich findet man nirgendwo im Hafen ein netteres Etablissemang.«

Sie betraten die Wirtschaft, und sofort wurden jegliche Tätigkeiten unterbrochen, da Tiere aller Art sie anstarrten.

»Zoll- und Schankkonzessions-Spione«, brummte der Gastwirt, ein Hermelin mit schmutziger Schürze, mürrisch. »Ihr seid hier im *Roten Admiral* nicht willkommen, meine Herren. Am besten verschwindet ihr wieder, bevor man euch die Kehlen an mehreren Stellen durchschneidet …«

Auf der anderen Seite der Kneipe schrie eine Stimme auf. »Das sind keine Zollspione, verdammter Trottel! Das sind meine Gäste! Schick sie her, Wirt. Ich verbürge mich für sie, redlich und getreu den Regeln.«

Der Wirt drehte sich zu dem Besitzer der Stimme um, der tatsächlich Weniger Einbein war. »Wenn du sagst, dass sie in Ordnung sind«, brummte er und rieb sich dabei die Pfoten an der schmutzigen Schürze ab, »dann will ich dir glauben, Weniger, aber auf deine Verantwortung, denk dran!«

Grind und Sylber gingen an den Tisch und setzten sich auf die Holzbänke. Die Marder betrachteten sie böse, während sie warteten, bis die Kelche mit dem Honigtau gebracht wurden. Als sie die Becher in den Pfoten hielten, schlugen sie damit dreimal mit Wucht auf den Tisch – Rumps! Rumps! Rumps! – und brüllten: »Hau weg das Zeug, einzz, zzwei, drrei!« Dann kippten sie den Inhalt der Becher mit einem einzigen Zug in sich hinein.

Zweifellos erwartete man von Grind und Sylber, dass sie es ihnen gleichtaten. Man beobachtete sie mit aufmerksamen Augen, während sie den rohen, kaum fermentierten Honigtau hinunterschluckten. Er schmeckte wie Lampenöl. Er brannte Sylber in der Kehle, und seine Augen tränten. Endlich gelang es ihm, auch noch den letzten Tropfen in sich hineinzuschütten. Es war das abscheulichste Getränk, das er jemals in seinem Leben hatte in sich hineingießen müssen.

Grind schlug mit seinem Becher auf den Tisch und grölte: »Ein nettes Tröpfchen Honigtau ist das! Dem Bauch eines Königs würdig! Versieh den Kopf eines kahlen Adlers mit Federn, Wirt!«, brüllte er. »Noch eine Runde von deinem besten Tau für meine Kumpel hier. Lasst uns ein paar Becherchen hinter die Binde kippen, bevor wir zum Geschäftlichen kommen.«

Sylber aber verdrehte die Augen zur Decke und fragte sich, ob es wirklich eine kluge Entscheidung gewesen war, Grind hierher mitzunehmen.

Neuntes Kapitel

Prinz Punktum war oben auf der Brustwehr gewesen und hatte zugesehen, wie seine Schwester ihr Bataillon von Kampfmariechen einem strengen Drill unterzog, ein Furcht erregendes weibliches Regiment, das sie selbst ins Leben gerufen hatte. Ihre militärischen Bewegungen waren denen der Truppen des Prinzen weitaus überlegen – sie hatten ein besseres Gefühl für Rhythmus. Der Prinz missgönnte seiner Schwester den Erfolg mit den Mädchen nicht, aber er war missgestimmt wegen seiner eigenen ungehobelten Soldaten, die nicht einmal um den Preis ihres Lebens im Gleichschritt bleiben konnten.

Nach einer Weile ging er wieder hinunter in den Thronsaal, wo er sich zwei ungepflegt aussehenden Dachsen gegenübersah. Er betrachtete die beiden voller Abscheu. Hark und Nackert waren wirklich die Allerletzten, wenn es um den Gebrauch von Wasser und Seife ging. Beide stanken nach Graberde. Seine Königliche Hoheit wusste, wie Graberde stank, da er sehr viel Zeit am Grab seines Bruders zubrachte, wo er leise vor sich hin flüsterte. Keiner wusste, was der Prinz flüsterte, aber es war bekannt, dass irgendein unseliges Geheimnis mit dem Tod von König Rotpelz verbunden war. Niemand wollte jedoch mehr darüber wissen. Dieses

Geheimnis lüften zu wollen kam einer Liebelei mit dem Tode gleich.

»Dann habt ihr also die Wiesel im Hafen bei der Arbeit gesehen?«

»Genauso ist es, Euer anbetungswürdiger Hochwohlgeboren – und wir haben auch gesehen, was sie gemacht haben«, antwortete Hark, wobei er eine abgenagt aussehende Pfeife aus dem Beutel an seinem Gürtel nahm und sich daran machte, sie zu entzünden. »Wir sind um die Nordwestküste von Welkin herum gesegelt, in einem Küstenboot, das einem Fischotter namens Grensch gehört, als wir am Hafen vorbeikamen und sie alle bei der Arbeit sahen.«

Prinz Punktum schwenkte eine Pfote vor seinem Gesicht hin und her, um den Gestank von Harks Atem zu vertreiben. »Steck das stinkende Ding da weg. Hier drin wird nicht geraucht. Also … sie haben ein Schiff gebaut?«

Harks steckte widerwillig die Pfeife zurück in den Beutel an seinem Gürtel. Es passte ihm gar nicht, wenn andere Tiere ihm verbaten zu rauchen. Ihn ärgerte es, wenn ihm dieses kleine Vergnügen verwehrt wurde. Er war der Meinung, dass er ein Recht auf Genuss hatte. Wenn andere die Atmosphäre um Hark und Nackert herum nicht mochten, dann sollten sie eben woandershin gehen. Im Fall des Prinzen neigte er jedoch dazu, eine Ausnahme zu machen. »Ja, Euer überaus herrliche Großartigkeit – ein Schiff.«

»Ein schlichtes ›mein Gebieter‹ reicht durchaus. Aber wir wollen uns die Sache mal so richtig vorstellen. Da waren also Waldwiesel dabei, ein riesiges Wasserfahrzeug zu bauen, das seetüchtig genug ist, um das Kobaltmeer zu überqueren? Wollt ihr etwa, dass ich so etwas glaube, ihr diebischen Galgenvögel?«

»Na ja, sie haben es nicht direkt vom Entwurf her angefertigt, wenn man so sagen möchte«, schwächte Nackert das Ganze ab. »Sie haben vielmehr ein altes Schiff ausgebessert und die Löcher geflickt. Sie haben Schreiner und Schmiede kommen lassen, damit diese die fachmännische Arbeit tun. Ich habe sagen hören, man nennt so etwas Windjammer.«

»Was haben sie vor? Was haben sie vor?«, schrie der Prinz. »Jemand soll mir Trugkopp holen.«

»Er hängt immer noch kopfüber an den Zinnen«, antwortete das adelige Hermelin Jesses. »Ihr habt bis jetzt noch nicht befohlen, dass man ihn losbindet, mein Prinz.«

»Also, dann bindet ihn jetzt los – und bringt ihn her.«

Trugkopp wurde aus seiner Lage erlöst und dem Prinzen vorgeführt. Der Sheriff zeigte seine Dankbarkeit für seine Freiheit auf überaus pathetische Weise. Er warf sich vor dem Thron zu Boden, als ob er wünsche, dass auf ihm wie auf einem alten Teppich herumgetrampelt werde.

Der Prinz verzog das Gesicht bei diesem Ausbund an Kriechertum. »Erheb dich! Erheb dich, Trugkopp! Wir haben hier ein Problem. Hark und Nackert, zwei nicht sesshafte Dachse, haben uns Neuigkeiten über die Wiesel überbracht. Anscheinend bauen sie ein Schiff und planen eine Seereise über das Kobaltmeer. Warum tun sie das? Bestimmt führen sie nichts Gutes im Schilde.«

Der Sheriff bedachte die beiden Dachse mit einem Seitenblick und bemerkte mit Erleichterung an ihren Mienen, dass das hier nichts mit ihrem früheren Geschäft, Mäcki Messingnase betreffend, zu tun hatte.

»Mein Gebieter«, antwortete Trugkopp, und seine Stimme war heiser, weil er so lange Zeit bei Wind und

Wetter im Freien verbracht hatte. »Das hat bestimmt etwas damit zu tun, dass sie die Menschen nach Welkin zurückholen wollen. Ihr wisst ja, dass sie von dem Gedanken geradezu besessen sind, diese Waldwiesel.«

»Woher wissen sie, wo sie suchen müssen?«, fragte der Prinz.

»Ach, irgendwie haben diese schlauen Geschöpfe das wohl herausgefunden.«

»Also, dann: Du und diese beiden Dachse, ihr müsst sie von ihrem Vorhaben abhalten.« Der Prinz wandte sich den Dachsen zu. »Ich werde euch großzügig dafür entlohnen, wenn ihr meinem Sheriff dabei helft, die Wiesel gefangen zu nehmen.«

Bei der Erwähnung von Bezahlung leuchteten die Augen der beiden Dachse auf. In letzter Zeit hatten ihre Großtaten nicht mehr im Fangen von Fischen bestanden, sondern im Einfangen von Walrossen und Seehunden, und zwar wegen der wertvollen Felle. Sie hatten dabei mehrere Fehlschläge erlitten und waren nur mit Mühe und Not mit dem Leben davongekommen.

»Falls es dir nicht gelingt, rechtzeitig zum Hafen zu kommen, um ihre Schiffe am Wegsegeln zu hindern«, erklärte der Prinz Trugkopp, »hast du die Befugnis, ein weiteres Schiff zu befehligen und ihnen aufs Meer hinaus zu folgen. Komm nicht ohne sie zurück. Ich werde sie wegen Hochverrats anklagen lassen und alle zum Tode verurteilen. Selbst Lords dürfen ihren Prinzen nicht betrügen.«

»Ich? Aufs Meer hinausfahren?«, schrie Trugkopp. »Mein Gebieter, ich bin kein Seefahrer. Ich werde mitten im Hochsommer in einem Boot auf einem Teich seekrank. Ich hasse Wasser. Bitte, erspart mir so etwas!«

Prinz Punktum steckte sich eine Klaue in jedes hermelinbefellte Ohr. »Ich höre dich nicht, Trugkopp. Steck dir die Klauen in die Ohren, Sib.«

»Das tue ich bestimmt nicht«, sagte Sibiline und beäugte argwöhnisch Nackerts Kragen. »Du, Dachs, was ist das da auf deinem Umhang?«

Nackert sah auf seinen Kragen hinab, dann hatte er immerhin den Anstand, einen beschämten Blick in Trugkopps Richtung zu werfen, der eine grauenvolle Farbe angenommen hatte, die nur verglichen werden konnte mit dem graugrünen Schimmel auf einem alten Stück Käse.

Nackert sagte: »Das ist eine Libelle – eure prinzessliche Schönheit.«

»Nenn mich nicht so – das klingt aus deinem Mund unbeholfen, weil zu viele Zischlaute darin vorkommen. Woher hast du das Ding? Es sieht auf bemerkenswerte Weise einem solchen ähnlich, das ich einem ehemals sehr guten Freund geschenkt habe, der jedoch nicht mehr in meiner Gunst steht …«

Trugkopp stöhnte, als würde ihm gleich übel.

»Ich habe eine Kopie anfertigen lassen – eure mädchenhafte Hoheit. Von einem Stück, das der Sheriff auf seinem Kaminsims stehen hat. Ich musste dafür eine Zeichnung davon anfertigen lassen, denn der Sheriff war nicht bereit, die Libelle aus den Augen zu lassen – aus irgendeinem Grund stellte sie für ihn anscheinend einen großen Wert dar.«

Sibilines Augen verklärten sich. »Oh – oh, wirklich? Stimmt das, Trugkopp? Du besitzt eine … eine dieser Schnitzereien?«

»Eine davon? Nein doch, die meine ist das Original. Sie ist mein wertvollster Besitz, Prinzessin. Sie ist mir mehr wert als die ganze Welt«, murmelte Trugkopp.

Sibiline sah irgendwie erschüttert aus. »Oh, oh – wie entzückend. Wie überaus galant. Ich ... ich bin sicher, wer immer dir ein solches Geschenk gemacht hat, findet dich dessen würdig.«

Trugkopps Stimme klang heiser vor Leidenschaft. »Danke, Prinzessin.«

»Ich höre dich immer noch nicht!«, rief Prinz Punktum und durchbrach damit die Dramatik des Augenblicks, da seine Worte wie schwere Steine auf einen zugefrorenen Teich fielen. Ich habe die Bewegung deiner Lippen gesehen, Trugkopp. Ich werde meine Ohren erst dann wieder frei machen, wenn du aufgehört hast, den Mund zu bewegen.«

Als er ganz sicher war, dass der Sheriff nichts mehr zu sagen hatte, nahm der Prinz die Pfoten von den Ohren. Er sah Trugkopp an. »Na, was stehst du noch hier herum? Hinweg mit dir! Und nimm deine Dachse mit.«

Trugkopp verließ den Raum und bedachte dabei seine beiden Begleiter mit einem äußerst missbilligenden Blick. Das waren nicht seine Dachse.

»Also«, sagte Prinz Punktum, nachdem sie weg waren, »wie wäre es mit einem bisschen Spaß, edle Herren und Damen? Hat meine Schwester einen Vorschlag zu machen? Vielleicht ein Spiel? Kricket? Federball? Fußball?«

Sibiline, die inzwischen dabei war, Flutsch dem Otter in einer Ecke des Thronsaals bei der Anfertigung eines neuen Hutes zur Seite zu stehen, blickte auf. »Oh, nichts davon, Bruder. Das sind alles Männerspiele. Lass uns etwas spielen, das auch den Mädchen Spaß macht.« Sie sah zur Decke. »Ich weiß was – wie wär's mit Drachenfliegen? Wir könnten Drachen von der Brustwehr hinunterfliegen lassen.«

»Gute Idee, Schwesterchen«, rief Prinz Punktum und sprang auf. »Sichere mir den besten Drachen.«

»Bis jetzt haben wir noch keine. Ich gehe hinunter und hole ein paar von den Küchenwieseln.«

»Können sie Drachen anfertigen?«, fragte Prinz Punktum zweifelnd. »Ich dachte, die können nur verbranntes Fett von Bratpfannen abkratzen.«

»Sie sind Drachen«, antwortete Sibiline. »Du wirst schon sehen, Bruder.«

Prinz Punktum rauschte aus dem Raum, und Pompom flitzte hinter ihm her. Die beiden begaben sich zu den Zinnen hinauf. Der Monarch war so voll der Freuden des Frühlings, dass es schwer zu unterscheiden gewesen wäre, welcher von den beiden der Hofnarr war. Natürlich erwähnte niemand dem Prinzen gegenüber diesen Umstand.

Kurze Zeit später erschien Prinzessin Sibiline mit mehreren dürren Küchenwieseln, die mehr oder weniger ein Sklavendasein führten. Die Wiesel sahen ganz unglücklich aus. Sie hatten auch allen Grund dazu, denn sie sollten die Rahmen für die Drachen bilden.

Die Prinzessin hatte eine Tasche voll von Drachenbespannungen, die sie während der Wintermonate zusammengestichelt hatte. »Hier, probier das mal an – und du, das da – und das große Wiesel – zieh dies an.«

Die unseligen Küchenwiesel verteilten die Drachenhüllen unter sich. Sie zogen sie über und stellten sich in Sternformation auf, die Hinterläufe abgestemmt, die Vorderläufe gespreizt. Sibiline rannte von einem zum anderen, zupfte hier an etwas herum und befestigte da ein loses Schwanzstück. Ihre Winterkollektion sollte jetzt gleich vorgestellt werden. Sie war eine geschickte Näherin und stolz auf ihre Begabung.

Prinz Punktum wartete ungeduldig darauf, dass das erste Opferwiesel fertig war, damit er es zur Brustwehr hinaufhieven und etwas Höhe gewinnen könne, bevor die anderen Hermeline mit den ihren starteten.

Flutsch der Otter war zum Zuschauen gekommen. Einige der Drachengebilde waren seine Kreationen, gefertigt aus wertvollen Stoffen in hinreißenden Farben von weit entfernten, exotischen Orten. Die Schwänze waren Kunstwerke für sich – lange, fließende Bänder, einige mit gekräuselten Enden, andere vielfarbig zerfasert. Eine Schwanzspitze war zu kleinen Bogen geformt, jeder in einem anderen Farbton, die sich anmutig im Wind drehten wie winzige Propeller. Ein anderer sah aus wie der gefächerte Schwanz eines Raubvogels, doch in funkelnden Silber- und Goldtönen. Wieder ein anderer war so lang und wallend, dass er sich wie ein Lebewesen hin und her wand und seine feuerrote Spitze mit Peitschengeknalle hin und her schlug. Das alles waren die Werke des großen Otter-Modedesigners und seines Namens vollauf würdig.

Flutsch plauderte gleichermaßen ungezwungen mit adeligen Hermelinen wie mit nicht adeligen Wieseln und befragte sie nach ihrer Meinung zu seinen Kreationen. Er spielte die Rolle des Beraters der Prinzessin. Sie wiederum erklärte, sie wisse nicht, was sie ohne ihn tun sollte.

»Und wie findet ihr das hier?«, fragte er. »Es soll die Linien eines fliegenden Drachen andeuten. Erkennt ihr es? Natürlich erkennt ihr es. Und das hübsche Stück da drüben. Das soll mit dem Sommerhimmel verschmelzen. Die gerüschten Teile am Rand stellen natürlich Wattewölkchen dar.«

Dem ersten der Küchenwiesel, Jilinda, wurde das

Ende eines Schnurknäuels um die Taille gewickelt. Dann musste sie von der Brustwehr springen. Mit ausgestreckten Vorderläufen und weit gespreizten Hinterläufen tat sie, was von ihr erwartet wurde, doch ihr Gesicht zeigte ihre Angst. Wenn der Drachen nicht den technischen Anforderungen entsprach, würde sie in das Wasser unten plumpsen. Sie zappelte, tauchte hinab, und dann – zu ihrem Entzücken – schwebte sie über der Burg.

Plötzlich fühlte sie sich wie ein Vogel, während sie über dem See kreiste und auf und ab schwang, bis der schroffe Ruck des Seils sie daran erinnerte, dass sie an der Leine war. Es war zwar eine lange Leine, aber sie war immer noch durch dieses Stück Seil um ihre Taille mit der Burg verbunden.

Am anderen Ende des Seils war Prinz Punktum, dem es außerordentlich gut gefiel, dass er der Erste war, der seinen Drachen steigen ließ. »Seht alle mal her!«, rief er. »Ich mache mit meinem einen Überschlag.«

Die arme Jilinda drehte sich um die eigene Achse und trudelte in Schwindel erregenden Spiralen. Es war schön gewesen, dahinzuschweben und die Muster der Felder unter sich zu betrachten, aber akrobatische Kunststücke in der Luft zu vollführen war etwas anderes. Ihr wurde dabei schlecht, und sie hatte schreckliche Angst.

Nacheinander wurden die anderen Drachen abgeworfen. Sie stiegen zum Himmel empor und fleckten den Sommerhimmel mit farbigen Tupfen. Sogar die Drachen selbst mussten zugeben, dass das Ganze sehr hübsch aussah. Nachdem verschiedene Überschläge und andere Kapriolen vollführt worden waren, bemühte sich jedes Adelshermelin, seinen Drachen möglichst am höchsten fliegen zu lassen.

Hoch, hoch hinauf ins weite Blau schwebten die dürren Wiesel. Je höher sie stiegen, desto kälter wurde es. Von den Burgmauern aus betrachtet, waren sie nur noch Punkte am Himmel.

»Meiner fliegt am höchsten«, verkündete der Prinz, obwohl niemand wirklich beurteilen konnte, welcher Drache über den anderen schwebte. »Ich gewinne.«

»Gute Leistung«, lobte Graf Takely. »Ich glaube, meiner ist der Zweite und besser als alle übrigen.«

»Unsinn«, schimpfte Jesses. »Nach dem Prinzen bin ich der beste Drachen-Flieger.«

»Ihr beide irrt euch«, fuhr Sibiline dazwischen. »Mein Drache fliegt gleich unter dem meines Bruders.« Sibiline bildete sich ein, weil sie sprachgewandter war als die männlichen Hermeline, würden ihre Argumente mehr durchschlagen und sie somit den anderen überlegen machen.

Sogleich fand eine erhitzte Auseinandersetzung statt, in der es keinen Gewinner geben konnte, nur Hermeline, die sich für Gewinner hielten. Sie gaben den Leinen immer mehr Spielraum, damit ihre Drachen höher und noch höher flogen. Aber die Drachen waren jetzt schon nur mehr farbige Pünktchen.

Hoch oben in der dünnen Luft hatten die Wiesel Mühe mit dem Atmen, der Sauerstoff wurde immer knapper. Wenn sie noch ein wenig höher steigen würde, würde sich Eis auf ihrem Fell bilden. Sie riefen einander aufmunternde Worte zu.

Erste Stimme: »Keine Angst, Jilinda, sie haben dieses Spiel bald satt – Ausdauer war noch nie ihre Stärke.«

Zweite Stimme: »Ich habe keine Angst, Ranter – zumindest nicht viel. Allerdings werden meine Vorderläufe allmählich müde. Am liebsten würde ich sie mir um den Körper wickeln.«

Dritte Stimme: »Lass deine Vorderläufe um Himmels willen ausgestreckt. Wenn du nicht aufpasst, befindest du dich auf einmal im freien Fall. Es ist ein weiter Weg bis da unten, weißt du. Sogar die Burg sieht von hier oben nur noch wie eine Tabaksdose aus.«

Vierte Stimme: »Ich halte die Augen geschlossen. Ich schaue einfach nicht hin. Ich kann nicht hinschauen, sonst wird mir schlecht. Der einzige Trost ist, wenn es mir schlecht wird, dann kriegen es die da unten ab.«

Das letzte Wiesel in der Gruppe und das Einzige, das sich an dieser Unterhaltung nicht beteiligte, war der kleine Xix, das Kaminwiesel. In der Burg unten bestand seine Aufgabe darin, in die Kamine hinaufzuklettern und den Ruß wegzufegen. Es war eine unangenehme Aufgabe, die von seiner Höhenangst noch erschwert wurde.

Xix trug einen rosafarbenen und gelben Überzug, der knatternd im Wind flatterte, da er für seine Figur um einiges zu weit war. Wann immer ihn sein Lenker wie einen Adler durch die Lüfte gleiten ließ, blieb sein Herz voller Entsetzen stehen. Der Wind zerrte irrwitzig an seinem Gewand, sein Magen sackte unter ihm ab, er konnte in der rauschenden Luft nicht atmen, und seine Gliedmaßen wurden weich wie Gelee. Es war ein ganz schreckliches Erlebnis. All seine Albträume begleiteten ihn auf diesem Flug ins Ungewisse.

Xix' runde weiße Augen, immer noch schwarz umrahmt von Kaminruß, der niemals ganz aus seinem Fell entfernt werden konnte, erzählten die ganze Geschichte dieser Albträume in seinem Kopf. Plötzlich sprach er. »Es hat keinen Sinn. Ich halte es nicht aus. Ich löse das Seil. Ich möchte sterben.«

Ein Chor von Stimmen – »Nein, nein, sei nicht dumm, Xix!« – vermochte an der Absicht des kleinen Wiesels nichts zu ändern. Er konnte nicht mehr. Es gab eine Grenze, und er hatte sie schon lange überschritten. Es war besser, da unten auf irgendeiner lieblichen Grasknolle tot zu liegen, wo der Wind auf Bodenhöhe sanft durch sein Fell wehen würde, als den Launen des Nichts hoch oben am Himmel ausgesetzt zu sein. Er wollte festen Boden unter sich, selbst wenn er nicht mehr leben würde, um etwas davon zu haben.

»Ich mache es!«

Zu ihrem Entsetzen sahen die anderen Wiesel, wie er die kleinen Pfoten senkte, um den Knoten an seiner Taille zu lösen. Während er noch damit zugange war, plumpste er allmählich wie ein Ziegelstein zu der Burg direkt unter ihnen hinab. Sein langer, wehender Schweif verdrehte sich zu einer Spirale. Er hatte einen weiten Weg vor sich, und der Knoten war fest geknüpft, doch es gelang ihm, ihn zu lösen, hundert Fuß über dem Burghof, in den er im Begriff war zu stürzen.

Jesses stand schweigend und mit aufklaffendem Mund da, das Seil hing schlaff in seiner Pfote. Die anderen Hermeline sowie Flutsch und Pompom, die Wiesel, waren gleichermaßen verdattert, während sie zusahen, wie der kleine Xix auf sie zutrudelte. Ihnen war klar, dass das Kaminwiesel in Kürze als roter Klecks aus Fell und Knochen auf dem Boden des Burghofes landen würde. Das würde ein schrecklicher Anblick sein, selbst für hart gesottene Hermeline.

Dann öffnete Xix plötzlich die Vorderläufe wieder. Er schoss aufwärts wie ein Gleitflieger auf einer Thermik. Es war ein wundervolles Gefühl, ganz anders, als angeleint zu sein. Er hasste immer noch die Höhe, natürlich, aber jetzt hatte er die Beherrschung über sich selbst: wenn er wollte, konnte er in trägen Kreisen zur Erde hinabschweben, um auf seinen vier Füßen zu landen. Nun, da er von dem Seil befreit war, stellte er fest, dass er ganz nach Belieben tauchen und aufsteigen konnte und überall hinschweben konnte, wohin er wollte.

Und wohin er wollte, das war jedenfalls weg von der Burg, nach Südosten zum Halbmondwald, wo er eine Zuflucht finden würde, davon war er überzeugt. Er war ein Vogel. Sein leuchtender Schweif wallte hinter ihm her wie eine Ruhmesfahne. So entkam er der Umklammerung von Prinz Punktum und den Burgwieseln. Er schwebte über Felder grünen Getreides dahin und sah, wie sein dunkler Schatten über den Boden glitt.

»Leb wohl, Burg Rägen«, brüllte der rußige kleine Flieger. »Xix verlässt dich für immer!«

»He!«, schrie Prinz Punktum von der Brustwehr aus. »Wohin fliegt er?«

»Es sieht ganz so aus, als ob er flüchten wolle«, sagte Flutsch, wobei er versuchte, seiner Stimme keine Erheiterung anmerken zu lassen. »Und wenn ihr richtig hinschaut, dann werdet ihr bemerken, dass die anderen anscheinend dasselbe vorhaben.«

Und tatsächlich, die fettigen Küchenwiesel, die immer noch an den Leinen befestigt waren, hatten gesehen, was mit Xix geschehen war, und neigten offenbar dazu, es ihm gleichzutun. Sie alle begaben sich in freien Fall, indem sie ihre Leinen lösten. Nachdem sie gelöst waren, schwebten sie fröhlich davon zum fernen Horizont wie glückliche Eichelhäher und machten lange Nasen nach hinten zu dem wütenden Prinzen und seinen adeligen Hermelinen.

Von allen Hermelinen sah nur Sibiline die lustige Seite des Geschehens. Sie klackte mit den Zähnen und schlug sich auf die Schenkel. Der Prinz wandte den

Blick von den davonschwebenden Wieseln ab und sah seine Schwester finster an. Er wusste nicht, was er ihr sagen sollte, deshalb stapfte er einfach nur wütend davon, Pompom im Schlepptau.

Die Prinzessin war eine komplizierte Mischung aus snobistischem Hermelin und tierischem Verständnis, was sie für den Prinzen ziemlich rätselhaft machte. Einmal schien sie ganz der herrschenden Klasse anzugehören und alles zu tun, was ihr gefiel, beim nächsten Mal focht sie für die Rechte der Wiesel und der Unterklasse. Der Prinz wusste nie, woran er mit Sibiline war.

»Also«, sagte sie zu Flutsch, »dahin gehen unsere schönen Kreationen – wie ein Schwarm hübscher Seidenvögel, die zum Überwintern nach Süden fliegen. Ich glaube nicht, dass wir sie jemals wieder sehen werden. Es würde mich nicht wundern, wenn diese unbezahlbaren Stoffe letztendlich zu Betttüchern für die Armen verarbeitet würden.«

»Wir hatten unsere Schau«, sagte der Otter, »und das allein zählt. Die Welt konnte unsere neuen Schöpfungen bewundern, die neuen Stoffe, die neuen Farben – und man hat vor Erschütterung und Freude geweint.«

»Nicht so sehr, wie mein Bruder weint«, rief Sibiline vergnügt. »Jetzt hat er niemanden mehr, der ihm die Töpfe und Pfannen in der Küche sauber schrubbt.«

Beide brachen in ein hysterisches Zähneklacken aus, während die adeligen Hermeline – Jesses, Graf Takely und andere – an ihnen vorbei defilierten, die Stirnen gerunzelt, einen missbilligenden Blick in den Augen.

Zehntes Kapitel

Nach drei Karaffen unverdünnten Honigtaus hatte Sylber genug. Grind und die Marder waren jetzt beinahe im richtigen Zustand, um zu singen. Wenigstens, dachte der Anführer der Wiesel, sind sie guter Laune. Wahrscheinlich war das Grinds Absicht gewesen.

Ein Vorderlauf legte sich um Sylbers Schulter. Dieses Glied gehörte Weniger Einbein, der jetzt sehr kameradschaftlich tat. Sylber fühlte sich unbehaglich – er mochte keine falsche, auf Betrunkenheit basierende Kameradschaft. Doch diesmal erhob er keine Einwände.

Weniger sprach ihn an. »Asso, aller Freund, was für'n V-Vorsch-schlag has du su machen?«

An dieser Stelle muss bemerkt werden, dass ein Marder mindestens doppelt so groß ist wie ein Wiesel. Er sieht ungefähr wie ein kleiner Fuchs aus. Und er hat den gleichen schlauen Gesichtsausdruck wie ein Fuchs. Er ist jedoch ein sehr flinkes, behändes Tier, weshalb er manchmal auch als Baumkatze bezeichnet wird. Sylber hatte den Eindruck, dass die Marder ausgezeichnete Windjammer-Matrosen abgeben würden, da sie ohne Angst in die Takelage klettern könnten.

»Die Wahrheit ist«, sagte Sylber, »wir brauchen dich und deine Spezeln.«

»Häh?«, schrie Weniger, geschmeichelt durch diese

Äußerung. »Wie 'n das, mein salsiges Wiesel? Braubraucht uns für was?«

»Nun, wir haben uns gefragt, ob ihr euch vielleicht als Mannschaft für unseren Windjammer zur Verfügung stellen würdet. Es geht um eine Rundreise. Wenn wir auf der Insel Dorma waren, kehren wir nach Welkin zurück. Danach gehören das Schiff und seine gesamte Einrichtung euch. Ihr habt es redlich und getreu den Regeln beim Eibischen gewonnen, und so soll es rechtmäßig euch gehören.«

Weniger musterte Sylber mit zusammengekniffenen Augen, mit einem Mal fast wieder nüchtern. »Es soll uns gehören, sagst du? Für immer? Ihr werdet nicht wieder einen Eigentumsanspruch darauf geltend machen, so wie heute?«

»Uns geht es nur darum, nach Dorma zu kommen und wieder nach Hause zurückzukehren. Danach gehört der Windjammer euch. Was sagst du dazu? Glaubst du, ihr könntet als Mannschaft mit uns reisen?«

Weniger dachte eine Weile über diesen Vorschlag nach, bevor er die unvermeidliche Frage stellte. »Warum wollt ihr so dringend nach Dorma? Soweit ich weiß, ist das eine Zauberinsel, wo Tiere einschlafen, kaum dass sie den Fuß darauf gesetzt haben. Warum wollt ihr dorthin?«

»Es geht um einen Schatz!«, sagte Grind, bevor Sylber antworten konnte. »Kapitän Murgatroids Schatz. Eine ganze Truhe voll von Messingmünzen ist dort begraben, meine Herzchen, die nur darauf warten, eingesackt zu werden.«

In diesem Augenblick flog ein Zaunkönig durch ein offenes Fenster herein und landete auf Weniger Einbeins Schulter. »Münzen!«, zwitscherte er. »Münzen. Münzen, mit meinem Bild drauf.«

Weniger scheuchte den Vogel ungeduldig weg, doch seine Augen leuchteten vor Leidenschaft. »Kapitän Murgatroids Schatz, hast du gesagt?«

Sylber hustete. »Ähm, ja. Wenn ihr uns dabei helft, ihn zu finden, dann gehört das Schiff euch.«

Murgatroid war ein Otter aus uralten Zeiten, inzwischen längst verstorben. In jenem Jahr, als die Tiere Welkin übernahmen, wechselte er ins Piratengeschäft über, als ob er dafür geboren worden wäre. Er kaperte ein Schiff der Menschen und bemannte es mit einer Meute von Ottern zweifelhaften Charakters. Während des folgenden Jahrzehnts plünderte er das Land entlang der Küste von Welkin. Manches Mal fuhr er einen Fluss hinauf, raubte die Dörfer am Ufer aus, und fuhr zehnmal reicher wieder zurück.

Jedes Geschöpf, das eine Gefahr darstellte, wurde von den gnadenlosen Piraten sofort vernichtet. Ihre bevorzugte Art und Weise, Feinde zu töten, bestand darin, diese mit Katapulten in die an der Küste gelegenen Nester von Möwen zu schleudern und sie einem schrecklichen Tod in einem Regen von scharfen, wilden Schnäbeln zu überlassen. König Rotpelz heuerte einst einige Söldnermatrosen an, um Murgatroid zu fangen, aber der bramarbasierende Otter schickte jeden einzelnen von ihnen in einen wässrigen Tod.

Doch eines Tages stach der Otterpirat mit unbekanntem Ziel in See – und kehrte niemals zurück …

»Kapitän Murgatroid«, murmelte der Rest der Marder. »Messingmünzen.«

»Na ja«, sagte Weniger, »ich glaube, wir können unserem Wieselfreund wohl den Gefallen tun, Kumpel. Was meint ihr?«

Die Marder taten ihre allgemeine Zustimmung kund.

»Also, dann ist das abgemacht. Ich besiegele die Sache mit meiner Pfote.« Weniger nahm den Vorderlauf von Sylbers Schulter und bot sie zum Schütteln dar. »Wir müssen allerdings ein bisschen üben«, sagte er. »Wir sind leicht eingerostet, wenn man es so nennen will.«

»Natürlich«, antwortete Sylber. »Wir segeln an der Küste auf und ab, bis ihr euch dem offenen Meer gewachsen fühlt. Wir selbst sind ja auch keine Seeleute. Ich kenne mich in der Theorie aus, aber wir müssen uns in der Praxis kundig machen.«

Weniger Einbein schüttelte ungeduldig den Kopf. »Ich meine das Trinken. Wir müssen noch ein paar Becher in uns hineinkippen. Was sagt ihr, schaffen wir noch so drei bis fünf Karaffen Honigtau?«

Zu Grinds Enttäuschung stand Sylber auf. »Nein, nein, wir müssen uns auf den Weg machen.« Er griff in seinen Beutel und zog eine Pfote voll Münzen heraus. »Ich lasse einen Haufen Silberlinge auf dem Tisch. Wenn ihr die verbraucht habt, wird das der letzte Honigtau gewesen sein, den ihr bis zu unserer Rückkehr von Dorma trinkt. Ich will keine betrunkenen Marder auf meinem Schiff haben. Wenn ich es in euren Besitz übergebe, könnt ihr machen, was ihr wollt. Bis dahin ist dies mein letztes Wort.«

Weniger sah aus, als ob er Sylber einen Pfotenhieb auf den Kopf versetzen wollte; dann wandelte sich sein Gesichtsausdruck von Wut zu einem fetten Zähneklacken, und zwar innerhalb einer Sekunde. »Natürlich, Käpt'n. Bis dahin hast du das Kommando. Gleich nach Sonnenaufgang finden wir uns an Bord der *Ziehenden Wolke* ein.«

Sylber machte Grind ein Zeichen, und die beiden Wiesel bahnten sich einen Weg durch die aufgeregten

Tiere, die die Gaststube bevölkerten. Der Wirt und sein Schankmädchen hasteten mit Karaffen voll schäumenden Honigtaus hin und her, wobei sie den Inhalt hier und da auf Köpfe verschütteten, ohne dass Beschwerden laut geworden wären. Jemand warf einen Trinkbecher an die Wand, wo er zerschmetterte, doch niemand nahm Notiz davon. Ein halbes Dutzend missklingender Melodien wurde in verschiedenen Teilen des Raums gesungen.

Kurz bevor sie den *Roten Admiral* verließen, rief Sylber Weniger zu: »Ach, übrigens, was machst du? Du persönlich, meine ich? Bist du der Bootsmann?«

»Ich?«, entgegnete Weniger mit so etwas wie einem höhnischen Feixen. »Ich bin einfach nur der Koch.«

»Na ja, so einen brauchen wir ganz bestimmt«, sagte Sylber. »Dann mache ich dich also verantwortlich für die Kombüse.«

Draußen auf der gepflasterten Straße wandte sich Sylber an Grind und schalt ihn: »Warum hast du denen erzählt, dass auf der Insel ein Schatz sei?«

Grind zeigte keinerlei Reue. »Ist nicht gut, wenn man diesem Schurken erzählt, dass wir nach Dorma gehen, um die Menschen zu wecken. Er würde nichts damit zu tun haben wollen. Wir müssen ihm so was wie einen Ansporn geben, etwas, worauf er sich freuen kann. Jetzt denkt der Gauner nämlich, er kann uns um den Schatz bescheißen.«

»Ich bin sicher, dass er ein übler Bursche ist. Wir müssen ein scharfes Auge auf ihn haben.«

»Nur allzu wahr gesprochen, hoher Herr. Er würde dir die Schnauzhaare klauen, wenn er glaubte, er könnte sie jemand anderem verkaufen.«

Am nächsten Morgen erschienen die Marder getreu

ihrem Wort an Bord. Sie waren wirklich ein hässlicher Haufen. Viele von ihnen hatten blutunterlaufene Augen und ließen die Köpfe hängen. Ein paar hatten offensichtlich in der vergangenen Nacht überhaupt nicht geschlafen. Zweifellos hatten sie bis in die frühen Morgenstunden gezecht und gelumpt.

Sylber war entschlossen, ihnen gegenüber keine Gnade walten zu lassen. Ihr Unwohlsein war selbst verschuldet, und mit solchen Geschöpfen hatte er keinerlei Mitleid. »So, Weniger – du gehst hinunter zu Lukas in die Küche. Ihre beide macht Frühstück für die ganze Mannschaft. Gebratene Drosseleier und kross ausgelassener Mäuseschinken wären nicht schlecht.«

»Gebratene Eier«, wiederholte Weniger mit einem etwas mäkeligen Gesicht, »gut – das lässt sich machen.« Er wackelte auf unsicheren Beinen durch den Gang zur Kombüse.

»Ihr anderen«, befahl Sylber, »alle zur Dockseite. Ich möchte euch an den Tauen sehen. Wir müssen das Schiff von Dock ziehen und in den Hafen manövrieren, bevor wir Segel setzen können. Also, an die Arbeit! Wir haben nicht den ganzen Tag Zeit! Schon bald setzt die Ebbe ein!«

Die Wiesel wunderten sich nicht über Sylbers unwirschen Ton. Er hatte die Rolle des Kapitäns nur zögernd übernommen, da er sehr wohl wusste, dass die Herren der Meere leicht zu einem etwas tyrannischen Verhalten neigten. Arbeiten mussten sofort ausgeführt, Befehle ohne Widerrede befolgt werden, besonders bei schlechtem Wetter, sonst war das ganze Schiff gefährdet. Sylber hatte die Mannschaft eingehend studiert und war zu dem Schluss gekommen, dass er, als Anführer der Waldwiesel, diese Aufgabe übernehmen musste. Sie waren daran gewöhnt, Befehle von ihm entgegenzunehmen, wenn auch manchmal widerwillig. Ein Schiffsdeck war jedoch nicht der Ort für Diskussionen, und er wusste, dass er seine Wesensart drastisch verändern musste, wenn sie ohne Meuterei oder Schiffbruch wegen Sturm überleben wollten. Selbst wenn er gar nicht wütend war, musste er so tun, als ob er es wäre, damit sie ihm bedingungslos gehorchten. Obwohl er Ratschläge beherzigte, wenn er selbst sie anforderte, war er doch die letzte entscheidende Instanz. Ein Kapitän konnte keine Freunde haben, solange sein Schiff auf See war, sondern nur Untergebene; das hatte er ihnen ausdrücklich erklärt, als er eingewilligt hatte, ihr Kapitän zu sein. Bei ihm lag die übergeordnete Verantwortung, und so stand er über jeder üblichen Kameraderie, um den Kopf klar und seine Entscheidungskraft sauber und geschärft zu halten.

Die Marder kannten nichts anderes. Wahrscheinlich dachten sie, Sylber sei schon immer ein Nörgler gewesen, und sowieso waren sie an überhebliche Kapitäne gewöhnt. Also sprangen sie zur Dockseite und packten die Taue. Sie machten sich daran, das bereits schwimmende Schiff aus dem Dock hinaus in den Haupthafen zu ziehen. Während sie rackerten, sangen sie ein Lied. Dabei handelte es sich nicht um eines ihrer Sauflieder, sondern um ein Seemannslied, das ihren Arbeitsrhythmus beflügelte.

»Pack an, Kleiner Hans,
was wir tun, das tun wir ganz.
Hau ruck, Schlimmer Hein,
wir rackern von neun bis neun.
Spuck in die Hände, Starker Max,

das alles ist doch nur ein Klacks.
Ho Matrose, schufte ohne Ruh,
denn die Winde ändern sich im Nu.«

Die Wiesel fielen bald in den Gesang mit ein und stellten fest, dass er wirklich sehr hilfreich war, damit sie alle im gleichen Takt arbeiteten.

Schließlich schafften sie es, das große Schiff aus dem Dock in den offenen Hafen zu ziehen, wo sie alle wieder an Bord gingen. Dann wurden die Marder zu den Masten hinaufgeschickt, um die Segel zu entrollen. Bald kletterten sie überall in der Takelage herum. Einige von ihnen hatten den Statuen geholfen, ihre Schiffe im freien Gewässer zu erproben, und andere waren bereits unter Kapitänen wie Murgatroid gesegelt. Diese Marder verstanden ihre Arbeit. Ihre Erfahrung würde Sylbers Mangel an nautischem Sachverstand wettmachen.

Miniva war zum Ersten Maat ernannt worden. Lord Hohkinn hatte darauf bestanden, dass sie sich seemännisches Wissen durch das Lesen entsprechender Bücher in der Bücherei von Distelhall aneignete. Miniva hatte ein sehr aufnahmefähiges Gehirn – in dieser Hinsicht war sie die beste Wahl für diese Aufgabe. Allerdings musste sie gegenüber dem Rest der Mannschaft ihre Autorität durchsetzen, und das war schwierig, weil sie so klein war.

Miniva legte einen strengen Gesichtsausdruck an den Tag, verschränkte die Vorderläufe auf dem Rücken und schritt mit wichtigen Schritten an Deck auf und ab, während sie Befehle erteilte.

Wenn jemand wegen einer ihm auferlegten Aufgabe murrte, murmelte sie etwas Düsteres von wegen »für den Rest der Reise eingesperrt werden und nur verschimmelten Käse zu essen bekommen«. »Jeder, der den

Gehorsam verweigert, wird in der Back in Ketten gelegt, bis sein Fell weiß wird«, brummelte sie leise. »Die Back ist kein angenehmer Aufenthaltsort, wo man gern Weihnachten und Geburtstage verbringt.«

Also hielten die anderen ihre Zungen im Zaum und befolgten die Befehle, die dieses Würstchen von einem Wiesel erteilte; immerhin kannte sie die Namen der Dinge an Bord. Sie kletterten die Takelage hinauf und hinunter, ließen da eine Plane herab, befestigten dort eine Gording und machten sich mit den Arbeiten oberhalb des Decks vertraut.

Die ersten paar Übungstage verliefen äußerst schlecht. Das war vor allem die Schuld der Wiesel, die die Namen der Taue und Segel lernen mussten; sie wussten nicht einmal, was ›Reff‹ bedeutete, bis Miniva es ihnen erklärte. Selbst sie arbeitete sich zunächst gefühlsmäßig an die Dinge heran; sie ließ rein nach ihrer Vermutung Segel setzen und einziehen, bis sie sich mit der Windstärke und -richtung einigermaßen auskannte. Hin und wieder verriet ihr der Blick eines Marders, dass sie mit ihrer Entscheidung voll daneben lag, dann änderte sie ihre Anweisungen.

Ein- oder zweimal wären sie beinahe in große Schwierigkeiten geraten, doch zum Glück war die *Ziehende Wolke* nicht leicht zum Kentern zu bringen, und die Marder waren flink darin, einen von den Wieseln begangenen Fehler auszubügeln, wenngleich das nie ohne die gemurrten Worte ›Landratten‹ und ›Krabbengaffer‹ abging.

Bei der einen oder anderen solchen Gelegenheit, wenn sich das Schiff schwer schlingernd zur Seite neigte, erschallte ein Schrei aus der Kombüse, und jeder wusste, dass die Tagessuppe außer Karotten und Kartoffeln auch noch den Grus vom Kombüsenboden als Einlage haben würde.

Als Kunicht das erste Mal nach oben geschickt wurde, schaffte er es nur bis zehn Fuß über Deckhöhe. Dort erstarrte er in der Takelage und schaute voller Entsetzen nach unten. Eigentlich hätte er höher hinaufklettern sollen – viel höher, bis zum Oberbramsegel. »Ich kann das nicht! Ich kann das nicht! Ich kann das nicht!« Seine Schreie hallten der Länge und Breite nach über das ganze Schiff.

Grind, sein Lehrmeister, eilte zu ihm und wollte ihn dazu überreden, höher hinaufzusteigen, doch bevor der ehemalige Dungwächter die Stelle erreichte, wo sich Kunicht an die Seile klammerte, erschien Sylber.

»Das Wiesel da! Klettere hinauf, verdammt soll dein Fell sein, sonst bekommst du die Peitsche zu spüren!«, polterte er.

Kunicht blinzelte, zitterte einmal kurz, dann kletterte er weiter hinauf. Noch nie zuvor hatte er Sylber so laut brüllen hören. Keiner von ihnen hatte das je gehört. Es war keine angenehme Erfahrung. Gewöhnlich brachte Sylber sehr viel Verständnis für Kunichts Feigheit auf. Das hier war ein ganz neuer Sylber – einer, den sie in Zukunft noch öfter erleben würden.

Kunicht fand genügend Mut, um hinunterzuschreien: »Wenn ich abstürze, dann ist das deine Schuld, Sylber.«

»Wenn du herunterfällst und mein Deck einsaust, dann lasse ich deine Überreste mit einem harten Besen über Bord kehren«, schmetterte Sylber zurück, wobei er sich innerlich krümmte vor Pein, noch bevor er die Worte ganz ausgesprochen hatte. »Untersteh dich, während der Arbeit jemals wieder solche Widerworte zu geben. Mach, dass du da raufkommst, und tu, was dir aufgetragen wurde. Wenn du es nicht schaffst, dann geh nach Hause in den Halbmondwald. Ich habe keine Zeit für Schlappschwänze auf meinem Schiff.«

Also machte Kunicht weiter. Er schaffte es bis zu den Rahnocken, wo er sich mit den Pfoten vorsichtig auf dem Seil unter sich vorantastete und das Segel entrollte. Anfangs zitterte er jedes Mal heftig, wenn er auf das winzig erscheinende Deck unter sich hinabblickte, doch allmählich gewöhnte er sich an die windige Höhe, und seine Knie schlugen nicht mehr gegeneinander. Er war in der Lage, mit den Pfoten zu arbeiten, ohne vor Angst zu erstarren. Das stärkte sein Selbstbewusstsein genügend, dass er seinen Kapitän lauthals verfluchte.

Birnoria und Alissa waren zu Steuerleuten ernannt worden und mussten lernen, wie die Ruderpinne zu bedienen und das Schiff zu lenken war. Im Grunde hätte eine von ihnen diese Aufgabe allein erfüllen können, doch wenn das Wetter stürmisch wurde, bedurfte es beider Wiesel, um das Schiff auf Kurs zu halten. Ein- oder zweimal, als zu viel Segel aufgezogen worden waren und der Wind breitseitig gegen das Schiff schlug, wurden die beiden, die sich am Steuer festklammerten, während sich dieses wie wild drehte, zusammen mit dem Rad so heftig herumgeschleudert, dass ihre Schwänze flogen.

Unterdessen setzte Grind sein theoretisches Navigationswissen in die Praxis um.

Allmählich wurde die Mannschaft immer besser bei all ihren Verrichtungen, bis es eines Tages ganz normal zu sein schien, dass das Schiff mit der richtigen Besegelung für die jeweilige Stärke und Richtung des Windes versehen war. Birnoria und Alissa waren jetzt erfahren genug, um den gewünschten Kurs zu halten, indem sie je nach Bedarf am Wind kreuzten. Grind hatte für sie eine Strecke über das Kobaltmeer erarbeitet und war bereit, seine Fähigkeiten praktisch einzusetzen. Auch Lukas und Weniger Einbein tischten inzwischen Mahlzeiten auf, die beinahe essbar waren.

Sylber verbrachte den Großteil der Zeit in seiner Kabine, anscheinend in tiefe Gedanken versunken. Vielleicht hegte er Zweifel und Ängste bezüglich seines Plans, die Menschen nach Welkin zurückzubringen.

Es muss erwähnt werden, dass die Menschen nicht eben die besten Freunde der Wiesel, Hermeline, Marder und ihresgleichen gewesen waren, als sie sich in Welkins Wiesen und Wäldern breit gemacht hatten. Es waren eben jene Leute, die Sylber jetzt aufzufinden und zurückzubringen gedachte, die damals die Tiere mit Fallen und Fußangeln, mit Bogen und Wurfschlingen gejagt und ihre Felle an Galgen aufgehängt hatten. Die Menschen hatten die Fleisch fressenden Tiere als Feinde behandelt und sie getötet, wann immer sie ihrer habhaft geworden waren – nicht wegen des Fleisches, sondern nur deshalb, weil sie bei der Jagd auf Wild eine Konkurrenz dargestellt hatten. Jetzt wollte Sylber sie zurückholen, am Ende gar um den Preis vieler Wieselleben. Das war kein leichtes Vorhaben.

Doch die Dämme mussten wieder aufgebaut werden. Wenn die Tiere von Welkin überhaupt eine Aussicht auf Überleben hatten, musste das immer weiter vordringende Meer zurückgedrängt werden. Deshalb war es unerlässlich, dass die Menschen zurückgeholt wurden, welche schlechten Eigenschaften ihnen auch immer anhaften mochten. Sylber hatte also kaum eine Wahl, auch wenn in seinem Herzen finsteres Unbehagen hauste.

Birnoria, die sich Sylber seit langem sehr nahe fühlte

und seine Stimmungen kannte, kam mit einer Botschaft von Miniva in seine Kabine herunter. Sie erkannte sofort, wie unglücklich er war, und versuchte, ihn aufzumuntern. Sie durften gar nicht anders handeln, als sie es vorhatten, versicherte sie ihm. Die Rückkehr der Menschen war unerlässlich für das Überleben der Spezies von Welkin.

Elftes Kapitel

Flaggatis erhielt geheimdienstliche Berichte, wonach ein Schiff mit dem Namen *Ziehende* Wolke im Begriff war, in See zu stechen, mit den Wieseln an Bord. In seiner Festung, die auf Stelzen inmitten der Namenlosen Marschen errichtet worden war, verfluchte er die Ratten. Sie hatten es versäumt, ihn rechtzeitig von diesem Vorgang in Kenntnis zu setzen. Er hatte annähernd eine halbe Million Ratten unter seinem Befehl, und sie hatten es nicht geschafft, ihn darüber zu informieren, dass die Wiesel ein Schiff instand setzten. Es war kaum zu fassen. »Wenn du willst, dass etwas getan wird, dann musst du es selbst tun«, murmelte er mürrisch vor sich hin.

»Jjaa, Meieischschtter«, quiekte die Ratte neben ihm und vollführte einen kühnen Satz.

»Verdammt, ich hatte ganz vergessen, dass du da bist«, sagte Flaggatis. »Und habe ich dir nicht schon hundert Mal gesagt, du sollst ordentlich sprechen? Es heißt Meister, nicht Meieischschtter.«

Die Ratte hatte gerade angesetzt, den Mund wieder zu öffnen, da versetzt ihr Flaggatis einen Hieb auf die Nase, um sie zum Schweigen zu bringen. »Ich denke nach«, sagte er. »Unterbrich mich niemals, wenn ich nachdenke …« Er wusste, was immer er sagte, die Ratte würde stets dieselben beiden Beinah-Worte ausstoßen. Das Problem mit den Ratten war, hatte er herausgefunden, dass sie sich zu lange Zeit von Abfall ernährt hatten, sodass ihre Gehirne ebenfalls zu Abfall geworden waren. Ihre Köpfe waren voll von Müll. Er konnte jetzt nichts mehr dagegen tun, außer ab und zu die Geduld zu verlieren. Nicht dass das zu einer Verbesserung ihrer Sprechweise geführt hätte, aber immerhin fühlte er sich dadurch ein bisschen wohler.

Flaggatis schritt wieder im Raum auf und ab. Das war die einzige Bewegung, die er sich zurzeit verschaffen konnte. Die Ratten trugen ihn in einer Sänfte, oder aber er nahm eine Mäusekutsche, wenn er eine weitere Strecke zurückzulegen hatte. Flaggatis war ein sehr altes Hermelin: alt und verbittert. Seit er das mittlere Alter erreicht hatte, hatte sein Bestreben darin bestanden, das Königreich dem Griff von Prinz Punktum zu entreißen, und allmählich wurde die Zeit für ihn knapp. Das Problem war, dass Prinz Punktum verhältnismäßig reich war und sich ein ständiges Heer von Hermelinen und eine königliche Garde von Frettchen halten konnte. Flaggatis musste sich allein auf Ratten verlassen – die zwar billig waren, aber dafür auch sehr, sehr dumm.

Jetzt hatte ihm eine Taube eine Nachricht verkauft, eine Neuigkeit, die sie belauscht hatte, während sie auf den Balken einer Kneipe namens *Roter Admiral* gehockt war. Manche hielten Tauben für gutmütige Engel und Raben für scharfkrallige böse Teufel, in Wirklichkeit war es jedoch umgekehrt. Es gab nirgendwo einen ehrenhafteren Vogel als einen Raben oder ein verderbteres Geschöpf als eine Taube. Tauben würden ihre eigenen Eier für die Zubereitung eines Omeletts verkaufen, wenn sie dafür Geld zum Ausbau ihres Nests bekommen würden. Sie sahen so unschuldig aus, aber in ihrer aufgeplusterten grauen Brust schlug ein niederträchtiges Herz.

Diese Taube im Besonderen hatte Flaggatis mitgeteilt, dass – jawohl – die Wiesel im Begriff waren, übers Meer zu einer Insel namens Dorma zu segeln. Sie unternahmen diese Reise, weil dort ein Schatz vergraben war – der Schatz eines gewissen Kapitäns Murgatroid.

»Geld«, hatte Flaggatis in sehnsüchtigem Ton gesagt. »Geld, um Macht zu erwerben.«

»Da wir gerade davon sprechen…«, war die Taube ihm ins Wort gefallen.

»Ja, ja.« Flaggatis hatte ins Innere seines langen, wallenden Gewandes gegriffen, das in letzter Zeit noch wallender wallte, da er im Zuge des Alterns auch immer dünner wurde. »Deine Bezahlung, ich weiß schon.« Er hatte eine Börse aus brüchigem Leder hervorgezogen, dreißig Silberlinge abgezählt und sie der Taube gegeben.

Sodann hatte er zugesehen, wie die Taube die Silberlinge an sich genommen und sie in einen Beutel gesteckt hatte, der an einem Strick um ihren Hals hing. Daraufhin war die Taube am blauen Himmel davongeflogen. Flaggatis war sofort zum Fenster gegangen und hatte jemandem hoch oben ein Zeichen gegeben. Er war auf Beobachtungsposten geblieben, bis er eine dunkle Gestalt gesehen hatte, die aus den Wolken geschwebt war und sich dann wie ein Komet auf die Taube gestürzt hatte.

Eine spitze Klaue hatte die Taube auf eine Stelle hinter dem Kopf geschlagen, und die blassgraue Form war vom Himmel gefallen und bleischwer in den Marschen unten gelandet – tot. Dort flatterte ihr Gefieder im Wind. Flaggatis war zufrieden. Er hätte es nicht zulassen können, dass die Taube am Leben blieb. Sie hätte ihre Information noch an anderer Stelle verkauft, an Flaggatis' Feinde. Ganz in der Nähe lebte ein Bussard, dessen Leibspeise Ratten waren. Wenn Flaggatis gegen eine Ratte eine Strafe verhängen musste, was häufig geschah, dann ließ er sie von den anderen dem Bussard opfern. Der Bussard schätzte diese Geste offenbar und war zum Mordvollstrecker für den Hermelinzauberer geworden.

»Nun, das wäre erledigt«, hatte Flaggatis gesagt, nachdem der Bussard die Taube der Silberlinge beraubt hatte. »So enden alle Verräter, nicht wahr, Grersch?«

»Jjaa, Mmeieischschter.«

Flaggatis' Bemühen richtete sich jetzt darauf, vor den Wieseln zu Murgatroids Schatz zu gelangen. Er wusste, was er zu tun hatte: Er musste das Schiff der Wiesel versenken und dann selbst die Insel Dorma finden.

Eine Expedition wurde einberufen, doch er konnte seinen Rattengeneralen nicht trauen. Er musste sich selbst auf den Weg machen. Das passte ihm ganz und gar nicht in den Kram. Seine alten Knochen schmerzten bei Feuchte, und das Leben eines Seefahrers konnte sehr feucht sein. Es blieb ihm jedoch nichts anderes übrig. Er hatte keine Wahl.

Also rief er die Rattengenerale in seine Gemächer. Es waren sieben an der Zahl. Als sie kamen, trugen sie ihre neuen Admiralshüte – lange, schmale Gebilde in der Form von Kanonen. Aus den Seiten dieser kanonenförmigen Kopfbedeckungen sprossen Eichelhäherfedern. Diese waren das Hilfsmittel für die Umschaltung von General auf Admiral. Ansonsten würden sie wahrscheinlich ›Alle Ratten – laden!‹ anstatt ›Alle Ratten an Bord!‹ rufen.

Die ›Admirale‹ waren sehr stolz auf ihre Aufmachung. Sie hatten sich das Recht zum Tragen solcher Ehrenzeichen durch besondere Grausamkeit im Kampf erworben. Eine Ratte wurde nur dann zum General – und damit zum Admiral – befördert, wenn sie Flaggatis eine Strecke von Hermelinohren vorlegen konnte, die am Ansatz abgekaut worden waren.

»Mit Wirkung vom gestrigen Tage seid ihr Generale nun alle zu Admiralen ernannt worden«, erklärte er ihnen. »Das ist eine seitliche Beförderung, sicher, aber eine, auf die ihr alle stolz sein könnt. Es ist keine Sonderzahlung damit verbunden, doch ein gewaltiger Zuwachs von Ansehen. Eure neuen Hüte sind ein äußeres Zeichen für euren plötzlichen Statusgewinn.«

Die neuen Rattenadmirale blickten zufrieden drein. Sie wandten die Köpfe in diese und in jene Richtung – sehr behutsam –, um sich gegenseitig zu mustern, und nickten wohlgefällig. Flaggatis sah, dass sich die dummen Geschöpfe sehr schön und großartig vorkamen in ihrem schmucken Kopfputz.

»Ddaannkke, Mmeieischschter.«

»Das bedeutet, dass ihr zur See fahren müsst.«

Das beunruhigte die neuen Rattenadmirale nicht im Mindesten. Ihre Spezies war bekannt als ›Schiffsratten‹. Sie waren größer und kräftiger als die einheimischen ›Kanalratten‹ und hatten keine Angst vor dem Meer. Es war für sie wie eine zweite Heimat. Sie alle waren per Schiff nach Welkin gelangt, nachdem sie ihr halbes Leben zwischen feuchten Planken und Sparren verbracht hatten. Sie fanden es direkt erfrischend, wieder einmal aufs Meer hinauszufahren. Sie mochten die Seeluft.

Und im Allgemeinen gab es an Bord eines Schiffes

reichlich madengespickten Käse zu essen. Auf Welkin hingegen gab es nicht viel Käse, weil die Kühe nicht gemolken wurden. Lediglich aus Feld- oder Waldmausmilch wurde Käse gewonnen, und die winzigen Stückchen, die dabei zustande kamen, waren die Mühe des Kauens nicht wert.

»Mmaachchen wwiieerr«, riefen die Rattenadamirale. »Jjaawwollll!«

»Gut, gut«, schrie Flaggatis. »Ich komme mit euch. Ihr werdet mich mit einer Sänfte zum Hafen tragen lassen. Wenn wir dort sind, werden wir uns ein Schiff aussuchen und hinter diesen verdammten Wieseln herjagen. Wir werden ja sehen, wer am Ende den Schatz nach Hause trägt. Vielleicht finden sie ihn als Erste, vielleicht wühlen sie sogar darin herum, aber wir werden diejenigen sein, die ihn für sich beanspruchen.«

Eines stürmischen Tages war der Windjammer *Ziehende Wolke* startklar, um auf die offene See hinauszufahren. Kapitän Sylber kam aus seiner Kabine herauf, um endlich eine Ansprache an die Mannschaft zu halten. Sein Gesicht war düster und hohlwangig. Seine erste Handlung war, sich Hammer und Nagel vom Schiffsschreiner auszuleihen. Dann machte er sich daran, eine silberne Muskatnuss an den Mast zu nageln. »Diese silberne Muskatnuss soll demjenigen gehören, der als Erster die Insel Dorma erspäht«, sagte er. »Wenn also einer oder mehrere von euch sie sehen, tut das laut und deutlich kund, dann gehört die silberne Muskatnuss dem- oder denjenigen. Jeder, der fälschlicherweise Entsprechendes kundtut, wird leider die schiffsübliche Bestrafung über sich ergehen lassen müssen.«

Birnoria, die in der vordersten Reihe der Mannschaft

stand, blinzelte schnell. »Bestrafung?«, sagte sie. »Was für eine Bestrafung?«

»Das genaue Strafmaß habe ich noch nicht festgelegt«, antwortete Sylber, der glaubte, derartige Androhungen seien wichtig aufgrund der angeborenen rebellischen Natur der Marder. »Wir wollen hoffen, dass sich das erübrigt.«

»Augenblick mal«, unterbrach Weniger Einbein, »jetzt wird's hier aber zappenduster, Käpt'n …«

»Hört zu, wir stehen kurz vor dem Auslaufen. Ich trage die Verantwortung für diese Reise. Die Sicherheit derjenigen, die sich an Bord befinden, sowie die erfolgreiche Abwicklung unseres Auftrags hängen von mir ab. Wenn ihr euch einen anderen Kapitän erwählen wollt, bevor wir Segel setzen, dann lasst euch auf keinen Fall daran hindern. Ich würde mit Vergnügen dieses Amt niederlegen. Aber wenn ich euer Kapitän sein soll, dann müsst ihr meinen Befehlen ohne Widerrede gehorchen, und jeder, der sich mir widersetzt, muss bestraft werden, ohne Ansehen der Person.«

Die ehemaligen Gesetzlosen blickten Sylber schweigend an. Und die Marder? Sie kannten Sylber zu wenig, um zu erkennen, dass diese Worte nicht seiner wahren Wesensart entsprachen, und nahmen alles mit gespitzten Schnurrhaaren in sich auf. Die meisten Waldwiesel wussten, dass die Ansprache in erster Linie an die grob gestrickten, zu allem bereiten Marder gerichtet war.

Kunicht jedoch bekam das Ganze in die falsche Kehle, wie immer. »Dazu können wir nicht viel sagen, oder? Ich meine, wer sonst soll das Schiff denn übernehmen? Nein, es sieht so aus, als dass wir uns mit dir abfinden müssen, Sylber – Kapitän Sylber –, ob es uns nun gefällt oder nicht.«

»Gut«, sagte Sylber. »Falls ich einmal nicht zur Verfügung stehen sollte, ist hinsichtlich des Kurses dem Navigator bedingungsloser Gehorsam zu leisten; der Erste Maat ist zuständig dafür, dass das Schiff bei jedem Wetter, ob gut oder schlecht, Fahrt macht; die Kombüse unterliegt der strengen Obhut von Weniger Einbein. Wenn jemand irgendwelche Beschwerden hat, so soll er sich direkt an mich wenden, ich werde versuchen, jede Angelegenheit zur allgemeinen Zufriedenheit zu regeln.«

Damit machte er auf dem Absatz kehrt und ging zum Offiziersdeck hinauf. »Erster Maat Miniva!«

»Ja, Kapitän?«

»Du machst bitte das Schiff zum Auslaufen bereit. Wir segeln mit der Flut los. Ich werde mich mit dem Navigator in meiner Kabine besprechen. Wir arbeiten einen Kurs aus und geben ihn den Steuerleuten an die Hand. Ihr anderen: jeder machte sich an seine Arbeit. Ich will keinen Einzigen hier müßig herumlungern sehen. Auf meinem Schiff ist jedes Tier mit einer bestimmten Aufgabe betraut, die es zu erfüllen hat.«

Mit diesen Worten begab sich der Kapitän nach unten. Grind folgte ihm kurze Zeit später. Lukas verschwand mit Weniger Einbein in der Kombüse, um die nächste Mahlzeit zuzubereiten.

»Euer Oberwiesel ist ein ganz schöner Tyrann, was, Kumpel?«, sagte Weniger zu Lukas. »Dem würde ich gern mal an einem windigen Tag begegnen.«

»Er war früher nicht so«, sagte Lukas. »Erst seit er Kapitän ist, spielt er sich so auf. Er nimmt die Sache schrecklich ernst.«

»Na, mit dem Meer ist wirklich nicht zu spaßen. Es kann innerhalb von Sekunden zu einer zornigen Peitsche werden. Da ist es nur gut, wenn man einen Kapitän hat, der weiß, wer der Herr an Bord ist. Auf einem Schiff kann es nur einen Herrn und Meister geben, und er weiß das.«

»Ich hoffe, du hast Recht«, sagte Lukas.

Zwölftes Kapitel

Das Schiff setzte in den frühen Morgenstunden mit der Flut Segel. Nach dem vielen Üben entlang der Küste wurden die Segel ohne Schwierigkeit gehisst. Birnoria und Alissa wechselten sich an der Ruderpinne ab und hatten keine Mühe, das Schiff im aufkommenden Wind zu steuern. Ihre Wachen beliefen sich jeweils auf zwei Stunden Pflicht, vier Stunden Pause. Einer der Marder war der Dritte Steuermann, da er schon früher einmal ein solches Schiff gelenkt hatte.

Grind hatte Probleme, den Lauf der Sterne zu beobachten, da die Nacht bewölkt war, doch er versuchte, ihre Position anhand der Dünung zu bestimmen. Er war sich seiner navigatorischen Fähigkeiten nicht hundertprozentig sicher, doch er lernte schnell dazu. Seiner Ansicht nach würde es mindestens zwei Tage dauern, bis sie Dorma erreichen würden.

Alles verlief gut, bis die Morgendämmerung über den gekrümmten Horizont hereinbrach. Dann wurden die Wellen stärker. Zuerst galoppierten weiße Pferde auf ihren Kämmen. Etwas später verdunkelte sich das tiefe Meer, bis es beinahe schwarz war. Alle kamen an Deck und starrten auf die Anzeichen des heraufziehenden Unwetters. Der Himmel wölbte sich düster über ihnen und wurde mit jedem Augenblick bedrohlicher und hässlicher. Ein eiskalter Wind hatte von Norden her aufgefrischt; er fegte über die Meeresoberfläche und ließ Nebel gischten, der sie alle bis auf die Wurzeln des Fells durchnässte.

Bevor sie in See gestochen waren, hatten die fleißigen Wiesel Waldschratt und Lukas einige Ölhäute genäht, zusammengeschnitten und -gestichelt aus solchen, die ursprünglich für die Menschen angefertigt und in einer Truhe im Lagerraum zurückgelassen worden waren. Jetzt zogen die Tiere sie an. Es sah ganz danach aus, dass sie den Schutz in den nächsten paar Stunden dringend brauchen würden.

Donner rollte am Himmel wie ein aus tiefster Kehle knurrendes Tier – noch fern, aber immer lauter anschwellend. Es war, als tapse ein großer schwarzer Panther mit weichen Pfoten über ihnen, dessen samtüberzogener Körper die Sonne verdeckte. Flächenblitze, noch lautlos, erhellten den Himmel, als ob ein ferner Gott die Tür eines Ofens öffnete und wieder schlösse. Die Tiere an Bord der *Ziehenden Wolke* kamen sich vor wie von der Welt abgeschnitten und fühlten sich sehr verletzbar.

»Ich sehe nirgendwo Land«, sagte Kunicht und zitterte dabei heftig. »Da draußen ist gar nichts.«

Die anderen hatten genauso viel Angst. Sie waren Wesen des Waldes, gewöhnt an die tröstende Gegenwart von freundlichen Bäumen. Wenn in ihrer Heimat ein derartiger Sturm aufkam, pflegten sie sich einfach in einer alten hohlen Eiche zu verstecken oder sich einen nettes gemütliches Loch im Boden zu suchen. Selbst mitten im freien Feld boten verlassene Vogelnester oder ehemalige Hasenbaue Schutz.

Aber hier draußen auf dem Ozean gab es schlichtweg

keine Möglichkeit, sich zu verstecken – keine Hügeleinschnitte oder Felsnischen, keine Bäume oder Hecken, kein Dornengebüsch, keine mit Stechginster bewachsene Heide. Da war nur eine riesige, sich aufbäumende Wassermasse zu allen Seiten. Es war diese Leere, mehr als die Gewalt, die sie ängstigte.

Je näher der Sturm kam, desto wilder wurde das Meer. Bald war der gesamte Himmel erfüllt von zuckenden Blitzen. Die Wellen glichen bewegten Bergen. Dasselbe Meer, das sich sonst funkelnd blau mehrere Fuß unterhalb der Schandecks ausbreitete, klatschte jetzt darüber hinweg und nässte die Planken. Birnoria und Alissa kämpften mit aller Kraft um die Beherrschung des Steuers. Über ihnen war eine viel zu große Segelfläche, als dass das Schiff einer solchen Wucht hätte standhalten können.

Miniva gab den Befehl, die Segel einzuholen, aber es war an der Zeit, Sylber an Deck zu rufen. Er war bei Antritt der Reise erschöpft gewesen, und sie hatte gewollt, dass er so viel Schlaf wie möglich bekäme. Doch die Lage wurde allmählich ernst, und sie brauchte jemanden, der ihr Zuversicht einflößte.

»Was liegt an?«, fragte Kapitän Sylber, während er auf die Brücke schritt. Er blickte in das immer wilder tobende Unwetter. Miniva erkannte an seinem Gesichtsausdruck, dass er ebenso viel Angst hatte wie sie. »Werden die Segel eingeholt, Miniva? Steuertiere! Ungeachtet unseres Kurses – lenkt das Schiff gefälligst mit dem Bug in die Wellen! Wir wollen doch nicht, dass eine dieser großen rollenden Wogen uns breitseitig trifft!«

Anscheinend war zumindest die Mannschaft der Marder an solches Wetter gewöhnt, obwohl auch sie einen etwas ängstlichen Eindruck machten. Sie hantierten in der Takelage herum, holten die Segel ein und befestigten lose Fracht an Deck. Es war ein Segen für die Wiesel, dass diese Geschöpfe wussten, was zu tun war.

Jetzt herrschte aufgeregtes Treiben an Bord; überall hörte man ›Aye, aye, Sir‹, und Wiesel und Marder hasteten zu ihren Posten. Entschlossene Matrosen kletterten die Masten hinauf, schossen hier und da durch die Takelage und hangelten sich an den Strickleitern hinaus zu den Rahen. Es war eine gefährliche Arbeit bei scheußlichem Wetter.

Einer der Marder rutschte ab und stürzte herab, doch zum Glück landete er auf der Abdeckplane eines Rettungsboots, die seinen Aufprall dämpfte und ihm das Leben rettete. Die anderen arbeiteten weiter und holten die Segel gerade noch rechtzeitig ein, um ein Kentern des Schiffs zu verhindern.

Auch an Deck wimmelten emsige Gestalten in Ölhäuten herum. Es goss in Strömen, und Regen floss ihnen über die Köpfe und Rücken, doch sie ließen in ihrem Bemühen, mit den Unbilden des Meeres fertig zu werden, nicht nach; jeder stand sein Tier an seinem Platz. Die kleine Miniva schritt hierhin und dorthin und brüllte Befehle, während das Deck unter ihren Pfoten rollte und sich hob und senkte. Sie kannte ihre Pflicht, und sie war fest entschlossen, sie zu erfüllen.

Während der ganzen Zeit stand Kapitän Sylber am Steuer, mit gestrafften Gesichtszügen und gespreizten Beinen, und allein seine Anwesenheit verströmte Zuversicht.

Querwinde bauten die Wogen zu schweren, rüttelnden Rollwellen auf, die auf das Deck niederkrachten. Manchmal war der Bug des Schiffes unter einem solchen Gewicht von Wasser begraben, dass er zum Grund des Ozeans zeigte. Doch genau dann, wenn die Mannschaft nicht mehr daran glaubte, dass sich das Schiff jemals wieder aufrichten würde, bäumte sich der Bug plötzlich auf und erhob sich über die Wellen – nur um gleich wieder untergetaucht zu werden.

Die tapfere Mannschaft durchlief Wellentäler, umgeben von Wassermauern zu beiden Seiten, und fragte sich, ob sie wohl bald ganz vom Wasser verschluckt werden würden. Sie ritten auf hohen Wellenkämmen, voller Angst, sie könnten letztendlich an einem der steilen seitlichen Hänge in den Tod stürzen. Sie krachten geradewegs durch das wilde Brodeln, durchbrachen dem Anschein nach undurchdringliche Mauern.

Die Luft war erfüllt von Gischt, die einen blind machte. Meersalz stach jenen, die nicht schnell genug auswichen, in die Augen. Es drang in Kehlen und machte sie durstig und wund. Manchmal warf eine Welle ein Tier von den Beinen und schleuderte es hart auf die Planken. Dann wieder bildeten die Wellenkämme Wasserpeitschen, die ihnen ins Gesicht knallten. Sie ertrugen all das mit innerer Kraft, obwohl sie im Herzen verzweifelt waren. Keines der Tiere glaubte noch daran, einem wässrigen Grab zu entkommen.

Trotz ihrer Unerfahrenheit gelang es ihnen irgendwie, dem Unwetter standzuhalten. Der tosende Sturm und die krachenden Wellen schlugen über sie hinweg und um sie herum. Das Schiff büßte einen Teil seiner Takelage ein – eine Toprahe wurde aufs Deck geschmettert –, doch abgesehen von solchen Vorfällen blieb das Schiff unversehrt und in gutem Zustand. Die Wieselschmiede und -schreiner hatten bei der Wiederherstellung ausgezeichnete Arbeit geleistet.

Als alles vorbei war und das Meer wieder ruhig dalag,

rief Kapitän Sylber den Navigator zu sich. »Wo sind wir?«, fragte er. »Kennst du dich aus?«

Grind betrachtete eine der Skizzen in seinem Notizbuch. Er kratzte sich am Kopf, als dächte er angestrengt nach. Schließlich musste er Sylber gestehen, dass er keine Ahnung hatte, wo sie waren. »Ich habe keinen blassen Schimmer«, sagte er, »aber ich habe ein paar landnistende Vögel in diese Richtung fliegen sehen.« Er streckte deutend die Pfote aus. »Offenbar haben sie gewartet, bis der Sturm abgeebbt ist, bevor sie sich hier heraus wagten, um zu essen. Außerdem rieche ich Land. Ich würde meinen guten Ruf dafür verwetten, dass es dort hinten liegt.«

»Gut, du bist der Navigator. Wir fahren in diese Richtung.«

Sie kreuzten mit einer ordentlichen Menge an gehissten Segeln, da sich der Wind zu einem Flüstern abgeschwächt hatte. Weniger Einbein kam mit einem Tablett voller Mäusewürsten aus der Kombüse herauf, und die Mannschaft machte sich mit Vergnügen darüber her – mit Ausnahme von Birnoria, die Vegetarierin war. Man reichte ihr Riementang mit der Bemerkung, sie solle ihn pur genießen oder zu einem Klops verkneten. Sie tat weder das eine noch das andere, aber immerhin aß sie ihn, da es nichts anderes gab.

Weniger blickte zum Horizont. Er hatte den größten Teil der Reise unter Deck verbracht. Jetzt runzelte er die Stirn. »Mir kommt das nicht richtig vor«, sagte er und schnupperte in die Luft.

»Was kommt dir nicht richtig vor?«, fragte Sylber.

»Unsere Richtung. Irgendwie hab ich kein gutes Gefühl.«

Der zermürbte Grind sagte: »Ich tue mein Bestes. Soweit ich es beurteilen kann, stimmt unser Kurs.«

»Du bist der Navigator«, schnaubte Weniger eingeschnappt und wandte sich sichtlich zweifelnd ab.

Um elf Uhr stieß Kunicht einen Schrei aus, der Tote aufgeweckt hätte. »Die Insel Dorma! Backbords!«

»Das ist Steuerbord, du Blödmann!«, berichtigte ihn Grind.

»Wie auch immer. Ich habe sie als Erster gesehen. Die silberne Muskatnuss gehört mir.«

Kapitän Sylber war immer noch an Deck. Er blickte zu den Klippen, die aus dem Dunst aufragten. Sie waren nicht besonders groß, aber sie sahen geheimnisvoll aus. Alles konnte hinter diesen Kalkfelsen liegen. Er war nicht willens, die silberne Muskatnuss als Belohnung zu vergeben, bevor er genau wusste, dass es sich um die richtige Insel handelte. Wenn es tatsächlich die Insel Dorma war, dann konnten sie sich außerordentlich glücklich schätzen. Weder er noch Grind hatten erwartet, dass sie so schnell an ihrem Ziel ankommen würden.

»Das kann nach so kurzer Zeit nicht die Insel Dorma sein«, brummte Weniger Einbein, der wieder aus der Kombüse heraufkam. »Wir haben doch erst einen ganz kleinen Teil aus dem Apfelbottich verputzt, und es müssen mindestens zwei Matrosen Skorbut haben, bevor ein Schiff dort ankommt, wohin es unterwegs ist. Wir haben erst ein ganz kleines Stück geschafft, wenn ihr meine Meinung hören wollt. Was sagt ihr, Jungs?«

Zustimmendes Geraune war von den übrigen Mardern zu hören.

Sylber neigte zu etwas mehr Optimismus, voller oder halbvoller Apfelbottich hin oder her. Es wäre doch möglich, dass sie vom Sturm getrieben wie durch ein Wunder an ihr Ziel gelangt waren. Natürlich konnte es auch irgendeine andere Insel sein, womöglich bevölkert von kriechenden Ungeheuern, aber das wollte er einfach nicht glauben. Trotzdem war es auf jeden Fall ratsam, zunächst einmal auf der Hut zu sein. Es gab nur einen Weg, Genaueres herauszufinden, und der war, eine Gruppe an Land zu schicken.

»Kunicht«, sagte er, »du bekommst deine Belohnung, sobald ich die Rechtmäßigkeit deines Anspruch festgestellt habe.«

Kunicht protestierte, obwohl er kaum etwas anderes tun konnte, als das Ergebnis einer Erkundungsexpedition abzuwarten.

Das Schiff wurde in einiger Entfernung von der eigentlichen Küste verankert, da sie die Beschaffenheit des Untergrunds nicht kannten.

»Also, gut«, sagte Miniva. »Wer meldet sich freiwillig, um an Land zu gehen?«

»Ich … ich … ich«, riefen alle Marder beinahe im Chor. Nun, da sie annahmen, dem Schatz ganz nah zu sein, stellte sich wieder der verschlagene Ausdruck in ihren Augen ein. Miniva wählte Weniger und einen weiteren Marder, der Quote willen, und sie ließ Birnoria, Alissa und Lukas zurück, um zu verhindern, dass den anderen Mardern irgendwelche Dummheiten einfielen. Die übrigen Wiesel gingen an Land, und zwar schwer bewaffnet. Keines von ihnen hatte jemals einen leibhaftigen Menschen gesehen, doch sie wussten, dass es große, angriffslustige Geschöpfe waren.

Waldschratt hatte in seinem Beutel die besonderen Kräuter dabei, die ein Gegenmittel gegen Dormas Schlafgas boten.

Das Ruderboot verließ die *Ziehende Wolke* in Richtung einer Lücke zwischen den Klippen, wo durch den Dunst hindurch undeutlich ein Strand zu erkennen war.

Natürlich ging Kapitän Sylber ebenfalls an Land. Nun, da das Land so nahe war, hatte er zu seinem eigentlichen Wesen zurückgefunden: Ein Zuchtmeister wurde nur gebraucht, solange sich das Schiff auf See befand. Er stand am Bug des Ruderboots und beobachtete, wie die Küste mit jedem Schlag näher kam.

Der Strand war mit hoch aufgetürmtem Tang, ineinander verhaktem Treibholz und leeren Muschelschalen bedeckt. Dieses Strandgut war durch den Sturm über die normale Flutlinie hinaus angetrieben worden. Einige Möwen, böse aussehende Vögel, machten sich bereits am Tang zu schaffen und durchwühlten ihn nach Essbarem. Außerdem gab es noch ein paar ebenso hässlich aussehende Strandläufer – Sandschnepfen und Küstenhüpfer.

Sylber, der sich vorsichtig voranbewegte für den Fall, dass er von dem Schlafgas befallen würde, versuchte, die Vögel zu befragen. Möwen und Strandläufer waren unnahbar. Sie erhoben sich in die Luft, sobald er sich ihnen näherte; ihre gelben Augen musterten aus schmalen Schlitzen die Eindringlinge. Andere Vögel, wie zum Beispiel die Fregattvögel, waren mit Sicherheit gefährlich und würden einem die Augen auspicken, sobald sie einen sähen. Am besten war es, solchen Vögeln von vornherein aus dem Weg zu gehen.

Der dichte Nebel waberte über die Landschaft; selbst wenn irgendwo das eine oder andere Haus gestanden hätte, hätten sie es nicht gesehen, bevor sie darüber gestolpert wären. Die Gruppe, angeführt von Sylber, marschierte in einer Reihe hintereinander, die Steinschleudern in Bereitschaft. Weniger bildete die Rückhut. Nachdem sie sich ein kurzes Stück von der Küste entfernt hatten, trafen sie eine Statue, die in den Dünen herumtapste und über Büschel von Stachelgras stolperte.

»He!«, rief Sylber. »Sprichst du unsere Sprache?«

Die starrgesichtige Statue, ein Brocken aus Elfenbein, rappelte sich auf die Beine und nickte langsam. »Ich-sprechen-dein-Sprache«, sagte sie.

»Kannst du uns helfen?«, fragte Sylber. »Weißt du, wie dieser Ort hier heißt?« Er fragte sich, ob die Statue eine von denen war, die sich an Bord eines Schiffes auf den Weg gemacht hatten und hier als Schiffbrüchige gestrandet waren.

»Ja.«

»Na und, wie heißt er, Klotzkopf?«, brüllte Grind, der im Umgang mit der geistigen Trägheit von Statuen immer ein wenig ungeduldig war.

»Das-ist-Strand«, antwortete die Statue.

»Ja, aber was für ein Strand?«

»Sand-Strand.«

Grind wandte sich mit einer Miene der Hoffnungslosigkeit ab. »Aus dieser Dumpfbacke werden wir nie etwas herausbekommen«, sagte er. »Außerdem kann man der Auskunft sowieso nicht trauen. Wir tun besser daran, uns auf eigene Faust schlau zu machen, Kapitän.«

Sylber neigte zur gleichen Ansicht und setzte den Weg über die Dünen und durch die grasbewachsene Ebene dahinter fort. Die Statue tapste hinter ihnen her, immer noch im weichen Sand stolpernd. Miniva hatte Mitleid mit ihr, doch sie wollte den Rest der Gruppe nicht dadurch aufhalten, dass sie versuchte zu helfen.

Die Gruppe streifte durch hohes Gras. Sylber wies alle an, die Augen offen und nach Nattern Ausschau zu halten. Grind wies vergnügt darauf hin, dass sich an diesem unbekannten Ort noch viel gefährlichere Wesen tummeln könnten. Krokodile kämen beispielsweise in Frage, sagte er, oder Löwen. Sylber dankte seinem Navigator für die hilfreiche Information, die die Nerven aller Beteiligten stark strapazierte. Jeder Schritt wurde jetzt mit viel Bedacht gemacht, und sie kamen nur langsam voran.

Dann plötzlich, gegen Mittag, gelangten sie auf eine Kuppe. Der Nebel löste sich in der Mittagssonne auf, das neue Land streckte sich vor ihnen aus und gab all seine Wunder preis. In der Ferne sahen sie einen großen See, der im Sonnenlicht glitzerte. In der Mitte des Sees war ein Schloss. An den Türmen des Schlosses flatterten die Fahnen des Herrn dieser Gegend. Sie trugen das Wappen von Prinz Punktum.

»Wir sind wieder in Welkin!«, schrie Grind, voller Zorn auf sich selbst. »Wir sind im Kreis gefahren!«

»Mir war doch gleich so, als ob wir etwas zu schnell nach Dorma gelangt wären«, murrte Weniger Einbein. »Wir sind noch gar nicht weggekommen, meine Süßen.«

»Zurück aufs Schiff«, befahl Kapitän Sylber und stieß dabei einen tiefen Seufzer aus. »Wir brechen mit der Abendflut auf.«

Dreizehntes Kapitel

Zweifellos waren die Entfernungsangaben auf Karten irreführend. Grind – und auch Sylber – erkannten jetzt, dass es geraume Zeit in Anspruch nehmen würde, um zur Insel Dorma zu gelangen. Beide musterten das wuchtige Schiff, das sie in Stand gesetzt hatten, und wussten, warum es von so robuster Bauart war. Es war dafür gebaut, viele Tage, Wochen oder vielleicht sogar Monate auf See durchzuhalten.

Und das Meer hatte tatsächlich etwas Furcht Erregendes: es war riesig, es war scheinbar unendlich, es war leer – zumindest meistens. Am dritten Tag ihrer Reise sahen sie eine Gruppe von Walen. Grind wusste über sie Bescheid, und zwar aus den Büchern, die er in Sylbers Bibliothek in Distelhall gelesen hatte. Er hatte sich allerdings vorgestellt, dass ein Wal ungefähr so groß sei wie eines der Regenfässer von Distelhall. Das stimmte nicht. Er war so groß wie ganz Distelhall.

»Schaut euch die mal an!«, sagte Birnoria, während sich die Wiesel und Marder an der Reling des Schiffs zusammendrängten. »Ich möchte wissen, ob sie sprechen.«

»Möchtest du zu ihnen runtergehen und es herausfinden?«, fragte Weniger Einbein mit einem ironischen Unterton.

Sie sahen, wie das Ungeheuer die Wasseroberfläche durchbrach und eine hohe Wasserfontäne aus einem Loch oben auf seinem Körper ausstieß. Dann tauchte ein dicker Schwanz auf, platschte ins Wasser und durchnässte die Zuschauer mit noch mehr Gischt. Gegen Mittag tauchten die Wale in die Tiefe und kamen nicht wieder in der Nähe des Schiffs herauf. Das Letzte, was von ihnen gesehen wurde, war, dass sie sich in Richtung Horizont entfernten.

»Sind alle Fische, denen wir begegnen werden, so groß, Grind?«, fragte Waldschratt.

»Ein Wal ist kein Fisch«, erklärte Grind und kratzte sich mit eleganten Bewegungen die Stellen, wo bei ihm Flöhe hausten. »Ein Wal ist ein Säugetier.«

»Willst du damit sagen, sie sind unseresgleichen?«, rief Kunicht. »Warum beherrschen sie dann nicht die Welt?«

»Weil sie keine Beine haben«, antwortete Grind etwas siebengescheit. »Ohne Beine kann man nirgendwo herrschen.«

In diesem Augenblick erspähte jemand vor dem Bug einen riesigen Tintenfisch, und alle hasteten nach vorn, um dieses neue Wunder zu betrachten.

»Das Ding da hat jede Menge Beine«, sagte Kunicht. »Warum beherrschen die Tintenfische nicht die Welt?«

»Weil sie Fische sind«, antwortete Grind wie aus der Pistole geschossen. »Fische haben noch nie irgendein Gebiet beherrscht, wo Land war. Kann natürlich sein, dass sie das Meer beherrschen, weil da nur Wasser ist …«

In diesem Augenblick flitzte ein Schwarm großer weißer Haie vorbei, mit kleinen, trüben Augen, die Münder voll scharfer Zähne, und mit dunklen Flossen, die das Wasser durchschnitten. Jeder andere Fisch in der Nähe schien in der Tiefe dahinzuschmelzen. Die Haie wandten sich mit anmutigen Bewegungen in diese und jene Richtung, elegant, doch mit tödlichen Absichten. Anscheinend gab es keinen einzigen Fisch, der sich nicht vor diesen Räubern fürchtete.

»Aber es kann auch sein«, fügte Grind nachdenklich hinzu, »dass die Tintenfische den Ozean doch nicht beherrschen.«

Nach drei Tagen wurde der Mannschaft allmählich bewusst, dass die Mahlzeiten endgültig keine Festgelage mehr waren oder auch nur gut schmeckten. Hauptsächlich bestanden sie aus hartem Schiffszwieback und zähem Fleisch. Bei dem Fleisch handelte es sich um Pökelwühl- oder Pökelhaselmaus – und zwischen beidem bestand kaum ein Unterschied: beides war zäh und schmeckte furchtbar salzig. Die Schiffzwiebäcke blieben einem im Halse stecken und mussten mit Mengen von Wasser hinuntergespült werden. Zur Vermeidung von Skorbut verordnete Waldschratt (der Schiffsarzt) jedem, Limonensaft zu trinken, der die Augen hellwach und die Kehlen rau machte.

»Was gibt's heute Abend zu essen?«, fragte Kunicht missmutig, als die Mannschaft an dem langen Tisch Platz nahm.

Weniger Einbein erschien mit einem dampfenden Eintopfgericht. »Wühlmaus, verfeinert mit einer Spur Haselmaus«, sagte er, »und danach eure Lieblingsnachspeise, meine Schätzchen – Schiffszwieback.«

»Ich hasse diesen Zwieback«, schrie Kunicht. »Ich hasse alles, was du uns auftischst.«

Weniger Einbein blinzelte und stellte den Eintopf auf den Eichentisch, dann rieb er sich die Pfoten sorgfältig an dem fettigen Geschirrtuch ab, das er zum Tragen des heißen Topfes benutzt hatte, wodurch sie noch dreckiger wurden. »Willst du damit etwa sagen, mit meinem Essen ist etwas nicht in Ordnung, du wieselige Landratte, wie?«, fragte er in bedrohlich leisem Ton.

Kunicht sah dem dreibeinigen Marder, dessen gebeutelte Erscheinung von vielen verzweifelten Schlägereien in den Tavernen ganz Welkins zeugte, ins Gesicht. Unter dem Fell waren Narben, und an den Ohren und am Schwanz fehlten ganze Brocken, was Kunicht eine Warnung vor den Folgen hätte sein sollen, wenn er seine Beschwerde weiter ausführte.

»Ich will damit sagen«, erklärte Kunicht, »dass du niemals eine Anstellung in einem Sterne-Restaurant bekommen würdest, selbst wenn dein Leben davon abhinge.«

»Ach, das willst du also sagen?« Wieder klang die Stimme leise und bedrohlich. »Mit anderen Worten, ich bin deiner Meinung nach ein lausiger Koch?«

Grind versuchte, seinen Freund vor einer Abreibung zu bewahren. »Lausig! Also, das ist ein Wort, das Wunder wirkt. Ich zum Beispiel bin lausig, und ich bin stolz darauf. Meine Läuse sind meine Gefährten …«

Doch Weniger schenkte seinen Einwürfen keine Beachtung. Er sah Kunicht eindringlich in die Augen. Plötzlich packte er ihn am Halswulst und rammte seinen Kopf mitten in den Wühl- und Haselmausfleisch-Eintopf. Dann zog er Kunichts Kopf schnell wieder hoch, und während von diesem Soße und Fleischstücke tropften, stieß er ihn in ein Wasserfass neben dem Tisch. Schließlich gestattete er dem unseligen Wiesel, nach Luft zu schnappen.

Kunicht stand auf, japsend und spuckend.

»Und, wie hat dir diese Speise geschmeckt, du pelziges Bündel, du?«, fragte der Schiffskoch und begab sich wieder in seine Kombüse.

Grind und die anderen nahmen sich einen Teller voll von Wenigers Eintopf. Nach dem ersten Löffel sah Grind auf und sagte: »Hmm, das schmeckt wirklich köstlich. Wahrscheinlich liegt es an dem neuen Gewürz, das Weniger jetzt verwendet.«

»Was für ein Gewürz?«, fragte Kunicht, während er sich den Kopf mit einem Handtuch abrieb. »Wo sollte er denn mitten auf dem Ozean ein neues Gewürz herbekommen?«

»Ich glaube, es heißt Kunichtkopf. Ja, genau. Es schmeckt stark nach Kunichtkopf. Ich finde, wir sollten ihn bitten, deinen Kopf öfter in den Eintopf zu tauchen. Ich habe nichts so Köstliches mehr gegessen, seit wir den Hafen verlassen haben.«

»Ha, ha«, entgegnete Kunicht trocken. »Bestimmt ist das sehr lustig. Das Problem mit den Tieren hier in der Umgebung ist, dass sie den kleinsten Anflug einer Kritik gleich als Beleidigung auffassen.«

»Ich meine«, erwiderte sein Freund Grind, »solche Bemerkungen sind an Land recht und gut, wo man weglaufen kann, wenn sich die Lage zuspitzt, doch hier auf einem Schiff, wo man nicht weiter kommt als von einem Ende zum anderen, ist es besser, wenn man sie für sich behält.«

Kunicht sah ein, dass daran etwas Weises war, und hielt von da an bei den Mahlzeiten den Mund; allerdings legte er sich einen Speicher von Abneigung gegen den Schiffskoch an.

Es gab noch andere Aspekte des Lebens an Bord, die nicht nach Kunichts Geschmack waren. Die Mannschaft musste in der Back in Hängematten schlafen, die aus alten Heringfangnetzen gefertigt worden waren. Sie waren bedeckt mit Heringschuppen und stanken zum

Himmel. Kunicht hatte seine Schlafstatt mehrere Male gewaschen, um den Gestank loszuwerden, aber seine Reinigungsbemühungen waren der Sache keineswegs zuträglich. Schließlich, auch wegen des Schaukelns und anderer Unannehmlichkeiten, zog Kunicht es vor, auf den Planken zu schlafen. Die Mitternachtswache stapfte auf ihrem Weg zu und von ihren Hängematten über ihn hinweg, aber trotzdem war ihm der Boden lieber.

Wenn er hoch oben in der Takelage war, wünschte sich Kunicht, wie viele der anderen, er wäre ein Eichhörnchen. Die konnten sehr behände auf Bäumen herumklettern und hätten diesbezüglich als Mannschaft eines Windjammers keine Schwierigkeiten gehabt. »Ich finde es abscheulich da oben!«, sagte Kunicht. »Eines Tages rutsche ich auf dem Pfotenseil einer Rahnock aus und lande als Klacks Erdbeermarmelade auf dem Deck unten.«

Es gab viele beschwerliche Aufgaben, die die Matrosen zu verrichten hatten: das Deck schrubben, den Schiffsrumpf von Krebsen frei kratzen, Segel ausbessern und den Laderaum mit Pech abdichten, um nur einige zu nennen. In ihrer Freizeit brachten ihnen die Marder Matrosenspiele bei.

»Da haben wir zum Beispiel das Deckwurfspiel. Dabei wirft man diese Seilschlaufe und versucht, sie über einen Marlpfriem zu bekommen. Oder man spielt auf einer Violine Giguen und tanzt dazu. Oder man trinkt Rum und singt Sauflieder, obwohl mir Honigtau lieber ist als Rum.«

»Na ja, einige dieser Spiele hören sich recht nett an«, sagte Birnoria, »aber Sylber hat das Trinken auf dieser Reise verboten.«

Die Unterhaltung fand auf Deck statt, an einem sonnigen Tag mit einem kräftigen Wind, als plötzlich ein Schrei aus dem Krähennest ertönte, wo Kunicht hockte. »Schiff ho! Schiff steuerbords vor Bug!«

Alle, die gerade nicht im Dienst waren, rannten zur Steuerbordreling und blickten über das unruhige Wasser. Da war tatsächlich ein Schiff. Allerdings hatte es keine Segel, dafür aber ein Dach. Es war lang und schlank, wie ein Rattenkriegskanu (allerdings natürlich viel größer), von grünlich schwarzer Farbe, mit einem strohgedeckten Dach, das sich über die gesamte Länge des Schiffs spannte.

Sylber kam an Deck herauf, um den Neuankömmling in Augenschein zu nehmen. »Nehmt an den Katapulten Aufstellung«, wies er seine Leute an. »Aber schießt erst, wenn ich es befehle.«

Er wusste, dass Vorsicht angebracht war, aber es bestand keine Notwendigkeit, sich unnötigerweise ein vollkommen harmloses Schiff zum Feind zu machen. Wie jeder Kapitän zur See war er vor jedem anderen Schiff zunächst einmal auf der Hut. Es waren keine Flaggen zu sehen, keine Tiere unter dem Schatten spendenden Dach, auch keine Antriebsmittel – weder Segel noch Ruder. Wirklich ein sehr eigenartiges Gefährt.

Es konnte kein Zweifel daran bestehen, dass sie gesichtet worden waren. Das Schiff drehte sehr sanft bei, als ob es von selbst durch die Strömung gelenkt würde. Es musste jedoch über ein Ruder und eine Pinne verfügen, denn es steuerte zielstrebig auf die *Ziehende Wolke* zu. Unter Sylbers Anweisung erteilte Miniva Befehle zum Kürzen der Segel, und das Wieselschiff verlangsamte seine Fahrt.

Sie sahen jetzt, dass das überdachte Gefährt ungefähr 45 Hermeline lang, 75 Hermeline breit und 45 Hermeline tief war. »Gofferholz!«, murmelte einer der Marder an Deck. »Ich habe so eine Maserung schon mal gesehen, diese knorpeligen Wirbel, diese unnatürliche Farbe. Allerdings erkenne ich es nicht so sehr vom Sehen, sondern ich spüre es vielmehr, spüre es tief am Grund meines kribbelnden Gehirns.«

»Was?«, fragte Birnoria, aufgeschreckt durch den ungewöhnlichen Ton des Marders. »Was hast du gesagt?«

»Ich erkläre es dir an einem Beispiel: Einst fand man am Boden eines Brunnens einen Becher, in einem Wald im Norden Welkins, in der Nähe des Ortes, wo ich aufgewachsen bin. Der Becher hatte seltsame Eigenschaften. Er war voll von rotem Wein und wurde niemals leer, wie lange man auch trinken oder wie durstig man auch sein mochte. Der Becher war aus Gofferholz gefertigt. Jetzt zu diesem Schiff. Es bringt einen auf den Gedanken…« Der ältere Marder, der sonst wenig sprach, starrte auf das näher kommende Schiff, mit versonnenen, tragisch blickenden Augen.

»Woher weißt du das alles?«, fragte Birnoria und sah dabei dem Wissenden ins Gesicht.

»Ach, kennst du – Gofferholz? Es ist das Holz, aus dem mystische Gegenstände gefertigt werden. Das Seltsame ist, dass anscheinend niemand weiß, von welchem Baum es stammt – wie er aussieht. Noch niemand hat je einen Gofferbaum gesehen.«

»Irgendjemand hat bestimmt schon mal einen gesehen«, widersprach Birnoria, »sonst gäbe es doch keine Dinge, die aus diesem Holz gemacht wurden.«

»Was das betrifft – nun, wer sagt denn, dass solche Dinge von Tieren oder auch von Menschen gemacht wurden?«

Anfangs war sich Birnoria nicht sicher, was der Marder mit dieser geheimnisvollen Bemerkung meinte. Dann fuhr ihr ein eiskalter Schauder über den Rücken, als ihr dämmerte, worauf er hinauswollte. Er wollte andeuten, dass diese Gegenstände aus Gofferholz möglicherweise von Wesen gefertigt worden waren, die nicht aus Fleisch und Blut bestanden. Er sprach von übernatürlichen Wesen – vielleicht von den Schiffsbaumeistern der Götter?

»Glaubst du, sie wollen uns Böses?«, fragte sie den Marder.

Das magere Geschöpf neben ihr seufzte – was sich anhörte wie das Rascheln des Windes in trockenem Getreide – und schüttelte den Kopf. »Wer weiß?«

Als das Schiff noch näher kam, sahen sie, dass die Planken unterhalb der Wasserlinie von Krebsen und anderen Schalentieren überkrustet waren. Das Holz des Rumpfes war grünlich schwarz vor Alter, als ob es aus einem Grab von Schlamm und Schleim auferstanden wäre. Doch es war unversehrt und kräftig und fähig, mühelos das Wasser zu durchpflügen.

»Kannst du erkennen, wer auf der Brücke ist?«, fragte Birnoria. »Ich bin ein bisschen zu klein dafür.«

Der Marder keuchte laut auf, gemeinsam mit etlichen anderen Mannschaftsmitgliedern. Er murmelte ein Gebet zu irgendeinem Mardergott und versuchte vergeblich, die Augen von dem herankommenden Gefährt abzuwenden. Er war gebannt, sein Blick gefesselt von einer sonderbaren Vision. »Ein goldenes Ungeheuer«, sagte er schließlich, »wie eine dieser Statuen auf den Friedhöfen der Menschen. Ein goldenes Ungeheuer mit einem dunklen Schwall Haare um den Kopf …«

»Eine Mähne?«, fragte Birnoria.

»Ja, eine Mähne.«

»Heißt das, da ist ein echter, lebendiger Löwe auf der Brücke dieses Schiffs?«

»Genau, von einem solchen Geschöpf spreche ich – einem Löwen, und er sieht so alt und weise aus, wie ich mich fühle.«

Ein Löwe!, dachte Birnoria. Sie waren im Begriff, einem Löwen zu begegnen.

Vierzehntes Kapitel

Die *Ziehende Wolke* drehte seitlich bei, und es wurden Taue geworfen, um die Schiffe zusammenzuzurren. Das andere Gefährt lag viel tiefer als das Schiff der Wiesel, was Sylber einen Vorwand gab, dort zunächst nicht an Bord zu gehen. Er verspürte wenig Verlangen, den ersten Löwen seines Lebens aus nächster Nähe zu sehen, da er sehr wohl wusste, dass die großen Katzen Fleischfresser waren. Lord Hohkinn hatte eine Studie über Löwen und dergleichen verfasst, Geschöpfe, die sich einst in den tiefsten Ausläufern von Welkin herumgetrieben hatten.

Sylber starrte hinunter in die dunklen Züge eines riesigen Tieres mit fahler Mähne, dessen gelbbraunes Fell selbst über die Entfernung nach Sonne auf trockenem Gras roch. Gold gesprenkelte Augen sahen ihn ihrerseits mit ruhigem Blick an. Sylber las nichts in diesen Augen, weder eine freundliche noch eine feindliche Gesinnung. Sie verrieten keinerlei Regung.

Sylber war erschreckt über die Größe des Löwen. Er war viel mächtiger, als er erwartet hatte, obwohl er durchaus mit einer sehr großen Katze gerechnet hatte. Die bebilderten Bücher in seiner Bibliothek in Distelhall wurden weder den Walen noch diesem Löwen gerecht. Beides waren nach Wieselmaßstäben gigantische Geschöpfe und offenbar die uneingeschränkten Herrscher in ihren jeweiligen Welten.

»Wer bist du? Woher kommst du?« Die Stimme war tief und dröhnend. Das volle Timbre schickte ein Kribbeln über Sylbers Rückgrat. Die Worte hätten ebenso gut irgendwo aus der Tiefe der Erde kommen können, wo die Brennöfen der Welt die Gase erhitzten. Diese Gase waberten jetzt über Sylber wie ein heißer Wüstenwind und reizten ihn zum Würgen.

Trotz seiner Besorgnis gelang es dem Kapitän, mit fester Stimme zu sprechen, als er dem großen Tier antwortete. »Wir sind Wiesel und kommen aus einem Land namens Welkin.«

Während er sprach, spielten die Muskeln des Löwen unter dem Fell, und er schritt mit großen, gespreizten Pfoten ruhelos hin und her. Noch nie hatte Sylber so viel angespannte Kraft erblickt. Bestimmt war dieses Löwengeschöpf das stärkste Tier der Welt. Eine seiner Pfoten hätte Sylbers ganzen Körper bedecken können. Der Pelz war so dicht, dass man einen ganzen Trupp von Wieseln darin hätte verstecken können.

»Ich habe gefragt, wer du bist. Wie heißt du, Wiesel?«

»Ich heiße Sylber. Ich bin Kapitän des Schiffes *Ziehende Wolke*.«

»Sind denn noch andere Geschöpfe an Bord deines Schiffes?«

»Ja – noch eine Gruppe von Wieseln und einige Marder; sie stellen meine Mannschaft.«

Der Blick des Löwen wanderte zu dem Schiff hinauf. Anscheinend musterte er die Wiesel und Marder, die entlang der Reling standen.

Während sie miteinander gesprochen hatten, hatte Sylber schwerfällige Bewegungen unter dem Deck des

Löwengefährts gehört. Ihm wurde klar, dass noch weitere große Tiere an Bord sein mussten, wahrscheinlich diesem hier ähnlich. Sie reisten in völliger Dunkelheit, denn das Schiff hatte keine Luken. Sylber stellte sich vor, wie ihre Augen die Düsternis unter Deck durchbohrten, während sie hin und her tapsten. Einige waren bestimmt mit einem Pelz aus schwarzem Samt angetan, andere trugen Gelb mit schwarzen Flecken und wieder andere mit Streifen. Das Schiff war tatsächlich voll von Riesenkatzen.

Da unten waren Fleischfresser mit gewaltigen Krallen, großen Zähnen und mächtigen Kiefern, die mühelos die Knochen eines stämmigen Ochsen zermalmen konnten; mit Kräften, die ein flüchtendes Pferd im Lauf zur Strecke bringen konnten. Sie hatten eine fremde, eine rötere Erde durchstreift, als die Wiesel sie kannten, eine Welt, wo starke Moschusgerüche herrschten; die Welt des Dornenbuschs und des Staubsturms.

Wie bei allen Fleischfressern bestimmte düsteres Blut das Dasein dieser Wesen. Wieseln war es ebenfalls zu Eigen, aber es floss nicht in großen Strömen durch ihre Träume. Diese Riesenkatzen trennten Welten von den kleinen Landwieseln und ihresgleichen.

»Warum starrst du mich so an?«, fragte der Löwe. »Hast du noch nie einen Vertreter meiner Sorte gesehen?«

»Noch nie«, gestand Sylber und ließ den Blick entlang des Schiffes mit dem seltsamen schmalen Dach unter ihnen schweifen. »Und wie ich höre und rieche, sind unter Deck noch andere wie du.«

Der Löwe kniff die Augen zusammen und erwiderte den Blick. »Stimmt«, gab er schließlich zu, »Panther, Leoparden, Geparden und ähnliche Geschöpfe. Möchtest du nach unten gehen und sie kennen lernen?«

»Nein«, antwortete Sylber ein wenig zu schnell. »Ich bleibe lieber hier, in Sichtweite meiner Freunde.«

»Traust du mir etwa nicht?« Das volle Timbre der Stimme ließ die gespannten Taue des Schiffes in seinem Widerhall schwingen.

»Ich habe keinen Grund, dir zu trauen«, antwortete das Wiesel forsch. »Ich kenne dich ja nicht.«

Der majestätische Kopf nickte bestätigend. »Stimmt, stimmt. So, jetzt verrate mir, wohin seid ihr des Wegs? Ich bin schon so lange auf dem Meer… so lange… so sehr lange…« Die Worte des Löwen verebbten, als ob er im Sinne von Ewigkeiten spräche, dann schien er sich aus seiner Träumerei zu reißen. »Vielleicht kann ich euch helfen, zu eurem Ziel zu gelangen.«

»Wir suchen eine Insel namens Dorma.«

Die Lider der goldenen Augen schlossen sich kurz, dann öffneten sie sich wieder. »Ich kenne keinen solchen Ort. Was wollt ihr dort?«

Sylber erkannte jetzt, dass er voreilig gesprochen hatte. Diese großen Raubtiere waren bestimmt auf der Suche nach Fleisch. Menschen würden eine ordentliche Beute für ein so großes Tier abgeben. Das Wiesel durfte dem Löwen nicht erzählen, dass sie unterwegs waren zu einem Ort, wo die Menschen allesamt schliefen – das fremde Schiff würde sofort in Richtung einer solchen Insel aufbrechen.

»Wir wollen die Insel zu unserer neuen Heimat machen«, log Sylber. »Unsere richtige Heimat – Welkin – wird, wie gesagt, von den Hermelinen beherrscht. Sie behandeln uns als Bürger zweiter Klasse. Sie machen uns zu Leibeigenen und Sklaven. Wir suchen eine neue Welt, wo wir unsere eigenen Herren sein können.«

Falls der Löwe diese Lüge nicht glaubte, so ließ er es

sich nicht anmerken. Wieder nahm er die Worte ohne erkennbare Regung in sich auf. Er verzog keine Miene, seine Augen flackerten nicht. Er nickte lediglich wieder langsam mit dem massigen Kopf. »Ich verstehe. Die Hermeline herrschen. Entspricht das der natürlichen Ordnung der Dinge, oder hat es sich durch eine Veränderung der Umstände ergeben?«

»Natürliche Ordnung?«

»Wir, die Löwen, waren die natürlichen Beherrscher des Landes, von dem wir einst aufgebrochen sind. Es gab stärkere Tiere, es gab schnellere, aber wir haben Herrentum in unseren Muskeln und Knochen. Wir haben Edelmut in jeder Faser unseres Körpers. Die Natur hat uns aus einem königlichen Guss geformt. Unsere hohe Stellung im Leben ist uns angeboren.«

»Ich verstehe. Nein, die Hermeline haben sich zu den Herren von Welkin ernannt, nachdem die Menschen weg waren …«

»Und die Menschen? Wohin sind die gegangen?«

Sylber schluckte schnell. »Das weiß niemand.« Dann fuhr er fort – um das Thema zu wechseln oder vielmehr, um es in eine andere Richtung zu lenken: »Gab es dort, wo ihr herkommt, Menschen?«

»O ja, ja, allerdings«, sagte der Löwe. Das Gesicht des Tieres wurde im hereinbrechenden Abend immer dunkler, denn inzwischen dauerte ihre Unterhaltung schon eine ganze Weile an. An Bord der *Ziehenden Wolke* waren Lampen entzündet worden, die an den Rahen schaukelten. »Bei uns gab es allerdings Menschen. Dann setzte eine … eine große Flut ein …«

Der Löwe zögerte einen Augenblick und blickte zu der blutroten Sonne, die am fernen Horizont versank. Es hatte den Anschein, als ob er sich einer lange vergangenen Zeit entsänne, die seinem Gedächtnis beinahe zur Gänze entschwunden war. In seinen Augen leuchteten ferne Sonnen, ferne Monde, ferne Regen, lange vergangene Tage des Jagens im Busch.

Sylber holte sein Gegenüber ins Hier und Jetzt zurück. »Eine Flut …?«

»Was?« Der Löwe hob den Kopf.

»Du hast von einer Flut gesprochen.«

»Ach – ach ja. Es hatte viele Jahreszeiten lang nicht geregnet – viele Jahre, um genau zu sein. Das Land war ausgetrocknet und rissig, die Flussbetten ohne Wasser. Dann, eines Tages, goss es in Strömen, sintflutartige Regenfälle waren das. Schlammflüsse ergossen sich über die Ebenen, bildeten Strudel, die immer schneller wurden, entwurzelten Bäume, rissen alles mit sich.

Zur selben Zeit machten sich ein Mensch – ich habe seinen Namen vergessen – und seine drei Söhne samt ihren jeweiligen Frauen daran, ein Schiff zu bauen. Sie sammelten Tiere ein, zwei und zwei, vier und vier, sechs und sechs, und trieben uns in diese Arche. Natürlich bestiegen die Tiere das Schiff, denn sie hatten Angst vor der Dunkelheit des Tages, vor dem Donner und Blitz und Sturm, vor dem andauernden Regen. Sie fürchteten zu ertrinken, wenn sie diesem Mann nicht gehorchten, der behauptete, er meine es gut mit ihnen.

Dann waren also alle da, Fleischfresser und Pflanzenfresser, alle zusammen, in der Dunkelheit seines Schiffes zitternd und auf das Toben des Sturms lauschend. Sie nahmen gegenseitig keine Notiz voneinander und machten sich deswegen keine Sorgen. Im Falle der Pflanzenfresser überwog die Angst vor der Hingabe des Planeten an den Wahn des Windes und des Regens die Angst vor den Raubtieren. Die Fleischfresser ihrerseits waren zu sehr abgelenkt, um sich der Nähe ihrer Beute bewusst zu sein.

Die Fleischfresser freundeten sich mit den Pflanzenfressern an – mit den Rehen und den Kaninchen, den Warzenschweinen und den Antilopen, den Büffeln und den Zebras –, und sie lernten, einander zu vertrauen. Sie nannten sich gegenseitig beim Namen. Sie entdeckten, wie viel ihnen gemeinsam war, da sie alle Tiere der Ebene waren, und sie gestanden sich gegenseitig ein, wie sehr sie den Sturm fürchteten, der das kleine Boot bedrohte, das auf den gewaltigen Wellen hüpfte.

Eines Tages lösten sich die Gewitterwolken auf, die Sonne brach hervor. Der Mann – ich wünschte, mir würde sein Name einfallen – schickte ein paar Vögel los, damit sie nach Land Ausschau hielten. Zuerst einen Raben, dann eine Taube. Schließlich landete das Schiff an, hoch oben an einem Berghang, und dort blieb es zurück, als das Wasser sank. Die Tiere und Vögel wurden wieder in die Wildnis entlassen, um so zu leben, wie sie zuvor gelebt hatten.

Viele Jahre später gab es eine zweite große Überschwemmung. Diesmal waren keine Menschen in der Nähe, um die Dinge zu steuern. Wir Tiere kletterten hinauf zu dem Schiff, das zwischen zwei großen Felsen eingeklemmt war, und diesmal machten wir uns selbstständig auf den Weg, um durch die Welt zu schippern. Doch bei diesem zweiten Geschehnis hatten wir in unserer Angst vergessen, Vorräte mit an Bord zu nehmen, und es gab nur sehr wenig zu essen.

Alles lief wie beim ersten Mal, bis wir Raubtiere unsere Angst vor Blitz und Donner verloren und uns nach Nahrung umsahen …«

Während der Löwe diese Geschichte erzählte, wurde

seine Stimme immer leiser und leiser. In der zunehmenden Abenddämmerung sah Sylber, wie seine hellen Augen in dem von der dunklen Mähne eingerahmten Gesicht leuchteten. Diesem Geschöpf haftete etwas zutiefst Düsteres an. Der Löwe trug eine geheime Schuld mit sich herum; irgendeine schreckliche Tat war begangen worden, die sich nur in seinem Ton verriet. Sylber aber wusste genau, was geschehen war, als die Sintflut zurückgewichen und allmählich wieder Land aufgetaucht war.

»... und wir brauchten Fleisch«, beendete der Löwe seinen Satz.

»Ihr ... ihr habt also diesmal die Pflanzenfresser gegessen?«

»Ja, ja«, stöhnte der Löwe, und ein tiefes Knurren entrang sich seiner Kehle. »Wir haben die Rehe getötet und aufgefressen, die Kaninchen, die Antilopen. Es war ein schreckliches Massaker: die Schreie der Sterbenden hörten sich abscheulich an. Sie waren auf dem Schiff gefangen. Ihre Schnelligkeit war ihnen dort nicht von Nutzen. Einst waren sie äußerst flink zu Pfote gewesen, vielleicht waren sie es immer noch, aber in der Beschränkung des Schiffes bedeutete das gar nichts. Es gab keinen Ort, wohin sie hätten flüchten können.

Aber, bitte, verstehe – du musst es verstehen, da ihr selbst Fleischfresser seid –, dass uns die Lust nach Fleisch mit Macht überkam und dass es unmöglich war, ihr zu widerstehen. Uns blieb keine Wahl. Sie waren hilflos. Sie waren unserer Gnade ausgeliefert. Doch wir kannten keine Gnade. Eine dunkle Flut von Rot durchströmte uns.«

Sylber versuchte sich die Szene vorzustellen, und obwohl er selbst ein Fleischfresser war, bot sich ihm ein entsetzliches Bild. »Dann habt ihr also die anderen Tiere abgeschlachtet?«

Der Löwe nickte mit dem gewaltigen Kopf und wandte den Blick ab.

Sylber erschauderte. Jetzt stellte er keine Fragen mehr. Er kannte die Geschichte derjenigen an Bord des sonderbaren Schiffs. Etwas früher hätte er vielleicht gefragt, warum sie nicht irgendwo Land gefunden hatten, einen Kontinent, der ihren Bedürfnissen angepasst war, um sich dort wieder anzusiedeln. Jetzt wusste er, dass sie das nicht konnten, denn sie waren verderbte Tiere, deren Bewusstsein sie für immer auf Trab hielt. Das Jagen von Wild in der Ebene, wo sich die Gesunden durch schnelles Laufen vor ihren Zähnen und Klauen retten konnten, war ehrenhaft – aber sie in Verschlägen und Ställen niederzumetzeln, das war etwas ganz anderes. Das war gleichbedeutend mit Mord.

Plötzlich wusste Sylber, warum der Löwe – und die Geschöpfe unter Deck, die jetzt ruhelos hin und her schritten, wobei ihre großen Pfoten über die Bootsplanken tapsten – warum sie die *Ziehende Wolke* angehalten hatten. Sie war eine mögliche Fleischquelle, dieses Schiff, das ihnen auf dem Ozean begegnete.

Der Löwe hob erneut den Kopf, um Sylber in die Augen zu blicken, als ob er wüsste, was das Wiesel dachte. »Du bist ein kluges Wiesel, dass du auf meine Einladung hin nicht an Bord gekommen bist. Zieht von dannen, Wiesel, und seid dankbar, dass ihr kein Vieh oder Wild seid oder auch nur Geschöpfe, größer als ein Fuchs, sonst hätten wir vielleicht euer Schiff gestürmt, trotz der unterschiedlichen Höhe.

Unser Hunger nimmt von Stunde zu Stunde zu. Wir werden uns von eurem Schiff abstoßen und irgendwo

Land suchen – heutzutage leben wir von Überfällen an der Küste, oder wir halten Schiffe wie das eure an. Piraterie auf hoher See! Das ist eine Art, sich zu ernähren. Es ist so lange her – so sehr lange –, seit wir unsere unendliche, beschwerliche Reise begonnen haben.«

Sylber tat, wie ihm anempfohlen worden war. »Ablegen!«, befahl er Miniva.

Miniva gab den Befehl brüllend weiter.

Die Taue wurden eingezogen. Die *Ziehende Wolke* glitt von dem anderen Schiff weg, und dieses fiel schnell hinter dem Segelschiff zurück. Das Letzte, was sie von dem Löwenschiff sahen, waren dessen Umrisse im Licht der untergehenden Sonne.

Dann sackte es unter den Horizont, entschwand ihrer Sicht.

Fünfzehntes Kapitel

Endlich war Sheriff Trugkopp am Hafen angelangt. Er war erschöpft und blutete an vielen Stellen, nachdem er sich einen Weg durch das Reich der Frösche hatte erkämpfen müssen. In den Sümpfen hatte er einige seiner besten Hermeline verloren, und seine Kompanie von Soldaten hatte sich auf die Hälfte verringert. Aber er hatte es geschafft, und zwar in Begleitung der beiden Dachse Hark und Nackert. Sie trotteten an dem Friedhof am Rand der Stadt vorbei und freuten sich auf ein angenehmes Bad und einen vergnüglichen Abend in der Kneipe der Stadt.

Hark, der einen seiner üblen Schmauchkolben rauchte, warf im Vorbeigehen einen sehnsüchtigen Blick auf die Gräber. Ein einheimisches Wiesel saß am Tor zum Friedhof und kaute auf einem Stück Gras herum.

Nackert rief dem Wiesel zu: »Gibt's frische Leichen im Boden, Junge?«

Trugkopp wandte ärgerlich den Kopf um und sah die Dachse tadelnd an. Die beiden gingen ihm gewaltig auf die Nerven. Es waren üble Burschen, immer auf der Lauer nach ein paar schnell ergatterten Silberlingen, und wie sie dieses Geld verdienten, widerte Trugkopp an. Wie auch immer, dies war nicht die richtige Zeit, um frisch beerdigte Leichen wegen ihres Fells auszugraben.

Das junge Wiesel am Tor – dem Aussehen nach ein Einfaltspinsel – antwortete den Dachsen. »Neue, Hochwür'n? Jau. 'n paar.«

»Was für welche?«, erkundigte sich Hark angelegentlich. »Sind Nerze dabei?«

»Keine Nerze, Hochwür'n – bloß 'ne Wagenladung voll von fremden Wieseln. Aus'm Süden. Ham sich in'ne Prüjelei verwickeln lassen, hier bei uns in'ne Kneipe, und sin' von 'nen paar Baummardern abjemurkst worden. Jemeines Kroppzeug, echt. Abjemurkst, jawoll.«

Hoffnung keimte im Herzen des Sheriffs auf. Wenn es sich bei den erwähnten Wieseln um Sylber und seine Bande handelte, die von den Baummardern abgeschlachtet worden waren, dann bestand für ihn selbst überhaupt keine Notwendigkeit mehr, sich aufs Meer hinaus zu begeben. Er könnte zurückkehren zu Prinz Punktum und ihm berichten, dass alles in bester Ordnung sei: Sylber und seine Wieselgruppe waren allesamt tot und begraben.

»Wie lauteten ihre Namen?«, wollte Trugkopp in scharfem Ton von dem jungen Kerl wissen. »Sag mir, wie sie hießen.«

»Na ja, ich hab jehört, dass es Ein-Ohr-Köbes und seine bunt jemischte Bande waren, die die Drecksarbeit verrichtet ham«, sagte der Einfaltspinsel mit den schielenden Augen und der hängenden Unterlippe. »Ein widerlicher Haufen, Euer Hochwür'n. Sie haben hier in der Jejend schon 'n paar Tiere umjebracht, aber man kriecht'se einfach nich zu fassn.«

»Ich meine nicht die Namen der Mörder, du Dummkopf. Die kümmern mich nicht. Mir geht es nur um die Opfer.«

Das junge Wiesel machte ein verblüfftes Gesicht.

»Nich an den Mördern interessiert, Euer Hochwür'n? Warum seid Ihr dann überhaupt hier? Ich hab jedacht, Ihr wollt Ein-Ohr-Köbes und die anderen einsperren. Die Leute hier gucken immer auf das Jesetz, das aus'm Süden kommt, weil wir hier keins haben. Sperrt Ihr die Schurken nicht ein, Euer Hochwür'n?«

»Hör auf, mich ›Hochwürden‹ zu nennen«, schimpfte Trugkopp. »Ich bin der Hochsheriff, nicht irgendein mieser Bischof.«

Trugkopp wurde klar, dass er und seine Männer für die einheimischen Tölpel eine Schau würden liefern müssen. Es war nicht von Bedeutung, dass die Hermeline schlechte Herren waren, solange sie sich in der Öffentlichkeit so darstellten, als versuchten sie ihr Bestes. Es waren solche abgelegenen Orte wie der hiesige, in denen der Keim der Revolution steckte. Es würde ihm nicht schaden, wenn er die Baummarder um sich scharen und zurück nach Burg Rägen bringen würde.

»Soll ich einen von denen ausbuddeln?«, fragte Hark. »Wäre ja blöd, feines Wieselfell zu vergeuden, oder?«

»Was willst du ausbuddeln? Ach, die Wiesel. Jetzt nicht, du mottenzerfressener Dachs!«

Trugkopp hatte über mehrere Möglichkeiten nachgedacht und dabei zu Boden gestarrt, und als er wieder aufblickte, war der Einfaltspinsel vom Tor verschwunden. Er hatte sich einfach in das hohe Gras eines Obsthains hinter dem Friedhof davongemacht. Der Sheriff war verärgert, aber er kam zu dem Schluss, dass er mit der Annahme, dass die ›Wiesel aus dem Süden‹ jene aus dem Halbmondwald waren, nicht falsch lag. Denn schließlich, wie viele Wieselgruppen streiften denn schon durch die Landschaft?

Dem Sheriff war entschieden wohler zu Mute, da ihm

nun keine Reise über einen sturmgepeitschten Ozean mehr bevorstand. Er würde die Bande von Baummardern als Beweismaterial gefangen nehmen und sie nach Burg Rägen bringen. Prinz Punktum wäre bestimmt entzückt. Außerdem fände der Prinz gewiss großes Vergnügen daran, ein paar Baummarder am Galgen aufzuhängen. Baummarder waren am Hof von Prinz Punktum nicht sehr beliebt.

»Weitermarsch zur hiesigen Kneipe!«, befahl der Sheriff. »Wir müssen ein paar Baummarder festnehmen.«

»Und was ist mit den frischen Leichen?«, jammerte Nackert. »Haben wir nicht wenigstens fünf Minuten Zeit…«

Trotz all seiner schlechten Eigenschaften hatte Trugkopp eine eher penible Einstellung, was den Tod betraf. Seiner Meinung nach musste man ihm Respekt zollen. Eigentlich hatte er Angst davor; wenn man ihm nicht Hochachtung und Anstand entgegenbrachte, so dachte er, dann würde er einen unvorhergesehen in den frühen Morgenstunden heimsuchen. Man schändete keine Gräber, nicht einmal diejenigen von Feinden. Er ließ die Dachse wissen, dass sie, wenn sie auch nur einen einzigen Erdkrümel der Gräber berühren würden, mit der gesetzlichen Höchststrafe zu rechnen hätten.

Nun sind Dachse keine kleinen Tiere. Genau genommen sind sie im Vergleich zu Hermelinen sogar ziemlich groß. Viele Dachse, sowie auch Hunde und ähnliche Geschöpfe, erkannten die Herrschaft Prinz Punktums über sie nicht an. Hark und Nackert widerstrebte es in tiefstem Innern, sich von diesem Hänfling von einem Sheriff sagen zu lassen, was sie zu tun und zu lassen hatten. Allerdings passte es ihnen zum gegenwärtigen Zeitpunkt gerade mal in den Kram, sich in Trugkopps Pläne einbinden zu lassen. Sie schluckten heftig, blickten einander viel sagend in die Augen und folgten den Hermelinsoldaten.

Als die Hermeline die Kneipe *Roter Admiral* erreichten, wurde es bereits dunkel. Überall in der Stadt wurden nach und nach die Lampen angezündet. Fröhliche Laute drangen aus der Wirtschaft. Sheriff Trugkopp und seine Leute betraten die Kneipe, und sofort erlosch alle Fröhlichkeit. Marder, Iltisse, Wiesel und andere Tiere wandten sich um und starrten den Hermelin-Fußtrupp in ihrer staubigen Kriegsaufmachung an. Jemand ließ eine Bemerkung über ›weiße Bäuche‹ fallen – ein Spitzname für Hermelinsoldaten –, und dann setzte der ausgelassene Trubel von neuem ein.

Der Wirt kam zu Trugkopp. »Tatsächlich, das ist unser erlauchter Sheriff. Welchem Umstand verdanken wir das Vergnügen und die Ehre dieses Besuchs?«, fragte der kriecherische Kneipenbesitzer. »Darf ich Euch einen Becher Honigtau bringen? Vielleicht ein paar Mäuseschlegel? Geht natürlich alles aufs Haus, aber nur für Euch selbst. Die Soldaten müssen bezahlen. Ich wäre ein armer Tropf, wenn ich alle Soldaten, die hier vorbeikommen, umsonst essen und trinken ließe. Haha.«

»Ich möchte gern eine Karaffe Holunderbeersaft und ein paar Scheiben Wühlmausbrust, wenn es dir keine Umstände macht«, sagte Trugkopp, wobei er sich die neuen Kettenhandschuhe abstreifte und sich mit einem davon auf den Schenkel schlug, so wie er es bei dem Prinzen gesehen hatte, der bei der entsprechenden Gelegenheit allerdings Samthandschuhe getragen hatte. »Und säum nicht, Wirt!« Dann zuckte der Sheriff zusammen, Tränen traten ihm in die Augen. Er biss sich auf die Lippe, um vor Schmerz nicht laut aufzuschreien. Es bedeutete große Mühe, eine würdige Haltung beizubehalten, in der Mitte einer Wirtschaft stehend, umgeben von gaffenden Bauerntölpeln, aber es gelang ihm. Tatsache ist nun mal, dass Kettenhandschuhe nicht so weich sind wie Handschuhe aus Samt. Trugkopp hatte sich selbst einen überaus schmerzhaften Schlag auf den Schenkel zugefügt.

Die übrigen Soldaten hatten sich an den Tischen hingelümmelt und kommandierten die Schankmaid auf ihre übliche ungehobelte Weise herum. Sie bedachten die Einheimischen mit verächtlichen Blicken und fragten sie, was ihnen einfiele, so blöd zu gaffen. Sie griffen nach dem Essen auf den Schneidbrettern anderer Tiere, und all das ohne ein höfliches ›Wenn-du-nichts-dagegen-hast…‹.

Es lag an dieser Art von Benehmen, dass die Soldaten einen schlechten Ruf hatten. Zu Trugkopps Gunsten musste gesagt werden, dass er versuchte, dergleichen zu unterbinden, wann immer er konnte, doch während der meisten Zeit war er so sehr in Sorge um seine eigene Person, dass er gar nicht mitbekam, was das Fußvolk so trieb.

Trugkopp saß allein an einem Tisch, abseits von seinen ungezogenen Hermelinen. In diesem Augenblick wurde die Tür der Wirtschaft schwungvoll aufgestoßen. Ein Baummarder humpelte auf allen vieren herein, gefolgt von einigen anderen. Es war ein sehr heruntergekommen aussehender Haufen, der da zwischen den Tischen hindurch taumelte. Trugkopp erkannte den Anführer auf den ersten Blick, denn dieses hässliche Individuum hatte nur einen Stumpf, wo sein rechtes Ohr hätte sein sollen. Es machte den Eindruck, als wäre es von einer Meute wild gewordener Ratten abgenagt worden.

»He da, Kerl«, rief Trugkopp und stand auf, als die Baummarder auf Höhe des Tisches waren, an dem die beiden Dachse Hark und Nackert saßen. »Hierher!«

Der einohrige Jakob, genannt Ein-Ohr-Köbes, blieb mitten im Raum stehen. Er heuchelte Erstaunen. »Wer – ich?«, erkundigte er sich.

»Ja, du, Kerl«, erwiderte Trugkopp gebieterisch. Fast hätte er sich erneut mit dem Kettenhandschuh auf den Schenkel geschlagen, doch gerade noch rechtzeitig fiel ihm ein, wie wenig gut das tat. »Ich habe gehört, du bist ein feiger Mörder – du und dieser Mäusekot, mit dem du unterwegs bist, dein Gefolge.«

»WAS?«, brüllte der Baummarder, dessen Gesicht sich verfinsterte.

Trugkopp zeigte sich ein wenig verblüfft über die Heftigkeit dieser Frage. »Ja – das ist mir zu Ohren gekommen.«

»Niemand spricht so mit mir!«, schrie Ein-Ohr-Köbes, »und schon gar nicht ein eingebildetes Hermelin von Burg Rägen.«

»Ich bin der Hochsheriff von ganz Welkin«, verkündete Trugkopp.

»Mir ist es wurscht, ob du das Hermelin bist, das die Toiletten auf Dock Fünf sauber macht, oder sonst wer. Niemand nennt mich einen Mörder. Los, auf sie mit Gebrüll, meine tapferen Jungs!«, befahl er. »Lasst sie mal die Gerechtigkeit der Küste schmecken!«

Auf diese Aufforderung hin stürzten sich die Marder mit Krallen, Pfoten und Zähnen auf die Soldateska. Die übrigen Kneipengäste feuerten sie mit Gejohle an, da sie mit Vergnügen sahen, dass den rüden Truppen eine Lektion erteilt werden sollte. Ein-Ohr-Köbes ging zielstrebig auf Trugkopp los, der sich verteidigte, indem er mit seinem Kettenhandschuh ausschlug und diesen wie eine kurze Peitsche benutzte.

Für die nächsten paar Minuten herrschte das totale Durcheinander in der Kneipe. Überall wirbelte Pelz herum. Zähne schlugen sich tief in Beine und Rümpfe. Krallen zerfetzten Gesichter. Pfoten boxten die Luft aus schlaffen Bäuchen. Tische fielen um. Stühle wurden durch den Raum geschleudert. Flaschen und Gläser gingen zu Bruch. Wertvoller Honigtau landete in den Sägespänen am Boden.

Der Wirt rief lauthals zur Ordnung: »Ruhe, Herrschaften, nur die Ruhe bewahren!«

Niemand nahm davon die geringste Notiz.

Die Prügelei tobte mindestens zwanzig Minuten lang, dabei wurden mehrere Spiegel und auch einige Köpfe zerschmettert.

Es war das Schankmädchen, das dem Tumult ein Ende bereitete. »DAS REICHT!«, brüllte sie. »ICH MUSS SCHLIESSLICH DIE GANZE SAUEREI WEGMACHEN!«

Trugkopp war in diesem Augenblick gerade im Begriff, in Köbes' linkes Ohr zu beißen, und wunderte sich, warum seine Zähne immer wieder im Leeren aufeinander schlugen. Zu spät kam ihm die Erkenntnis, dass er ins fehlende Ohr biss. Der Marder trommelte mit den Fäusten auf die Brust des Hermelins ein, und zwar genau an der Stelle des Brandmals.

»Niemand nennt mich einen Mörder!«, wiederholte Ein-Ohr-Köbes.

»Du hast Lord Sylber und seine Wiesel umgebracht!«, zischte Trugkopp. »Nennst du das etwa nicht Mord?«

»Wen soll ich umgebracht haben?«

»Eine Bande von nichtsnutzigen Wieseln aus dem Halbmondwald. Aber darum geht es jetzt nicht. Als Vertreter des Gesetzes hier muss ich dich der Justiz vorführen. Du wirst mich zur Burg Rägen begleiten, wo dir der Prozess gemacht wird.«

»Wer hat dir erzählt, dass ich diese Wiesel umgebracht habe?«

Trugkopp starrte seinen Gegner an. »Na, ein anderes Wiesel eben. Ein junger Einfaltspinsel, der auf dem Tor zum Friedhof schaukelte. Er hat mir ihre Gräber gezeigt.«

Der Baummarder schnaubte spöttisch. »Zunächst einmal: Die Wiesel begraben ihre Toten nicht; sie verbrennen sie in einem Freudenfeuer bei einem Fest, das Gehabdichwohl heißt, weißt du das nicht? Und zweitens: Ich habe dieses Wiesel noch vor einer Stunde mit eigenen Augen gesehen, eben an jenem Tor. Es ist keineswegs ein Einfaltspinsel, sondern einer der Schreiner, die Sylber hat holen lassen, damit sie seinen Windjammer reparieren. Und als Letztes: Wir haben noch nie jemanden umgebracht, schon gar nicht diese verdammten Wiesel, von denen du andauernd redest.«

Trugkopp blinzelte. »Ein Schreiner, sagst du?«

»Ja, aus einem Dorf ganz in der Nähe des Halbmondwaldes.«

Trugkopps Soldateska brachte jetzt schafsbrav den Raum wieder in Ordnung, richtete umgekippte Tische und Stühle auf und half dem Schankmädchen beim Einsammeln der Scherben von zerbrochenen Gefäßen. Dabei wurde ihnen von den Baummardern geholfen, über die sie noch ein paar Minuten zuvor hergefallen waren.

Dem Sheriff dämmerte allmählich, dass er das Opfer eines üblen Tricks geworden war. »Dann lebt Sylber also noch?«

»Er und seine Mannschaft sind vor ein paar Tagen in See gestochen.«

Hark schrie aus einer Ecke des Raums: »Sieht ganz so aus, als ob du auf eine Finte hereingefallen wärst, Sheriff!«

»Das kann man wohl sagen«, pflichtete Nackert bei.

Was aus Trugkopps Sicht noch viel schlimmer war, war der Umstand, dass ihm die Seereise nun doch nicht erspart bleiben würde. Er würde trotz allem ein Schiff suchen und den Wieseln hinterherfahren müssen. Diese Vorstellung ärgerte ihn am allermeisten. »Verdammt und zugenäht!«, schimpfte er. »Jetzt muss ich sie durch Nebel und Wind und über das wogende Meer jagen!«

Ein-Ohr-Köbes sagte: »Brauchst du vielleicht eine Mannschaft, Sheriff? Ich und meine Burschen sind bereit, diese Wieseltypen übers Meer zu verfolgen. Wir haben ein bisschen Erfahrung im Küstensegeln, und mehr kann man von den Mardern, die die Besatzung von Sylbers Schiff stellen, auch nicht behaupten – ich meine Weniger Einbein und seinen halbseidenen Haufen. So gut wie Wenigers Bande sind wir allemal. Was meinst du dazu, Sheriff?«

Trugkopp war Feuer und Flamme für diese Gelegenheit, eine erfahrene Mannschaft anzuheuern. »Einverstanden!«, sagte er. »Was könnt ihr leisten?«

»Nun, ich persönlich«, sagte Ein-Ohr-Köbes, »ich bin zufällig Koch. Aber meine Jungs hier, die arbeiten in der Takelage und machen alles, was von einer guten Mannschaft verlangt wird. Keine Angst, Sheriff, wir schnappen die Wiesel, bevor sie sich den Schatz holen.«

Harks und Nackerts Ohren richteten sich auf, als sie dieses Wort hörten. »Schatz?«, wiederholten sie wie aus einem Munde. »Was für'n Schatz?«

Köbes klackte erheitert mit den Zähnen. »Versucht nicht, mich zu verarschen – ihr wisst genau, um welchen Schatz es geht. Nämlich um Murgatroids Schatz. Sylber und seine Bande sind auf der Suche nach der Insel Dorma, wo die Messingmünzen vergraben sind. Aber wir können schneller sein als sie, wenn wir sofort in See stechen.«

»Murgatroids Schatz«, murmelte Trugkopp. Das Gehirn des Sheriffs arbeitete ausnahmsweise schnell. Im Gegensatz zu allen anderen im Raum ging er dieser Geschichte nicht auf den Leim. Er vermutete, dass Sylber sie erfunden hatte, damit sich die Marder für sein Schiff als Besatzung zur Verfügung stellten. Ihm war jedoch klar, dass er sich dieser Taktik anschließen musste, um das Gleiche zu erreichen. »Ja – ja, natürlich. Und wenn ihr mir auf dem Schiff dient, dann könnt ihr sicher sein, dass ihr einen gehörigen Batzen von den... Messingmünzen abbekommt. Also dann, lasst uns aufbrechen und ein Schiff suchen. Wir wollen diese Reise möglichst schnell hinter uns bringen, bevor ich mich anders entscheide und lieber Selbstmord begehe – ich meine, lasst uns schnell die Reise über die Wogen antreten, damit wir bald alle stinkreich sind.«

Lauter Jubel brauste in der Kneipe auf.

Trugkopps Magen schlug Purzelbäume bei der Vorstellung einer Seefahrt, aber ihm blieb nichts anderes übrig, als nach außen hin eitel Tapferkeit zur Schau zu stellen.

Genau wie Sylber musste auch Trugkopp erkennen, dass es im ganzen Hafen kaum brauchbare Schiffe gab. Die Statuen hatten die besten vereinnahmt und waren damit weggesegelt. Es gab jedoch eine Festung auf einer kleinen Landzunge gleich nördlich des Hafens, und zufällig spazierte eines von Trugkopps Hermelinen dort herum. In einer winzigen Bucht auf der ihnen abgewandten Seite lag ein Schiff, das gerade von einigen Statuen aufgemöbelt wurde.

»Wir beschlagnahmen dieses Gefährt«, verkündete Trugkopp den verdatterten Statuen. »Ihr müsst euch ein anderes suchen.«

»Aber-wir-haben-es-als-Erste-gefunden«, schimpfte ein Klotz, als Trugkopps Hermeline über das Schiff ausschwärmten.

»Mein Bedarf wiegt schwerer als der eure«, entgegnete Trugkopp und unterdrückte jegliche Schuldgefühle mit dem Gedanken daran, dass, wenn er Sylber nicht bald schnappen würde, der Prinz sein Fell als Windschutz hernehmen würde.

Die Statuen sahen bei dieser Verkündigung regelrecht niedergeschmettert aus. Trugkopp stellte fest, dass sie nur ungefähr ein Dutzend an der Zahl waren. »Hört mal«, erklärte er ihnen, da sein Gewissen entgegen seiner Art die Oberhand gewann, »ihr könnt ja mit uns kommen, und wenn wir zu der Stelle gelangen, wo ihr hinwollt, dann lassen wir euch einfach aussteigen.«

Bei dieser Nachricht hellten sich die Mienen der Statuen ein wenig auf; sie gingen den Hermelinen des Sheriffs steinern und metallen zur Hand und vollendeten die Reparaturen.

Trugkopp hatte daran gedacht, ein paar Handwerkerhermeline mitzubringen. Schreiner und Schmiede machten sich sofort an die Arbeit, während andere Segel nähten und Taue anfertigten. Da so viele Hermeline unter seinem Befehl standen, war die Arbeit schnell getan, und Trugkopp wurde bald vom Hauptmann der Wache gerufen, um das fertige Schiff zu inspizieren. Der Sheriff legte sich einen neuen Gürtel an, der strotzte von Messingnieten, schmückte ihn mit seiner besten Scheide und dem besten Schwert und begab sich zum Ort des Geschehens.

Mit großem Prunk und einer feierlichen Zeremonie, bei der Trommeln geschlagen wurden und Pfeifen pfiffen, wurde Trugkopp das Schiff von seinem Kapitän übergeben. Sie begannen am Heck und schritten feierlich bis zum Bug. Trugkopp war über die sonderbare Galionsfigur reichlich verblüfft. Sie war janusgesichtig, bestand aus Eichenholz, und irgendwie sahen sich die beiden Gesichter sehr ähnlich.

»Wer hat das geschnitzt?«, fragte er. »Wer ist der Künstler?«

»Nicht-geschnitzt«, antwortete eine der Statuen des Schiffs – ein alter Soldat, dem der Kopf und der rechte Arm abgeschlagen worden waren und der die beiden Anhängsel unter den linken Arm geklemmt bei sich trug. »Wir-finden-mit-Gesichtern.«

»Ihr habt es so gefunden, wie es ist? Erstaunlich. Woher habt ihr es?«

»Wird-gefunden-angeschwemmt-an-Strand.«

Trugkopp betrachtete die Gesichter eingehend. »Eine erstaunliche Arbeit«, sagte er. »Sie sehen so schrecklich aus, so lebensecht. Diese gerunzelten Stirnen und gekräuselten Lippen und das kalte, höhnische Feixen. Ich möchte wissen, wer der Bildhauer war.«

Plötzlich sprachen die beiden Gesichter, worauf Trugkopp einen Satz machte. »Uns hat kein Künstler geschaffen, du Blödmann! Wir wurden im Holz gefangen. Erkennst du uns denn nicht?«

»Ja, du hast uns oft genug auf der Sturmburg gesehen – so schlecht kann dein Gedächtnis doch wohl nicht sein.«

Beim Klang der Stimmen überkam Trugkopp eine schreckliche Erinnerung. »Du liebe Güte! Rosenkrass und Gildeswin!«

»Zumindest setzt sich das Gehirn des Hermelins in Betrieb«, sagte Rosenkrass, dessen Gesicht in dem Holz arbeitete.

Gildeswin fügte ein Postscriptum hinzu: »Vorausgesetzt, da ist ein Gehirn.«

»Rosenkrass und Gildeswin, ja, ja«, sagte Trugkopp, immer noch ein wenig fassungslos, »die beiden Spionfrettchen. Wie seid ihr denn hierher gekommen? Wenn ich mich richtig erinnere, wurdet ihr in einem Zauberwald gefangen, weil ihr Baumhasser oder Vogelmörder oder etwas in der Art wart. Wie seid ihr hierher gekommen, in diesen Hafen?«

Gildeswin war es, die ihm die Geschichte erzählte. »Wie du sagst, wurden wir durch irgendeine üble Magie in einem Baumstamm gefangen und dort der Ewigkeit überlassen. Es kam jedoch ein Sturm auf – ein Hurrikan –, der unseren Baum entwurzelte. Der abgebrochene Stamm fiel in einen tobenden Fluss, und wir wurden weggespült, bis wir das Meer erreichten. Die Strömungen trieben uns dann an der Küste entlang. So wurden wir hierher getragen, in diese Bucht, und schließlich neben zwei gewaltigen rumpflosen Beinen angespült, auf deren Zehen ›Otzis Haxen‹ geschrieben stand.«

Rosenkrass übernahm nun das Erzählen. »Die Statuen haben uns gefunden und uns zu einer Galionsfigur gestaltet. Bis zu diesem Zeitpunkt konnten wir nicht sprechen, da wir immer noch Bäume waren. Doch jetzt, da wir Statuen sind, haben wir unsere Stimmen wieder.«

Ein-Ohr-Köbes, der während der Schiffsinspektion abseits gestanden hatte, unterbrach jetzt diese unheilige Wiedervereinigung. »Und sie werden sehr nützlich sein«, murmelte er.

»Wie meinst du das?«, fragte Trugkopp und drehte sich blitzschnell zu ihm um.

»Na ja«, sagte Köbes, »sie sehen Kabbelungen und Sandbänke, bevor wir auf sie auflaufen, und können dann eine Warnung rausbrüllen. Sie werden uns durch gefährliches Gewässer leiten – Untiefen und Unterwasserfelsen und all solches Zeug. Eine sehr nützliche Sache, diese sprechenden Galionsfiguren. Die helfen uns unheimlich viel, echt.«

»Und was ist, wenn wir uns weigern zu helfen?«, rief Gildeswin. »Was ist, wenn wir nein sagen?«

»Na, das möchte ich euch nicht raten«, entgegnete Köbes, »denn falls wir auf einen Fels auflaufen, seid ihr die Ersten, die zu Doof-Jonas' Spind untergehen.«

»Wer ist Doof-Jonas?«, fragte Rosenkrass.

»Das war ein Mann, der im Ganzen von einem Wal verschluckt und wieder ausgespuckt worden ist – an einen Strand –, aber sein persönlicher Spind, in dem Socken und Unterhosen und ein Hemd zum Wechseln untergebracht waren, liegt immer noch am Meeresgrund.«

Rosenkrass und Gildeswin dachten eine Zeit lang nach, dann taten sie ihr Einverständnis kund. »Wir halten nach Gefahren Ausschau«, sagten sie, »vorausgesetzt, wir bekommen einen Anteil an Murgatroids Schatz.«

»Wieso wisst ihr davon?«, schrie Trugkopp. »Weiß denn jeder darüber Bescheid? Angeblich soll das doch ein Geheimnis sein.«

»Komisch, dass du uns das fragst«, antworteten die

beiden Spione. »Schließlich ist es doch unser Job, Dinge zu wissen.«

»Was machen Holzklötze mit einem Schatz?«, schnaubte Köbes. »Ihr könnt das Geld ja nicht einmal ausgeben.«

»Wir kaufen uns einen guten Zauberer, der uns aus diesem schrecklichen Holzklumpen befreit«, lautete die Antwort.

Schließlich war das Schiff, zufällig auch wieder ein Windjammer, so weit fertig, dass es in See stechen konnte. Sie kreuzten um die Landzunge herum und an der Hafeneinfahrt vorbei, wo verrottende Schiffsrümpfe und -skelette immer noch vor Anker lagen. Die sprechenden Köpfe am Bugspriet mussten sich an dieser Stelle schwer ins Zeug legen und unablässig Anweisungen brüllen.

»Kurs hart am Hafen nehmen! Schiffswrack an Steuerbord!«, rief Gildeswin.

»Danke, danke!«, erwiderte das Hermelin an der Ruderpinne und drehte das Steuerrad.

»Vorsicht, Vorsicht, direkt vor uns ein schwimmender Holzbalken!«, rief Rosenkrass.

»Besten Dank für die Information«, sagte das Steuerhermelin und änderte die Richtung.

»Nach Steuerbord halten, ich sehe da unten Sand!«, rief Gildeswin.

»Ich bin zutiefst zu Dank verpflichtet«, murmelte das Steuerhermelin und lenkte das Schiff aus der Gefahrenzone.

Eine Zeit lang kamen keine weiteren Anweisungen mehr von den Galionsfiguren, dann plötzlich herrschte große Aufregung.

»O nein! Da ist ein fürchterliches Ungeheuer unter

unserem Bug… nach Steuerbord schwenken, um alles in der Welt, nach Steuerbord schwenken!«, schrie Rosenkrass.

Gildeswin brüllte: »Nein, zum Hafen, zum Hafen, sonst müssen wir alle sterben! Auf dieser Seite sind riesige Felsen, an denen wir zerschmettert werden!«

»Nach Steuerbord!«

»Zum Hafen!«

Das Hermelin an der Ruderpinne drehte das Steuer wie wild, mal in diese, mal in jene Richtung. Das Schiff knarrte, als ob es jeden Augenblick auseinander brechen wollte. Gildeswin drängte dahin, Rosenkrass dorthin. Möwen, die auf den Rahnocken hockten, hoben voller Furcht in die Lüfte ab. Matrosen rannten angstvoll hin und her und wussten nicht, was sie tun sollten. Trugkopp kam von unten herauf, aufgeschreckt durch den Tumult.

»Nach Steuerbord, schnell!«, schrie Rosenkrass. »Schnell!«

»Zum Hafen!«, kreischte Gildeswin. »Sofort!«

»WAS JETZT?«, rief das Steuerhermelin verwirrt. »Wo? Wann? Wie? Hilfe! Hilfe!«

Eine Zeit lang herrschte Stille, dann kam ein Kichern von der Galionsfigur vor ihm.

»War doch nur Spaß«, sagte Gildeswin. »Uns war langweilig.«

Sechzehntes Kapitel

Die Begegnung mit dem Löwen hatte Sylber zutiefst beunruhigt. Sie brachte ihm zu Bewusstsein, dass dunkle Machenschaften nicht nur auf Welkin an der Tagesordnung waren. Er hatte sich immer eingebildet, dass ohne einen Despoten wie Prinz Punktum in Welkin Ordnung und Anstand herrschen würden. Offenbar war das jedoch eine sehr naive Sicht der Dinge: Schreckliches geschah einfach zuweilen, und man konnte kaum etwas dagegen tun.

Er bezweifelte, dass sich die großen Katzen mit der Absicht auf die Reise gemacht hatten, jeden an Bord aufzufressen, sie waren einfach so veranlagt. Wenn sich einem Fuchs die Gelegenheit bot, in einen Hühnerstall einzudringen, war er vielleicht nur darauf aus, mit einem einzigen Vogel seinen Hunger zu stillen – doch wenn er dort viele weitere Vögel vorfand, war es möglich, dass er zum Berserker wurde und ein großes Massaker anrichtete.

Sylber saß in seiner Kabine und dachte über das düstere Thema von Leben und Tod nach.

»Halte dich zur linken Seite der untergehenden Sonne«, hörte er Grind dem Tier am Steuer zurufen. »Wenn es dunkel wird, suche einen Stern am Horizont, in direkter Verlängerung des Schiffskiels.«

Kurze Zeit später wurde es dunkel, und der Mond erschien am Himmel. Er leuchtete durch das Bullauge und zeichnete Muster aus Licht und Schatten auf den Boden der Kabine. Sylber holte das Skizzenbuch mit den Seekarten hervor, in dem auch die Meeresströmungen verzeichnet waren. Er prüfte alles sorgfältig und hoffte, dass er sich auf Grinds Navigation verlassen konnte. Es war nicht leicht, den richtigen Weg über eine Wasserwüste zu finden, ohne irgendwelche Landmarken – oder vielmehr Seemarken.

»Land in Sicht!«, ertönte ein müder Ruf aus dem Krähennest. »Steuerbords vor Bug.«

Sylber rannte über das Fallreep zur Reling, von wo er einen Ausblick auf dieses Land hatte.

Die Nacht war schwül, und das Schiff machte keine Fahrt mehr. Es dümpelte vielmehr im Wasser, obwohl es voll unter Segel stand. Nicht die leiseste Brise wehte über den glatten Ozean. Sie waren zum Landfall gezwungen, ob sie wollten oder nicht. Ein seltsamer Dunst schwebte über der leichentuchartigen Fläche, der sich in faserigen Schleiern über das Gefährt senkte, wo er von den an Deck Befindlichen eingeatmet wurde.

»Was ist hier los? Warum sind alle so träge?«

Die ganze Mannschaft war anscheinend in eine Art Lethargie verfallen. Viele hingen schlaff über die Reling, ungeachtet der Gefahr, dass das Schiff durch die Strömung an den Strand getrieben werden könnte. Selbst Miniva sah so aus, als ob sie halb eingeschlafen wäre. Es war ihre Pflicht, den Kapitän aufzuwecken, falls sich irgendetwas Ungewöhnliches einstellen sollte, und sie hatte nichts dergleichen getan.

Der warme, rauchschwere Nebel, der das Schiff umwaberte, mochte durchaus etwas mit der allgemeinen

Trägheit zu tun haben. Allerdings war es ihm nicht gelungen, in Sylbers Kabine einzudringen, und das war vielleicht der Grund dafür, dass der Kapitän seiner Wirkung nicht erlegen war.

»Miniva?«, fragte Sylber. »Warum treibt dieses Schiff steuerlos im Wasser?«

Seine strengen Worte rissen sie anscheinend aus einem Traum, obwohl er selbst allmählich auch müde wurde. »O ... Sylber ... ich ... ich bin ... mir nicht sicher. Ich bin einfach irgendwie ... schläfrig. Alle Pfoten an die Segel!«, schrie sie schließlich. »Los, hoch die faulen Glieder! Die Segel einziehen! Schnell, sonst laufen wir auf den Strand auf ...«

Die Mannschaft reagierte zögernd auf ihren drängenden Ton, und einige kletterten taumelnd in die Takelage hinauf. Es dauerte nicht lange, bis die Wachhabenden die Segel eingerollt und an den Rahen festgebunden hatten. Dann wurde der Anker über Bord geworfen, um zu verhindern, dass das Schiff noch weiter an Land getrieben wurde. Sie waren nah genug daran, um das Dröhnen von Trommeln zu hören, das von der Insel kam. Es war ein dumpfes, pochendes Schlagen, ein Klagelied, eine Weise, die zu einer Beerdigung gepasst hätte. Wachfeuer waren überall entlang der Klippen über dem Strand zu sehen. Dies war zweifellos eine bewohnte Insel.

Der geheimnisvolle Nebel fiel jetzt von dem Schiff ab und sammelte sich auf einem Wall ein Stück vor der Küste. Die Köpfe der Mannschaft wurden allmählich wieder klar. Waldschratt murmelte etwas von einer ›willkürlichen Meeresmagie‹, und Sylber nahm an, der Zauberer spreche von der einschläfernden Wirkung der ungewöhnlichen Dämpfe.

»Wir täten gut daran, hier noch etwas Wasser an Bord zu nehmen und dann unsere Fahrt fortzusetzen«, sagte Sylber. »Mir ist zwar bewusst, dass es dunkel ist, aber wir wollen nicht allzu lange in diesem Gewässer verweilen, mit so seltsamen Nebelschwaden um uns herum. Stell eine Gruppe zusammen, die an Land gehen soll, Miniva. Ich werde dazugehören. Außerdem brauchen wir Gefäße zum Transportieren von Wasser. Leere Flaschenkürbisse, falls wir so etwas haben.«

»Aye, aye, Kapitän.«

Das Landeboot wurde klargemacht, und Grind, Kunicht und Sylber ließen sich von zwei Mardern zur Küste rudern. Wie schon die ganze Zeit über vertraute er den Mardern nicht bis ins Letzte, deshalb hatte er sichergestellt, dass Birnoria, Alissa, Lukas, Miniva und Waldschratt vollkommen wach und bewaffnet waren, bevor das Ruderboot sich von der *Ziehenden Wolke* entfernte. Bis jetzt waren die Marder schlicht und einfach ihrer Arbeit nachgegangen, aber irgendetwas hatte es mit Weniger Einbein auf sich, das Sylber veranlasste, ständig auf der Hut zu sein.

Als die Gruppe den Strand erreichte, übergab Sylber das Boot in Kunichts Obhut. Mit den anderen machte er sich auf den Weg ins Inselinnere; jeder von ihnen trug zwei Flaschenkürbisse. Sie folgten Pfaden, die hinauf in die Hügel führten, wo sie die brennenden Feuer sahen. Dahinter ragte eine Bergkette auf, die einen Kamm auf dem Rücken der Insel bildete.

Schließlich gelangten sie zu einem Dorf, das auf einem Felssims lag, eingerahmt von Regenwald. Als sie näher kamen, erkannten sie, dass das Dorf nicht etwa aus Hütten, sondern vielmehr aus einer großen Anzahl von Nestern bestand. Diese waren aus Zweigen und Stroh gefertigt, zusammengehalten von getrocknetem rotem Lehm. In der Mitte des Dorfes war eine Plattform, bestehend aus vier groben Pfosten, auf denen eine Trage ruhte. Auf der Trage lag ein seltsam aussehender Vogel. Ein Feuerkreis umgab die Plattform.

Andere Vögel, nicht weniger seltsam, stampften mit den Beinen, klackten mit den Schnäbeln und wehklagten jämmerlich. Der Vogel auf der Plattform reagierte nicht, aus dem einfachen Grund, weil er – oder sie – offensichtlich tot war. Der große Schnabel klaffte auf, und die Augen waren weit aufgerissen und starrten ins Nichts. Zweifellos handelte es sich hier um die Bestattungszeremonie für einen verstorbenen Dorfbewohner.

Plötzlich gewahrte einer der Vögel die Gruppe vom Schiff und stieß einen lauten Schrei aus. Alle Köpfe wandten sich in Richtung der Wiesel und Marder um.

»Auweia, jetzt sind wir dran«, flüsterte Grind. »Sie sehen nicht allzu freundlich aus, diese Truthähne.«

Sylber erkannte, warum Grind die Geschöpfe ›Truthähne‹ genannt hatte, denn ihre Körper waren rundlich und truthahnförmig, aber weiter ging die Ähnlichkeit auch nicht. Die Schnäbel waren sehr groß und am Ende gebogen, ganz anders als die von Truthähnen. Sie hatten kleine, daunengefiederte Flügel und einen ebensolchen Schwanz, und ihre Beine waren kurz und stämmig, genauer gesagt dick, bis hinunter zu den großen Füßen.

»Eindringlinge!«, kreischte eine weibliche Stimme. »Spione von den Blauaugen! Tötet sie!«

Die Sprecherin war mit bemalten Federn geschmückt, die sich aus ihrem Schwanz ergossen wie ein farbenprächtiger Springbrunnen. Ein langer, wallender Umhang bedeckte die eigentümlichen daunenweichen Federn. Er bewegte sich und umfloss ihren Körper, als ob er lebendig wäre. Über den Kopf gestülpt trug sie eine grässliche kegelförmige Maske aus Gras, mit dunklen Augenlöchern und einem falschen Schnabel. Um die dicken Fußknöchel lagen Ketten aus Meeresmuscheln, die bei jedem Schritt klimperten. Sie bot einen wirklich grotesken Anblick.

Sylber vermutete, dass dieser Vogel eine Schamanin war, das spirituelle Oberhaupt einer Gruppe, doch nicht das wirkliche Oberhaupt. »Augenblick!«, widersprach er mit Nachdruck. »Wir sind keine Spione. Wir kennen diese Blauaugen, von denen du gesprochen hast, überhaupt nicht. Wir sind mit friedlicher Absicht von einem großen Schiff gekommen, das jetzt vor eurer Insel vor Anker liegt. Viele Tiere warten auf unsere Rückkehr und werden hierher kommen und uns suchen, wenn wir nicht zu ihnen zurückkehren.« Er hielt kurz inne, damit seine Worte einsickern konnten, dann fügte er hinzu: »Wo ist euer Häuptling? Ich möchte mit einem Vogel im entsprechenden Rang sprechen.«

Die Schamanin warf irgendein Pulver in ein Feuer, welches mit einem lauten »Wuff!« grell aufflammte. In diesem hellen Licht konnte Sylber erkennen, dass der Umhang der Schamanin aus lebenden Mondmotten bestand, Insekten von gespenstischem Weiß und mit gewaltiger Flügelspannweite, die auf irgendeine Weise zusammengefügt waren, um dieses wallende, schimmernde Kleidungsstück zu bilden.

»Hört nicht auf diese Lügen!«, kreischte sie. »Tötet sie, spießt sie auf einen spitzen Stock auf, reißt ihnen die Augen aus den Höhlen!«

Inzwischen hatte sich jedoch bereits ein prallerer und würdiger aussehender Vogel von der Menge gelöst und näherte sich ihnen. Dieses Geschöpf trug um den Hals ein kupfernes Amulett, das im Mondlicht glänzte. Er blieb einmal stehen, um die hysterische Schamanin anzusehen, die unter dem Blick seiner unheilvollen Augen aufhörte zu schwadronieren. Ihre ruhelosen Beine klapperten weiterhin mit den Muschelschalen, doch ihr Schnabel kreischte den Dorfbewohnern um sie herum nicht länger Befehle und Drohungen zu. Bei dem Vogel mit dem Amulett handelte es sich eindeutig um das Oberhaupt des Stammes.

Die Stimme war weiblich. »Ich bin die Stammesfürstin. Seid ihr Min Tschen?«, fragte sie. »Seid ihr endlich mit mehr Geschenken gekommen?« Sie sah die Flaschenkürbisse durchdringend an.

»Min Tschen«, murmelten die anderen Mitglieder des Stammes mit begehrlichen Stimmen. »Geschenke.«

Selbst die Schamanin hatte ihre Feindseligkeit überwunden und kam näher heran, um die Fremden besser mustern zu können.

»Warum haltet ihr uns für diese ›Min Tschen‹?«, fragte Sylber. »Hat euch schon mal jemand Geschenke gebracht?«

»Unsere Großmütter und Großväter wurden beschenkt von blassen Wesen, die auf zwei Beinen gingen, so wie ihr. Diese blassen Fremden brachten ihnen viele Max Kottken mit. Wir erlangten Macht durch den Besitz dieser Götter. Unsere Max Kottken schützen uns gegen das Böse, verleihen uns magische Kräfte über unsere Feinde, sie bringen die Ernte ein und lassen nur gelegentlich schlecht riechende Dämonen in unsere Eier.«

Sylber wurde bewusst, dass er und Grind sowie auch die beiden Marder auf den Hinterbeinen standen. Er ließ sich jetzt auf alle viere herab, um der Stammesfürstin der Vögel zu zeigen, dass er nicht zu diesen legendären Geschöpfen gehörte. Er hegte den Verdacht, dass Min Tschen in Wirklichkeit Menschen waren, und versuchte mit seiner nächsten Frage eine Bestätigung dafür zu bekommen. »Hatten die Geschenke-Überbringer Fell, oder waren sie haarlos?«

»Dem Hörensagen nach hatten sie Haare, die ihnen oben auf dem Kopf sprossen, wie braune Grasnaben.«

»Dann irrt ihr euch allerdings. Wir sind Wiesel und Baummarder, also Geschöpfe von ganz anderer Sorte. Sieh mal, wir haben am ganzen Körper Fell. Wir sind Geschöpfe aus Wald und Feld. Diese Gegenstände in unseren Pfoten sind nichts als leere Flaschenkürbisse, die wir an einem eurer Flüsse mit frischem Wasser füllen möchten. Ich zweifle nicht daran, dass die Wesen, von denen du sprichst, Menschen sind. So bezeichnen wir sie.«

»Wir nennen sie Min Tschen«, sagte die hartnäckige Stammesfürstin der Vögel, »weil sie sich selbst so genannt haben.«

Ein enttäuschtes Grummeln ging durch die Reihen der Vögel, als sie erfuhren, dass Sylber und seine Gruppe keine Min Tschen waren, wie sie gehofft hatten. Die Schamanin verlangte wieder lauthals, dass Köpfe rollen sollten. Die Stammesfürstin kam jedoch noch näher und öffnete den Schnabel. Sie ging geradewegs zu Grind und packte dessen Kopf mit ihrem gebogenen Schnabel, jedoch sanft und – wie es schien – als Begrüßung gemeint. Dasselbe tat sie mit den Mardern und schließlich auch mit Sylber.

»Willkommen«, sagte sie, »im Dorf der braunäugigen Dronten. Kommt, unsere Bestattungslitanei ist zu Ende. Mein Sohn wurde heute vom Zauberer der blauäugigen

Dronten getötet; das ist ein so verabscheuungswürdiger Vogelstamm, dass ich jedes Mal ausspucken muss, wenn ich den Namen ausspreche.« Tatsächlich räusperte sie sich und spuckte einen dicken Batzen vor die Füße eines der Marder, der zurückwich und die Nase rümpfte. »Das Wehklagen ist vorbei, jetzt beginnen die Bestattungsfeierlichkeiten. Ihr müsst an unserem Festmahl teilnehmen, es gibt harte Nüsse und trockene Samenkörner. Es ist sehr bedauerlich, dass ihr keine Min Tschen seid, aber das ist die Schuld eurer Eltern, die die Eier gelegt haben, aus denen ihr geschlüpft seid, und nicht die eure.«

Sylber folgte der Dronte in den Feuerkreis, wo ein Totenmahl auf großen Blättern aufgetischt worden war. Er wies die Stammesfürstin nicht darauf hin, dass Wiesel und Marder nicht aus Eiern ausgebrütet wurden; all das hätte die Angelegenheit noch komplizierter gemacht, und ihm ging es schlicht und einfach darum, etwas Wasser zu finden, damit sie die Insel wieder ihren seltsamen Kriegen zwischen blau- und braunäugigen Dronten überlassen konnten.

Die Schamanin war in die Nacht davongeschwebt, vergrätzt wegen des Umstandes, dass ihr nicht die Aufmerksamkeit entgegengebracht wurde, die sie ihrer Meinung nach verdiente. Grind und die beiden Marder ließen sich nieder. Sogleich wurden ihnen Nüsse in der Schale angeboten, die sich als zu hart für ihre Zähne erwiesen. Sie wandten sich den trockenen Samen zu.

»Diese Körner sind beinah so hart wie die Nüsse«, beschwerte sich Grind. »Fast hätte ich mir die Vorderzähne an den länglichen, nierenförmigen Dingern ausgebissen.«

Sylber machte sich Sorgen wegen Kunicht. Das argwöhnische Wiesel wurde bestimmt allmählich nervös.

Es wäre Kunicht zuzutrauen, dass er ohne sie zum Schiff zurückrudern würde, aus Angst, sie könnten auf irgendeinem anderen Weg an Bord gelangt sein. Kunicht befürchtete ständig, sie könnten ihn eines Tages irgendwo aussetzen; er war überzeugt davon, dass niemand ihn mochte.

»Chefin«, sagte Sylber zu der Oberdronte, die gerade dabei war, in ihrem gebogenen Schnabel gekonnt Nüsse zu knacken, »wir müssen jetzt wirklich auf unser Schiff zurückkehren. Wir sind gekommen, weil wir frisches Wasser holen wollten. Wenn es in der Nähe einen Fluss gibt, wo wir unsere Flaschenkürbisse füllen können …?«

»O nein«, entgegnete die Stammesfürstin mit Nachdruck. »Ihr habt euch an unsere Tafel gesetzt und mit uns gespeist. Jetzt müsst ihr uns im Kampf gegen die blauäugigen Dronten zur Seite stehen. So will es das Gesetz. Ihr habt mit uns Samen gegessen, jetzt seid ihr uns verpflichtet. Die Schlacht beginnt morgen früh.«

»Schlacht?«, wiederholte Grind. »Was für eine Schlacht?«

»Wir sind nicht hierher gekommen, um mit Vögeln zu kämpfen«, beschwerte sich einer der beiden Marder. »Ich denke, wir gehen zum Schiff zurück.«

Plötzlich waren sie von einer beträchtlichen Anzahl von braunäugigen Dronten eingekreist, die lange, dünne Schläuche in den Schnäbeln hielten. Sie richteten die Schläuche auf bedrohliche Weise auf die Säugetiere.

Die Stammesfürstin runzelte die Stirn über ein Verhalten, das sie als Feigheit auffasste. »Wenn ihr nicht kämpft, müsst ihr sterben. Ich werde meinen Vögeln befehlen, eure Körper mit Giftpfeilen zu spicken. An der Spitze jedes Pfeils ist genügend Saft des Gugu-Baums, um einen ausgewachsenen Albatros im Flug zu töten.

Der Tod tritt nach etwa zwei Minuten ein, aber diese zwei Minuten werden ein verzweifelter, qualvoller Todeskampf sein. Eure Augen werden sich in den Höhlen von hinten nach vorn drehen, eure Zungen werden sich aus ihren Wurzeln lösen, eure Klauen werden an den Gelenken brechen, aus euren Nasenlöchern wird heißes Blut spritzen …«

»Ich glaube, wir haben im Großen und Ganzen verstanden, was du sagen willst, Chefin«, unterbrach Grind sie barsch. »Du brauchst es uns nicht noch weiter auszumalen.«

Die Stammesfürstin gab jedem von ihnen eine braune Scheibe aus Baumrinde. »Ihr müsst diese Erkennungsmarken tragen, damit die Blauaugen wissen, dass ihr für uns kämpft.«

»Erkennungsmarken?«, schnaubte einer der Marder. »Wir brauchen keine stinkenden Erkennungsmarken.«

»Trotzdem, ihr werdet sie tragen. Seht – die Sonne erhellt bereits den östlichen Himmel. Bald werde ich den Tod meines Sohnes rächen. Jeder von euch wird eine blauäugige Dronte töten. Falls ihr das nicht tut, werden wir euch über dem Feuer braten, bis eure Bäuche anschwellen und platzen. So, macht euch jetzt bereit für den Marsch in die Berge.«

Den Wieseln und Mardern blieb keine andere Wahl, als den Befehlen der Stammesfürstin der braunäugigen Dronten zu gehorchen.

Siebzehntes Kapitel

Ohne sich dagegen wehren zu können, wurden die Wiesel und Marder zusammen mit dem Stamm braunäugiger Dronten ins Innere der Insel getrieben. Sie marschierten in Richtung eines fernen blauen Gebirges, das eingerahmt von Wolken im Licht der frühen Morgendämmerung lag. Diesen Bergen haftete etwas Mystisches an, wie sie so aus dem üppigen Grün der bewaldeten Küste aufragten. Der Morgendunst stieg an ihren Hängen hoch, und ab und zu erhaschte das Auge einen flüchtigen Blick auf glitzernde Gebirgsseen.

Nun, da sich ihnen die vielfältigen Farben der Insel bei Tageslicht darboten, sahen sie, dass es sich um ein schönes Land mit Wäldern, Bergen und Seen handelte.

»Sind eure beiden Stämme die einzigen Bewohner dieser Insel?«, wollte Sylber von der Stammesfürstin wissen.

»Angeblich hat es früher noch andere Vogelstämme gegeben, aber die haben seinerzeit wegen des Krieges ihre Heimatinsel verlassen.«

»Du meinst den Krieg zwischen den Dronten.«

»So wird es erzählt.«

»Es kommt mir sehr töricht vor«, entgegnete Sylber, »dass ihr wegen der Farbe eurer Augen streitet.«

An dieser Stelle meldete sich Grind zu Wort. »Ich habe

mal in einem Buch gelesen, dass sich Geschöpfe im Lauf von vielen Jahren irgendwie verändern, um mit ihrer Umgebung zu verschmelzen. Das geschieht zur Tarnung. Zum Beispiel wenn Mäuse in einem dunklen Wald leben, dann entwickeln sie sehr wahrscheinlich ein dunkles Fell. Und Mäuse, die zwischen hellen Felsen leben, entwickeln ein helles Fell. Das ist ein Schutz gegen Raubtiere, damit sie nicht so leicht bemerkt werden.«

»Ach ja?«, murmelte die Stammesfürstin.

»Also, ich glaube, ihr habt braune Augen, weil ihr inmitten von Bäumen mit braunen Stämmen lebt. Und die anderen leben in den blauen Bergen mit blauen Seen, und deswegen haben sie blaue Augen bekommen. Mir kommt es so vor, als ob ihr wegen nichts kämpfen würdet. Ich glaube, ihr alle habt am Anfang die gleiche Augenfarbe gehabt, werte Dame.«

Die Stammesfürstin schüttelte den Kopf. »Du redest seltsames Zeug daher, und ich bin keine werte Dame. Ich muss dir sagen, dass es nicht in erster Linie um die Farbe unserer Augen geht, sondern um Diebstahl. Seit Anbeginn der Zeit stehlen die Blauaugen unsere Max Kottken. Wir müssen sie zurückbekommen – und einige von den ihren dazu, als Strafe für ihre Diebereien.«

Allmählich begriff Sylber. In der gesamten Tiergeschichte waren Kriege auf diese Weise ausgelöst worden. Er wusste nicht, was diese ›Max Kottken‹ waren, aber im Allgemeinen ging es bei derartigen Streitereien um Landrechte. Ein Stamm beanspruchte ein Stück Land für sich, welches der andere Stamm für sein Territorium hielt, und deshalb brach ein Krieg zwischen ihnen aus. Wenn es körperliche Unterschiede zwischen den Stämmen gab, umso besser, dann brauchte niemand eine Uniform zu tragen, damit man erkannte, wer er war.

»Also«, sagte Grind, »ich glaube, ihr alle seid nicht ganz dicht – ihr könntet hier ein sehr angenehmes Leben führen, wenn ihr euch nur als Freunde anerkennen würdet, anstatt euch gegenseitig umzubringen – aber lasst euch nicht davon abhalten.«

»Die Blauaugen haben meinen Sohn umgebracht«, sagte die Stammesfürstin voller Trauer.

»Ja, in diesem Zusammenhang wollte ich dich noch etwas fragen. Wie haben sie ihn umgebracht? Haben sie des Nachts Meuchelmörder geschickt?«

»Sie haben ihn mit schlimmen Träumen getötet. Sie haben ihre Max Kottken veranlasst, einen tödlichen Traum auf dem Nachtwind zu schicken, um ihn krank zu machen. Eines Tages klagte er über Unwohlsein, die Federn gingen ihm reihenweise aus, und schließlich wurde er so schwach, dass er eines Nachts im Schlaf starb. Das sind schreckliche Mörder, diese Blauaugen.«

Grind hustete in die Pfote. »Es kann nicht sein, dass er vielleicht … ich meine, dass er sich eine Diphtherie oder etwas Ähnliches eingefangen hat und eines natürlichen Todes gestorben ist – oder an Altersschwäche oder so, du weißt schon … ganz von selbst, wie ich es mir vorstellen könnte?«

»So etwas geschieht nicht, Wiesel. Seit wir die Max Kottken haben, sind wir Dronten unsterblich. Dank unserer Max Kottken haben wir die Gabe des unendlichen Lebens erlangt. Wenn wir sterben, dann nur, weil uns ein Feind verhext hat. In den letzten paar Jahren haben wir viele unserer braunäugigen Krieger verloren. Die Blauaugen sehen in unseren altgedienten Kämpfern eine große Gefahr, und sobald sie etwas älter sind, bringen sie sie um, indem sie ihnen schlimme Träume schicken.«

»Klagen die Opfer über schlimme Träume, bevor sie sterben?«

»Genau! Welchen Beweis braucht es noch für die mordlüsterne Natur der Blauaugen?«

Bald waren sie im Gebirge und kletterten zwischen den blauen Felsen dahin. Die Dronten hatten Blasrohre im Mund. Sylber und seine Gruppe bewaffneten sich mit Steinschleudern, allerdings in der Hoffnung, dass sie sie nicht würden einsetzen müssen. Schließlich gelangten sie zum Dorf der blauäugigen Dronten, das ebenfalls aus großen Nestern bestand, sehr ähnlich jenen im Dorf an der Küste. Das Dorf sah jedoch verlassen aus. Kein einziger Vogel war zu sehen.

»Sie wussten, dass wir kommen würden«, sagte die Stammesfürstin enttäuscht. »Jetzt können wir keinen töten.«

Sylber und die Seinen hörten das mit großer Erleichterung.

»Kommt«, sagte die Stammesfürstin zu Sylber, »ihr helft dabei, die Max Kottken wegzuschaffen.«

Sylber, Grind und die beiden Marder wurden zu einer Stelle mit einem Kreis von Pfosten geführt, die dem Anschein nach irgendeiner Zeremonie dienten. An jeden Pfosten war eine groteske Gestalt angenagelt, wie flachgedrückte Masken mit winzigen Armen, Beinen und Schwänzen. Sie waren von grauer Farbe, und die Augen, Nasen und Münder waren schwarze Höhlen. Die Bildnisse starrten die Tiere mit blindem Blick an und ließen ahnen, dass sie keine guten Absichten hegten. Sylber hatte in seinem ganzen Leben noch nie etwas so Abstoßendes wie diese Max Kottken gesehen. Er hatte das Gefühl, als ob ihre hohlen Augen ihn überall hin verfolgten, wohin er auch ging. Ihre Gesichter hatten etwas

Tragisches an sich, wie die Gesichter von Geistern, und ihre offenen Münder schrien lautlos um Aufmerksamkeit.

Einer der Marder stieß einen entsetzten Schrei aus und rannte zum Rand des Dorfes. Dort blieb er stehen, vom Kopf bis zu den Hinterpfoten zitternd. Der andere Marder war vor Entsetzen erstarrt, er konnte sich weder bewegen noch die Augen von den hässlichen Masken abwenden.

Unterdessen ging die Stammesfürstin der Dronten von einem Pfosten zum anderen und begutachtete die Max Kottken, als ob sie etwas Bestimmtes in deren stumpfgrauen Gesichtern suchte. »Die geheiligten Max Kottken«, sagte sie. »Sie stehen hier, um den Stamm gegen seine Feinde zu schützen.«

»Sie machen ihre Sache nicht besonders gut, was, werte Dame? Schließlich sind wir ja hier und greifen das Dorf an.«

Die Stammesfürstin überging diesen von gesunder Logik geprägten Einwand. »Wir werden sie stehlen«, sagte sie, »und ihre Macht gegen ihre Schöpfer einsetzen. Wenn wir jene Max Kottken zusätzlich zu unseren eigenen besitzen, sind wir der größte Stamm, der jemals auf der Insel gelebt hat.«

»Was sind das für Gebilde?«, flüsterte Sylber Grind zu. »Hast du eine Ahnung?«

Grind, der mehr als die anderen an abstoßende Dinge gewöhnt war, da er jahrelang die Stelle eines Rhabarberdungwächters inne gehabt hatte und alles mögliche Abscheuliche aus dem stinkenden, dampfenden Mist hatte herauskrabbeln sehen, war nicht gar so erschüttert wie seine Kameraden. Er betrachtete die geheiligten Gegenstände mit den Augen eines Wissenschaftlers und erkannte etwas, das er einmal in einem Buch über den Zeitvertreib von Seeleuten auf dem Meer gelesen hatte.

Ein Kapitel hatte sich mit feiner Schnitzerei beschäftigt, der Herstellung kleiner Figuren aus Walfischknochen und Walfischelfenbein. Und beinahe ein ganzes Kapitel hatte das Herstellen von Matten aus Seilen behandelt. Dann, ganz am Schluss des Buches, hatten auch ein paar Sätze über das Herstellen von Geschöpfen aus getrocknetem Fisch gestanden, vor allem aus Rochen.

Die Seeleute legten einen flachen Fisch an Deck in die Sonne, damit er austrocknete und schrumpfte. Sobald der Fisch ganz trocken war, wurde seine Haut lederartig. Dann nahm der Künstler ein scharfes Matrosenmesser und schnitzte hässliche Fratzen in die helmförmige Unterseite des Rochens. Arme und Beine wurden aus den Kiemen zu beiden Seiten des Körpers und am Ansatz des Schwanzes gebildet. Das Ganze ergab eine abscheuliche Karikatur eines Menschen, eine Furcht erregende Maske, die wie ein erstarrtes Phantom aussah, gefangen zwischen der wirklichen und der phantastischen Welt.

»Max Kottken, ja«, sagte Grind und strich sich über die Schnauzhaare. »Das ist nichts anderes als Fisch. Getrockneter Fisch. Menschliche Seeleute haben sie mit ihren scharfen Taschenmessern zu erschreckenden Fratzen geschnitzt. Nichts, vor dem man Angst haben muss, werter Herr. Nur ein Haufen alter toter Fisch, mehr nicht.«

Die Stammesfürstin kam jetzt zu ihnen. »Ihr werdet dabei helfen, die Max Kottken einzusammeln. Wir müssen sie in einem Triumphzug in unser Dorf bringen. In der Zwischenzeit werden meine Krieger die Nester der Blauaugen zerstören.«

»Ist das nötig – die Nester zu zerstören, meine ich?«, fragte Sylber.

»Es ist unbedingt nötig.«

Die braunäugigen Dronten waren mit Spaß bei der Sache, indem sie die Nester der blauäugigen Dronten kaputt schlugen. Sylber hatte den Eindruck, dass mit der Herstellung der Nester schrecklich viel Arbeit verbunden gewesen war. Jetzt müssten die Blauaugen ihre Behausungen wieder neu erbauen.

»Anscheinend ist es euch gleichgültig, dass diese Vögel für heute Nacht keine Bleibe zum Schlafen haben werden«, bemerkte er der Stammesfürstin gegenüber.

»Für solche wie die ist der Boden gut genug«, erwiderte sie unwirsch. »Sollen sie doch in den Dornenbüschen schlafen oder auf den scharfkantigen Felsen. Sollen sie doch am Grund des nächsten Sees schlafen. Was geht uns das an? Wir werden in unserem Dorf die Nacht verbringen.«

Nachdem die Max Kottken eingesammelt und zu handlichen Bündeln zusammengepackt worden waren, machte sich der Stamm auf den Rückweg. Sie kehrten auf der Strecke zurück, die sie gekommen waren. Sobald sie das Hochland verlassen hatten, marschierten sie auf denselben Pfaden wie zuvor. Sie waren ständig auf der Hut, für den Fall, dass sie unterwegs angegriffen würden. »Die Blauaugen sind ein ganz hinterhältiges Pack«, sagte die Stammesfürstin. »Sie haben nicht das geringste bisschen Ehre im Leib.«

Unter dem Laubdach des Regenwaldes fühlte sich der Stamm etwas unbeschwerter. Sie redeten sich gegenseitig ein, die Blauaugen würden es niemals wagen, so nahe an das Dorf der Braunaugen heranzukommen.

»Das entspricht nicht ihrer Wesensart«, erklärte die Stammesfürstin. »Sie sind von Natur aus Feiglinge.«

Als der Trupp wieder im eigenen Dorf angekommen war, trat ihnen die Schamanin entgegen. Wenn sie schon zu nächtlicher Stunde eine schrille Erscheinung gewesen war, so wirkte sie bei Tag noch farbenprächtiger und bizarrer. Ihre hellen Federn standen von einem Band um ihre Stirn nach oben und flatterten im Morgenwind. Die hübschen Muschelschalen klapperten um die Fußknöchel. Im Schnabel hielt sie eine Fliegenklatsche; hin und wieder führte sie diese zu einem ihrer Füße, um aufdringliche Insekten zu erschlagen.

»Herrin, Herrin!«, rief sie, als sie des Stammes ansichtig wurde. »Sie waren hier!«

Zuerst dachte Sylber, sie meine die Tiere von seinem Schiff. Er stellte sich vor, dass Kunicht zur *Ziehenden Wolke* zurückgekehrt war und einen Suchtrupp losgeschickt hatte. Doch als er und die anderen weiter ins Dorf marschierten, sah er, dass er sich geirrt hatte.

Anscheinend war während der Zeit, da die Braunaugen das Dorf der Blauaugen zerstört hatten, dasselbe umgekehrt geschehen. Die Nester der Blauaugen waren deshalb leer gewesen, weil sie unterwegs gewesen waren, um das Dorf der Braunaugen zu vernichten. Die Nester waren umgeworfen, die Zweige und Strohhalme in die vier Windrichtungen geschleudert und der Lehm, der das Ganze zusammengehalten hatte, zerbrochen worden.

»Wo warst du, als dieses Unheil angerichtet wurde?«, schrie die erschütterte Stammesfürstin die Schamanin an. »Hast du unsere Heimat, unsere geliebten Nester nicht beschützt?«

»Ich … ich habe die Max Kottken bewacht.«

»Aha … dann hast du wenigstens die gerettet.«

Die Krallen der Schamanin scharrten unbehaglich am Boden. »Nicht so richtig. O Herrin, o Große Führerin. Ich … man hat mir mit Nachdruck geboten, mich aus allem rauszuhalten. Die Max Kottken wurden allesamt gestohlen.«

Die Stammesfürstin ließ sich mit finsterer Miene am Boden nieder. Dem Anschein nach betrachtete sie die Pfotenspuren der Blauaugen, die immer noch in der Erde des Dorfplatzes zu sehen waren. Die beiden wechselseitigen Überfälle hatten nichts weiter eingebracht als erneute Arbeit. »Wenigstens haben wir diese Max Kottken«, murmelte sie. »Wenigstens haben wir ein bisschen Schutz.«

Grind und Sylber fanden es völlig albern, dass jene Götzen, die so gründlich versagt hatten, als es darum ging, die Dörfler zu beschützen, ausgerechnet von jenen, die den Schaden angerichtet hatten, als echt angesehen wurden.

»Ich bin der Meinung, ihr habt bekommen, was ihr verdient habt«, sagte Sylber.

Die Stammesfürstin riss den Kopf mit einem Ruck hoch. »Hör mal gut zu, du pelziges kleines Ungeheuer. *Ich* bin der Meinung, dass das alles eure Schuld ist.«

»Ja, ja!«, schrie die entzückte Schamanin. »Sie haben Unglück und Verheerung über den Stamm gebracht. Wir sollten sie auf dem Scheiterhaufen verbrennen. Wir sollten sie braten, bis …«

»… ihnen die Augen aus den Höhlen springen«, beendete Sylber den Satz.

In diesem Augenblick stürmten Kunicht und ungefähr dreißig Baummarder auf die Lichtung, brüllend und auf bedrohliche Weise Waffen schwingend. Sie entblößten die scharfen Zähne in Richtung der Dronten und stießen schreckliche Flüche aus. Um die Köpfe hatten sie sich die roten oder blauen Matrosentücher gebunden und waren bewaffnet mit allerlei Furcht einflößenden Werkzeugen. Schreie wie »Machen wir sie fertig!« und »Überlass sie mir!« schallten durch das Dorf. Sie sahen aus wie eine Meute blutrünstiger Dämonen, zu jeder Art von Grausamkeit bereit.

Die Drontenkrieger stießen angstvolle Schreie aus und flohen in den Wald, während sie ihre Stammesfürstin und die Schamanin dem Geschehen überließen.

Zu Kunichts Abscheu rannte Grind sofort zu ihm und umarmte ihn.

»Was für ein Held!«, rief Grind. »Du bringst uns die Rettung.«

Kunicht entwand sich dem überschwänglichen Grind. »Ich habe mir nur Sorgen gemacht, das ist alles.«

Die Stammesfürstin der Dronten jammerte. »Jetzt werdet ihr uns alle töten. Das ist die Schuld der Blauaugen. Sie haben euch mittels der Magie unserer eigenen Max Kottken hierher gebracht. Ihre seid allesamt Dämonen aus der Tiefe der Erde. Deshalb haben sie sie uns gestohlen – um uns des Schutzes gegen solche Teufel wie euch zu berauben!«

Sylber und Grind hatten schon lange erkannte, dass alle Magie und Macht auf dieser Insel letztendlich auf den Besitz der Max Kottken hinausliefen. Ohne die geschnitzten Götzen hielten sich die Dronten für machtlos und sterblich. Sie waren dann nicht mehr fähig, Feinde über eine Entfernung hinweg zu töten. Tatsächlich wären sie ohne dieses Zeug viel besser dran.

»Hör mal zu, du aufgeblasener Stelzvogel«, schrie Sylber, »diese Bande von gemeinen Baummardern würde mit allergrößtem Vergnügen eure Eier zerbrechen und eure Nester in Brand setzen, aber ich werde sie daran hindern. Ihr tut mir Leid, deshalb werde ich Frieden schaffen zwischen euch und den Blauaugen, und zwar ein für allemal.«

»Und wie willst du das anstellen?«, fragte die Stammesfürstin. »Seit hundert Jahren herrscht kein Frieden zwischen uns.«

»Ich werde eure Max Kottken beschlagnahmen. Beide Stämme werden diese hässlichen Abbilder heute um Mitternacht am Strand an mich ausliefern. Ohne eure Zeichen der Macht seid ihr harmlos. Ihr werdet in Frieden leben. Schick einen Boten an das Stammesoberhaupt der Blauaugen und dessen Schamanen oder Schamanin und lass ihnen ausrichten, sie sollen herkommen und all ihre Max Kottken zur verabredeten Zeit zum Strand bringen. Lass sie wissen, dass sie, wenn sie sich weigern, von einer Horde wahnsinniger Dämonen mit roten und blauen Köpfen besucht werden.«

Sylber wartete ab, bis seine Worte ihre Wirkung getan hatten, dann fügte er hinzu: »Ihr wisst doch, dass in der Vergangenheit einige eurer Eier mit einem heißen Wind und üblen Gestank gefüllt wurden anstatt mit auszubrütenden Küken?«

»Ja, ja!«, schrie die Schamanin ihrer Führerin zu, »das stimmt. Schlechte Eier, schlechte Eier.«

»Wenn ihr oder die Blauaugen auch nur einen einzigen Max Kottken zurückbehaltet, dann könnt ihr sicher sein, dass all eure Eier schlecht werden. Wir haben jetzt die Max Kottken. Dasselbe geschieht, falls ihr mit euren Blasrohren in den Kampf zieht. Wir schicken schlimme Träume, damit ihr krank werdet und sterbt. Von jetzt an ist es niemandem mehr gestattet, eine Waffe zu tragen, habt ihr das verstanden? Ich werde das Gleiche zum Stammesoberhaupt der Blauaugen sagen, wenn er oder sie hierher kommt. Ich schlage vor, dass ihr unterdessen alle Blasrohre und Giftpfeile einsammelt, die ihr besitzt, daraus einen Haufen in der Mitte des Dorfes aufstapelt – und ihn anzündet.«

Achtzehntes Kapitel

Die Blauaugen schickten ihren Häuptling, aber der hatte keine Lust, irgendetwas an einen bunt gemischten Haufen von Säugetieren abzugeben. Inzwischen hatte die Stammesfürstin der Braunaugen die Fassung einigermaßen wiedererlangt und überlegte sich die Sache ebenfalls noch einmal. Sie erkannte jetzt, dass die Schiffsmannschaft keineswegs Übertiere waren. Das Fazit des Ganzen war, dass beide Häuptlinge sich halsstarrig einer Einschüchterung widersetzten. Sie wollten jeweils ihre Max Kottken und ihre Waffen behalten und forderten Sylber und seine Mannschaft zum Letzten heraus.

Es war Mittag, und die Sonne brannte heiß auf die Köpfe aller gegnerischen Kräfte auf dem Lehmplatz im Dorf der Braunaugen herab. Sylber stand den beiden Oberhäuptern gegenüber, denen jetzt vom gesamten Stamm der Braunaugen der Rücken gestärkt wurde. Es lag in der tierischen Natur, dass die beiden Stämme nun einen gemeinsamen Feind hatten – nämlich Sylber und seine Mannschaft – und als Verbündete fest zusammenstanden.

»Ihr lasst mir keine Wahl«, sagte Sylber ernst. »Hier muss eine Lektion erteilt und erlernt werden.«

Die Schamanin der Braunaugen feixte höhnisch und

vollführte einen kleinen Tanz, um ihre Verachtung darzutun. Sie schaukelte von einer Seite zur anderen, wobei ihr Muschelschmuck laut klimperte. Ihr großer schwieliger Fuß wühlte den Staub auf. Offenbar sollte dieser Tanz eine Form der massivsten Beleidigung darstellen.

Die beiden Stammesoberhäupter empfahlen Sylber, mit all seinen Tieren zu verschwinden, bevor die Blasrohrpfeile durch die Luft zischen würden.

Sylber wandte sich an Waldschratt, der zusammen mit Kunicht und den übrigen Mitgliedern der Mannschaft vom Schiff gekommen war. »Magier«, sagte er. »Zeig ihnen, dass wir die Sache ernst meinen.«

Kunicht stöhnte. Waldschratt war der schlechteste Magier im ganzen Universum. Seine Zauberversuche gingen immer irgendwie daneben. Doch Waldschratt persönlich war eine beeindruckende Gestalt. Er war von stattlicher Statur, und sein Gang drückte mehr Würde aus als der der anderen Wiesel. Die Brauen waren buschig und altersweiß, und das Fell war von silbernen Strähnen durchzogen. Außerdem kannte er den Wert einer guten Selbstdarstellung.

Er trat vor und betrachtete die beiden Stammesoberhäupter mit finsterer Miene, während er gleichzeitig der Schamanin ein Bein stellte, sodass sie zu einem jämmerlichen Häuflein im Staub zusammenfiel. Dann begann er seine Inkantation, indem er sehr finstere und geheimnisvolle Worte vor sich hin murmelte, die die Dörfler so sehr erschreckten, dass sie einige Schritte zurückwichen. Er nahm vier magische Steine aus dem Beutel an seinem Gürtel. »Ich werde euch zeigen«, sprach er zu den beiden Häuptlingen, »wie armselig ihr Dronten im Vergleich zu uns Wieseln seid. Wie weit ist es eurer Schätzung nach von hier, am Fuße der Hügel, bis zur Küste?«

Der Häuptling der Blauaugen zuckte mit den gefiederten Schultern. »Sehr weit.«

»Glaubst du, du kannst einen Stein so weit werfen?«

»Natürlich nicht«, schnaubte der Häuptling, »man müsste ein Gott sein, um so weit werfen zu können.«

»Ich aber kann so weit werfen«, entgegnete der Magier zuversichtlich. »Ich kann sogar noch weiter werfen. Ich kann mit diesem Stein bis zu unserem Schiff werfen, das draußen in eurer Lagune vor Anker liegt.«

Kunicht stöhnte erneut, doch Grind, der ewige Optimist, klackte anerkennend mit den Zähnen.

Waldschratt gab noch ein paar weitere Inkantationen von sich, wobei er immer wieder den Blick zur Sonne hob, bis er schließlich für seine Großtat bereit zu sein schien. Die Dronten brachen in ein Gejohle aus, nannten ihn einen Scharlatan und sagten, sie würden ihm die Klauen abhacken, wenn er versage. Die Marder zuckten mit den Schultern und kritzelten mit den Schwänzen Zeichnungen in den Sand, als ob das alles nicht das Geringste mit ihnen zu tun hätte.

»Aufgepasst!«, rief Waldschratt, als die Sonne direkt über ihnen stand. »An Deck unseres großartigen Schiffes befindet sich eine Glocke. Ich werde bewirken, dass diese Glocke viermal läutet – ein Schlag nach dem anderen –, indem ich sie mit diesen magischen Steinen treffe.«

Mit diesen Worten stolzierte er feierlich an den Waldrand und stellte sich in den Schatten der Bäume. Dann sahen die Schiffsmannschaft und die Dronten, wie er den Vorderlauf hob und viermal warf. Das Geschoss schien nicht einmal die Höhe der Baumwipfel zu erreichen, bevor es zwischen den Blättern verschwand, doch Waldschratt stieß bei jedem Wurf einen triumphierenden Schrei aus. »Ja, ja, ja!«, rief er.

Sie warteten. Für die Mannschaft war das Verharren qualvoll. Sekunden vergingen, und nichts geschah. Die Dronten räusperten sich, kurz davor, sich über den lächerlichen Wieselmagier lustig zu machen. Dann ertönte wundersamerweise vom Meer her der ferne Klang einer Glocke. Viermal läutete sie – dong, dong, dong, dong –, bevor sie wieder verstummte.

Die Zuschauer waren fassungslos, erstarrt in Stille. In den Augen der Dronten war Waldschratt tatsächlich ein mächtiger Magier. Sie wichen ehrfürchtig zurück, als die eindrucksvolle Gestalt mit gefurchter Stirn auf den Platz zurückkehrte. Er blickte ihnen eindringlich in die Augen, als ob er drauf und dran wäre, die Dörfler mit einem schrecklichen Fluch zu bestrafen. Die Jungen hätten beinahe angefangen zu winseln. Die Älteren sagten, sie hätten noch nie im Leben etwas Vergleichbares erlebt. Die Kräftigen zitterten, und die Schwachen fielen in Ohnmacht.

»Ihr werdet eure Max Kottken abgeben«, dröhnte Waldschratt selbstsicher, »und auch eure Waffen. Wenn ihr das nicht tut, werde ich eure Dörfer mittels eines magischen Feuers dem Boden gleichmachen, ich werde eure Eier mit dem bösen Blick zerschmettern, ich werde dafür sorgen, dass eure Augen verkleben und für immer verschlossen bleiben.

Vergesst nicht, dass meine magischen Steine euch überall erreichen. Ich verfüge über die Gabe der Fernsicht. Ich sehe alles, ich weiß alles. Ich weiß, was ihr treibt, selbst wenn ich an Bord meines Schiffes bin und in die Sonne segele. Wenn irgendeine Dronte unter euch einen Krieg anfängt, werde ich sie mit einem magischen Stein töten.«

Diesmal taten die Dronten, wie ihnen befohlen. Der Häuptling der Blauaugen ließ die Max Kottken und Waffen des Stammes herbeibringen. Alles wurde ins Dorf der Braunaugen gebracht, wo sämtliche Waffen verbrannt wurden. Die Dronten wurden gezwungen, einander die Flügel zu reichen, Braunaugen und Blauaugen. Sylber schlug vor, dass sich die beiden Dörfer vermischten, um eine einzige Nation von Dronten zu schaffen, fügte jedoch hinzu, dass er diese Entscheidung ihnen überließ.

Dann kehrte die Mannschaft zur *Ziehenden Wolke* zurück, beladen mit Flaschenkürbissen voll Wasser. Außerdem hatten sie die grotesken Max Kottken bei sich. Alissa und Birnoria, denen das ganze Spektakel entgangen war, erschauderten beim Anblick dieser Gegenstände. Die beiden Mädchen schlugen vor, dass sie über Bord geworfen werden sollten, doch Sylber, der nicht beurteilen konnte, ob es sich um Kunstwerke handelte oder nicht, beschloss, sie zu behalten. Man musste Experte in derlei Dingen sein, wie zum Beispiel Flutsch, der Otter.

Sylber hatte keine Ahnung von Kunst, und ihm gefielen die Schnitzereien nicht, doch vielleicht entschied Flutsch, wenn sie nach Welkin zurückgekehrt wären, dass die Max Kottken wunderbare Erzeugnisse kunsthandwerklichen Könnens waren. Wenn sie die Gebilde jetzt zerstörten und Flutsch davon erführe, müssten sie es vielleicht bereuen. Flutsch würde ihn, Sylber, vermutlich als Banausen bezeichnen, so wie er es bekanntermaßen schon mit einigen Tieren getan hatte. Sylber war sich nicht sicher, ob er genau wusste, was ein Banause war, doch nach der Art und Weise, wie Flutsch diesen Ausdruck gebrauchte, hörte es sich nach etwas Barbarischem an.

Und so segelten sie von der Insel der Dronten davon.

Natürlich wusste jeder an Bord – sogar Kunicht der Zweifler –, dass Waldschratt keineswegs die Glocke mit seinen Steinen getroffen hatte. Sie wurde nämlich tagtäglich mittags geläutet, als Zeichen für die Wachablösung. Waldschratt hatte lediglich die Zeit richtig eingeschätzt. Das allein war schon eine Großtat, ebenso wie der Umstand, dass ihm dieser Streich überhaupt eingefallen war.

Eine Zeit lang genoss Waldschratt den Status eines Helden – bis sein nächster Zauber danebenging und er natürlich erneut in Ungnade fiel.

Das Schiff segelte mit hoher Geschwindigkeit weiter, während Sylber über den Heften mit den Kartenskizzen brütete und Grind nach der Sonne und den Sternen navigierte. Die Nächte blieben schwül und die Tage heiß. Der Wind veränderte sich dafür stündlich, frischte auf und ebbte ab, ein unzuverlässiger Wind, heiß und stickig wie der Atem eines Drachen. Das Meer schien sich zu verdichten, mit großen Flächen von Seetang hier und da, Inseln gleich, die knapp unter der Oberfläche schwammen.

Eines Morgens, als sie in vollkommener Flaute lagen, sahen sie zwei Schiffe, die jeweils zu einer Seite an ihnen vorbeifuhren. Wie diese Schiffe ohne Wind angetrieben wurden, war für Sylber und seine Mannschaft ein Rätsel. Die *Ziehende Wolke* dümpelte schon seit Stunden träge dahin, doch die anderen Schiffe glitten mühelos durchs Wasser, lautlos wie Phantome.

Auf dem Schiff, das steuerbords vorbeifuhr, befand

sich ein einzelnes Hermelin. Die seltsame, hagere Gestalt, ausgemergelt und verbraucht, deutete auf die Fetzen seiner Segel, die wie verrückt gewordene Fahnen an den Masten und Rahen flatterten. Tatsächlich hatte man den Eindruck, als werde das Schiff von irgendeinem Ungeheuer unter dem Rumpf geschoben oder gezogen. Dies war das erste Hermelin, das die Wiesel und Marder seit ihrer Abreise aus Welkin zu Gesicht bekamen, und es war umringt von den Leichen anderer schrumpeliger Hermeline mit hervorstehenden, starrenden Augen.

Wiesel und ihresgleichen neigen dazu, sich auf die Hinterbeine zu stellen und zu schwanken und den Körper zu wiegen, wenn sie durch einen seltsamen Anblick erschreckt werden – eine schlangen- oder auch weidenartige Bewegung. Das taten sie, während das sonderbare Schiff vorbeiglitt. Die steckendürre Gestalt schien den Tieren an Bord der *Ziehenden Wolke* verhalten zuzuwinken, obwohl diese Geste so schwach war wie das Zucken eines Grashalms im Wind. Um den Hals des Hermelins hing eine tote Zwergfledermaus an einer fettigen Schnur. Dieses Gewicht schien es nach unten zu ziehen. Es stieß einen einzigen raschelnden Satz über pergamenttrockene Lippen aus: »Arrrggghhh!«, krächzte es zu den schwankenden Wieseln und Mardern hinüber, »noch mehr schleimiges, schneckenekliges Zeug!«

Dann war das Wesen in der Gischt verschwunden, die sein schnelles Gefährt aufwirbelte, dahin gen Westen.

Auf der anderen Seite, in die entgegengesetzte Richtung fahrend, flitzte ein zweites Schiff vorbei. Hierbei handelte es sich um ein Gefährt, das allem Anschein nach nicht körperhaft war. Es hatte ein Längsgerippe, aber keine Querbalken – ein Skelett ohne Zusammenhalt. Seine Segel waren so spärlich und fadenscheinig, dass man den Himmel durch sie hindurch sehen konnte. An Bord befand sich ein Walrossweibchen mit einem Fell, das blass war wie Gebirgsschnee, und Augen so rosa wie Lichtnelken. Es spielte Eibisch mit einer dunklen, nebelhaften Silhouette.

»Schlabberdabber!«, rief das Walross vergnügt, als das Schiff an ihnen vorbeifuhr. »Ich gewinne schon wieder!«

Es sah so aus, als ob die dunkle Gestalt bei diesen Worten vor Zorn erschauderte; die Samen der Stockrose wurden eingesammelt und erneut geschüttelt.

In letzter Minute drehte sich das Walrossweibchen zu den Mardern und Wieseln um. »Was gafft ihr denn so?«, brummte es.

Dann flitzte das unheimliche Schiff nach Osten davon.

Die *Ziehende Wolke* wippte in den Bugwellen dieser beiden Schiffe, und die Mannschaft erschauderte, da kalte Luft vom Bug bis zum Heck über das ganze Schiff wehte.

»Was war das?«, schrie Kunicht, der vor Angst dem Wahnsinn nahe war. »Habt ihr die gesehen? Was waren das für welche?«

Niemand antwortete ihm. Keiner an Bord war sich sicher, dass das, was sie gesehen hatten, Wirklichkeit war. Auf dem Wasser gab es flimmernde Hitzewellen, die manchmal seltsame Bilder hervorriefen.

»Aber beide haben gesprochen«, gab Kunicht hartnäckig zu bedenken. »Ihr habt sie ja gehört.«

Trotzdem war keiner von der Mannschaft bereit, ihm zu antworten, während er seinerseits nicht willens war, das Thema fallen zu lassen. Er wiederholte beharrlich, dass er zumindest ein echtes Schiff gesehen hatte, obwohl nicht einmal er das vor den anderen zu beschwören vermocht hätte.

An diesem Abend fleckte eine blutrote Sonne den Himmel von Horizont zu Horizont. Sie befanden sich wirklich in einem unheimlichen Meeresabschnitt, wo schauerliche Bilder zur Tagesordnung gehörten. Kunicht stand an der Reling. Grind näherte sich ihm von hinten und packte seinen Vorderlauf mit festem Griff. Dann krächzte er mit bezwingender Stimme: »Da war wirklich ein Schiff.«

»Verschwinde! Lass mich los, grauschwänziger Haubentaucher!«, schrie Kunicht.

Grind nahm den Vorderlauf weg und zog sich zum anderen Ende des Schiffes zurück, wobei er vor Erheiterung mit den Zähnen klackte.

Neunzehntes Kapitel

Flaggatis erreichte den Hafen, kurz nachdem Sheriff Trugkopp in See gestochen war. Sofort begab sich die Rattenmannschaft, die er mitgebracht hatte, auf Sauftour. Sie wankten grölend durch die ansonsten ruhige Hafenstadt und hätten den *Roten Admiral* beinahe bis auf die Grundmauern zerstört; sie zerschlugen eine Bank vor einer Kirche, die einem ranghohen Bürger gewidmet war, und schlossen den Kapitän aus ihren eigenen Reihen in einen Schrank ein, dessen Schlüssel danach nicht mehr auffindbar war.

»Sucht eine Axt!«, brummte Flaggatis. »Wenn es jemand anderes wäre, würde ich ihn einfach dort lassen, aber wir brauchen Kapitän Bleichchtt.

Kapitän Bleichchtt war eine Schiffsratte, deren Urgroßvater desselben Namens, aber mit einigen chs und tts mehr, sich auf einer Rückreise von irgendwo westlich von Welkin durch die Brotfruchtplantagen gefressen hatte. Seemännisches Wissen war von den Vätern auf den jungen Bleichchtt übertragen worden, und deshalb war er außerordentlich qualifiziert als Kapitän des Schiffes, das die Wiesel verfolgte. Wenn jemand die Ratten nach Bleichchtts Berechtigungsurkunde gefragt hätte, hätten sie die Lippen verzogen und missfallend mit den Zähnen geklackt, aber es fragte keiner danach.

Nachdem Flaggatis seine Ratten ausgenüchtert und den einen oder anderen Übeltäter hingerichtet hatte, legte er die von jetzt an geltenden Regeln fest. »Es wird nicht mehr getrunken oder gegessen, bis ein Schiff gefunden ist. Ich will nicht so ein Windjammer-Ding, ich will etwas Kriegstaugliches. Es soll mit fünfzig riesigen Armbrüsten an jeder Seite des Decks ausgestattet sein, außerdem mit Katapulten vorn und hinten und den erforderlichen Einrichtungen zur Herstellung von griechischen Feuern.«

»Wasssnnn grieschschischsch Fhhrr?«, fragte Kapitän Bleichchtt.

»Das ist ein Feuer, das von Wasser nicht gelöscht werden kann«, antwortete Flaggatis. »Genau gesagt, ist es überhaupt sehr schwer zu löschen. Wir werden flammende Pfeile mit brennenden Schäften und Klumpen von dem Zeug mit Katapulten abschießen. Jeder, der sich uns entgegenstellt, wird es bedauern, dass er jemals einer Edelratte ins Auge geblickt hat.«

Lauter Jubel erklang vom Publikum, so wie Flaggatis es erwartet hatte. Ratten ekelten ihn eigentlich, aber sie stellten nun mal sein einziges Mittel zur Macht dar. Ohne sie war er nur einer von vielen einsamen, gebrochenen alten Hermelinzauberern, von denen es überall auf Welkin jede Menge gab. Doch er hatte die Ratten in der Pfote, und wenn es notwendig war, dass er ihnen schmeichelte, um den Thron von Welkin zu erlangen, dann wollte er dies ohne Murren tun.

»Ich glaube«, erklärte Flaggatis bedächtig, »dass selbst die verhassten Menschen uns fürchten würden, wenn wir erst einmal unser griechisches Feuer haben. Könnt ihr euch das vorstellen… Ich beherrsche die Elemente des Wetters. Wenn ich einen heftigen Wind entfache, nachdem wir ein anderes Schiff in Brand gesetzt haben, so wird es wie trockener Zunder brennen.«

»Dddiii vrhasssttn Meeennschschnn!«, kreischten die Ratten, entzückt über das Bild, das ihr Meister heraufbeschwor.

Als die Menschen noch auf Welkin weilten, hatte es Leute gegeben, die Rattenfänger hießen, mit schrecklichen, Ratten fangenden Hunden namens ›Terrier‹. Man zahlte den menschlichen Rattenmördern zwei Silberlinge für jeden abgeschnittenen Rattenschwanz, den sie an die Bürger der Stadt schickten. Es hatte eine Zeit gegeben, da waren die Zunfthäuser üppig mit Rattenschwänzen geschmückt gewesen, die von Türpfosten und Fensterrahmen herabgehangen hatten, so ausgeprägt war die Brutalität dieser zweibeinigen Teufel und ihrer vierbeinigen Helfer gewesen.

Eine der Ratten tat einen Ausruf, bei dem sich selbst Flaggatis mit dem Übersetzen in eine verständliche Sprache schwer tat. Er sei hier annähernd inhaltlich wiedergegeben: »Wenn wir Menschen bei lebendigem Leibe schnappen, dürfen wir dann ihre Schwänze abschneiden?«

»Menschen haben keine Schwänze«, antwortete Flaggatis.

Aus den Reihen der Ratten ertönte ein gedämpfter Schrei des Ekels und Entsetzens. Keine Schwänze? Wie das? Jedes Wesen hatte einen Schwanz, auch wenn es nur ein so verkümmertes Ding war wie bei den Kaninchen. Wie konnte es irgendein Geschöpf der Natur ohne Schwanz geben? Das war unvorstellbar; der Geist weigerte sich, so etwas auch nur zu denken. Diese Menschen waren keine Tiere, es waren Mutanten von einem seltsamen Ort, wahrscheinlich von irgendwo tief aus dem Innern der Erde. Sie waren so schlimm wie Nattern, die ganz und gar Schwanz waren.

»Allerdings«, versprach Flaggatis seiner Mannschaft, »wenn wir welche fangen, könnt ihr ihnen die Nasen abschneiden.«

»Iiihhhrre Naaassen!«, quietschten die begeisterten Ratten. »Iiihhhrre Naaassen!«

»Aber vor allen Dingen geht es uns um den Schatz, den die Wiesel zu finden hoffen. Wir brauchen das Geld. Geld ist Macht. Macht ist alles«, schnarrte Flaggatis. »Ich will also, dass ihr jetzt den Hafen nach einem guten, schnellen Schiff absucht; es muss jedoch ein Schiff sein, das vor Waffen strotzt. Macht euch an die Arbeit, meine Schönen. Findet ein schneidiges Schiff, und schon sind wir unterwegs auf den hohen Wogen des Meeres.«

Die Ratten hasteten davon und verteilten sich im Hafen, auf der Suche nach dem Gefährt, das Flaggatis vorschwebte. Sie hüpften an Bord von Schiffen, die von Statuen renoviert wurden. Sie stießen die Statuen über Bord, versenkten ihre Boote und hielten ein allgemeines Gelage ausgelassener Zerstörung ab. Sie hackten Masten um, setzten Teerfässer in Brand und malten den Galionsfiguren Bärte und Schnauzhaare ins Gesicht. Schließlich musste Flaggatis ihrem Treiben Einhalt gebieten, da sie allmählich den Hafen mit versunkenen Schiffen verstopften.

»Wir werden am Ende unser Schiff nicht mehr hinausmanövrieren können, ihr Dummköpfe«, tobte er. »Habt ihr denn gar keinen Funken Hausverstand?«

Aber natürlich haben Ratten keinen Verstand, und schon gar keinen Hausverstand, also machten sie unbeeindruckt weiter. Flaggatis musste ungefähr zwanzig Mitglieder seiner eigenen Mannschaft exekutieren, bevor er sie wieder an die Kandare bekam. Ihre toten Körper waren überall in der Stadt an Galgen zur Schau gestellt: sie hingen in ihren Käfigen an den Zugängen zu dreckigen Gassen, Kloaken und allen von Ratten bevorzugten Orten.

Dann bildete Flaggatis eine Küstenpatrouille aus größeren Ratten, denen er eine reichlichere Essensration versprach, damit sie die Hafengegend polizeimäßig beaufsichtigten und die anderen im Zaum hielten. Als er sich jedoch zum ersten Mal in einer Sänfte hinaustragen ließ, um sich persönlich ein Bild von den Zuständen zu machen, traf er seine Patrouille in der Kneipe an, betrunken von Honigtau.

»Was soll ich nur mit euch allen machen?«, rief er verzweifelt. »Der Himmel möge mir irgendwelche anderen Geschöpfe schicken, um mir bei der Durchführung meiner Pläne zu helfen. Jedes Zigeunerpack würde mir einen besseren Dienst erweisen als ihr!«

Aber unter dem Himmel gab es kein Geschöpf, das in punkto Boshaftigkeit und Niedertracht der Ratte gleichkam, außer vielleicht die Taube, doch es gab zu wenige Tauben in dieser Gegend.

Schließlich wurde ein geeignetes Schiff gefunden. Es war ein leckendes Gefährt, das ausgiebige Reparaturarbeiten erforderte, aber Flaggatis wurde allmählich ungeduldig.

»Wir stechen in See und führen die Reparaturen unterwegs durch. Wir brauchen nicht das ganze Deck. Wir reißen ein paar Bretter raus und verwenden sie zum Flicken der Stellen, wo das Wasser in den Rumpf sickert. Ausschlachten, so nennt man das, was wir tun. Ihr seid doch gut im Ausschlachten, meine Rattenschönheiten, nicht wahr? Ihr würdet eure eigene Großmutter vertilgen, wenn ihr meintet, sie schmecke gut, stimmt's?«

»Jjjaaahhh!«, quietschten die entzückten Speichellecker; sie freuten sich über den Spaß, der kein Spaß war.

Der Name des Schiffes war *Christobel*. Die Ratten änderten diesen Namen in Chchchaaiiffschsch um, ein Wort, dessen Bedeutung sich jedem anderen außer ihnen selbst verschloss. Sogar Flaggatis hatte keine Ahnung, was es bedeuten sollte, und er machte sich nicht die Mühe zu fragen. Als sich das letzte Mal etwas Derartiges abgespielt hatte – die Benennung eines Rattendorfes –, war er buchstäblich körperlich krank gewesen, als er erfahren hatte, was das Wort genau besagte.

Die Ratten bauten einen Sitz im Krähennest. Über dem Sitz war ein schützendes Segeltuchdach, und es gab Seitenplanen, falls der Wind besonders heftig wehen sollte. Dieser kleine Ruheplatz hoch über dem Schiff, wo es eigentlich immer windig war, war für Flaggatis bestimmt. Dort oben war er weit entfernt vom fauligen Gestank der Ratten, und er würde einen guten Überblick über die Welt haben, die nach seinem Wunsch eines Tages ihm gehören sollte.

Um Mitternacht setzten sie Segel; Ratten hasteten überall auf dem Schiff herum, zogen die Knoten in Tauen fest, wo es gar nicht nötig war, lösten Seile, die gebunden hätten bleiben müssen, und verzwirbelten Seile, die lose hätten sein müssen. Ganz allgemein herrschte großes Chaos, aber wenn so viele Ratten am Werk sind, ist es irgendwie unvermeidlich, dass am Schluss alles richtig ist.

Das läuft so ab: Eine Ratte knüpft einen Knoten in ein Seil; eine andere kommt und löst den Knoten; eine dritte befreit das Seil aus seiner Verankerung, und schließlich kommt die vierte und macht sich emsig daran, das Seil wieder zu einem dicken Tau zu knüpfen. Dieser letzte Zustand ist der richtige zum Segeln und wird rein zufällig erreicht. Ähnlich glückliche Umstände ereigneten sich überall auf dem Schiff. Alles in allem befanden sich die Umstände im Gleichgewicht, und das Schiff segelte schließlich aus dem Hafen.

Die Tiere des Dorfes hatten sich auf der Hafenmauer versammelt. Als sie sicher waren, dass das Schiff nicht mehr umkehren würde, johlten sie und machten lange Nasen und brachten ein paar Rufe aus wie »Nichts wie weg mit euch!« und »Gebt euch keine Mühe zurückzukommen!«. Wenn es nach den Ratten gegangen wäre, dann hätte das Schiff kehrtgemacht, und die Mannschaft hätte der Stadt aufs Neue gezeigt, wer sie waren. Doch Flaggatis ließ sich von solchen Kleinigkeiten nicht aus der Fassung bringen.

»Hievt mich hinauf!«, befahl er, als er in der Segeltuchschlinge der Hebevorrichtung saß. »Los, packt an!«

Der alte Hermelinzauberer, dessen Knochen so brüchig wie trockene Stecken waren und dessen Haut so locker an ihm herabhing wie Unterwäsche an einem Maulwurfs, schoss mit elektrifizierender Schnelligkeit an dem Mast hinauf. »Halt!«, schrie er voller Angst. Er hielt auf halber Strecke abrupt an und schaukelte dort in der Segeltuchschlinge. »Bringt – mich – rauf – aber – langsam!«

Die Ratten zogen wieder an der Hebevorrichtung, sehr sanft, bis Flaggatis im Krähennest angekommen war.

Von diesem Punkt aus konnte er das ganze Schiff überblicken, sah, was am Horizont auftauchte, und hatte ganz allgemein die Herrschaft über seine kleine Welt. In der Pfote hielt er ein Megafon. Dieses Instrument benutzte er, um sich mit seinem Kapitän zu verständigen.

Kapitän Bleichchtt stand auf der Brücke, eine fette, hässliche Ratte und eine nicht zu unterschätzende Kraft. Er war umringt von fünf Admiralen, die ausladende Hüte trugen. Wenn sie sich bewegten, mussten sie einen Tanz nach einer ausgeklügelten Choreografie vollführen, um zu verhindern, dass ihre Hüte gegeneinander schlugen. Bleichchtt stand nur dann höher im Rang als diese Wesen, wenn das Schiff sich auf See befand. Er hatte die Absicht, nie wieder Land zu betreten. Er dachte bereits darüber nach, wie viele Kielholungen und Auspeitschungen er gefahrlos auf einmal würde austeilen können.

Der Boss hatte Recht: Macht war alles. Es war ein gutes Gefühl, derjenige zu sein, der das Sagen hatte.

»BLEICHCHTT – WOHIN FAHREN WIR?«, plärrte eine Stimme vom Topmast.

»Arrrraggghh!«, schrie der Kapitän, ein wenig aus der Fassung gebracht. Er hatte an das Ziel ihrer Reise keinen Gedanken verschwendet. Das Schiff aus dem Hafen zu manövrieren und aufs offene Meer zu bekommen, reichte für ihn. Die weitere Strecke lag im Ermessen der Götter.

»HABE ICH MIR DOCH GEDACHT! DU HAST KEINE AHNUNG, WAS, DU HIRNLOSER IDIOT! SEGELE ZUR INSEL DORMA. DIE LIEGT IN RICHTUNG DES STERNS DORT IM WESTEN, DEN DU GLEICH ÜBER DEM KREUZMAST SIEHST. WENN DU AUCH NUR UM EINEN EINZIGEN STERN VON UNSEREM KURS ABWEICHST, DANN LASSE ICH DICH AUSWEIDEN UND DEN KRABBEN VORWERFEN. HABE ICH MICH VERSTÄNDLICH AUSGEDRÜCKT?«

Bleichchtt fand die Botschaft offenbar verständlich genug. Eine entsprechende Anordnung der Segel wurde befohlen. Die Steuerratte wurde heftig am Ohr gezogen, und das Schiff schwenkte ruckartig nach Steuerbord. Schließlich war es auf dem Kurs in Richtung des zuvor genannten Sterns. Das Wetter war gut, die Aussichten günstig.

Gegen drei Uhr morgens gerieten sie in den gleichen Sturm, der das Schiff der Wiesel gepackt hatte. Es war eines dieser hässlichen Unwetter, die sich in irgendwelchen Ecken des Meeres herumtrieben und allen lästig wurden. Es erwischte das Rattenschiff mit voller Wucht, ohne ein »Verzeihung, bitte« oder »Es macht dir doch nichts aus?«, und ließ es von der obersten Mastspitze bis zur Kielkante erbeben. Das ganze Schiff drehte sich im Wasser wie ein Korken. Es knarzte und bebte und schaukelte heftig. Einige Ratten machten bereits die Rettungsboote klar.

Ein anderer Teil der Mannschaft war emsig damit beschäftigt, die Flagge einzuziehen, die – überflüssig zu erwähnen – einen weißen Totenkopf mit überkreuzten Knochen auf schwarzem Untergrund zeigte, da Ratten in dieser Hinsicht nicht sehr originell waren.

»HOLT MICH RUNTER!«, donnerte eine Götterstimme.

Flaggatis wurde eilends abgesenkt. Seine Mächte reichten offenbar nicht aus, um Unwetter von diesem Ausmaß zu beherrschen. Wenn ein Sturm bereits auf Hochtouren lief, wenn er mit voller Wucht zuschlug, dann konnte er ihm keinen Einhalt mehr gebieten.

Als Erstes befahl er, dass die Rettungsboote gelöst und ins Wasser gesetzt werden sollten, damit sie davonschwämmen. Er wollte nicht, dass seine Mannschaft ihn im Stich ließ, während er sich in seiner Kabine unter der Bettdecke verkroch. Wie die meisten Hermeline, und

Trugkopp im Besonderen, war er nicht scharf auf einen wässrigen Tod. Er befahl Bleichchtt, an Deck zu bleiben, bis sich das Wetter beruhigt hätte.

Der Kapitän des Schiffs tat genau das, was ihm befohlen worden war. Bleichchtt hatte schon viele Stürme überlebt, und sie stellten für ihn nichts Schreckliches dar. Außerdem fehlte ihm jegliche Fantasie, und er hielt sich für unsterblich, abgesehen vom Tod in einer Prügelei. Seine Mannschaft, die keine Möglichkeit hatte, das Schiff zu verlassen, beschloss, dass sie ebenso gut Plan B durchführen und das Gefährt am Schwimmen halten konnte. Sie wuselten hier und dort und überall herum und befolgten Befehle buchstabengetreu – zum ersten Mal in ihrem Leben.

Gegen acht Uhr morgens war das Meer wieder ruhig. Flaggatis kam aus seinem Schlupfloch hervor und bezog nach einem ungesunden Frühstück wieder seinen Hochsitz oben am Mast. Er war bedeckt von Seetang und Muschelschalen, die von den gewaltigen Wellen hochgespült worden waren. Er befreite sich davon und warf den Unrat auf die Köpfe derjenigen hinunter, die unten die Decks schrubbten. Sie klackten mit den Zähnen, da sie die Tat für einen großartigen Spaß hielten.

Dann ordnete Flaggatis an, dass exerziert wurde. Es ging nicht etwa um eine Sicherheitsvorkehrung für den Fall, dass das Schiff sank, sondern um praktische Übungen für den Kriegsfall. Die Rattenmatrosen an den Katapulten und riesigen Armbrüsten mussten Gefechtsstellung einnehmen und so schnell und genau, wie sie nur konnten, Geschosse abfeuern.

Anfangs herrschte das übliche Rattenchaos. Eine Ratte schaffte es sogar, sich von ihrem eigenen Katapult abschießen und ins Meer hinausschleudern zu lassen.

Flaggatis weigerte sich, das Schiff umkehren und sie auflesen zu lassen. Das Letzte, was man von dem unseligen Nager sah, war sein wildes Winken, als nur noch der Kopf und die Schultern über der Wasseroberfläche waren.

Je mehr sie übten, desto besser wurden sie. Gegen Mittag des dritten Tages waren sie in allem bewandert. Dann sichtete Flaggatis ein anderes Schiff – ein Boot in einem ziemlich auffälligen Grün. Seine Mannschaft bestand aus einer Hauskatze und einer Schleiereule. Anscheinend waren das die einzigen beiden Wesen an Bord. Flaggatis betrachtete das grüne Schiff als legitimes Angriffsziel: Die Ratten versenkten es, und ihr eigener Verlust begrenzte sich auf ein einziges Mannschaftsmitglied, das vor Aufregung über Bord gefallen war.

Wie zuvor weigerte sich Flaggatis, die ertrinkende Ratte zu retten. Das Letzte, was man von ihr sah, war, wie sie von einer wütenden Katze und einer ebensolchen Eule unter Wasser gedrückt wurde. Die Eule flog danach weg. Die Katze kletterte an Bord ihres Schiffswracks und erwischte die Strömung nach Osten. Sie würde weiterleben, klar: Katzen mit ihren neun Leben erging es immer so.

Zwanzigstes Kapitel

Irgendwie gelangte die *Ziehende Wolke* in die kälteren Gewässer des Nordens, trotz Grinds Navigationsbemühungen. Das Schiff lavierte zwischen Eisbergen hindurch und erreichte schließlich eine Insel, die öd, groß und unwirtlich aussah. Sie ankerten in einer breiten, hufeisenförmigen Bucht und verschafften sich einen Überblick über ihre Umgebung. Sie sahen fast keine Vegetation, mit Ausnahme eines Baums ohne Blätter.

In der Bucht selbst durchbrach nur hier und da ein Haufen von traurig aussehenden Seehunden die Stille des Wassers. Einmal erspähte die Schiffsbesatzung einen Polarbären, der tief brummte und durch das Halbdunkel an der Küste huschte. Große Fische, wahrscheinlich Lachse, brachen durch die Wasseroberfläche, angezogen von den Schwärmen von Mücken, die sich im Fell, in den Zähnen und den Ohren der Wiesel und Marder einnisteten, ebenso wie in den Gerichten, die von Weniger und Lukas aufgetragen wurden.

»So ziemlich das einzige Fleisch, das wir in unserem Eintopf finden«, murmelte Kunicht – aber natürlich außer Hörweite von Weniger.

In dem kahlen und zerklüfteten Ödland der Insel stieg ein flacher Hügel bald zu einem hohen Gebirge an. In die Felsenfront war eine Burg gebaut. Ihre Architektur war mit der der Burgen von Welkin nicht zu vergleichen. Aus der Ferne sah das Gebilde aus wie die Pfeifen einer Kirchenorgel; seine glatten, runden Türme – alle von unterschiedlicher Größe – ragten parallel zum steilen Felsen empor. An einigen Stellen zeigten sie gewaltige Ausbuchtungen, hinter denen sich ein größerer Raum verbergen mochte. Jeder Turm hatte nur ein einziges Fenster, und zwar ganz oben an der Spitze.

Es war ein überaus finster wirkendes Gebäude. Die Schiffsmannschaft fragte sich, wer eine solche Burg gebaut haben mochte und ob diese Person wohl noch dort wohnte.

»Ich schlage vor, wir hauen schnellstens von hier ab«, sagte Kunicht. »Am besten überlassen wir den Ort den Walrossen.«

»Wir bleiben für eine Nacht hier, aber niemand darf an Land gehen«, befahl Sylber, sehr zu Kunichts Missfallen. »Hinter der Bucht tobt ein scheußliches Unwetter. Wir wollen doch nicht von einem Sturm in den nächsten geraten. Deshalb warten wir ab, bis der Himmel aufklart.«

»Wir werden allesamt in unseren Betten sterben!«, schrie Kunicht.

Inzwischen waren die Marder jedoch ebenso wie die Wiesel an Kunichts düstere Voraussagen gewöhnt. Sie verdrehten die Augen und zischten ihn an. Weniger Einbein trampelte von der Kombüse herauf und bot sich an, Kunicht mit seiner Suppenkelle zu beschützen, einer schrecklichen Waffe in den Pfoten des Schiffskochs. Das rief bei der übrigen Mannschaft fröhliche Ausgelassenheit hervor, die durch Zähneklacken ihr Gefallen an dem Spaß kundtat.

In dieser Nacht stellte Miniva nur eine verringerte

Wache an Deck auf; es erschien ihr überflüssig, die volle Anzahl von zwölf zu postieren. Wie es der Zufall wollte, war ausgerechnet Kunicht an der Reihe, wach zu bleiben, zusammen mit einem einzigen Marder namens Hup. Während der Rest der Schiffsmannschaft schlief, gingen die beiden unruhig auf den Decks unter den beschlagenen, schaukelnden Lampen auf und ab und sahen immer wieder zu der seltsamen Burg hinüber. Bei Einbruch der Dunkelheit erschienen keine Lichter in der Burg. Kunicht hielt sich allmählich für töricht, dass er gedacht hatte, dort lauere Gefahr. Es handelte sich einfach nur um eine leer stehende Behausung.

Sylber begab sich nach einem langen Gespräch mit Grind und Miniva zu Bett. Die drei hatten gemeinsam über den Skizzenheften gebrütet und sich bis in die frühen Morgenstunden die Köpfe über natürliche Navigation zerbrochen. Grind war überzeugt davon, dass sie sich auf dem richtigen Kurs befanden. Er hatte den Lauf der Sterne aufmerksam verfolgt und sich immer wieder einen bestimmten Stern als Anhaltspunkt genommen. Unter Wasser hatte er Lichtstreifen gesehen, die ihm verrieten, dass sie in einer Gegend mit unterseeischer vulkanischer Aktivität fuhren. Die Form und Richtung der Wellen stimmten ebenfalls.

»In dem Fall ist das die Gefrorene Küste«, erklärte Sylber, wobei er die Karten betrachtete, »und wir müssten eigentlich hier vor Anker liegen« – er deutete auf eine Kurve auf der Karte – »in der Menschenscheuchen-Bucht.«

»Menschenscheuchen-Bucht?«, wiederholte Miniva. »Der Name gefällt mir gar nicht.«

Grind klackte mit den Zähnen. »Warum denn? Das hat doch nichts mit uns zu tun, Min«, sagte er zu dem

Kundschafterwiesel. »Wenn es da etwas gibt, das die Menschen erschreckt und verscheucht, dann brauchen wir uns keine Sorgen zu machen, weil wir ja Wiesel sind.«

»Das stimmt«, pflichtete Miniva ihm bei. »Aber der Klang des Wortes gefällt mir trotzdem nicht.«

»Na ja, mit etwas Glück«, fiel Sylber dazwischen, »sind wir im Morgengrauen schon wieder unterwegs. Ich schlage vor, ihr beide folgt dem Beispiel der übrigen Mannschaft und legt euch für eine Weile schlafen.«

Also gingen die drei von dannen und suchten sich kleine Winkel in ihrem jeweiligen Teil des Schiffes. Sie plusterten ihr Fell auf, um die Kälte fern zu halten, und rollten sich zu Formen zusammen, die den runden Seilmatten, die die Decks schmückten, sehr stark ähnelten. So konnten sie einschlafen, trotz der eisigen Kälte.

Sylber wurde geweckt von funkelndem Licht, das von Eisgipfeln gespiegelt wurde und ihm ins Gesicht fiel. Er blickte durch das Bullauge seiner Kabine hinaus und sah, dass eine schwache Sonne hoch über dem Horizont stand. Kunicht hatte vergessen, ihn so früh aufzusuchen, wie er es gefordert hatte. Das Schiff war gespenstisch still, was bedeutete, dass auch alle anderen verschlafen hatten.

Sylber brummte einen Fluch, stand auf und trank etwas. Dann ging er hinauf an Deck, in der Erwartung, Kunicht und Hup dort im Dienst fest eingeschlafen vorzufinden. Doch das Deck war leer. Kein einziges Tier war dort. »Aufwachen! Aufwachen!«, schrie er und betätigte die Schiffsglocke.

Von unten hörte er Bewegung, und nach wenigen Augenblicken strömten Tiere herauf aufs Deck.

»Was soll der Krawall?« schrie Weniger Einbein, den

es immer sehr wütend machte, wenn er jäh geweckt wurde. »Wer veranstaltet hier so einen Lärm?«

»Ich«, antwortete Sylber streng, »und das bedeutet ›Kapitän‹ für dich, Koch. Ich möchte, dass alle das Schiff vom Bug bis zum Heck durchsuchen. Zwei Tiere fehlen. Hup und Kunicht sind hier oben nirgends zu finden. Wenn sie irgendwo schlafen, möchte ich, dass sie aufgeweckt und mir vorgeführt werden.«

»Jawohl, Herr Kapitän«, murrte Weniger Einbein. »Wie du befiehlst, Herr Kapitän.«

»Fordere mich nicht heraus, Koch, sonst findest du dich ausgesetzt auf dieser von Gott und Tier verlassenen Insel wieder.«

Danach hielt sich Weniger klugerweise mit seiner Meinung zurück und half den anderen.

Was die Suche betraf, so verliefen Wenigers Bemühungen erfolglos, genau wie die der anderen. Hup und Kunicht waren nirgendwo zu finden, und das Ruderboot war verschwunden. Als Sylber die Küste mit einem Fernglas absuchte, entdeckte er das Boot, eingeklemmt zwischen zwei großen Felsen. Außerdem waren Spuren im frostigen Boden, die zu der Burg hinaufführten. Außer den Fußabdrücken der beiden Tiere gab es keine weiteren. Über den Strand verteilt waren jedoch ein paar Zeichen, die Sylber nicht deuten konnte. Es sah aus, als ob jemand mit einem Stock dort herumspaziert wäre und Löcher in den Boden gestochen hätte.

»Es sieht so aus, als ob Kunicht und Hup aus eigenem Willen gegangen wären«, sagte Sylber. »Was haben sie sich wohl dabei gedacht? Haben sie etwas oben bei der Burg gesehen, das sie glaubten, näher untersuchen zu müssen? Dahinter steckt mehr, als es auf den ersten Blick den Anschein hat …«

»Ich kann mir nicht vorstellen, dass Kunicht einfach losmarschiert, ohne jemanden zu wecken«, sagte Grind. »Das passt nicht zu ihm. Er würde niemals an einem solchen Ort an Land gehen, wenn er nicht tausend Wiesel hinter sich und zweitausend vor sich hätte.«

»Das entspricht wirklich nicht seiner Art«, pflichtete Miniva bei.

Weniger Einbein war derselben Ansicht, was Hup betraf. Er bezeichnete diesen als überwiegend vorsichtigen Vertreter seiner Art in einem wilden Haufen. »Er ist eher ein bisschen langsam, dieser Hup. Gar nicht der Typ, der sich Hals über Kopf in ein Abenteuer stürzt.«

»Nun, ich könnte jetzt gleich einen bewaffneten Suchtrupp ausschicken«, sagte Sylber, »und das hätte ich bereits getan, wenn ich noch andere Spuren außer den ihren gesehen hätte. Sollten sie gewaltsam entführt worden sein, so könnten wir uns aufmachen und sie mit Gewalt retten, aber hier geht irgendetwas Unheimliches vor. Wir wollen uns doch nicht in etwas hineinstürzen, von dem wir gar nichts wissen. Ich werde heute Abend selbst die Wache übernehmen, zusammen mit Weniger Einbein, dann sehen wir ja, was geschieht.«

Grind war aufgebracht. »Du willst einen ganzen Tag vergeuden? Was ist, wenn jemand unseren Kunicht da oben zu einem Eisblock gefroren hat? Er ist dann vielleicht schon tot, wenn wir ihn finden.«

»Ich muss an das Schiff und den Rest der Mannschaft denken, Grind. Ich kann nicht wegen zwei Tieren die ganze Mission aufs Spiel setzen. Ich möchte sie retten, wo immer sie auch sein mögen, aber ich muss dabei mit Bedacht vorgehen. Ihr habt die Abdrücke gesehen. Sie sind aus eigenem Antrieb weggegangen. Wir müssen den Grund dafür herausfinden.«

An diesem Abend blieben Weniger Einbein, der Koch, und Kapitän Sylber an Deck, während die anderen hinuntergingen. Um Mitternacht sagte Sylber zu dem Marder: »Ich möchte, dass du mich an den Mast anbindest und dann ebenfalls hinuntergehst.«

»Was?«, schrie der Koch. »Und wenn jemand versucht, an Bord zu kommen, während du gefesselt bist?«

»Das wird nicht geschehen, davon bin ich überzeugt.«

»Du bist der Kapitän«, sagte Weniger, doch sein Gesichtsausdruck fügte hinzu: Zumindest jetzt noch.

»Binde mich nicht los«, fuhr Sylber fort, »auch wenn ich dir befehle, es zu tun. Sag es auch den anderen. Niemand darf mich losbinden. Du kannst die Knoten lösen, wenn die ersten Lichtstrahlen der Morgendämmerung am Himmel heraufkriechen. Bis dahin muss ich sicher am Mast verschnürt bleiben. Verstanden?«

»Verstanden.« Dann band der Koch den Kapitän an den Mast, spießte sich im Vorbeigehen mit seinem Messer einen Apfel aus dem Bottich und ging hinunter.

Sylber blickte zu der Burg. Er wusste nicht, was er zu erwarten hatte, aber er glaubte fest, dass irgendetwas die beiden abgängigen Tiere dazu überredet haben musste, das Schiff zu verlassen. Er war überzeugt, dass sie freiwillig gegangen waren. Sylber hatte den Koch gebeten, ihn an den Mast zu binden, um der Versuchung, an Land zu gehen, widerstehen zu können.

Um Mitternacht fiel ein schmaler Lichtstrahl aus einem der Fenster der Burg. Sylber sah, wie er den Berghang hinunter und über den Strand gerichtet wurde. Er traf das Wasser, und an der entsprechenden Stelle funkelte das Meer wie zerstoßene Diamanten. Wie ein Blindenstock ertastete sich der schmale Lichtstrahl einen Weg über die Wellen zum Schiff, stieg an dessen Seite hinauf und weiter bis aufs Deck. Schließlich schien er Sylber direkt in die Augen.

Das Wiesel blinzelte. Das Licht tat ihm in den Augen weh. Irgendwie kroch es von den Augen in sein Gehirn. Dort schien es das Innere seines Kopfes zu durchspülen. Nach kurzer Zeit verspürte Sylber das starke Verlangen, diesem Lichtstrahl zu seinem Ursprung zu folgen. Er war machtlos dagegen. Es drängte ihn innerlich, hinauf zur Burg zu gehen.

Anfangs wehrte er sich gegen seine Fesseln, in der Annahme, er könne das Seil zerreißen. Nach einer Weile gab er auf und rief: »He, Koch! Komm rauf!«

Niemand kam.

»Hör zu, Weniger. Es war ein Irrtum von mir, dass ich dir vorhin diesen Befehl gegeben habe. Ich will, dass du raufkommst und mich losbindest.«

Immer noch nichts. Nichts rührte sich unter Deck. Alles blieb ruhig und friedlich, bis auf Waldschratts schweres Schnaufen. Waldschratt litt an einer verstopften Nase, und sein Schnarchen war sehr laut. Sylber lauschte angestrengt auf das Knarren von Planken, das Weniger Einbein vorauseilen würde.

»Komm schon! Komm schon!«, rief er ungeduldig. »Jemand soll kommen und mich losbinden!«

Niemand kam.

»Ich lasse euch alle verprügeln!«, schäumte der Wieselkapitän. »Was erlaubt ihr euch, Befehle nicht zu befolgen! Waldschratt, Birnoria, Alissa, Lukas, Miniva, Grind – wenn ihr nicht alle innerhalb von fünf Minuten hier oben seid, dann lasse ich euch in Eisenketten legen, habt ihr gehört?«

Offenbar hatten sie nicht gehört, denn es kam immer noch keiner.

Sylbers Verlangen, von dem Seil befreit zu werden, war jetzt sehr stark. Er versuchte, es abzustreifen, bis ihm die Seiten wehtaten. Voller Zorn brüllte er, so laut er konnte, um Beistand und drohte seiner Mannschaft mit einigen sehr einfallsreichen Strafen. Endlich, nach mehreren Stunden, verebbte seine Stimme zu einem Schluchzen, und sein Kopf sackte nach vorn. Er war am Ende seiner Kräfte. In den frühen Morgenstunden schlief er ein.

Etwa zur selben Zeit wich das seltsame Licht von seinem Gesicht. Es war an seiner Quelle ausgeschaltet worden. Das nächste Licht, das in Sylbers Gesicht schien, war das Tageslicht.

Der Schiffskoch ist im Allgemeinen der Erste, der aufsteht, da er das Frühstück zubereiten muss. Weniger Einbein erhob sich im Morgengrauen von seinem Lager. Er ging an Deck, wo er Sylber immer noch gefesselt, aber fest schlafend vorfand. Das Wiesel war in der Leibesmitte abgeknickt, sein Kopf berührte beinahe die Füße. Weniger löste die Knoten, und Sylber fiel als schlaffer Haufen nach vorn, immer noch schlafend. So blieb er bis zum späten Morgen liegen.

Grind schüttete einen Eimer voll Wasser über seinen Kapitän.

»Wa … was? Wer? Was war das? Herrje … ihr Grobiane! Hat jemand …? Ich bin … ich bin patschnass!«

»Jemand musste dich ja aufwecken«, erklärte Grind. »Und die anderen hatten zu viel Angst. Du schläfst, seit wir alle aufgestanden sind. Was ist letzte Nacht geschehen?«

Allmählich kam Sylber zu sich. Jetzt erinnerte er sich an das helle weiße Licht. Es hatte ihn hypnotisiert. Es hatte in ihm das ganz starke Verlangen entfacht, zur

Burg hinaufzugehen. Nun, da das Licht ihm nicht mehr in die Augen schien, war das Verlangen erloschen. Jetzt wusste er, was mit Kunicht und Hup geschehen war.

Während er sich die Gliedmaßen an den Stellen rieb, wo die Seile Spuren hinterlassen hatten, bildete sich in seinem Kopf ein Gedanke. Es war die Art eines Gedankens, mit denen Grind üblicherweise aufwartete, deshalb war Sylber ziemlich zufrieden mit sich selbst.

»Also?«, wollte ein aufgeregter Grind wissen. »Hast du die Absicht, uns in dein Geheimnis einzuweihen? Der arme alte Kunicht befindet sich nämlich immer noch in den Klauen eines Bösewichts. Also los, Kapitän, was ist geschehen?«

Sylber erzählte den anderen, was er über das Licht von der Burg herausgefunden hatte.

»Was sollen wir jetzt unternehmen?«, fragte Grind. »Wir müssen da rauf und Kunicht und Hup retten.«

»Oder dafür sorgen, dass diejenigen, wer immer sie auch sein mögen, die uns von unserem Schiff weglocken wollen, in die Bucht herunterkommen.«

Grind blinzelte. »Wie sollen wir das anstellen?«

»Mit Spiegeln«, antwortete Sylber. »Kommt mit, ich zeige euch, wie das funktioniert.«

Einundzwanzigstes Kapitel

An diesem Abend befahl Sylber der gesamten Mannschaft, unter Deck zu bleiben, mit Ausnahme von Grind und ihm selbst. Er und Grind würden mit Spiegeln ausgerüstet sein, die aus der Kabine des Kapitäns stammten. Wenn das Licht von der Burg herunterstrahlen würde, würden sie sich die Spiegel vor die Augen halten und das Licht in einem bestimmten Winkel zurückwerfen. Wer immer diese Hypnose anwandte, würde eine Kostprobe der eigenen Medizin bekommen.

Um Punkt Mitternacht erschien das Licht und bewegte sich den Hang herunter und über die Bucht zu dem Schiff hin. Grind und Sylber hoben die Spiegel hoch. Sylber fing den schmalen Strahl mit seinem Spiegel ein und leitete ihn zu dem Spiegel, den Grind hielt. Dann leitete Grind den Strahl zurück zu dem Fenster in der Burg.

»Jetzt werden wir bald sehen, wer Kunicht und Hup entführt hat«, bemerkte Sylber. »Wir geben ihnen etwa eine Stunde Zeit, um zu uns herunterzukommen, dann packen wir sie.«

»Das ist genial«, antwortete Grind, »und zwar in mehrfacher Hinsicht.«

Und tatsächlich, zwei Stunden später hörten sie einen Schwimmer, der sich dem Schiff näherte. Die Fangnetze waren bereits ins Wasser gesenkt worden, und die beiden Wiesel warteten mit ihren Steinschleudern, um zu sehen, wer über den Dollborden erscheinen würde. Sie waren überrascht, als ein erschöpfter Hup über die Reling purzelte. Der Marder lag an Deck, das eiskalte Wasser tropfte ihm aus dem Fell.

»Er hat es von mir verlangt«, platzte er heraus, wobei er den Atem in Dunstwolken hervorstieß. »Er hat von mir verlangt, dass ich mich vor das Fenster stelle.«

Sylber war enttäuscht, dass er den Drahtzieher des bösen Treibens nicht geschnappt hatte. Aber immerhin hatten sie Hup wieder, und nachdem er sich vom Schwimmen einigermaßen erholt hatte, war er in der Lage, ihnen zu erzählen, was ihm in der Burg widerfahren war.

»Das seltsame Licht kam, und wir mussten dem Zwang folgen und da raufgehen«, berichtete er. »Als wir oben ankamen, war die Burg umringt von merkwürdigen Wölfen, die sie beschützten – glaube ich wenigstens. Es waren keine richtigen Wölfe. Sie waren aus Stöcken und Lumpen gemacht, mit Eimern als Köpfe und Bürsten als Schwänze. Sie haben abscheulich ausgesehen, das kann ich euch sagen.«

»Menschenscheuchen«, sagte Grind und nickte. »Keine Vogelscheuchen, sondern Abbilder von Wölfen, um die Menschen zu erschrecken.«

»Genau«, sagte Hup. »Du hast Recht, sie haben ausgesehen wie Vogelscheuchen, nur dass man ihnen die Gestalt von Wölfen gegeben hat. Ja, wie du sagst, sie verscheuchen Menschen – oder eigentlich jeden. Dabei war Magie im Spiel, weil die Wölfe lebendig waren. Sie rannten herum und klapperten mit den Henkeln ihrer Eimer, als ob es Wolfskiefer wären. Es war zum Fürchten.«

»Aber sie haben euch nicht angegriffen«, unterbrach Sylber ihn. »Man hat euch in die Burg eingelassen?«

»Genau, man hat uns eingelassen. Der Besitzer der Burg ist ein Ritter in schwarzer Rüstung, mindestens zwei Meter groß. Seine Stimme klingt hohl und schwach. Ich glaube, er leidet an einer schlimmen Krankheit, die ihn dahinrafft; wahrscheinlich stirbt er bald, denn er hört sich sehr krächzend an – und warum sollte er die ganze Zeit die Rüstung tragen? Das muss doch äußerst ungemütlich sein …«

»Weiter«, forderte Sylber ihn auf. »Was sonst noch?«

»Na ja, anfangs dachte ich, der Ritter ist bestimmt nur eine leere Rüstung – ihr wisst schon, wie die Statuen von Welkin –, aber dafür war die Sprache zu gut. Ich meine, ihr wisst ja, wie Statuen sprechen, auf diese holpernde, haspelnde Weise. Bei dem Ritter war das nicht so. Obwohl seine Stimme schwach war, sprach er gut, ohne über ein Wort zu stolpern, und er drückte sich sehr gelehrt aus.«

»In welcher Hinsicht?«, fragte Birnoria, deren Wangen vor Kälte schlotterten. Sie und die anderen Wiesel waren jetzt eher kugelrund als lang gestreckt und schlank, da sie sich in sich selbst zusammenkauerten und das Fell aufstellten.

»Na ja, als er uns sah, sagte er: ›Da haben wir also einen einzelnen tapferen kleinen Martes martes und ein zitterndes Exemplar der Mustela nivalis. Gehört ihr beide der bedauernswerten Spezies auf dem Schiff in der Bucht an? Ihr seid jetzt meine Gefangenen. Ihr werdet in den Verliesen meiner großen Burg eingesperrt, bis ich im Besitz eures hübschen Schiffs bin.‹«

»Hmmm«, sagte Lukas. »Dann hat er also die lateinischen Namen für Baummarder und Wiesel gebraucht, ja? Ich glaube, die hat niemand mehr gehört, seit die Menschen Welkin verlassen haben.«

»Er hat auch einen sehr komischen Gang. Er hüpft zwei Schritte nach vorn und einen zur Seite. Wenn er einen Raum durchquert, dann geschieht das also in einem sonderbar eckigen Muster. Wenn er durch eine Türöffnung gehen will, dann murmelt er etwas vor sich hin, indem er sich alles vorher zurechtlegt, damit er genau an der richtigen Stelle durch die Tür tritt, wenn er seine beiden Vorwärtsschritte macht.

Jedenfalls, als ich ihm gesagt habe, dass mir das Schiff nicht gehört, sondern dir, Kapitän Sylber, geriet er außer sich vor Wut. Er lief im Raum hin und her, schlug mit seiner Eisenfaust Dinge zu Bruch und drohte, Kunicht und mich den Wölfen draußen vorzuwerfen. Er sagte, sie würden uns in Stücke reißen und diese überall in den Bergen verteilen.

Als ihr dann das Licht zurückgeworfen habt, sagte er mit seiner schwachen Stimme: ›Hmmm, ein kluger Schachzug, den Strahl meines hypnotischen Prismas abzuwenden. Du solltest zu deinem Kapitän hinuntergehen, Baummarder, und ihm ausrichten, dass er mir das Schiff aushändigen muss, falls er seinen Gefährten, diesen Abklatsch eines Wiesels, jemals wieder sehen will.‹ Dann hat er mich vor das Fenster gestellt. Das Licht schien mir in die Augen, und jetzt bin ich hier.«

Sylber blickte hinauf zu der unheimlichen Burg auf dem Felsen. »Er will also das Schiff, ja?«

»Er sagt, er wird Kunicht auf schreckliche Weise hinrichten, wenn wir es ihm nicht geben. Kunicht ist ganz von Sinnen vor Angst, wie du dir vorstellen kannst.«

»Danke, Hup. So, wie gehen wir jetzt weiter vor? Ich

nehme an, es steht völlig außer Frage, die Burg anzugreifen.«

»Man muss zuerst an den Menschenscheuchen vorbei, bevor man zur Burg gelangt, und es ist nicht leicht, einen Weg hineinzufinden oder einen darum herum. So etwas habe ich in meinem ganzen Leben noch nicht gesehen. Es ist ein Labyrinth aus Gängen und Räumen, die aus dem Sandsteinfelsen gehauen sind. Doch der Ritter versperrt einige Durchgänge und gibt andere wieder frei, beinahe in stündlichem, unberechenbarem Wechsel. Man geht also einen Gang hinunter, und kurze Zeit später stellt man fest, dass er blockiert und die Tür am Ende versperrt ist.«

»Huh«, sagte Grind. »Ich begreife.«

Die gesamte Mannschaft wandte sich Grind zu. Wenn er ›huh‹ sagte, dann folgte im Allgemeinen etwas Tiefsinniges.

»Sprich!«, ermunterte ihn Sylber und schlug sich dabei die Vorderläufe um die Brust, um sich ein wenig zu wärmen.

»Nun ja, ich habe schon mal von solchen Geschöpfen gehört. Einem Dachs, den ich früher kannte, ist etwas Ähnliches passiert. Er lebte allein, und seine Angst wuchs von Tag zu Tag, weil er mit niemandem darüber reden konnte. Er redete sich ein, dass sich etwas in seinen Bau einschleichen und ihn im Schlaf ermorden würde.

Also baute er sich jede Menge Tunnel, um jede Menge Fluchtwege zu haben. Doch dann machte er sich Sorgen wegen der vielen Ausgänge, weil sie eben auch Eingänge waren; wenn ein Mörder eindringen wollte, dann könnte er jeden dieser Tunnel nehmen. Also versperrte er sie alle und ließ nur einen offen. Doch dann fürchtete er, wenn dieser eine von einem Mörder benutzt würde, hätte er keinen Fluchtweg mehr.«

»Ich verstehe, was du meinst«, sagte Sylber. »Er grübelte so viel und ängstigte sich so sehr, dass er andauernd die Struktur seines Baus änderte. Und du meinst, genauso verfährt der Ritter mit seinen Gängen?«

»Für mich hört sich das so an.«

Sylber überlegte eine Weile, aber ihm fiel keine andere Möglichkeit ein, als die Burg anzugreifen. »Wir haben ein paar große Waffen an Bord, oder nicht?«, fragte er Waldschratt, dem unvermittelt die Rolle des Verantwortlichen für die Verteidigung auferlegt wurde.

»Ich … ich glaube, es gibt zwei große Sturmkatapulte unten im Laderaum, Kapitän. Du erinnerst dich sicher, dass du sie hast an Bord bringen lassen, bevor wir Welkin verließen.«

»Wie große Steine kann man damit abschießen?«

Waldschratt, der sich krampfhaft um einen guten Vergleich bemühte, sagte: »Oh … ich … würde mal sagen, etwa von der Größe eines Bärenjungen.«

»Die Ballisten. Richtig. Holt sie rauf, staubt sie ab, bringt sie auf Hochglanz und befördert sie an Land. Aber vorher müsst ihr sie auseinander nehmen, sie sind zu groß, um im Ganzen transportiert zu werden. Wenn ihr an Land seid …«

»… nehmen wir sie wieder zusammen«, fiel ihm Waldschratt ins Wort.

Sylber schaute Waldschratt eine Weile an, bevor er sagte: »Ihr setzt sie wieder zusammen.« Dann wandte er sich an den Rest der Mannschaft. »Wir werden dem Ritter etwas bieten, an das er sich lange erinnern wird. Ihr anderen fertigt Fackeln aus Teer und Stroh und bringt ein paar Fassdeckel als Schutzschilde mit.«

Nachdem er seine Befehle erteilt hatte, begab sich Sylber nach unten.

Grind, dessen dunstiger Atem kleine Wölkchen in der Luft bildete, sah Waldschratt an und schüttelte den Kopf. »Ein Bärenjunges?«

»Na ja, mir ist auf die Schnelle nichts anderes eingefallen. Denk du dir doch mal was aus, das ungefähr diese Größe hat. Das ist nicht leicht, wenn man unter Druck steht.«

»Zusammennehmen?«

»Na, Sylber hat doch gewusst, was ich meinte.«

Die Marder brachten die Sturmkatapulte an Deck. Es handelte sich um schweres Kriegsgerät, das auf Podeste mit Holzrädern montiert war. Munition für die Katapulte lag überall im Gebirge herum.

Sylber ließ nur eine kleine Mannschaft zurück und führte die Expedition zur Burg. Die Wiesel und Marder marschierten stramm hinter ihm her, einige im Geschirr der Katapulte. Nach einiger Zeit erreichten sie die Geröllpiste, die sie über die verschneiten Vorhügel zu den Bergen dahinter führte. Doch noch bevor sie richtig in den Bergen waren, stürzten sich die Lumpenwölfe auf sie.

Die Geschöpfe fielen in Rudeln ein. Aus allen Richtungen der kahlen Landschaft strömten sie zusammen, als ob sie eine Nachricht erhalten hätten, dass Feinde in ihr Land eindrangen. Sie rannten auf die Gruppe zu, ihre Eimergriffe schepperten, die Schwänze wehten hinter ihnen im Wind.

Einige der Wölfe waren offensichtlich aus alten Tischen und Stühlen zusammengezimmert worden, und diese staksten mit ihren Holzbeinen über das Geröll und rutschten ständig auf den glatten Hängen aus. Andere waren aus Abfallholz in verschiedenen Formen und Größen gefertigt – man hatte sogar Treibholz verwendet, wenn nichts anderes zur Hand gewesen war. Erstaunlicherweise waren diese sicherer auf den Beinen.

Der erste Wolf traf auf den Anführermarder und warf ihn um, dann hämmerte er mit seinem Eimerkopf auf ihn ein. Die Marder-Kameraden hatten einige Mühe, den Wolf mit Stöcken und Steinen zu vertreiben.

»Zündet die Fackeln an!«, befahl Sylber.

Zunderbüchsen wurden hervorgeholt, und die Fackeln wurden angezündet. Danach waren die Rudel der Lumpenwölfe etwas vorsichtiger. Da sie aus Stofffetzen und Stroh bestanden, hatten sie keine Lust, mit Feuer in Berührung zu kommen. Sie umkreisten die Wiesel und Marder, klapperten mit ihren Eimerhenkeln und knurrten tief im Innern ihrer Töpfe. Anscheinend waren sie willens, den Eindringlingen zu folgen und zu warten, bis die Fackeln erlöschen würden, bevor sie sich auf sie stürzen und sie töten würden.

Anfangs hatte sich Sylber wegen der Menschenscheuchen keine allzu großen Sorgen gemacht, weil sie mit ihren Kiefern nicht richtig zubeißen konnten. Es strömten jedoch immer mehr aus den Bergen herbei, als ob sich die Erde aufgetan und eine Flut davon ausgespuckt hätte. Sie boten einen jämmerlichen Anblick, da der Unterbau unter ihren Lumpen zu sehen war, aber ihre Anzahl war erschreckend.

»Halt!«, befahl Sylber. »Setzt einmal eines der Katapulte ein!«

Grind, der für die Ballisten verantwortlich war, ließ eines der Katapulte mit einem großen Stein laden. Die Spannung wurde erhöht durch Marder und Wiesel, die die Seile drehten und damit strafften. Als die Wölfe in

Schussweite waren, betätigte Grind den Abzug. Der Mechanismus zum Lösen der Sperre machte peng, und der Holzarm fuhr nach oben und schleuderte den Stein trudelnd durch die Luft, bis er inmitten der Meute landete. Stücke von Holz und Eisen stoben überall herum, und mindestens ein Dutzend Wölfe wurden zerfetzt oder kamen irgendwie zu Schaden.

Die anderen Wölfe brachen in ein zorniges Geheul aus, winselten die Berge an, und aus der Richtung der Burg ertönte ein schriller Angstschrei. Man hörte das Schlagen eines Gongs, was davon herrühren mochte, dass eine Rüstung mit dem Kopf gegen eine Steinmauer prallte. Einen Augenblick später flog ein Regen von Kieselsteinen durch die Luft und landete wie Hagelkörner um die Expedition herum am Boden. Die Wiesel und Marder benutzten die Fassdeckelschilde, um ihre Köpfe zu schützen; die Kiesel prasselten auf Holz.

»Das hört sich so an, als ob unser schwarzer Ritter mitbekommt, was sich hier abspielt«, sagte Sylber, nachdem er einige Sekunden lang auf einen zweiten Angriff gewartet hatte, der jedoch nicht kam. »Es gefällt ihm nicht, dass wir seine Schoßtierchen beschädigen, das ist klar. Und anscheinend besitzt er ebenfalls mindestens ein Katapult, obwohl er dieses eher mit kleinen Kieseln als mit großen Steinen füttert. Ich frage mich, ob er Kunicht so weit gebracht hat, dass er ihm dabei hilft.«

»Oh, das ist bestimmt so«, sagte Hup. »Er ist gut darin, andere für sich arbeiten zu lassen. Ich musste die Bibliothek abstauben, während ich da oben war, und alle Kamingitter reinigen. Er hat damit gedroht, dass er auf mir herumtrampeln würde, wenn ich nicht gehorchte, und ein Geschöpf von unserer Größe kann gegen einen Zweimeter-Eisenkerl nicht viel ausrichten.«

Die Angreifer rückten weiter zur Burg vor, zusammengekauerte Gestalten im eiskalten Wind. Als sie in Schussweite waren, ließ Sylber eines der Katapulte laden, um die Mauer der Burg mit Steinen zu beschießen. Das andere wurde eingesetzt, um die Menschenscheuchen abzuwehren. Die Sperrmüllwölfe umkreisten die Gruppe unablässig, eine ständige Bedrohung, die gegebenenfalls einen Nahkampf erfordern würde. Aber sie blieben auf der Hut vor dem Katapult und wagten sich nicht näher heran; dabei gaben sie ständig ihr hohles Heulen von sich.

Die Burgmauern erwiesen sich als sehr standfest, doch das andauernde Hämmern der Steine musste den Bewohnern im Innern ein sehr unbehagliches Gefühl bereiten. Jedes Mal, wenn ein Stein traf, erbebte das gesamte Gebäude. Sandsteinbrocken von der Größe fetter Hermeline flogen von den Brustwehren herüber.

Ab und zu erschien der schwarze Ritter an einem Fenster und drohte ihnen mit geballter Faust. Dann zielte das Katapult auf das betreffende Fenster, der Ritter verschwand aus diesem Teil der Burg und tauchte kurze Zeit später an einer anderen Stelle wieder auf, woraufhin das Katapult erneut umgeschwenkt wurde. Letzten Endes wurde das Ganze zu einem Spiel, bei dem die Wiesel zu erraten versuchten, an welchem Fenster der Ritter als Nächstes erscheinen würde.

Zweiundzwanzigstes Kapitel

Während das Sturmkatapult seine Geschosse gegen die Mauern schleuderte, schickte Sylber einige Baummarder aus, um nach einem Eingang in die Burg zu suchen. Sie fanden etwas, das anfangs wie eine Pforte aussah, stellten dann jedoch fest, dass es in Wirklichkeit ein Sitz war, der aus dem Fels gegenüber der Burg gehauen worden war. Davor befand sich eine grobe Orgeltastatur, aus dem Gestein der Burgmauer geschnitzt, mit Registern und Pedalen.

Vor diesem außergewöhnlichen Werk der Steinmetzkunst kniete ein Lemming, angetan mit Ohrenklappen und dicken Handschuhen, und durchwühlte einige Notenblätter. »Wohnt ihr der Aufführung bei?«, fragte er und blickte auf. »Freut mich sehr …«

Die Marder lehnten dankend ab und erkundigten sich stattdessen nach dem Haupteingang. Der Lemming erhob sich und wies ihnen die Richtung. Sie dankten ihm und gingen zu der Stelle, um den Eingang zu begutachten.

Sie stellten fest, dass er aus dem gleichen Sandstein gefertigt war wie die übrige Burg. Eine Ballista wurde in Stellung gebracht und ein großer Stein auf das Tor abgeschossen. Es knirschte. Ein zweites Geschoss zerbrach es in zwei Teile, Staubwolken stoben von der Öffnung auf.

Die Sandsteinklötze fielen zur Seite und gaben eine unbewachte Öffnung zur Burg frei.

»In die Bresche, Freunde!«, schrie Sylber; allerdings zerstörte sein durch die kalte Luft hervorgerufener Husten die Wirkung der Worte. »Aber verstopft die Öffnung nicht, indem ihr alle gleichzeitig hineindrängt!«

Die Wiesel und Marder schritten in Reih und Glied durch das Tor in den Burghof. Von hier aus fächerten sie aus, um das Innere zu erforschen. Das war, wie Hup erklärt hatte, eine sehr schwere Aufgabe, da sie immer wieder in Sackgassen gerieten. Im Inneren war die Burg ein Labyrinth. Grind, Birnoria und Sylber waren auf sich allein gestellt. Sie schritten durch lange Korridore, um dann festzustellen, dass die Tür am Ende versperrt war. Und wenn das nicht der Fall war, dann mündete der Gang für gewöhnlich in einen leeren Raum oder einen weiteren langen Korridor. Schließlich riefen sie nach Kunicht und baten ihn um Richtungshinweise.

Kunicht antwortete sofort. »Hier, hier bin ich«, rief er, doch seine Stimme kam anscheinend irgendwo aus der Luft über ihnen.

Sie forderten ihn immer wieder auf, seine Umgebung zu beschreiben, doch nachdem er das getan hatte, waren sie um keinen Deut schlauer. Irgendwann, in einem der vielen Türme, stolperten sie rein zufällig in einem bestimmten Raum über das glücklose Wiesel. Genau wie der Rest der Burg war der Raum mit Sandsteinstühlen, -bänken und -tischen möbliert. Kunicht war an eine Mauer angekettet; er zitterte, und Tränen waren auf seinen Backen gefroren.

»Gott sei Dank, dass ihr gekommen seid!«, schluchzte er, dann strahlte Erleichterung durch seine Tränen. »Ich dachte schon, ihr wärt ohne mich davongesegelt.«

Grind schnaubte: »Traust du uns das zu? Also, wo ist der Schlüssel zu dem Schloss an deiner Kette?«

»Der schwarze Ritter hat ihn in seinen privaten Abort hinuntergeworfen.«

»Ins Klo? Typisch. Anscheinend ist es mein Schicksal, dass ich immer in irgendwelche Jauchegruben und Ähnliches hinabsteigen muss. Wo ist es?«

Birnoria meldete sich zu Wort. »Du kannst dich doch nicht durch die Kloaken tasten, Grind. Wir müssen ihn auf irgendeine andere Weise freibekommen. Der Sandstein sieht ziemlich weich aus. Wenn wir drei gemeinsam an seiner Kette ziehen, können wir wahrscheinlich den Haken aus der Wand reißen.«

Die drei Wiesel, unterstützt von einem vollkommen panischen Kunicht, versuchten, den Haken aus der Mauer zu ruckeln. Er rührte sich nicht von der Stelle. Sie werkelten immer noch, als ein Laut von der Tür zu ihnen drang. Die Wiesel blickten auf und sahen eine riesige Gestalt, die den Raum betrat.

»Ein ungefährlicher Zug?«, fragte er. »Sag an!«

Es war der Ritter der Burg; seine dunkle Rüstung schimmerte im Licht, dessen Strahlen durch das schmale Fenster hereinfielen. Das Visier des Helms war geschlossen; aus der Haube spross ein Bündel schwarzer Federn. Die Spitzen dieser Federn waren an den Stellen rot, wo sie die Sandsteindecke gestreift hatten.

Sein Gang war überaus sonderbar, so wie Hup ihn beschrieben hatte: zwei Schritte nach vorn, ein Schritt zur Seite. Auf diese Weise durchquerte er den Raum zu den Wieseln. Aus irgendeinem Grund ging er als Erstes zu Grind.

»Ein ungefährlicher Zug?« wiederholte Sylber. »Was soll das heißen: ›ungefährlich‹?«

Der Ritter setzte seinen Zickzack-Weg fort, als ob er nichts gehört hätte, immer noch zielstrebig in Grinds Richtung. Grind durchschaute jedoch sein Spiel und war nicht abgeneigt, darauf einzugehen; er huschte hinter einen steinernen Sessel, genau in dem Augenblick, als der Ritter im Begriff war, ihn zu schnappen. »Schach!«, rief er.

Dieses eine Wort brachte den Ritter anscheinend zur Weißglut, der sich trotz seines komischen Gangs sehr schnell bewegte. Er schoss behände nach vorn und zur Seite, um Grind zu schnappen, doch das Wiesel war schneller und hechtete jetzt hinter eine Bank.

»Und wieder Schach, Kumpel!«

»Gebrauche nicht solche Worte!«, quäkte der Ritter mit eigenartig schriller Stimme. »Sie ärgern mich.«

»Ja, und wir wissen auch warum, nicht wahr?«

Die anderen Tiere lauschten verständnislos diesem Wortwechsel. Sie hatten keine Ahnung, warum Grind ›Schach‹ sagte, und noch weniger Ahnung, warum das den Ritter ärgerte.

»Weißt du, welches das beste Spiel der Welt ist?«, fragte Grind, der sich immer noch hinter einem Möbelstück duckte, um dem Griff der Metallhand zu entkommen. »Eibisch.«

»So ein Quatsch!«, brüllte der Ritter, der im Gehen innehielt. »Das beste Spiel ist …«

»Ja?«, schrie Grind, und sein Atem bildete Dunstwölkchen um ihn herum. »Was wolltest du sagen?«

»Vergiss es«, kreischte der Ritter wütend. »Bleib einfach mal eine Minute lang ruhig stehen.«

In diesem Augenblick betrat Lukas den Raum, und Grind stieß einen Laut der Begeisterung aus. »Ho! Jetzt haben wir einen Läufer – wir machen ihn einfach dazu.

Du musst dich diagonal bewegen, Lukas. Birnoria, du bist eine Dame, du kannst dich also geradeaus oder diagonal bewegen. Sylber, du bist der König, du kannst in jeder Richtung ein Feld weiterrücken. Kunicht, du bist bereits verloren worden, du kannst gar nichts mehr tun. Komme ich der Wahrheit einigermaßen nahe, Herr Schwarzer Ritter?«

Der Ritter hielt in seinem winkeligen Gang nach vorn und zur Seite inne und sah anscheinend Grind an, obwohl es schwierig war zu beurteilen, wohin der Blick hinter dem Gitter seines Visiers gerichtet war.

Grind tönte triumphierend: »Du bist 'ne Schachfigur, ein Springer, was?«

Der Ritter taumelte einen Schritt zurück, dann zwei Schritt zur Seite, aus Grinds Weg. »Du hast es erraten!«, rief er aus.

»Na ja, das war nich so schwer«, entgegnete der bescheidene Grind, »wenn einem das Spiel geläufig is. Ich hab's früher mit 'nem Schmied gespielt, damals, als ich Dungwächter war, vor langer Zeit. Ich war gar nich so schlecht darin. Du bist von so 'nem großen Spielfeld im Freien, was?«

»Deine äußere Erscheinung ist abstoßend«, sagte der Ritter. »Und ich wünschte, du würdest dich einer etwas gepflegteren Aussprache und Grammatik bedienen.«

»Nimm mich, wie ich bin«, sagte Grind, »oder gar nich. Also, wo liegt hier das Problem? Du kommst mir wie 'n ziemlich nervöser Springer vor, als ob du damit rechnest, jeden Augenblick angegriffen zu werden. Sin' die weißen Schachfiguren hinter dich her?«

»Die weißen und die schwarzen«, krächzte der Ritter. »Sie wollen, dass ich wieder mitmache, aber ich habe genug von dem Spiel. Ich möchte mal eine Zeit lang ganz für mich sein. Ich habe genug von solchen Kriegsspielen. Leider sind die anderen Figuren nicht meiner Meinung. Sie sagen, ohne mich seien sie unvollständig. Sie wollen, dass ich wieder aufs Brett komme – aber ich gehe nicht. Ich gehe nicht.«

»Du bist doch groß genug«, erwiderte Grind. »Bestimmt kannste für dir allein sorgen.«

»Der Geist ist groß, aber das Fleisch ist klein«, lautete die rätselhafte Antwort des schwarzen Ritters.

Sylber unterbrach mit den Worten: »Warum willst du das Schiff haben?«

»Na, für den Notfall. Ich hatte die Absicht, einen Tunnel aus dem Innern der Burg bis zu einer Höhle am Strand zu graben. Wenn ich dann das Gefühl hätte, dass meine Burg nicht mehr sicher ist, könnte ich durch den Tunnel rennen, käme am Strand heraus, könnte das Schiff besteigen und davonsegeln. Ich wollte das Schiff gleich am Strand vertäuen, um für jeden Notfall gerüstet zu sein. Natürlich sollte eine Mannschaft allzeit bereit stehen.«

»Das wäre ein ziemlicher Zickzacklauf, nicht wahr?«

»Wenn der Tunnel breit genug ist, macht das nichts.«

»Und woher wolltest du deine Mannschaft rekrutieren?«

»Diesen Posten wollte ich euch anbieten«, quiekte der Ritter aufgeregt. »Ihr wisst ja, wie das ist, wenn man auf ein Heer von schwarzen und weißen Figuren am Horizont wartet, angeführt von Läufern, Springern, Königen und Damen. Sie werden keine Ruhe geben, wisst ihr, bis sie mich wieder in ihre Reihen zurückgeholt haben.

Natürlich kann nicht einfach ein anderer Springer diese Stelle einnehmen. Der Figurensatz ist einmalig, angefertigt in Missaglia von dem berühmten Waffenschmied Pier Innocenzo da Faerno. Antonio Seroni war verantwortlich für das Uhrwerk, das meine Schritte antreibt. Ich bin ein Meisterwerk der Ingenieurskunst. Außer mir gibt es nur noch drei andere wie mich auf der Welt – eine schwarze und zwei weiße Figuren.«

Sylber schüttelte den Kopf. »Ich verstehe sehr gut, warum sie dich zurück haben wollen. Ein solcher Satz ist unbezahlbar, wenn er vollständig ist, aber so gut wie wertlos, wenn eine Figur fehlt. Aber du bist andererseits ja ein Einzelwesen – du hast das Recht auf Freiheit. Du brauchst nicht zurückzugehen, wenn du es nicht willst, selbst wenn du Teil eines Satzes bist.«

»Dann werdet ihr mir helfen?« Der Ritter klang so, als ob er einer Hysterie nahe wäre.

»Leider, es geht nicht – wir haben einen Auftrag zu erledigen. Wir brauchen unser Schiff, und wir brauchen die Mannschaft. Du musst dir etwas anderes ausdenken, um dich zu schützen. Ich stimme Grind zu: Du bist ein großer Ritter, bestimmt kannst du dich selbst um dich kümmern, auch wenn sie dich tatsächlich holen kommen. Deine zusammengebastelten Wölfe, deine Menschenscheuchen – sie helfen dir dabei.«

»Ihr begreift nicht«, quiekte der Ritter. »Die Wölfe warnen mich nur, wenn sich jemand nähert, sie sind sozusagen ein Frühwarnsystem. Einen Angriff vom Rest des Schachfigurensatzes können sich nicht zurückhalten. Die anderen Figuren sind genauso groß wie ich. Bei einem Angriff werden sie die Wölfe zu Bruch schlagen.«

In diesem Augenblick ertönte ein Heulen von den Bergen. Die Wölfe! Es hörte sich an wie eine Reihe von Warnschreien, die von einem Rudel zum nächsten weitergegeben wurden. Der Ritter vollführte einen kippeligen Tanz zum Fenster und blickte hinaus. Er stieß einen Schrei des Missfallens aus und wandte sich schnell ab. Gleichzeitig mit dem Schrei des schwarzen Ritters flog die Tür auf, und die übrigen Wiesel und Marder stürmten in den Raum.

»He-uup, Kapitän. Da kommt ein ganzer Schwarm metallener Jungs und Mädchen den Berg herunter«, verkündete einer der Marder, der seinem Akzent nach zu urteilen aus dem Nordosten von Welkin stammte. »Kerle wie der da…« Er deutete auf den Ritter. »Für mich sehen sie so aus, als ob sie was im Schilde führen. Guck sie dir mal an, Kapitän. Mal sehen, was du dazu meinst.«

Sylber ging zu dem Fensterschlitz. Und tatsächlich, die Sonne schimmerte auf metallenen Männern und Frauen, die von den hohen Gebirgspassen herunterkamen: sechzehn bewaffnete Soldaten, vier fromme Wanderer, drei Ritter in Rüstungen mit Lanzen und Schwertern, zwei Könige, die Zepter trugen, und zwei Damen mit Kugeln in der rechten Hand. Sie machten wirklich einen zielstrebigen Eindruck, wie sie so auf die Burg zuschepperten.

Die Ritter vollführten ihren eckigen Hüpfgang. Die Wanderer oder Läufer bewegten sich im Zickzack und kamen auch nicht schneller voran als die Ritter. Die Könige setzten jeweils einen Schritt vor den anderen, wobei sie zwischen jedem Schritt majestätisch innehielten und höfisches Geplauder austauschten. Die Damen, hoch gewachsen und selbstbewusst, schritten elegant aus. Sie waren dem übrigen Heer um einiges voraus, das sie auf ihrem Marsch über das Brett der Welt keinen Einschränkungen unterlagen.

»Ich muss mich verstecken«, schrie der Ritter mit

schriller Stimme. »Ich muss mich verstecken.« Er verließ in höchster Aufregung den Raum.

Die Wiesel und Marder blieben zurück und drängten sich am Fenster zusammen.

»Also«, sagte Sylber, »das Ganze hat nichts mit uns zu tun. Ich schlage vor, wir kehren zum Schiff zurück und stechen in See. Wenn sie ihn finden, hat er Pech gehabt. Ich finde, jedes Tier – und sogar ein Mensch – hat das Recht auf ein gewisses Maß an persönlicher Freiheit, aber wir können den Kampf nicht für ihn führen.«

»Und was ist mit mir?«, schrie Kunicht. »Ich bin immer noch an die Mauer angekettet.«

Der Marder mit dem Nordost-Akzent trat vor. Er hatte einen Hammer und einen Meißel bei sich. Er schlug auf die Kettenglieder ein, bis sie sich teilten. Kunicht musste die Handschellen immer noch wie Armreifen tragen, aber die konnte man entfernen, wenn sie sich alle wieder auf dem Schiff befanden. Dann führte Sylber seine Mannschaft aus dem Raum.

Schließlich fanden sie einen Ausgang aus der Burg und verließen diese genau in dem Augenblick, als das metallene Heer eintraf. Die riesigen Schachfiguren schenkten den Tieren keine Beachtung, sondern stapften polternd an ihnen vorbei, hinein in die Gemächer der großen Burg.

Während die Tiere sich von der Burg entfernten, plärrte plötzlich laute Musik von den Türmen herab. Das ganze Gebäude bebte im Widerhall. Langsam versank die Burg – ja, der ganze Berg – im Boden. Das Ganze war ein reines Tollhaus.

Die Wiesel und Marder drehten sich um und sahen den Lemming, der auf seinem Felssitz saß und die Sandsteinorgel bediente; er schob und zog die Orgelregister, und seine Füße pumpten wie wild auf den Pedalen. Genau wie der Berg samt der Burg versank auch er ganz langsam in einer geheimnisvollen Tiefe.

Er neigte den Kopf, als er merkte, dass sie ihn beobachteten. »Toccata und Fuge in F«, rief er ihnen vergnügt zu. »Bleibt ihr nicht, um der Aufführung beizuwohnen?«

Die Wiesel und Marder waren noch keine hundert Meter vom Burgtor entfernt, da zerrten die Schachfiguren den schwarzen Ritter bereits aus dem Fluchttor. Er protestierte immer noch in seiner hohen, quiekenden Stimme.

Grind konnte es nicht ertragen, den Schauplatz zu verlassen, ohne eine Bemerkung zu machen. Wie alle ehemaligen Gesetzlosen war er ein Verfechter der Rechte der Geschmähten und Verfemten. Mit Sylbers Erlaubnis und Unterstützung entschuldigte er sich und machte kehrt, um sich dem weißen König entgegenzustellen, der jetzt den abtrünnigen schwarzen Ritter schalt.

»'tschuldigung, werter Herr«, schrie Grind so laut, dass er den Krach der Orgel übertönte. »Verzeihung, ich meine ›Euer Majestät‹ – wir Wiesel sind der Ansicht, dass dieses Individuum ein Recht auf Freiheit hat. Wir wissen, wie es ist, unterdrückt zu sein. Wir hatten so was in Welkin – das ist der Ort, wo wir herkommen – mit den sogenannten herrschenden Hermelinen. Er soll selbst entscheiden dürfen, was er tun und lassen möchte.«

Der weiße König kreischte eine hitzige Antwort zurück. »Er hat kein Recht auf eine freie Entscheidung. Du verstehst offenbar die Lage nicht. Er ist nicht der Besitzer der Figur. Der Besitzer ist hier bei mir. Das da ist ein Dieb!«

Grind und die anderen Wiesel waren verdutzt. »Ich begreife nicht. Was meinst du damit – ein Dieb?«

Der König streckte ungeduldig die Hand aus und warf das Visier am Helm des Ritters auf. Dort saß, schön eingebettet in einem Metallsessel, der etwas zu groß für ihn war, inmitten von Hebeln und Zahnrädern, Rollen und Drähten, Federn und Spindeln, ein hasenzahniger Rennmäuserich. Seine Augen funkelten wild, als er den Blicken der Tiere ausgesetzt war. Er griff aufgeregt nach den Hebeln zu beiden Seiten des Sessels und versuchte, dem mechanischen Ritter einen Weg durch das metallene Heer ringsum zu bahnen, doch er wurde von allen Seiten bedrängt und am Vorankommen gehindert.

»Er gehört mir, das sage ich euch!«, quiekte er. »Ich habe ihn nicht gestohlen.«

»Ich fürchte, das ist doch der Fall«, raunte der weiße König Grind zu. »Letztes Mal war es ein schwarzer Läufer, davor eine weiße Dame.«

»Ich habe die Burg von meiner lieben dahingeschiedenen Großmutter geerbt, gelobt seien ihre baumwollenen Schwanzwärmer«, quiekte der Rennmäuserich, »und ihr auf dem Sterbebett geäußerter Wunsch war, dass sie einen Bewohner von königlichem oder adligem Geblüt haben sollte. Begreift ihr das denn nicht, ihr schwachköpfigen Feiglinge? Mir wäre ein König oder eine Dame zwar lieber gewesen, aber ich wollte mich auch mit einem Springer im Rang eines Ritters oder einem Läufer, der einem Bischof ebenbürtig ist, zufrieden gegeben. Ihr könnt nicht von mir verlangen, dass ich ihn zurückgebe. Das könnt ihr einfach nicht.«

Der weiße König war offenbar anderer Ansicht. Die Burg habe seit Jahrhunderten leer gestanden, erklärte er. Dies sei nur eine weitere Lüge aus dem Mund des Rennmäuserichs. »Wir sind Hamster, und wir haben unsere Schwänze verkauft, um diesen Satz von Schachfiguren zu bilden. Dieser Rennmäuserich, der keineswegs typisch für seine Spezies ist, möchte seinen Schwanz behalten und trotzdem eine unserer Figuren besitzen. Er ist verrückt, der arme Kerl, und mit jedem Tag nimmt sein Schwachsinn zu.«

»Verrückt?«, quiekte der Rennmäuserich. »Ich zeige euch, wie verrückt ich bin!« Mit einem bedrohlichen Funkeln in den Augen hantierte er an Hebeln und Zahnrädern herum. Die Metallarme des schwarzen Ritters zuckten hoch und schlugen um sich und droschen polternd auf die anderen Schachfiguren ein. Seine Füße traten nach allen Seiten aus, und sein Kopf ruckte wild von einer Seite zur anderen, sodass die schwarzen Federn flogen.

»Wie kannst du es wagen, du unverschämte Rennmaus!«, schrie eine der Damen. »Du hast unsere Mieder zerkratzt. Wir sind ganz und gar nicht amüsiert darüber.«

Die anderen Metallgestalten schlugen nun zurück, ihre wütenden Hiebe brachten dem Ritter an etlichen Stellen Dellen ein.

Sylber führte die Wiesel und Marder still weg. Sie konnten nicht umhin, immer wieder Blicke zurückzuwerfen auf die erstaunliche Balgerei, die sich im Staub vor der großen Burg abspielte. Im Hintergrund konnten sie immer noch den Lemming sehen. Jetzt ragten nur noch sein Kopf und die Schultern aus der Erde heraus, doch seine Vorderläufe und -pfoten, die über die Tasten hüpften und flogen, hämmerten immer noch die wohltönenden Klänge der ›Toccata und Fuge in F‹. Ganz allmählich ging er hinter den kämpfenden Schachfiguren unter, sich wiegend im Rhythmus seiner Musik.

»Wer würde sich mit diesem Haufen einlassen?«, sagte Grind. »Doch nur ein Wahnsinniger, das ist mal klar.«

Die anderen taten murmelnd ihre Zustimmung kund, während sie hinunter zum Strand wanderten, wo das Ruderboot sie erwartete. Als sie zum Schiff gelangten, drehten sie sich noch einmal um und sahen, dass der Berg und die Burg verschwunden waren. Dann begann, zum Entzücken aller an Bord, der Höhepunkt der Darbietung des Lemmings. Es war die Aurora borealis, das Phänomen der Nordlichter, die den Himmel mit atemberaubender Pracht erhellten. Da gab es hübsche Bänder, schöne Vorhänge, die von den Himmelsgefilden herabhingen, große Explosionen leuchtender Farben, alles aus phantastischem hellem Licht.

»Wie wunderhübsch!«, rief Birnoria aus, als sich die Lemmingmusik zu einem Crescendo steigerte. »Einfach herrlich!«

Die anderen Wiesel und Marder pflichteten ihr bei. Sie beugten sich über die Reling des Schiffs und betrachteten dieses großartige Schauspiel bis zum Ende. Dann gingen sie leise unter Deck, um über den Wahnsinn und die Schönheit in der Stille der eisigen Nacht nachzusinnen.

Dreiundzwanzigstes Kapitel

Es war ein nasser Tag auf Burg Rägen, wie meistens. Der Prinz hatte am Fenster gestanden und auf den See hinausgeblickt, wo derzeit eine Landbrücke gebaut wurde. Im östlichsten Winkel von Schreckenburg-Großdummern hatte er ein paar Geschöpfe gefunden, sie zusammengetrieben und ließ sie jetzt für sich arbeiten, indem sie einen Erdsteg vom Festland über den See zur Burg bauen mussten. Bald würde Burg Rägen nicht mehr abgeschieden auf einer Insel liegen, sondern wäre wieder mit dem Festland verbunden.

Graue Wolken ballten sich vor dem Fenster von Prinz Punktums Schlafgemach zusammen und versuchten, sich in den Raum zu drängen. Der Prinz sah sie durchdringend an und hoffte, sie damit einzuschüchtern und zum Rückzug zu veranlassen.

Der Prinz befleißigte sich zu eben diesem Zeitpunkt der Körperertüchtigung. Er aß viel, wohl wahr, und er hielt auch stets gut mit, wenn es darum ging, einen oder mehrere Becher Honigtau zu leeren. Aber er bildete sich ein, ein schlankes, kräftiges Tier zu sein, deshalb machte er jeden Morgen ab neun Uhr, nachdem er das Bett verlassen hatte, bis fünf nach neun seine Übungen. Diese Übungen bestanden darin, das Fenster zu öffnen und mehrmals tief durchzuatmen, bevor er wieder unter die warme Seidendecke seines vierpfostigen Bettes kroch.

In diesem Augenblick stürmte ein Hofmarschall der Burg in die Gemächer des Prinzen.

»Was gibt es denn?«, fragte der Prinz unwirsch. »Siehst du denn nicht, dass ich gerade meine Übungen mache? Was glaubst du, wie ich meine Truppen inspizieren soll, wenn ich nicht gut im Fell bin? Spuck's aus, Hermelin, spuck's aus!«

»Ja, mein Gebieter. Mein Gebieter, ein Bote mit einer Nachricht von Sheriff Trugkopp ist eingetroffen.«

Der Prinz hielt mitten im Atmen inne und schloss das Fenster gegen die bedrückenden grauen Eindringlinge. »Eine Nachricht? Von Trugkopp? Gut, gut. Wo ist sie?«

»Ich habe die Nachricht nicht bei mir, mein Gebieter. Ich … ich dachte, es sei am besten, wenn Ihr sie von dem Boten selbst vernehmt.«

»Na schön«, sagte der Prinz gereizt. »Dann geh und hol ihn.«

Der Hofmarschall wollte anscheinend noch etwas hinzufügen, doch dann überlegte er es sich anders und verließ den Raum. Der Prinz plusterte seinen weißen Hermelinumhang mit den Pfoten auf und trat zu dem hell brennenden Feuer. Er legte noch ein paar Kohlen mehr auf, bis es brütend heiß war im Raum. Dann ging er zur Tür und deckte mit einer Stoffrolle, die geformt war wie eine Wurst, behutsam den Spalt unter der Tür ab. Die Stoffwurst war verrutscht, als der Hofmarschall hereingekommen war.

Einen Augenblick später flog die Tür erneut auf. Die Wurst schoss quer durch den Raum und erschreckte den Prinzen fürchterlich. Und in der Türöffnung stand eine riesige Möwe. Der Vogel stakste in den Raum.

»Tach, Jimmy, eei. Wat, ich hei da ne Botschaft von deen Sheriff, wat sachse dasu, eei?

Das Geschöpf schlug die Tür mit einem lauten Knall hinter sich zu, der durch den ganzen Gang hallte. »Aba ächt, dat is ja man brummig heeß hie drin!«

Das Herz des Prinzen schlug schnell. Er überlegte, ob es sich hier womöglich um einen Anschlag auf sein Leben handelte. War dieser riesige Vogel – dem äußeren Anschein nach eine Silbermöwe – ein von Staatsfeinden ausgeschickter Meuchelmörder? War er gekommen, um ihm mit diesem gewaltigen gebogenen Schnabel den Kopf vom Körper zu trennen? Was war das für ein Kauderwelsch, das er sprach? Zweifellos etwas Ausländisches.

Zum Glück für den Prinzen, der eben im Begriff war, laut zu schreien und mit irgendwelchen Dingen um sich zu werfen, betrat Prinzessin Sibiline durch eine Seitentür, die in ihr Gemach führte, den Raum. »Was ist denn hier los?«, fragte sie. »Was soll das Scheppern und Poltern?«

Sie musterte die Möwe ziemlich missbilligend. Die Möwe roch nach Fisch – stank danach –, und in der Hitze, die im Zimmer des Prinzen herrschte, wirkte das geradezu Übelkeit erregend. Die schmutzigen Federn des Vogels waren mit Strandteer verschmiert und hinterließen Spuren am Boden.

»Was, um alles in der Welt, machst du denn hier drin?«, fragte Sibiline angeekelt. »Weißt du denn nicht, dass dies das Schlafgemach des Prinzen von Ganz Welkin ist? Sei so gut und geh dahin zurück, wo du hergekommen bist, und grab weiter im Schlamm nach hässlichen Schalentieren.«

»Ich maach keene Schalentiere nich, min Dirn. Wenn

de mich fraachs, bin ich mehr für miese Muscheln, verstehste. 'türlich hab ich nix gegen 'n Teller von Strandschnecken, nu un denn, aba höchsens Samsdach.«

»Das ist die Sprache des Teufels«, schrie Prinz Punktum und hielt sich die Pfoten an die Ohren. »Hör nicht hin, Sib. Sonst verwandelst du dich womöglich in eine Kröte oder etwas Ähnliches.«

»Du bist bereits eine Kröte«, fauchte sie ihren Bruder an. »Sei doch nicht so blöd! Die Möwe spricht den Dialekt der vorgelagerten Inseln im Norden. Man muss gut zuhören, um die Kadenz und den Rhythmus mitzubekommen.«

»Dann übersetz mir, was sie gesagt hat!«, forderte der Prinz misstrauisch. »Ich will wissen, was sie gesagt hat.«

»Sie hat mich lediglich wissen lassen, dass sie keine Schalentiere mag.«

»Jap, det kommt so ungefehr hin, min Dirn. Ich bin sowieso keen Freund von son Getier. Lieber maach ich Honigkuchen von Bäcker.«

Allmählich dämmerte Prinz Punktum die Wahrheit. »Soll das heißen, das dieser Blödmann Trugkopp anstatt eines Rotkehlchens einen Koloss von einer Möwe mit einer Nachricht geschickt hat?«

»Na ja, vielleicht isses deiner werten Aufmeeksamkeit entgangen, oller Porzellanpott, dass auf'm Meer keine Rotkehlchen mehr sin'. Da muss ma nehm, wat man krien kann, und det bin ich, sozusagen. Und wenn ich ständig det Jefühl habe, datt ich hier nich erwünscht bin, dann kann es leicht passien, datt ich mir aus'm Staub mache, ohne datt ihr die Nachricht bekommt.«

»Was hat sie gesagt? Was hat sie gesagt?«, schrie der Prinz, der erneut davon überzeugt war, das starrende gelbe Auge des Vogels wolle ihm die Botschaft übermitteln, dass irgendetwas im Argen lag und tatsächlich in Kürze ein Mord geschehen würde.

»Sie sagte, dass ihr die Art, wie sie hier begrüßt wurde, nicht gefällt, und wenn du sie weiterhin so feindselig behandelst, dann wird sie sich gezwungen sehen, dir mit ihrem großen Kopf eins überzuziehen.«

»Ich habe es gewusst!«, brüllte der Prinz. »Sie ist gekommen, um mich umzubringen! Hilfe! Wachen! Hierher! Euer geliebter Prinz befindet sich in Lebensgefahr!« Er wartete ein paar Minuten lang, aber niemand ließ sich sehen.

Sibiline schenkte ihrem Bruder keine Beachtung mehr. »Wie lautet deine Botschaft, Möwe, wenn du so freundlich sein möchtest?«

»Nu, so geht's doch ooch! Dieser Sheriff-Köter hat mir aufgetran, ich soll auszurichten, datt er nach den anderen Köters her is. Er saacht, er is nur noch 'n paar Seemeilen davon entfernt. So, wenn ihr mich jetzt noch 'n paar von eure Honigkuchen geben tätet, dann bin ich ooch schon wech zwischen die Inseln, wa, Mechen? Und hör mal, deen Bruder braucht 'nen kleinen Tritt zwischen de Schenkel, wenn de mich frachs.«

»Ich werd's ausrichten«, antwortete Sibiline. »Zwei Worte deiner Nachricht habe ich allerdings nicht verstanden. Du hast das Wort ›Köter‹ gebraucht.«

»Dat is eins von den haarigen Dingern mit vier Beine, spitze Ohren und viele Zähnen. Sie machen kläffkläffkläff, wenn sie am Strand auf und ab rennen und Schatten jagen. Ganz früher mal ham se ooch Halsbänder getragen.«

»Hunde? Meinst du Hunde?«

»Jap, die mein ich.«

»Aber Trugkopp ist kein Hund, er ist ein Hermelin.«

»Nu, vielleicht haste Recht, aber für Silbermöwen is alles, was auf vier Beinen tapst, ein Köter.«

Sibiline rief den Hofmarschall und befahl ihm, mit der Möwe zur Bäckerei zu gehen und sie mit so vielen Honigkuchen zu versorgen, wie sie essen und tragen konnte. Nachdem dies geschehen war, stapfte der große Vogel davon, wobei er unablässig auf einen verwirrten Hofmarschall einplapperte, in einem Dialekt, der Musik in den Ohren der Tiere von der Nordinsel, für die meisten der Artgenossen von Welkin jedoch unverständlich war, mit Ausnahme der außerordentlich klugen Sibiline.

Die Prinzessin nahm sich ihres erschütterten Bruders an. »Was ist los mit dir? Wie kannst du dich in Gegenwart Fremder so zimperlich benehmen?«

»Ich dachte, der Vogel ist gekommen, um mich umzubringen, Schwesterchen«, stöhnte der Prinz. »Er hat ausgesehen wie ein niederträchtiger Bettler.«

»Urteile nicht immer nach dem Äußeren, Pünktchen«, entgegnete sie; sie schmolz ein wenig, als sie feststellte, wie viel Angst ihr Bruder ausgestanden hatte. »Viele der nettesten Tiere bieten einen abscheulichen Anblick. Zum Beispiel unser verstorbener Onkel ...«

»Ja, ja, vergiss es«, brauste der Prinz auf, der zu seiner alten zornigen Art zurückgekehrt war. »Was hat das Geschöpf gesagt? Hat Trugkopp die Wiesel nun endlich gefangen?«

»Nein, aber allem Anschein nach ist er in einem schnellen Schiff dicht hinter ihnen. Es dauert wahrscheinlich nicht mehr lange, bis Trugkopp Sylbers Kopf auf einem silbernen Tablett daherbringt.«

»Igitt!«, sagte der Prinz. »Den kann er dir bringen – ich will ihn nicht.«

»Das war nur im übertragenen Sinn gemeint, Bruder.

Ich wollte sagen, er wird mit den gefangenen Wieseln zurückkehren. So, am besten machen wir jetzt mit den Dingen weiter, mit denen wir beschäftigt waren, bevor wir unterbrochen wurden. Ich bin sicher, das alles ist wichtiger als das Schicksal von einigen Waldwieseln.«

»Ich war gerade mit meiner Körperertüchtigung beschäftigt«, sagte der Prinz stolz. »Aber jetzt bin ich fertig damit. Fühl nur meine Muskeln!« Er streckte den gebeugten Vorderlauf aus, damit seine Schwester den Bizeps ertasten konnte.

Sie tat es und sagte ungeduldig: »Ja, hübsch. Du bist stark wie ein Ochse, lieber Bruder. Aber ich muss zurück in meine Stil-Beratungsstunde. Flutsch der Otter gibt uns allen gerade Unterricht in Fragen des Geschmacks.«

Prinz Punktum leckte sich die Lippen. »Oh, ein bisschen davon könnte mir auch nicht schaden. Ich habe noch nicht gefrühstückt. Was für ein Geschmack?«

»Nein, nein, du Dummkopf – guter Geschmack. Geschmackvolle Möbel, geschmackvolle Stoffe, geschmackvolle Tischdekoration.«

»Ach so«, antwortete der enttäuschte Prinz. »Ich weiß nicht, was dir das ganze Zeug gibt, Sib. Ich meine, Könige, Prinzen und Prinzessinnen haben von Natur aus einen guten Geschmack. Alles, was wir auswählen, muss geschmackvoll sein, weil wir eben die sind, die wir sind. Das ist etwas Angeborenes, Mystisches. Wir können nichts dafür. Wir haben einfach die großartige Gabe, Dinge auszuwählen, die zu anderen Dingen passen – Farben, die harmonieren, Dinge, die kein Kitsch sind, Dinge, die Kritiker bewundern, Dinge, die, obwohl sie für andere Augen billig und schrill erscheinen mögen, in Wirklichkeit geschmackvoll sein müssen, weil wir sie ausgesucht haben.«

»Flutsch ist da anderer Ansicht. Er sagt, Geschmack muss man lernen. Er sagt, selbst wenn man einen angeborenen guten Geschmack hat, kann man ihn noch verfeinern.«

»Ach, sagt er das, ja? Auf diese Weise mit einem Prinzen oder einer Prinzessin zu sprechen, ist gleichbedeutend mit Verrat. Wie würde es ihm gefallen, wenn ihm der geschmackvolle Kopf schlaff von den geschmackvollen Schultern herabhängen würde? – Natürlich auf äußerst geschmackvolle Weise – versteht sich.«

»Wenn du Flutsch auch nur ein einziges Haar krümmst, Pünktchen, dann werde ich dir niemals mehr die Stirn streicheln, schon gar nicht, wenn du schreckliches Kopfweh hast.«

Prinz Punktum sah sie schmollend an. »Oh, schon gut, geh nur zu dem Geschmackslehrgang von diesem verdammten Otter. Ich begebe mich hinauf zu den Zinnen, um etwas frische Luft zu schnappen. Hier stinkt es jetzt nach Fisch. Was hat sich der Wachhabende nur dabei gedacht, als er diesen Kabeljaufresser hier eingelassen hat? Diesen vulgären, ordinären Vogel …«

Sibiline verließ mit hochrotem Kopf den Raum.

»… alle Wassergeschöpfe sollten gleich bei der Geburt ertränkt werden«, beendete der Prinz seine Schimpftirade mit einem hasserfüllten Blick zu der Tür, durch die sie verschwunden war. »Ganz besonders Möwen und Otter.«

»Das habe ich gehört!«, schallte schwach eine Stimme zurück.

Prinz Punktum war es einerlei. Er stakste durch die gewundenen Steinkorridore hinauf zur Brustwehr. Wann immer er an Wachtposten und Hofbediensteten vorbeikam, nahmen diese zackig Hab-Acht-Stellung ein, sodass ihre Brustpanzer klapperten. Dem Prinzen wurde es nie zuviel, auf diese Weise von seinen Soldaten gegrüßt zu werden. Es gehörte zu den angenehmen Dingen im Leben, wenn sie die Hacken der Hinterläufe zusammenschlugen, mit einem Vorderlauf durch die Luft peitschten oder vor ihm ein ›Präsentiert die Waffen‹ vollführten.

Dann fiel ihm etwas ein. »Warum seid ihr Kerle nicht gekommen, als ich euch um Hilfe gerufen habe?«, brüllte er durch die Gänge. »Ich habe um mein Leben gebangt. Eure Aufgabe ist es, mich zu beschützen, ihr verdammten Drückeberger.«

Zum Glück wandte sich kein einziger Kopf in seine Richtung. Die Wachtposten standen unverwandt da wie Statuen. Wenn nur einer von ihnen mit der Wimper gezuckt hätte, wäre es zu einer Massenexekution gekommen. Prinz Punktum schnaufte einmal heftig und kniff die Augen zusammen. »Passt bloß auf, ihr alle«, endete er schließlich.

Er trat hinaus auf die Brustwehr und seufzte tief. Dies war einer seiner Lieblingsorte. Von hier aus konnte er sein gesamtes Reich überblicken, auch wenn es jetzt etwas wässrig war, auch wenn der Tag sehr grau war, auch wenn es nieselte …

»Waaaaaaiiiieeieieiaaaahhhnnnnaaaeieieiii!«

Beinahe wäre der Prinz zwischen den Zinnen hindurch in den See tief unten gestürzt. Der Radau fand direkt hinter ihm statt, ein gottserbärmlicher Krach, bei dem sich seine Nackenhaare auf eine äußerst unangenehme Weise kräuselten und seine Augäpfel aus den Höhlen traten. Dieser Krach war nicht einfach nur laut, er erzeugte Gänsehaut.

Er drehte sich um und erblickte die riesige Möwe, die

auf und ab marschierte, wobei sie auf einem aufgeblasenen Tintenfisch spielte – für dieses Wort empfiehlt sich in diesem Fall eine Prise Salz –, indem sie durch eines seiner Beine blies und den Körper in der gefiederten Flügelkuhle rhythmisch drückte. Das Geschöpf unter dem Möwenflügel litt offensichtlich schreckliche Qualen. Es schrie und kreischte weiter, während der gefühllose Wasservogel unverdrossen auf der Brustwehr hin und her stolzierte und dem armen Wesen das Leben aus dem Leib quetschte.

Schließlich ließ die Möwe ihr ›Instrument‹ los. Es gab ein letztes verzweifeltes Wimmern von sich und hing dann schlaff – offenbar tot – im kräftigen Griff der Möwe.

»Dat wollt ich schon imma ma machen«, erklärte die Möwe. »Tapfre Insel, nasse Perle, von de Brustwehr eener Burg. Wie hät di min Musik jefallen, hä, oller Porzellanpott?«

Prinz Punktum hatte zumindest ein Wort verstanden. »M…M…Musik?«

»Dudelsack, du Blödbaddel! Hat di dat Dudeln von die Pfeifen jefallen? Ham di da die Zehen jezuckt? Ich muss jestehen, mi fährt se richtig innen Bauch und zieht an mein kurzes Gedärm. Gibt nix dergleichen auf Erden.«

»Nein, nichts dergleichen«, bestätigte der Prinz mit bebender Stimme. »Bitte, verlass jetzt mein Haus. Ich bin ziemlich müde. Ich glaube, bei mir bahnt sich eine Migräne an. Sib? Sib?«, rief er. »Ich habe einen meiner Kopfwehanfälle. Würdest du freundlicherweise heraufkommen?«

Die Möwe von den Inseln im Norden zuckte mit den Schultern, verstaute den Dudelsack irgendwo im bauschigen Gefieder und stieg in die Luft auf, um geradewegs zum Meer zu fliegen. Der Prinz sackte zu einem jämmerlichen Häuflein am Boden zusammen. Eine Stunde später, als seine Schwester kam, traf sie ihn immer noch so an, flennend. Natürlich tröstete sie ihn, wie sie es immer tat, dann überließ sie ihn der Obhut Pompoms, seines Wiesel-Hofnarren, der sich nach Kräften bemühte, den Prinzen mit seiner an einem Stock geschwenkten Mäuseblase aufzuheitern.

Doch der Prinz schrie ihn an, er solle das Ding wegnehmen.

Vierundzwanzigstes Kapitel

Unter Zurücklassung aller Schachfiguren im Streit mit dem schwarzen Ritter sammelten Sylber und seine Mannschaft die Sturmkatapulte ein und brachten sie aufs Schiff zurück. Sie wollten möglichst schnell von diesem Ort verschwinden. Sobald sie an Bord waren, gab Sylber den Befehl, die Segel zu setzen. Bald war das Schiff unterwegs und pflügte durch das kalte Wasser. Die Mannschaft nahm all die verschiedenen Aufgaben wahr, oder diejenigen, die Wache gehabt hatten, gingen unter Deck schlafen.

Sylber blieb auf der Brücke und beobachtete, wie das Land achtern wegfiel; dabei überlegte er, welches Schicksal wohl dem fremden Rennmäuserich bestimmt sein mochte, nun, da die Schachfiguren sich über ihn hermachten. Doch bald sackte die Insel hinter den Horizont, und Sylber wandte seine Aufmerksamkeit anderen Dingen zu.

»Miniva«, sagte er, »lass dir vom Navigator Grind dessen Berechnungen geben. Ich glaube, er möchte, dass wir etwas links an der untergehenden Sonne vorbeisegeln. Ich gehe unter Deck. Ruf mich, wenn ich gebraucht werde.«

»Ja, Sylber.«

»Sehr gut, Miniva.«

Sylber musste seine Distanz zur Mannschaft aufrechterhalten. Obwohl ihm der gesellige Umgang mit den anderen Wieseln fehlte, wusste er, dass der Kapitän eines Schiffes erhaben sein musste über jedes Geplänkel und all die kleinen Querelen, die zwangsläufig entstanden, wenn Seeleute länger auf einem so begrenzten Raum zusammenlebten. Die Aufgabe des Kapitäns war es, all den Hickhack zu schlichten und notfalls ein deutliches Urteil zu fällen. Das war jedoch unmöglich, wenn er selbst in solche Streitereien verwickelt war.

An diesem Abend hörte er, wie seine Mannschaft zusammen mit den Mardern an Deck grölte:

> Jo ho ho und 'ne Buddel Honigtau –
> Ratten tot, dem Nerz wird flau …

Sie sangen Lieder und spielten auf Fiddeln und Flöten; die Decksplanken bebten unter ihren Tanzschritten. Sylber blieb in seiner Kabine, lauschend und seufzend, unfähig, an dem Vergnügen teilzuhaben.

Gegen Mittag des folgenden Tages vernahm Sylber Unruhe an Deck. Kurze Zeit später klopfte jemand an seiner Tür.

»Wer ist da?«, fragte er.

»Ich bin's, Miniva. Bei mir sind die Seewiesel Waldschratt und Lukas. Wir haben einen blinden Passagier.«

Ein blinder Passagier? Das war ungewöhnlich. Wer wollte schon als blinder Passagier auf einem Schiff mitreisen, das zu einem unbestimmten Ziel unterwegs war, auf der Suche nach einer Insel voller Menschen? Die meisten Tiere würden ein solches Schiff wie die Pest meiden.

»Herein!«, rief Sylber.

Miniva öffnete die Tür, und Waldschratt und Lukas traten ein, ein Geschöpf zwischen sich haltend. Das Tier protestierte lauthals gegen eine ›tierunwürdige Behandlung‹ und forderte seine Rechte im Allgemeinen sowie den Anspruch auf artgerechten Gewahrsam im Besonderen ein. Sylber betrachtete die streitsüchtige Gestalt vor sich. Es war der Rennmäuserich aus der Burg.

»Aha«, sagte Sylber, »dann bist du also dem Rest der Schachfiguren entkommen.«

»Die?«, meinte der Rennmäuserich. »Die fangen sich nicht mal 'ne Erkältung im Winter ein.« Er klackte mit den Zähnen, da ihm offenbar ein witziges Bild vor dem geistigen Auge erschien. »Sie konnten Narki nicht kriegen …« Narki war offenbar der Name des Rennmäuserichs.

»Ich habe den weißen Ritter zu einem Duell herausgefordert«, fuhr er fort. »Er war die einzige Gestalt, die nach der Prügelei vor den Burgmauern noch in einem Stück war. Wir beschlossen, unsere Differenzen auf dem Turniergelände auszutragen, wie richtige Ritter. Eine Zeit lang kämpften wir mit Breitschwertern gegeneinander. Dann hatte ich ihn schließlich am Boden und stand mit erhobenem Schwert da, bereit, ihn zu köpfen …« Der umtriebige Rennmäuserich klackte wieder mit den Zähnen.

»Und wie weiter?«, fragte Sylber, den die Geschichte gegen seinen Willen neugierig machte.

»Daraufhin huschte ich durch die Geheimtür an der Rückseite des Helms des schwarzen Ritters. Die Zuschauer – der Rest der Schachfiguren – waren so entsetzt über das, was ich im Begriff war zu tun, dass sie nicht mitbekamen, wie ich flüchtete. Ich nehme an, sie stehen jetzt immer noch dort und starren einen schwarzen Ritter an, der sich anschickt, einen weißen Ritter zu köpfen. Wahrscheinlich ist ihnen nicht klar, dass sich das Gehirn der Rüstung hier an Bord der *Ziehenden Wolke* befindet.

Sylber betrachtete den Rennmäuserich, der seine Erzählung mit lebhaften Gesten untermalte. »Wie bist du an Bord gekommen?«

»Ich bin zum Schiff hinuntergegangen, während ihr noch mit euren Katapulten zugange wart. Ein freundlicher Seehund hat mich auf seinem Rücken mitgenommen. Es war eine Kleinigkeit, am Ankerseil hochzuklettern und dann durch eine der Luken zu schlüpfen. Und jetzt bin ich da.«

»Was soll ich mit dir machen?«, fragte Sylber.

»Mich über Bord werfen?«, antwortete der Rennmäuserich und schlug dabei mit dem Schwanz von einer Seite zur anderen. »Mich kielholen? Mir fünfzig Schläge mit der Katze verabreichen lassen? Du bist der Kapitän. Du kannst verfahren, wie dir beliebt.«

»Sei nicht albern. Wir bestrafen keine Tiere, es sei denn, sie haben etwas wirklich Schlimmes verbrochen, und ich nehme an, du weißt das. Bis jetzt kann man dir nichts anderes vorwerfen, als dass du dich als blinder Passagier auf mein Schiff geschlichen hast.« Er wandte sich an Lukas. »Lukas, ich entbinde dich von deinen Pflichten in der Kombüse. Dieser Rennmäuserich wird sich als Hilfskoch verdingen, bis wir einen geeigneten Strand finden, wo wir ihn an Land setzen können.«

»Jawohl, Käpt'n«, sagte Lukas, der sehr froh war, aus der stickigen Kombüse herauszukommen, mit ihren gefährlichen heißen Suppen, die dazu neigten, über den Rand der Kochtöpfe zu schwappen, wenn das Meer auch nur den geringsten Wellengang hatte. »Ich werde

Weniger davon in Kenntnis setzen, dass er eine neue Magd hat.«

»Wie bitte?«, schrie der Rennmäuserich aufgeregt; sein Gesichtsausdruck war jetzt alles andere als heiter und gleichmütig. Er richtete sich auf die Hinterbeine auf und gestikulierte wild mit den kleinen Vorderbeinen, wobei sich die Klauen leidenschaftlich öffneten und schlossen. »Arbeiten? Ich kann nicht arbeiten. Ich habe noch nie gearbeitet. Dafür bin ich nicht geschaffen. Ich bin ... ein Aristokrat. Wir wissen gar nicht, wie das geht – arbeiten, verstehst du? Wir sind für den Müßiggang geboren, wir Snobs. Wenn ich du wäre, würde ich mich einfach in einen Liegestuhl in einer sonnigen Ecke des Schiffs verbannen und mich der Betrachtung der Wellen überlassen. Anderenfalls verursache ich mehr Scherereien, als ich wert bin. Ich bin schlichtweg uneffektiv, leider.«

»Du arbeitest in der Kombüse, keine Widerrede!«, entgegnete Sylber, den dieser Rennmäuserich allmählich ziemlich aufbrachte. »Ich lasse es nicht zu, dass ein Tier faul herumliegt, während die übrige Mannschaft schwer arbeitet. Das würde nur böses Blut geben. Du meldest dich jetzt unverzüglich bei Weniger Einbein in der Kombüse, und ich will keine weiteren Einwände hören.«

»Du weißt nicht, was du sagst«, zeterte der Rennmäuserich, während man ihn wegzerrte. »Es ist nicht so, dass ich nicht arbeiten möchte – ich kann nicht arbeiten. Ich weiß nicht, wie das geht ...«

Zum Glück schlug Waldschratt die Tür zu, und die Stimme verebbte, während man den Rennmäuserich durch den Gang zerrte. Sylber stieß einen Seufzer der Erleichterung aus. Dieser Narki war äußerst lästig: er war nahe daran, das Schiff zu wenden und ihn wieder auf die Insel zurückzubringen, aber ihm war klar, dass sie dadurch zu viel Zeit verlieren würden.

Der Rennmäuserich hatte zudem eine Art, Sylber auf die Palme zu bringen, ohne dass er sich anstrengen musste. Allein seine Gegenwart reichte aus, um das Wiesel wütend zu machen: Er war eines dieser Tiere, deren Einfluss eine geringfügige Meinungsverschiedenheit zu einem Aufruhr mit hunderten von Beteiligten steigern konnte.

Das neue Mannschaftsmitglied bereitete Sylber so großes Unbehagen, dass er am nächsten Tag Weniger Einbein zu sich in die Kabine rief. »Wie macht sich deine neue Hilfskraft?«, fragte er. »Hast du sie gut mit Arbeit eingedeckt, ja?«

»Nun ja, die Sache verhält sich so«, sagte Weniger und verlagerte das Gewicht von dem Holzbein auf sein gesundes Bein. »Seit Narki an Bord ist, ist er krank, ans Bett gefesselt, der arme Kerl.«

Sylber runzelte die Stirn. »Hat Waldschratt ihn untersucht?«

»Aye, Käpt'n, aber anscheinend kann er die Ursache der Krankheit nicht finden. Muss was ganz Geheimnisvolles sein, das steht mal fest. Der Rennmäuserich liegt einfach nur da und starrt zur Schott. Seine Augen haben den Blick eines sterbenden Tiers, Käpt'n. Ich habe den Eindruck, er siecht langsam dahin.«

Sylber hatte einen anderen Verdacht. Er beschloss, sich selbst ein Bild vom Zustand des Rennmäuserichs zu machen. Er ging mit Weniger in eine Ecke der Logis, wo der Koch eine Liegestatt für den Rennmäuserich hergerichtet hatte. Da lag nun der blinde Passagier, mit trübem Blick und lustlosem Gebaren. Selbst als Sylber seinen Namen rief, wandte er den Kopf nicht um.

»Narki?«, sagte Sylber. »Was soll das Theater?«

»Ich bin krank … ernsthaft krank«, jammerte der Rennmäuserich.

In einer anderen Ecke der Logis spielten einige Marder leise Eibisch mit Kunicht. Sie sprachen mit gedämpften Stimmen und warfen immer wieder mitleidsvolle Blicke zu dem kranken Narki hinüber. Kranke Tiere genossen so etwas wie Hochachtung, besonders wenn sie so nah waren.

»Unsinn!«, schimpfte Sylber. »Als ich dich gestern gesehen habe, warst du noch vollkommen wohlauf. Wie kommt es, dass du heute an der Schwelle des Todes bist? Ich glaube, du simulierst und versuchst, dich um die Arbeit in der Kombüse zu drücken. Damit kommst du nicht durch, musst du wissen.«

Narki bemühte sich anscheinend, sich aufzurichten, sackte jedoch schwach auf sein Lager zurück. »Ich … ich möchte ja arbeiten, Kapitän. Aber mein Körper lässt es einfach nicht zu.«

Sylber verlor die Geduld. »Ich möchte, dass du sofort aufstehst und innerhalb von fünf Minuten bei der Arbeit bist. Ich überlasse dich Wenigers Obhut. Wenn du nicht aufstehst, wirst du schwer bestraft.«

Mit diesen Worten entfernte sich Sylber, um sich in seine Kabine zu begeben, und ließ einen seiner festen Überzeugung nach simulierenden Kranken zurück. Ein paar Minuten später wurde an der Tür geklopft. Sylber nickte wie zur Bestätigung, da er annahm, dass dies ein zu Kreuze kriechender Rennmäuserich sein müsse, der sich für seinen törichten Versuch, sich vor den Pflichten zu drücken, entschuldigen wollte. »Herein!«, sagte er in einem Ton, der weniger streng war, als er vielleicht zehn Minuten zuvor ausgefallen wäre.

Die Tür öffnete sich, und da stand Kunicht. Hinter ihm waren einige Marder, die höflich vor der Kabine warteten, während Kunicht eintrat. Erst vor kurzem waren die Handschellen von Kunichts Vorderläufen entfernt worden. Er hatte sie zwei Tage lang wie Armreifen getragen und darauf gewartet, dass sich der Schiffsschmied ihrer annehmen werde.

»Ähem«, räusperte sich Kunicht. »Die Sache ist so, Sylber … wir finden, dass du mit dem armen Narki ziemlich grob verfährst. Wir glauben, dass er recht schlecht dran ist. Wir meinen, man sollte ihn in Ruhe lassen, damit er sich erholen kann …«

»Was?«, schrie Sylber. »Merkt ihr denn nicht, dass dieses Geschöpf seine Krankheit nur vortäuscht? Kunicht, manchmal kann ich dich einfach nicht verstehen. Verschwinde und belästige mich nicht mehr.«

Kunicht zuckte mit den Schultern und schloss die Tür. Vor der Kabine erhob sich ein wütendes Raunen, das eine Weile anhielt, dann entfernten sich die Stimmen.

Sylber konnte einfach nicht glauben, was sich da abspielte. Anscheinend hatte Narki nicht nur die Gabe, bei ihm selbst elende Gefühle zu erwecken, sondern er konnte auch andere Mannschaftsmitglieder in seinem Sinn beeinflussen.

Kunicht hatte sich noch nie darum geschert, wenn irgendjemand anders krank war. Dafür war er viel zu selbstsüchtig. Er fühlte sich nur dann betroffen, wenn es ihm selbst nicht gut ging. Warum sollte er sich Sorgen wegen dieses fremden Rennmäuserichs machen, bei dem es sich eindeutig um einen Betrüger handelte? Der ihn darüber hinaus gefangen genommen und in Ketten gelegt hatte? Sylber hatte nicht vergessen, dass der

Rennmäuserich ein meisterhafter Überredungskünstler war, dem es gelungen war, mitten in der Nacht Tiere vom Schiff und hinauf zu seiner Burg zu locken. Vielleicht besaß er immer noch das Prisma, das er benutzt hatte, um sie zu hypnotisieren.

Sylber ging zu Grind, der mit Birnoria und Alissa an der Ruderpinne stand. Er erzählte ihnen, was sich zugetragen hatte, und bat sie um ihre Meinung.

»Mein Rat ist, den Ballast über Bord zu werfen«, sagte Birnoria mit Bezug auf den Rennmäuserich. »Er nimmt nur unnötig Platz weg.«

»Nun ja, das können wir nicht machen, weißt du«, sagte Sylber, »aber auf der nächsten Insel werde ich ihn aussetzen.«

»Mir war vom ersten Blick an klar, dass dieser Kerl ein Nichtsnutz ist«, erklärte Grind mit zusammengekniffenen Augen. »Ich persönlich kann Drückeberger nicht ausstehen. Kunicht lässt sich zu sehr von seinen Gefühlen hinreißen. Wahrscheinlich hält er sich für den Meisterfürsprecher der Entrechteten. Na, diesmal steht er auf der falschen Seite.«

Gestärkt durch das Wissen, dass er mit seiner Einstellung nicht allein dastand, besuchte Sylber erneut die Logis. Dort befahl er zwei Mardern, den Rennmäuserich zum Aufstehen zu zwingen. Kunicht legte heftigen Protest ein, doch Sylber drohte ihm, er werde die nächsten drei Tage im Krähennest verbringen, wenn er nicht den Mund halte. Die Marder nahmen zu beiden Seiten des Rennmäuserichs Aufstellung und wuchteten ihn hoch; seine Beine hatten sich offenbar in Gelee verwandelt. Als Sylber den Mardern befahl, den Rennmäuserich loszulassen, fiel das Geschöpf als flacher Haufen auf dem Deck zusammen.

»Meine Beine«, stöhnte der Rennmäuserich. »Da ist keine Kraft drin. Meine Knochen sind ganz weich. Die Muskeln wollen einfach nicht richtig arbeiten …«

»Du bist es, der nicht arbeiten will«, brüllte Sylber wutentbrannt. »Steh jetzt auf und widme dich deinen Pflichten.«

»Ich kann nicht. Ich bin krank, glaube mir. Hast du denn kein Herz im Leib? Schau mich doch an. Sehe ich etwa aus wie ein gesundes Tier? Ich spüre, wie die Krankheit durch meinen Körper zieht. Ich bin all meiner Kräfte beraubt. Du kannst die schlimmste Form der Bestrafung bei mir anwenden, Kapitän, aber ich befürchte, selbst dann wäre ich nicht in der Lage zu arbeiten, auch wenn ich es verzweifelt gern möchte, um zu beweisen, dass ich nicht lüge …«

Sylber wurde allmählich unsicher. Das Geschöpf wirkte tatsächlich etwas lethargisch, sein Fell war trocken und spröde, der Blick glasig. Vielleicht sprach es doch die Wahrheit. Vielleicht war Sylber voreilig zu einem Schluss gekommen. Er entschied, dem Mäuserich noch einen oder zwei Tage Zeit zu lassen, um die Krankheit zu überwinden, und dann die Lage neu zu beurteilen. Er wies Kunicht an, den Rennmäuserich wieder zu Bett zu bringen und ihn, den Kapitän, über alle Veränderungen auf dem Laufenden zu halten.

Eine ganze Woche verging, und der Rennmäuserich erhob sich immer noch nicht von seinem Lager. Anfangs brachte ihm Lukas die Mahlzeiten ans Bett, doch aufgrund Waldschratts Äußerung, dass er an seinem Zustand nichts Bedenkliches feststellen könne und dass sein Appetit keineswegs dem eines Kranken entspreche, aß er schließlich weniger. So schien es wenigstens.

In Wirklichkeit wurden ihm dicke Suppen und feine

Leckerbissen von Kunicht und anderen Mannschaftsmitgliedern zugesteckt. Kein Marder stand von einer Mahlzeit auf, ohne ein kleines Stück Zwieback oder ein bisschen Eintopf für Narki mitzunehmen. Der Rennmäuserich pflegte sich dann mühsam aufzurichten und darüber zu klagen, wie todkrank er sei; danach lehnte er sich zurück, um entweder zu schlafen oder zu reden.

Erneut unternahm Sylber den Versuch, seine Autorität durchzusetzen, indem er allen verbot, den Rennmäuserich zu füttern. »Das nächste Mannschaftsmitglied, das mit Nahrung in Narkis Krankenzimmer schleicht, wird an Land ausgesetzt und dort zurückgelassen«, warnte er.

Niemand verstieß gegen seinen Befehl, trotzdem gedieh Narki immer weiter, obwohl er nicht aufstand, um die Mahlzeiten einzunehmen.

Eines Tages begab sich Sylber unter Deck zu den Max Kottken und fand nichts als Fischgräten vor. Sie alle waren von dem Rennmäuserich abgenagt worden. Sylber tobte vor Wut. Er drohte mit alle Arten von Strafen, aber nichts davon schien die gewünschte Wirkung zu tun. Irgendwie schaffte es der Rennmäuserich immer wieder, genügend Mitleid hervorzurufen, um den Zorn des Kapitäns abzuwenden und weiterhin im Bett zu bleiben.

Fünfundzwanzigstes Kapitel

Trugkopp stand in seinen Gummistiefeln am Bug des Schiffs; der auffrischende Wind blies ihm ins Gesicht. Die Marder hatten ihn gewarnt, dass Gummistiefel ihn mit ihrem Gewicht zum Grund ziehen würden, falls er über Bord fiele, aber das war ihm einerlei. Er hasste es, nasse Füße zu bekommen, und ging lieber das Wagnis des Todes ein, als sich der Möglichkeit von feuchten Socken auszusetzen. Was noch schlimmer war, er hatte sich im Laufe des Vormittags etwa zum fünften Mal über den Bug übergeben.

»Muss das sein?«, tönte Gildeswins Stimme von unten herauf. »Das hat Rosenkrass und mich voll getroffen.«

Trugkopp sah hinunter und stellte fest, dass er sich über die Galionsfigur mit ihrem Doppelfrettchengesicht übergeben hatte. Die Passagiere des Schiffs, die Statuen, waren auf einer großen Insel abgesetzt worden. Der Sheriff überlegte, ob es nicht besser gewesen wäre, sich gleichzeitig der Galionsfigur zu entledigen. Schließlich waren Rosenkrass und Gildeswin in Wirklichkeit jetzt nichts anderes mehr als Statuen – Holzklötze oder Stumpen.

»Das macht den Kohl auch nicht mehr fett«, murmelte er. »Die Möwen haben euch bereits mit Vogelkot bedeckt.«

»Und ob das den Kohl fett macht«, widersprach Rosenkrass, »glaub mir.«

Das Meer lag glatt wie ein Mühlteich da, doch es gab eine Unterwasserdünung, die das Schiff schaukeln ließ wie die Wiege eines Katzenkinds unter den Pfoten einer liebenden Mutter. Für Trugkopp war dieses andauernde Schaukeln so schlimm wie ein heftiger Sturm. Er traute dem Deck unter seinen Füßen nicht. Es bewegte sich. Es neigte sich erst zur einen Seite, dann zur anderen. Das war nicht normal.

»Warum habe ich mich bloß auf diese Reise eingelassen?«, stöhnte er Ein-Ohr-Köbes zu, der aus der Kombüse heraufgekommen war, um etwas frische Luft zu schnappen. »Ich bin einfach nicht für die Seefahrt geschaffen.«

»Du wirst dich daran gewöhnen«, tröstete ihn der Marder und versetzte ihm einen Klaps auf den Rücken. »Tief durchatmen, damit ein bisschen Ozon in deine Lunge kommt. Du hast heute Morgen nicht gefrühstückt, das ist dein Problem, Käpt'n. Eine ordentliche Portion von schön fettiger Mausleber in deinem Magen würde die Übelkeit gleich vertreiben.«

Trugkopp schloss die Augen und versuchte, das Bild von gebratener Mausleber aus seinem Kopf zu vertreiben. Sein Magen drehte sich erneut um und hob sich wieder. Er blockierte seinen Schlund mit der Zunge und hoffte, damit das, was immer hochkommen wollte, unten zu halten. »Das glaube ich nicht, Köbes, und ich wäre dir dankbar, wenn du es nicht noch einmal erwähnen würdest.«

Er brauchte eine Ablenkung, also fragte er seinen Gefährten, der auf etwas ziemlich Ekelhaftem herumkaute: »Was sind das für Fische, die da ständig durch die Bugwelle springen?«

»Delfine. Eintlich sin das keine Fische nich, Käpt'n. Sie atmen Luft. Deshalb spielen sie oben am Meer herum, anstatt in ihm drin zu schwimmen.«

»Mir gefallen sie nicht – sie sehen hungrig aus.«

»Gott behüte«, klackte Köbes und schlug sich mit der Pfote auf den Schenkel, »sie tun keinem nix. Bei Haien muss man aufpassen. Ein großer weißer Hai verschlingt ein Hermelin wie dich mit einem Happs als Vorspeise, vor der Hauptmahlzeit. Siehst du die schwarze Flosse, die da durchs Wasser schneidet? Das ist ein Tigerhai. Die sind auch ganz schön bösartig. Zusammen mit den Barrakudas sind das so ungefähr die gemeinsten Fische, die es gibt.«

Trugkopp betrachtete die dunkle Flosse und erschauderte. Er hasste es, an Bord des Schiffes zu sein, aber er wusste, dass es im Wasser noch schlimmer wäre, dort würde er keine fünf Minuten überleben. Er sehnte sich nach seiner hübschen massiven Burg unter den vier Pfoten. Stein. Unbeweglicher Stein. Stein, eingebettet in dicken Lehm. Das wollte er. Aber er würde es nicht bekommen.

Trugkopp hatte schon mehr als seinen Anteil an Abenteuern gehabt. Dank seiner Möwenkundschafter war es ihm gelungen, das Schiff der Wiesel auf seiner Reise zu verfolgen, einschließlich der Route in den kalten Norden. Er war knapp solchen Gefahren entronnen, wie zum Beispiel von den Dronten bei lebendigem Leib gebraten zu werden oder von irgendwelchen Hamstern ermordet zu werden, die in zergliederten Schachfiguren lebten, und hatte darüber hinaus auf einer Insel einen Halt eingelegt, die nicht von der *Ziehenden Wolke* besucht worden war.

Genau in der Mitte dieser Insel ragte ein vollkommen

kegelförmiger Berg auf. In diesem Berg waren Höhlen, die den Worten der Möwen nach Diamanten enthielten. Diamantminen!

Das war für Hark und Nackert zu verlockend gewesen, obwohl Trugkopp verboten hatte, dass irgendjemand an Land ging. Die beiden Dachse hätten sich die gläsernen Knochen und Schädel besser eine Warnung sein lassen sollen, die an der Küste herumlagen. Der feine Glassand, der im Licht der Sonne blitzte und funkelte, hätte ihnen Angst einjagen müssen. Sie hätten sich Gedanken machen sollen über die riesigen Kiesel, die zwischen den Glasskeletten lagen, eingegraben in Glassand.

Die Möwen hatten Trugkopp und die Mannschaft gewarnt, dass ein Tier, falls es doch an Land ginge, auf keinen Fall zum Schiff zurückblicken sollte. Natürlich missachteten die Dachse nicht nur Trugkopps Befehl, sie blickten auch zurück. Auf fremdem Gebiet hat man nun mal das überwältigende Bedürfnis, sich zu vergewissern, dass der Fluchtweg gesichert ist. Man kann gar nicht anders, als sich nach hinten umzusehen und den beruhigenden Anblick in sich aufzunehmen, dass das rettende Schiff immer noch in der Bucht vor Anker liegt.

Hark und Nackert wurden auf der Stelle in Glassäulen verwandelt. Sie waren am Morgen angelandet, als der Rest der Schiffsbesatzung gerade erwachte. Die Sonne leuchtete durch ihre klaren Gestalten. Außer dem Glasskelett sah man jedes einzelne gläserne Organ im Innern: Leber, Herz, Nieren, Lunge. Ihre Brustkörbe waren jedoch auf der Innenseite dunkelbraun gefleckt, wie der alte Pfeifenkopf eines starken Rauchers. Die alten Teer- und Nikotinablagerungen bildeten eine dicke

Schmiere auf ihren wertvollen Luftröhren und Lungenflügeln.

Wenn man von den dreckigen Rückständen alter Pfeifen absah, sahen Hark und Nackert als geschliffene Glasfiguren besser aus, als es im Leben jemals der Fall gewesen war. Sie hätten mit ihrer strahlenden Gläsernheit gar den Innenhof eines Kaiserpalastes schmücken können.

Aber nicht lange. Höhlenvögel flogen aus den Bergen heran und bombardierten sie mit Steinen. Die beiden, mit tragischen Mienen, die auf den Dachsgesichtern erstarrt waren, wurden vor den Augen von Trugkopp und seiner Mannschaft zerschmettert, ihre gläsernen Knochen fielen aus den zerbrochenen Glashüllen. Nach einiger Zeit würden ihre Skelette vom ruhelosen Meer dem Boden gleich gemacht werden, um ein Teil des sich bewegenden, glitzernden Sandes zu werden, aus dem der Strand bestand.

»Wenigstens werden sie nicht von Grabräubern ausgebuddelt«, sagte Trugkopp, der das Geschehen durch ein Fernglas beobachtete, »und ich kann mir vorstellen, dass irgendwann Besucher an diesen fremden Strand kommen und den Sand in kleinen Flaschen einsammeln werden, um ihn als Geschenk von der Kegel-Insel nach Hause zu bringen …«

Dann fiel ihm seine wertvolle Libellenbrosche ein, die Sibiline ihm geschenkt hatte und die ihm von Hark und Nackert gestohlen worden war. Die Dachse hatten sich geweigert, sie wieder herauszugeben, sondern vielmehr steif und fest behauptet, dass sie ihnen gehöre. Auch sie war wahrscheinlich in Glas verwandelt worden. Trugkopp stieß voller Widerwillen die Luft aus: er hatte gehofft, das Schmuckstück vor seiner Rückkehr in die Heimat wiederzuerlangen. Jetzt wusste er nicht, wie er Sibiline die Sache erklären sollte.

Der Sheriff grübelte immer noch über das Schicksal seiner Libellenschnitzerei nach, als ein Schrei die Luft durchschnitt.

»Segel ho!«, schrie eine Stimme von der Spitze des Mastes.

»Ein Schiff von vorn!«, riefen die Gesichter an der Galionsfigur beinah wie aus einem Munde. »Sieht aus wie ein Kriegsschiff.«

Der Sheriff hob den Blick nach oben und sah einen Marder, der in Richtung Sonne deutete. Trugkopp blinzelte ins Licht, in der Hoffnung, dass sie endlich die Wiesel gesichtet hätten. Er war überzeugt davon, dass Sylber die gleichen Schwierigkeiten mit der Seekrankheit hatte wie er selbst, denn warum sollten Waldwiesel aus kräftigerem Stoff hergestellt sein als Burghermeline?

»Kannst du erkennen, was für ein Schiff das ist?«, rief Trugkopp zu dem Matrosen über ihm hinauf.

»Sieht seltsam aus«, kam der Ruf zurück. »Ich zähle siebzehn Segel. Wart mal 'nen Augenblick. Ich glaube, es geht unter. Sieht so aus, als ob sich der Bugspriet andauernd mit dem Ruder verheddert.«

»Wie das? Das geht doch gar nicht! Beides befindet sich doch jeweils am entgegengesetzten Ende des Schiffs, oder nicht?«

»Na ja, so sieht es jedenfalls aus; und ich müsste es doch eigentlich wissen, ich bin schließlich Seemann.«

»Kannst du erkennen, wer an Bord ist?«

Der Ausguck spähte angestrengt zu dem sich nähernden Schiff. »Mir kommt es so vor, als wäre da ein Biber an Bord, zusammen mit einem Dienstkater und verschiedenen Handwerkstieren – ein Stiefelputzer und ein Bäcker sind zwei davon, was die anderen betrifft, bin ich mir nicht sicher. Sie alle sind bis zu den Zähnen mit Harpunen bewaffnet.«

Köbes sagte entschlossen: »Wir müssen auf Enterer gefasst sein, Käpt'n.«

Der Sheriff betätigte eine Glocke. »Alle Pfoten an Deck! Alle Pfoten an Deck! Gefechtsstellung einnehmen!«

Marder und Hermeline stürmten aus den Lukendeckeln an Deck. Flink nahmen sie Position hinter Katapulten, in der Takelage oder entlang der Reling ein. Trugkopp hatte seine Hermeline gut ausgebildet, und die Marder schwärmten bereits in der Takelage aus, um das Schiff für eine Feindbegegnung vorzubereiten. Schließlich lagen sie Seite an Seite mit dem anderen Schiff.

Der Biber schwenkte eine Harpune zur Begrüßung. »Wohin des Wegs?«, rief er herüber. »Seid ihr auf der Jagd?«

»Auf der Jagd nach was?«, fragte Trugkopp vorsichtig zurück. »Nach Walen?«

»Nein … nein … nach dem Haino. Jagt ihr den Haino? Habt ihr das Drecksstück irgendwo gesehen?«

»Hör auf, mit diesem spitzen Ding unter meiner Nase herumzufuchteln!«, rief Rosenkrass. »Sonst fange ich noch an zu schielen.«

»Halt den Mund, Galionsfigur. Hör zu, Biber, ich … ich weiß gar nicht, was ein Haino ist«, bekannte der Sheriff, während die beiden Schiffe aneinander vorbeizogen.

Der Biber sah verärgert aus. »Er sieht aus wie ein Budsch, nur dass er keiner ist.«

Trugkopp wollte nicht zugeben, dass er auch nicht

wusste, was ein Budsch ist. »Nein … nein … wir haben keinen gesehen.«

»Na ja, wenn ihr einen seht …«, setzte der Biber an, doch in diesem Augenblick war das Schlagen von Flügeln zu hören. Alle Tiere auf beiden Schiffen blickten nach oben, als ein Schatten vor der Sonne vorbeiflog und langsam absank. Wind zauste die Federn des Wesens, das zu den beiden Schiffen herabschwebte. Es war ein Vogel, doch eine Art von Vogel, wie Trugkopp in seinem ganzen Leben noch keinen gesehen hatte. Er war angetan mit Kleidern, die von Flutsch dem Otter hätten stammen können, so auffallend war der Stil. Zudem hatte er mehrere Reihen von grausam aussehenden Krallen sowie einen langen gebogenen, rasiermesserscharfen Schnabel.

»Der Dschubdschub-Vogel!«, schrie der Biber aufgeregt. Der Metzger, der Bäcker und andere Handwerkstiere verließen sofort das Deck und eilten hinunter. Nur der Dienstkater und der Biber blieben an Deck. Ein schrecklicher Laut entrang sich der Kehle des Vogels. Er klang wie die Flügel von Windmühlen, die seit Jahrhunderten nicht mehr geschmiert worden waren. Das Geräusch trieb einem Tränen in die Augen. Es machte, dass man die Zähne fletschte, dass man am ganzen Körper zuckte.

Der Dschubdschub-Vogel flog flach über dem Meer heran. Bei seinem ersten Angriff schaffte er es, die Segel von Trugkopps Schiff allesamt in Fetzen zu reißen. Dasselbe tat er mit den Segeln am Boot des Bibers. Seine Krallen waren wie scharfe Sicheln, die das Segeltuch mit Leichtigkeit durchschnitten.

Trugkopp war zunächst von der Plötzlichkeit des Angriffs aus der Bahn geworfen worden, doch jetzt mobilisierte er seine Verteidigungskräfte. Mit ihren Katapulten landeten sie etliche Treffer auf dem angreifenden Vogel, während dieser die beiden Schiffe umkreiste. Einer dieser Schüsse raubte ihm ein paar Schwanzfedern, worauf der Dschubdschub wütend kreischte. Er flog in einer weiten Kehre von den beiden Schiffen weg, dann schwenkte er um und sauste direkt über den Wellen wieder heran.

»Ruhe bewahren, Mannschaft«, befahl Trugkopp mit fester Stimme. »Wartet, bis ihr den Angreifer voll in der Sicht habt. Schießt erst, wenn ihr die roten Stellen unter seinen Vorderflügeln seht …«

Diesmal wurde der Dschubdschub mit einem Geschosshagel empfangen, der ihn von seinem Kurs abbrachte. Er wich mit unglaublicher Geschwindigkeit nach Steuerbord ab, wobei seiner Kehle eine Reihe von abgehackten Krächzern entkamen, die Flüche und Drohungen sein sollten.

»Wie bringen wir das Ding um?«, fragte Trugkopp.

»Mit uns könnt ihr nicht rechnen«, riefen der Dienstkater und der Biber. »Ihr seid auf euch allein gestellt«. Und damit huschten sie unter Deck, um sich in Sicherheit zu bringen – falls der Dschubdschub nicht gleich das ganze Gefährt versenken würde.

»Entzückend«, schnaubte Trugkopp, während der Vogel in Spiralen zu einem zweiten Angriff ansetzte. »Wenn das so ist und wenn es nach mir geht …« Er lief nach vorn zum Bug, wo eine gewaltige Armbrust stand. Sodann schob er das Hermelin, das dahinter postiert war, zur Seite und zielte mit der Waffe. Trugkopp war schon oft in seinem Leben in Panik geraten, hatte aufgrund seiner Angst oder seiner schwachen Nerven schon viele Fehler gemacht, doch diesmal hatte er einen klaren Kopf bewahrt. Vielleicht lag es daran, dass er so weit entfernt war von der Autorität Prinz Punktums. Der Prinz hatte eine Art, die alle um ihn herum nervös machte.

Der Dschubdschub-Vogel breitete die riesigen Flügel weit aus und schwebte erneut heran; seine Krallen arbeiteten wie Scheren. Seine Absicht war offensichtlich: Er wollte das Schiff der Hermeline am Bug erwischen, es versenken und so viele Tiere dem Meer entreißen, wie er auf einen Satz essen konnte. Hinter Trugkopp stießen ein paar Hermeline und Marder furchterfüllte Schreie aus, da sie glaubten, dass ihnen der sichere Tod bevorstünde. Gewiss vertraute keiner von ihnen dem Sheriff, den sie alle als lächerliche Figur betrachteten.

Trugkopp stand jedoch fest wie ein Fels in der Brandung da. Sein kühner Blick haftete auf der Armbrust. Immer näher kam der schreckliche Vogel mit der gut geschnittenen, modischen Kleidung. Sein vor Waffen strotzender Körper wurde immer größer, bis er beinahe direkt über ihnen war. Keiner an Bord hätte tatenlos ausharren können, so wie Trugkopp es tat, ohne zu schießen oder wegzulaufen. Doch Trugkopp stand immer noch unbeirrt da, eine einzige Klaue wartend am Zug der Armbrust, und zuckte nicht einmal mit der Wimper. Als der Vogel nur noch eine Schiffslänge von ihnen entfernt war, schoss der Sheriff. Der große Pfeil flog gerade und zielstrebig. Er traf den Dschubdschub mitten ins Herz.

»Guter Schuss!«, brüllte Gildeswin.

Ein Kreischen ertönte, das Glasberge zerschmettert hätte. Die Flügel des schrecklichen Vogels erschlafften, und er plumpste ins Meer. Eine hohe Fontäne spritzte auf, wo er auf der Wasseroberfläche aufkam. Dort schwamm er eine Zeit lang, offenbar mausetot. Der Kopf an dem langen, schlangenartigen Hals hüpfte und schaukelte auf den Wellen. Die Flügel breiteten sich aus und bildeten ein Floß aus Federn. Die großen Beine mit den grausamen Krallen ragten senkrecht nach oben. Dann sank das Geschöpf unter die Oberfläche, um niemals wieder aufzutauchen. Nur eine oder zwei lose Schwanzfedern kennzeichneten sein nasses Grab.

Die Hermeline und Marder johlten und jubelten.

Von dem anderen Schiff jedoch erschallte ein verzweifelter Schrei. »Ihr habt den Dschubdschub getötet!«

Trugkopp wandte sich um und sah den Biber, der wieder an Deck gekommen war und zutiefst erschüttert wirkte. »Jemand musste es ja tun«, sagte er. »Du warst dabei keine Hilfe, weil du dich nach unten verkrochen hast. Ich wollte ihn nicht umbringen, aber er hat mir keine andere Wahl gelassen.«

Jetzt war der Dienstkater zur Stelle, zusammen mit dem Metzger und dem Bäcker. »Ojemine, ojemine, jetzt bist du fällig«, jammerte der Dienstkater. »In deinen Schuhen möchte ich nicht stecken, nicht um den Eckzahn eines Hainos.« Er hob den Blick gen Himmel. »Ein Sturm zieht auf«, bemerkte er. »Die Geister des Meeres und der Luft sind erzürnt, und die des Landes sind auch nicht besonders glücklich. Am besten bereitest du dich auf deine Bestrafung vor, Hermelin. Du hast ihren Lieblingssohn getötet.«

Der Bäcker und der Metzger nickten zustimmend, während der Stiefelputzer die Luft durch die Zähne einsog und heftig zitterte.

»Was hätte ich denn sonst tun sollen?«, rief Trugkopp. »Das Ungeheuer hätte uns sonst versenkt.«

»Du hättest es gewähren lassen sollen«, entgegnete der Biber. »Das hätte ich gemacht. Jetzt hast du die Bescherung. Wir haben nichts damit zu tun. Wir haben nichts getan, nicht wahr?«, fragte er seine Gefährten. »Wir waren nur auf der Jagd nach dem Haino. Du bist es, der jetzt in Schwierigkeiten steckt.«

Mit diesen Worten zog der Dienstkater einen Satz neuer Segel auf, und das andere Schiff war auf und davon, flitzte über die Wasserfläche des Meeres und näherte sich mit rasender Eile dem Horizont.

»Jetzt hast du die Bescherung«, tadelte nun auch Ein-Ohr-Köbes den Sheriff mit bitterernster Miene. »Wenn es nach mir ginge, würdest du den Dschubdschub-Vogel wie ein Gewicht um den Hals tragen, um für deine Sünde zu büßen.«

Der Koch und die Mannschaft gingen nach unten und ließen Trugkopp allein an Deck. Der Himmel senkte sich herab, dunkel und bedrohlich. Blitze zuckten am Horizont, und ein dumpfes Grollen war zu hören. Eine wirbelnde Wasserfontäne stob aus dem Osten heran und verschwand im Westen.

Seltsame Ahnungen erfüllten die Luft über dem Schiff, während dieses mit zerfetzten Segeln dahinglitt, völlig dem Wind ausgeliefert. Es sprachen viele Anzeichen dafür, dass der Weltuntergang nicht mehr fern war. Der einsame Sheriff stand auf der Kommandobrücke und beobachtete, wie sich die Farbe des Meeres von Blau zu Grau verwandelte und die Wellen mit jeder Sekunde heftiger wurden.

In diesem Augenblick erhellte ein gegabelter Blitz den Himmel, gefolgt von einem lauten Donnerschlag. Der Blitz fuhr in Trugkopps Schnauzhaare ein und schickte einen Schlag durch ihn hindurch, der ihn vom

Kopf bis zu den Zehen erbeben ließ. Er strahlte hell wie ein Leuchtfeuer. Dann zischelte der Blitz davon, und der Sheriff stand wie gelähmt da – wundersamerweise noch am Leben.

»He!«, sagte er nach einigen Sekunden. »He!« Er fühlte sich eigenartig, so als hätte ihn jemand hochgehoben, wild geschüttelt und wieder abgesetzt. Aber nicht nur das – es war, als ob ihn der Blitzschlag mit Energie geladen, mit neuer Kraft versehen hätte. Er fühlte sich unter Strom. Der Blitzschlag, der sein Leben verschont hatte, hatte ihm eine Kraft verliehen, wie er sie noch nie zuvor erfahren hatte. Trugkopp fühlte sich stark genug, alles zu vollbringen – wirklich alles. Er war mit tausendfacher Kraft versehen. »Ich allein bin gesegnet«, sprach er zu sich selbst. »Ich bin von den Göttern auserwählt.«

Er kam nicht auf den Gedanken, dass er in Gummistiefeln auf einem Holzdeck stand. Welkiner waren nicht derart wissenschaftlich bewandert. Diese Isolatoren hatten ihm das Leben gerettet, aber für Trugkopp war das Ganze Zauberei, das Wunder, auserwählt zu sein.

Seltsamerweise war seine Seekrankheit völlig verflogen. Er schwenkte die Faust gen Himmel. »Ihr könnt alles auf mich herabschleudern, was euch einfällt«, jubilierte er. »Traut euch nur! Ich habe den Dschubdschub-Vogel getötet, und das freut mich – habt ihr gehört? –, das freut mich! Und wenn es sein muss, mach ich es morgen wieder. Ich hätte ihm einen Apfel in den Schnabel gestopft und ihn zum Essen gebraten, wenn er nicht zum Meeresgrund hinab abgesoffen wäre. Also, was wollt ihr noch, ihr abscheulichen Gespenster?«

Der Wind heulte, wie in einer wütenden Erwiderung auf diese Gotteslästerung. Die Wellen schlugen immer höher. Der Wind wehte immer heftiger. Es begann zu regnen, wie es noch nie zuvor geregnet hatte, es goss wie aus Eimern. Überall ringsum zuckten jetzt Blitze auf, und Donnerschläge krachten direkt über dem Schiff. Die Welt hatte sich verdunkelt, als ob es tiefste Nacht wäre und nicht mitten am Tag.

Schließlich, als er aufgehört hatte, gegen den Himmel anzutoben, wurde Trugkopp bewusst, in welch gefährlicher Lage sie sich befanden. Er öffnete eine Klappe, nahm Ölzeug heraus und legte es an. Dann betätigte er die Glocke, um die Mannschaft an Deck zu rufen. »Alle Pfoten!«, brüllte er, wobei Wasser aus seiner Ölhaut und vom Südwester rann. »Auf Posten! Ein Unwetter braut sich zusammen. Ich will, dass sich die Mannschaft sofort hier einfindet!«

Die Hermeline kamen durch die Luken herauf, die Gesichter vor Angst verzerrt.

»Was für ein Haufen von Feiglingen!«, schimpfte Trugkopp. »Ihr alle seid viel zu abergläubisch. Uns wird nichts geschehen, wenn wir es nicht zulassen. Ein Unwetter ist ein Unwetter. Man muss es niederschlagen. In die Takelage mit euch! Kämpft, ihr Memmen!«

Die Hermeline kletterten in die Takelage. Trugkopp fühlte sich als uneingeschränkter Befehlshaber, zum ersten Mal in seinem Leben. Er war zuversichtlich und von sich selbst überzeugt. Der Blitzschlag hatte seinen Geist mit Mut und Kraft aufgeladen. Die Mienen seiner Hermeline zeigten keine Spur von beleidigender Missachtung, während er Befehle brüllte. Sie respektierten ihn. So gehörte es sich. So entsprach es der natürlichen Bestimmung.

Aber was war mit den Mardern los? Verbargen sie sich immer noch feige unter Deck?

»Tritt zur Seite, Hermelin«, sagte eine Stimme hinter Trugkopp. »Gib das Steuer frei.«

»Wa …?« Trugkopp drehte sich um und sah die Marder, allesamt bewaffnet und mit bösen Mienen. »Wovon redet ihr?«, schrie er.

»Erkennst du eine Meuterei nicht, wenn du eine vor dir siehst?«, fragte Ein-Ohr-Köbes und klackte dabei mit den Zähnen. »Wir übernehmen das Schiff. Wir haben diese wilde Jagd satt. Wir haben in zornigem Wechsel geschwitzt und gefroren, und wir haben nicht den Eindruck, dass wir dem Schatz, den du uns versprochen hast, auch nur ein Stückchen näher gekommen sind. Es ist an der Zeit, Nägel mit Köpfen zu machen.«

»Aber ich habe mich gerade an diese Aufgabe gewöhnt«, nörgelte Trugkopp. »Allmählich habe ich ein Gefühl dafür bekommen.«

»Nun, jetzt kannst du ein Gefühl dafür bekommen, wie es ist, in Eisenketten zu liegen«, brummte Köbes. »Bringt den Trottel runter, meine Schätzchen. Zeigt ihm, wo die Ketten sind. Das hier ist jetzt mein Schiff. Jedem Hermelin, das aufmuckt, wird das Gleiche widerfahren, was seinem Herrn widerfährt. Ihr seid entweder für mich oder gegen mich. Wie hättet ihr es denn gern, ihr übrigen Hermeline? Beugt ihr euch, oder bleibt ihr stehen und sterbt?«

»Hermeline! Her zu mir!«, schrie Trugkopp. »Wir werden den Mardern zeigen, was echter Mut ist, was, meine Tapferen?«

Die Hermelinmaate und -matrosen traten zaghaft vor und zückten gleichzeitig die Waffen. Diese ziemlich klägliche und unsichere Bewegung hatte eine verblüffende Wirkung auf die Marder: Sie wurden dadurch angefeuert. Pfeifend, johlend und schreckliche Flüche ausstoßend, stürzten sie sich auf die Hermeline. Sie durchschnitten die Luft mit den zischenden Klingen ihrer Macheten und drohten, das erste Hermelin oder Frettchen, das einen weiteren Schritt nach vorn machen würde, auszuweiden.

Die Hermeline hielten inne.

»Legt die Waffen weg«, knurrte Köbes.

Mit lautem Scheppern und Klappern wurden die Waffen auf Deck geworfen.

»Ihr miesen Feiglinge!«, schrie Trugkopp. »Ich lasse euch alle in Ketten legen.«

»Falsch«, berichtigte Köbes ihn, »ich lasse dich in Ketten legen.«

»Etwas Schlimmeres fällt dir nicht ein?«, höhnte Trugkopp.

»O doch«, antwortete Köbes ruhig. »Ich kann dich über Bord werfen lassen. Dann landest du bei den Haien.«

Trugkopp verkniff sich schnell seine nächste höhnische Bemerkung und ließ sich nach unten abführen. Bald darauf gesellte sich der Rest seiner Hermeline zu ihm, die ihm die Treue gehalten hatten. Das war wenigstens ein kleiner Trost für den Sheriff.

Sie verbrachten eine elende Zeit in der stickigen, feuchten Enge der Back, in der unerfreulichen Gesellschaft von Käfern und Wanzen, mit dem heulenden Sturm als einzige Unterhaltung. Das Ganze wurde noch schlimmer, als der Sturm abebbte und die Sonne herauskam: sie wussten, dass oben ein schöner Tag war, während sie eingeschlossen im Laderaum saßen.

Mehrere Tage lang überließ man sie dort ihrem traurigen Schicksal, bis plötzlich eines Morgens – oder vielleicht war es Abend, niemand wusste das zu sagen – die Geräusche eines Streites an Deck zu ihnen herunterdrangen. Allmählich hörte der Kampflärm auf. Dann wurde die Luke geöffnet, und Sonnenstrahlen fluteten herein, schmerzhaft für die Augen, die mehr als eine Woche in Dunkelheit verbracht hatten. Den Sonnenstrahlen folgte ein Vogel, obwohl dieser nicht gerade hereinflutete: Er plumpste wie ein Stein zu Boden. Über seinem linken Auge war eine schwarze Klappe, und in seiner linken Klaue hielt er eine Machete.

»Wer ist da?«, verlangte der Vogel sogleich unwirsch zu wissen.

»Tretet ein und bringt Glück und Sägen herein«, lautete die Antwort des Sheriffs.

»Was soll das denn heißen?«, fragte der Vogel.

»Um die Ketten durchzusägen«, rief Trugkopp und klackte mit den Zähnen. Der Vogel schwieg daraufhin, und nach einer Weile fügte der Sheriff hinzu: »Am dritten Tag hier unten ist mir dieser Scherz eingefallen, jetzt kann ich ihn endlich anbringen – du könntest wenigstens die Höflichkeit besitzen, ein wenig Erheiterung an den Tag zu legen.«

»Ach, das war ein Scherz, ja? Ich dachte, es wäre eine Art von Trickantwort.«

Der Vogel, der sich mit den Namen Colin vorstellte, ließ nach und nach alle Ketten abnehmen, und Trugkopp und seine Hermeline wurden auf Deck hinaufgeführt. Dort stellten sie fest, dass die Marder inzwischen Gefangene einer Piratenbande waren, die sich aus Schneehühnern und roten Moorhühnern zusammensetzte. Nicht weit entfernt war ihr Schiff, ein Boot aus mit Häuten überzogenem Weidengeflecht; es fuhr unter der Totenkopfflagge.

Colin, der Oberpirat, sagte zu Trugkopp: »Kenne ich dich irgendwoher?«

»Das kann ich mir nicht vorstellen«, erwiderte Trugkopp würdevoll. »Ich habe nicht die Angewohnheit, mich mit Piraten gemein zu machen.«

Colin schritt auf eine bedrohliche Weise an Deck auf und ab. »Ich war nicht immer Pirat. Früher lebte ich in einer Gegend östlich von Sturmburg. Bist du ganz sicher nicht das Frettchen, das Robbie, das Moorhuhn, getötet hat?«

»Frettchen?«, fauchte Trugkopp wütend, und das Wort kam ihm voller Ekel über die Zunge. »Frettchen? Ich bin ein Hermelin.«

»Das behauptest du«, entgegente Colin und musterte ihn eingehend mit dem einen Auge, »aber ich bin nur ein einfacher Bergvogel. Ich kann nicht zwischen dem einen Mörder und einem anderen unterscheiden. Ihr seid alle in Pelz gehüllt, ihr alle habt scharfe kleine Zähne, und ihr alle bildet euch ziemlich viel auf euch ein. Das kann man wohl sagen. Hör mal zu, Wiesel oder was immer du bist, du bist ein Gefangener, kein Prinz.«

»Ich bin der Hochsheriff des Prinzen«, erklärte Trugkopp überheblich. »Ich hatte beim Tod dieses Robbie meine Pfote nicht im Spiel.«

Eines der Moorhühner rief: »Nö, das isser nich. Robbie ist von zwei Frettchen umgebracht worden, die Rosenkrass und Gildeswin heißen.«

Irgendwo unter dem Bug holte jemand tief Luft.

Colin blickte sich um und fragte: »Wer war das? Wer ist da?«

»Niemand«, antwortete Trugkopp, da er seine wertvolle Galionsfigur nicht verlieren wollte. »Wahrscheinlich hast du einen Delfin gehört, der aus dem Wasser getaucht ist und nach Luft geschnappt hat. Wusstest du, dass Delfine keine Fische sind, sondern Säugetiere? Ihr seid umzingelt, weißt du. Das Meer ist voll von unseresgleichen. Auch Wale, Tümmler – und Walrösser, Seelöwen, Seehunde. Ihr Vögel habt da nicht die geringste Chance. Wir Säuger sind überall …«

»Halt den Mund«, fauchte Colin ihn an; dabei ging er auf ihn zu und zeigte ihm die Schneide seiner Machete. »Du kannst immer noch an der Rahnock baumeln, wenn ich Lust habe, dich aus dem Weg zu räumen! Was gaffst du unser Schiff denn so an? Hast du noch nie ein Boot aus Weidengeflecht, überzogen mit Apfelschale, gesehen?«

Trugkopp starrte tatsächlich das andere Schiff an. Jetzt erinnerte er sich, wer Colin, das Schneehuhn, und Robbie, das Moorhuhn, waren. Sylber und einige Mitglieder seiner Gruppe waren ihnen schon einmal begegnet. »Ich erinnere mich an euch – ihr habt mich in den Wald der Verlorenen Vögel gejagt! Ihr seid unterwegs zur Insel Rud, stimmt's?«

»Das waren wir«, murrte Colin, »bis wir einem Schiff voller Ratten begegnet sind, das unter dem Befehl eines Wahnsinnigen namens Flaggatis stand – einem Frettchen wie du, aber alt und gebrechlich, kurz davor zu zerbröseln; seine Gelenke knirschten, und die Haut war völlig zerknittert. Und er roch sehr unangenehm – ein ekelhafter Zeitgenosse. Man kann sagen, sie alle haben gestunken.«

»Ratten?«, hauchte Trugkopp atemlos; diesmal überging er die Frettchen-Beleidigung. »Dann befindet sich Flaggatis also auch auf See?«

»Er hat mich zum Piraten gemacht. Er war's. Wir haben keine Vorräte mehr. Die Ratten haben uns alles gestohlen. Jetzt müssen wir uns also durch Piraterie auf hoher See notdürftig über Wasser halten. Manchmal auch auf niedriger See. Piraten können nicht wählerisch sein. Was habt ihr dabei? Wir brauchen was zu essen.«

»Unten sind genügend Vorräte. Ihr könnt euch nehmen, was ihr braucht, um zu eurer Insel zu gelangen, Colin. Aber ihr dürft niemandem ein Leid zufügen und kein Teil dieses Schiffes beschädigen. Wenn du das versprichst, dann könnt ihr haben, was ihr braucht.«

»Wir könnten es uns einfach nehmen«, erwiderte das Schneehuhn. »Aber du hast Recht, wir sind der Veranlagung nach eigentlich keine Piraten. Wir bringen es einfach nicht übers Herz, zu räubern und zu plündern. Oder heißt das in der Seefahrt ›filzen und stibitzen‹? Wie auch immer, du hast mein Wort; ich willige ein. Niemand und nichts wird zu Schaden kommen. Also, wo sind die Vorräte?«

Trugkopp wandte den Blick grimmig zu Ein-Ohr-Köbes. »Dieser Verräter wird dich in den Lagerraum führen. Ich weiß noch nicht genau, was ich mit ihm anfangen soll.«

»Das Problem ist«, wandte Köbes in seiner praktischen Art ein, »du brauchst mich und meine Baummarder. Deine Hermeline reichen nicht aus als Mannschaft für dieses Schiff; ohne uns seid ihr aufgeschmissen.«

Trugkopp wusste natürlich, dass das stimmte, aber es widerstrebte ihm, es Köbes gegenüber zuzugeben. »Vielleicht lasse ich dich einfach ins Meer werfen, Köbes. Wir werden ja sehen, wie treu deine Marder danach zu dir stehen.«

»Das geht für dich nicht gut aus, wie auch immer.«

Damit ließ man die Sache auf sich beruhen. Den Mardern waren die Waffen abgenommen worden, und die Hermeline hatten die ihren zurückerhalten. Trugkopp konnte sich der Marder wirklich nicht entledigen, aber er beschloss, sie aufmerksam im Auge zu behalten, für den Fall, dass sie noch einmal eine Meuterei anzetteln sollten.

Sobald die Vorratskammern der Vögel aufgefüllt waren, begaben diese sich wieder auf ihr Weidengeflecht-Boot. Sie waren soeben im Begriff davonzusegeln, als Colin einen schrillen Schrei ausstieß und zu der Galionsfigur des Schiffes deutete. »Rosenkrass und Gildeswin!«, kreischte er. »Ich dachte, sie sind tot!«

»Sind sie, jedenfalls so gut wie«, antwortete Trugkopp. »Du hast dein Wort gegeben – niemand an Bord dieses Schiffes und kein Teil davon –, erinnerst du dich? Du kannst sicher sein, dass sie für ihr Verbrechen gebüßt haben, da sie im Holz eingeschlossen sind.«

Colin machte ein finsteres Gesicht und betrachtete eindringlich die beiden Frettchen, die in der Galionsfigur gefangen waren. »Ich habe mein Wort gegeben«, bestätigte er, »und ich muss es halten … Aber wenn ich euch beide jemals wieder sehe, dann mache ich euch zu Kleinholz und verheize euch, um mir die Flügelspitzen an einem kalten Abend auf der Insel Rud zu wärmen, habt ihr verstanden?«

Die beiden Frettchen schwiegen weise.

Sechsundzwanzigstes Kapitel

»Schiff in Sicht, luvseits«, ertönte ein Schrei aus dem Krähennest, und gleich danach ein gleichermaßen dringender Zusatz: »Und noch ein Schiff in Sicht, leeseits!«

Als Sylber diese Rufe in seiner Kabine hörte, eilte er an Deck. Miniva war zusammen mit Grind auf der Brücke, während Birnoria am Steuer stand. Ihre Blicke waren auf zwei Schiffe gerichtet – eines davon ein Windjammer, das andere ein Kriegsschiff –, die sich aus unterschiedlichen Richtungen mit großer Geschwindigkeit näherten.

Sylber nahm das Fernglas von seinem Gürtel und richtete es auf das Kriegsschiff. »Ein leckender alter Kahn«, murmelte er. »Sieht so aus, als würde er in Kürze auseinander fallen. Augenblick mal, es wimmelt darauf von Ratten. Zum Teu… Sie sind bis zu den Zähnen bewaffnet. Und da… die Gestalt im Krähennest… tatsächlich, das ist Flaggatis! Es ist der Zauberer mit seinen Rattenhorden. Sie haben uns bis hierher verfolgt. Unglaublich!«

»Was ist mit dem zweiten Schiff, Kapitän?«, fragte Miniva. »Das kommt auch ziemlich schnell heran.«

Sylber schwenkte das Fernglas in die andere Richtung und betrachtete den näher kommenden Windjammer. »Sheriff Trugkopp! Er steht auf der Brücke. Ja – Hermelinmatrosen, vor Waffen starrend. Baummarder. Er hat es uns nachgemacht und seinen Windjammer mit einer Mannschaft von Mardern besetzt. Trugkopp hat nichts Originelles, das steht mal fest. Man kann sich darauf verlassen, dass er eher etwas nachmacht, als dass ihm als Erstem etwas einfällt. Was ist das da vorn …?« Sylber blickte angestrengt durch das Fernglas. »Du liebe Güte! Ich sehe Rosenkrass und Gildeswin!«

»Ich dachte, die sind tot«, sagte Miniva.

»Nein, sie waren in einem Baum eingeschlossen. Das sind sie immer noch, nur dass der Baum zu einer Galionsfigur geschnitzt wurde. Sie haften am Bug dieses Schiffes. Ich sehe, wie sich ihre Münder bewegen. Sie sprechen miteinander oder mit Trugkopp. Wie außergewöhnlich.«

Grind sagte: »Ich bin beeindruckt, Käpt'n, aber wie kommen wir aus dieser Sache raus? Es könnte uns gelingen, einen von beiden abzuwehren, aber nicht beide auf einmal. Was sollen wir jetzt tun?«

»Waldschratt«, antwortete Sylber entschlossen. »Es ist an der Zeit, dass der alte Magier endlich mal einen ordentlichen Zauberbann für uns erwirkt. Hol ihn an Deck. Gleichzeitig soll die Mannschaft Gefechtsstellung einnehmen. Möglicherweise kommen wir nicht darum herum zu kämpfen.«

Miniva rief alle Mann an Deck und befahl sämtliche Pfoten an die Waffen.

Unten erkundigte sich der ›kranke‹ Narki schwach, was los sei.

»Kampfeinsatz!«, antwortete Weniger Einbein in zufriedenem Ton, als er zurückkam, um sich sein scharfes Metzgerhackebeil zu schnappen. »Wir werden von einer Horde Ratten angegriffen – und von einem Schiff voller Hermeline – Feinde zu beiden Seiten. Sieht so aus, als ob uns eine ordentliche Schlägerei bevorsteht. Ich habe einen solchen Kampf nicht mehr erlebt seit der Seeschlacht vor den Windisch-Inseln, mit Ingobert Katz und seiner blutrünstigen Mannschaft von Halsabschneidern und Mördern.«

Der Schiffskoch kam ans Bett des Rennmäuserichs und bot ihm die Schneide eines Hackmessers dar. »Fass das mal an. Scharf genug? Kann man damit einem Hermelin die Kehle aufschlitzen, das will ich wissen. Sag schon, Narki.«

»Ich … ich denke schon, mein lieber, guter Koch. Ach, du meine Güte, glaubst du, sie könnten gewinnen? Die anderen, meine ich?«

»Nun«, antwortete der Marder mit zusammengekniffenen, entschlossenen Augen, »wenn das der Fall sein sollte, dann nur über meine Leiche, und hinterher werden ihnen einige Tiere abgehen, weil ich ein paar davon mitnehme, wenn ich gehe. Es wird eine blutige Auseinandersetzung werden, so viel steht fest. Du solltest aufstehen und dich bewaffnen, junger Narki. Es ist immer noch besser, mit der Klinge in der Hand zu sterben, als im Bett ohne Stiefel.«

»Sie … sie werden doch keiner kranken Rennmaus etwas zu Leide tun …«

»Verlass dich nicht darauf. Diese Ratten haben keine Seelen. Denen ist es egal, wen sie töten … und wann. Sie finden es vielleicht ganz bequem, wenn du hilflos im Bett liegst, dann können sie dir mühelos einen Dolch ins Herz stoßen. Und das tun sie, glaube mir. Ich habe gesehen, wie Ratten neugeborene Vögelchen aus dem Nest geworfen haben, nur damit sie selbst einen Platz für die Nacht zum Schlafen hatten. Am besten schnappst du dir eines von meinen Fleischbeilchen und hackst ein paar von ihnen in Stücke, bevor du stirbst.« Weniger Einbein ließ den Rennmäuserich allein im Halbdunkel zurück.

»Oooooohhhhh neieiein!«, stöhnte Narki, zitternd vor Angst. »Ich will nicht sterben.«

Grind kam an der Kombüse vorbei und blickte hinein. »Keiner von uns will das«, entgegnete er, wobei er stehen blieb und seine geliebten Flöhe kratzte, »aber wir müssen uns darauf gefasst machen.«

»Sieh mal«, schrie Narki aufgeregt, »ich fühle mich nicht mehr krank. Ich will arbeiten, wirklich. Aber nachher. Nach der Schlacht. Ich kann nicht kämpfen ... ich darf nicht. Es ist gegen meine Religion. Du musst mich beschützen. Das machst du doch, oder, Grind? Du passt auf mich auf, ja?«

Grind widerte dieses Wesen mit seinem winselnden, weinerlichen Gehabe an. »Hör zu«, sagte er, »wenn die Ratten dich nicht fertig machen, dann komm ich herunter und erwürge dich mit nackten Pfoten. So, jetzt such dir eine Waffe und geh an Deck. Gib dir wenigstens den Anschein, als ob du bereit wärst zu kämpfen.«

Der Rennmäuserich blieb liegen und weinte in sein Bettzeug. Dann trat ein listiger Ausdruck in seine Augen. Er riss einen Streifen von seinem Betttuch ab und sah sich in der Kombüse nach etwas um, woran er diesen festbinden könnte. Er fand einen Schaschlikspieß. »Ich habe meine Waffe«, murmelte er, ging zu der Luke und schwenkte die weiße Fahne. »Vielleicht sollte ich etwas an die Tür zur Kombüse schreiben. Das wird sie davon abhalten, hereinzustürmen und mich gedankenlos umzubringen ...«

Oben an Deck spitzte sich die Lage zu. Die beiden feindlichen Schiffe näherten sich schnell. Waldschratt war herbeigerufen worden, um einen Zauberbann zu vollführen. Sein Stolz stand auf dem Spiel. So viele Male schon hatte er in einer entscheidenden Lage nicht das Gewünschte bewirkt. Oder, um genauer zu sein, er hatte das Unerwünschte bewirkt. Hier bot sich die Gelegenheit, dass er sein Können unter Beweis stellte. Es handelte sich schließlich um einen Streit zwischen Zauberern – Flaggatis und seiner Wenigkeit –, und wenn er als Erster etwas in Gang setzen konnte, umso besser. »Ich werde den Kraken herbeibeschwören!«, rief er dramatisch. »Aus der Tiefe emporheben!«

Kunicht, der wegen der Heftigkeit von Waldschratts Worten ein wenig erschauderte, fragte: »Bist du sicher, dass du weißt, was du tust?«

»Natürlich nicht«, antwortete Waldschratt erregt, »aber es macht doch Spaß, es herauszufinden, nicht wahr? Niemand hat einen besseren Vorschlag. Ich erwecke den Kraken aus seinem tausendjährigen Schlaf; seine Lefzen werden triefen von Schleim und von Krebsen verkrustet sein, Seetang wird wie grünes Haar an seinem unheimlichen Körper hängen, seine Augen werden vor Zorn funkeln, und in seinem weit aufklaffenden Mund zehntausende Rasiermessermuschel-Zähne strotzen. Dann werden wir ja sehen, ob dabei nicht ein paar Herzen auf den feindlichen Schiffen plötzlich zu schlagen aufhören.«

»Was ist mit meinem Herzen?«, schrie Kunicht. »Wie soll das weiterschlagen?«

Grind legte Kunicht den Vorderlauf um die Schulter. »Tu nicht so, als ob du ein Feigling wärst, tapferer Kunicht – ich kenne dich besser. Du und ich, wir beide waren schon in der eisigen Ödnis der Anderwelt und sind zurückgekehrt. Wir werden Seite an Seite stehen, ich und du, und bis zum letzten Atemzug kämpfen. Was dieses olle Ungeheuer angeht, na, dem spucken wir einfach ins Auge, wenn es uns zu nahe kommt, was?«

»Ich bin nicht tapfer, kein bisschen!«, erwiderte Kunicht verzweifelt.

Grind klackte mit den Zähnen in tierischem Vergnügen; zweifellos war er davon überzeugt, dass das Ganze eine humoristische Darbietung zum Wohlgefallen der zuschauenden Marder war. »Du bist mir so 'ne Nummer, Kunicht. Du hast wirklich 'nen Spaß drauf«, sagte der ehemalige Dungwächter warmherzig. »Gut, jetzt lass uns auf die Brücke hinaufgehen, wo der beste Teil des Kampfes stattfinden wird. Sie versuchen immer als Erstes die Brücke einzunehmen ...«

Kunicht sah zu den herankommenden feindlichen Schiffen. Das Rattenschiff war am nächsten, gute dreihundert Meter näher als Trugkopps Windjammer. Auf seinem Hauptsegel war ein Rattenschädel mit verlängerten Zähnen aufgemalt. Über diesem Segel hockte Flaggatis im Krähennest und beschwor einen starken Wind herauf, um sein Schiff in schneller Fahrt zu der *Ziehenden Wolke* zu treiben.

Auf dem Kriegsschiff wimmelte es von mehr Nagern als von Flöhen in Grinds Fell. Wie üblich hatten sie sich die Gesichter bemalt, um in der Schlacht noch schrecklicher auszusehen. Ihre Augen waren von ockerfarbenen Kreisen umringt, und ihre Nasen zierten weiße Querbalken. Sie waren ein Furcht erregender Haufen, mit ihren dornenbesetzten Kragen und Amuletten, einige mit seltsamen dunklen, hässlichen Helmen aus Mausleder. Sie hingen in der Takelage, an den Schandecks, an den Rahnocken. Einige hatten Krummsäbel und Macheten, mit denen sie ständig Übungshiebe vollführten und die Luft durchschnitten. Andere hatten Messer und Enterhaken, Sicheln und Stachelspeere. Ein besonders kerniger Bursche schwang eine mit Nägeln gespickte Keule. Sie schwärmten über das Schiff, ungeduldig, auf die Wiesel losgelassen zu werden.

Die Ratten an Deck stocherten Feuer unter Kesseln an, die dem Anschein nach mit kochendem Teer gefüllt waren. Andere bereiteten entsprechende Katapulte vor, um mit diesem Teer den Windjammer der Wiesel zu beschießen. Wieder andere ließen Ochsenfroschbrüller über ihren Köpfen kreisen, klapperten mit leeren Schädeln oder schlugen Hauttrommeln. Der Lärm war gespenstisch und Angst einflößend. Sogar die Marder sahen erschreckt aus.

»Hier kommt der erste Schuss!«, schrie Sylber, als ein Katapult auf dem Rattenschiff seine Ladung mit einem lauten Klack! abfeuerte. »Passt auf, dass euer Fell nichts abbekommt, sonst werdet ihr es bereuen.«

Ein brennender Klumpen Teer flog auf sie zu. Er fegte übers Deck und klatschte auf der anderen Seite ins Meer, wobei er das Hauptsegel um Haaresbreite verfehlte. Als er im Wasser landete, spritzten hohe, dampfende Fontänen auf und gischteten über die *Ziehende Wolke*, von einem Ende zum anderen.

»Das war knapp«, schrie Birnoria, die jetzt versuchte, den Kurs zu ändern, um dem nächsten Schuss auszuweichen.

Die Ratten unternahmen nach Anweisungen aus dem Krähennest ebenfalls hastige Kurskorrekturen, dann wurde das zweite Katapult abgefeuert. Diesmal war der Teerbatzen besser gezielt und traf eines der Oberbramsegel. Das Segel flog übers Meer wie der Schweif eines Kometen. Es war verbrannt, noch bevor es im Wasser landete. Wieder gab es ein Zischen von heißem Teer in kaltem Wasser und eine Fontäne von Dampf und Gischt.

Auf dem Rattenschiff erhob sich lautes Gejohle. Dieses wurde allerdings jäh von einem Vorfall an Bord beendet. Ein Rattenkrieger, der brennend heißen Teer in die Katapultpfanne lud, drehte sich aufgeregt um. Er wollte den Schaden am Wieselschiff begutachten, doch in der Eile verteilte er Tropfen brennenden Teers in alle Richtungen; einige davon trafen die Füße seiner Waffenbrüder.

Schmerzensschreie ertönten, und Ratten mit versengten Zehen hüpften auf und ab; einige sprangen sogar über Bord, um ihre Klauen im kalten Meer zu kühlen. Diese Springer wurden im Kielwasser zurückgelassen; die an Bord Verbliebenen wurden unter Deck gestoßen, wo sie weniger Verwirrung anrichteten.

»Erster Sieg für uns!«, brüllte Sylber. »Eigentreffer!«

Jetzt war das Rattenschiff in Reichweite der Katapulte auf der *Ziehenden Wolke*. Sandsäcke flogen im hohen Bogen über den freien Raum zwischen den Schiffen. Die Wiesel zielten genauer als die Ratten, und die Säcke klatschten mit voller Wucht auf das Hauptdeck und warfen die Ratten um wie Kegel. Ein Sack landete mitten in einem Teerkessel, zerplatzte und erstickte ihn, sodass er für den Rest des Kampfes unbrauchbar war.

»Bereit machen an den Armbrüsten!«, schrie Sylber. »Schießen!«

Die riesigen Armbrüste wurden abgefeuert, und ihre flammenden Pfeile flitzten übers blaue Wasser. Sie krachten in die Seite des Rattenschiffs und steckten dessen modernde Spanten in Brand. Ratten griffen nach Eimern mit Wasser und gossen sie über die Schiffswände, um die Flammen zu löschen.

»Wie kommst du mit deinem Zauber voran, Waldschratt?«, brüllte Sylber. »Bist du bald fertig?«

»Beinah, beinah!«, rief Waldschratt zurück. »Jetzt hast du mich unterbrochen – vielleicht muss ich noch mal von vorn anfangen.«

Trugkopps Schiff hatte seine Fahrt jetzt fast bis zum Stillstand verlangsamt und wartete in einiger Entfernung, bereit zum Ankern. Sylber wusste, dass der Sheriff sich wahrscheinlich fürs Erste zurückhalten würde, denn – schließlich – welches Schiff sollte er angreifen? Er hatte nichts für Ratten übrig, genauso wenig wie diese für ihn. Wenn sie beide die Wiesel schlügen, würden sie nur gleich darauf übereinander herfallen.

Die Ratten würden wahrscheinlich gleichzeitig gegen Trugkopp und Sylber kämpfen, weil Ratten leicht zu Berserkern werden und in der Hitze des Gefechts keine Verbündeten anerkennen. Es konnte durchaus geschehen, dass sie Freunde, die ihnen in den Weg gerieten, ebenso töteten wie feindliche Soldaten und Matrosen.

Trugkopp hatte sinnvollerweise beschlossen, sich zunächst aus dem Gemetzel herauszuhalten und abzuwarten, wer als Sieger daraus hervorgehen würde. Wenn die Ratten gewännen, würde er sich still und leise davonmachen und berichten, dass er Sylber auf hoher See vernichtet habe. Wenn Sylber gewänne, dann würde er ihn in eine Schlacht verwickeln, wohl wissend, dass die Wiesel nach dem ersten Kampf bereits erschöpft waren und ihr Schiff Schaden genommen hatte. Verlieren würde er in keinem Fall.

»Achtung! Achtung!«, erschallte ein Schrei durch die Takelage der *Ziehenden Wolke*. Die Ratten besaßen eine Geheimwaffe, die sie jetzt zum Einsatz brachten, da sie nahe genug an das Wieselschiff herangekommen waren.

Es war eine Leiter mit einem Dorn an der Spitze. Diese heimtückische Vorrichtung war bisher am Hauptmast angebunden gewesen, wurde jetzt jedoch von Flaggatis losgemacht. Sie fiel über den Zwischenraum zwischen den Schiffen, und der Dorn grub sich in die Brücke der *Ziehenden Wolke*.

»Ratten marsch! Ratten marsch!«, ertönte der Befehl.

Die Nager strömten über die Leiter hinüber zum Wieselschiff. Die Vorhut bestand aus den schrecklichen Berserkern, die von allen gefürchtet wurden, beflügelt wie Drachen vom Geruch von Blut und Teer. Kunicht stieß einen Entsetzensschrei aus, stand jedoch wie angewurzelt da, unfähig wegzulaufen, weil seine Beine ihm den Dienst verweigerten.

Der unerschrockene Grind sprang auf die Leiter. Da stand er nun, zwischen den beiden Schiffen, bereit, die *Ziehende Wolke* ganz allein zu verteidigen. Die Ratten müssten an ihm vorbeigelangen, um sie zu entern, und es sah aus, als ob er fest entschlossen wäre zu bleiben, wo er war. »Komm, stell dich hinter mich«, rief er seinem Freund Kunicht zu. »Und wenn ich falle, nimmst du meinen Platz ein!«

Kunicht war so sehr daran gewöhnt, Grinds Vorschläge zu befolgen, dass er auf die Leiter sprang, ohne nachzudenken. Gleich darauf erkannte er jedoch seinen Fehler, und er hätte kehrt gemacht und wäre zurückgewichen, wenn nicht Alissa hinter ihm aufgesprungen wäre. Jetzt konnte er sich weder vorwärts noch rückwärts bewegen. Er würde dort bleiben müssen, wie ein echter Held, bis zum bitteren Ende.

Grind warf einen Blick nach hinten und sah, dass Kunicht und Alissa da waren. Diese drei standen allein und verteidigten die Brücke gegen die gewaltige Übermacht der Rattenhorden. »Welch schöneren Tod kann es für ein Wiesel geben!«, schrie Grind feurig wie ein Musketier, »als im Angesicht einer schrecklichen Übermacht zu fallen, für die Waldheimat seiner Eltern und die Gefilde seiner Götter?«

»Hübsch poetisch«, schnaubte Kunicht, voller Wut über Grind und sich selbst, »aber bald geben wir ein schönes Fleischgericht für die Haie ab.«

Siebenundzwanzigstes Kapitel

Während der nächsten Viertelstunde fand auf der Leiter ein verzweifelter Kampf statt. Grind hielt die Stellung, mit Rückendeckung von den beiden anderen. Die Ratten strömten über die Brücke zur *Ziehenden Wolke,* indem sie sich von einer Sprosse zur nächsten hangelten. Grinds Liebe zum Stockfechten, das er im Halbmondwald unter der Anleitung von Lord Hohkinn erlernt hatte, kam ihm jetzt zupass. Die Übungen hatten seine Gliedmaßen gekräftigt und sein Kampfgeschick gefördert. Eine Ratte nach der anderen stürzte mit einem Klatsch ins Wasser unter ihnen.

Zum Glück konnten ihn die Ratten nur einzeln angreifen, da die Leiter so schmal war. Sie stürzten sich auf ihn, große und kleine, wild entschlossen, Held des Tages zu sein. Ein riesiger Kerl mit einem langen, nackten Schwanz hätte das Wiesel beinahe außer Gefecht gesetzt, als er sich allein aufgrund seines Gewichts an ihm vorbeizudrängen versuchte, doch Kunicht vollführte mit dem Schwert einen Hieb unter Grinds rechtem Vorderlauf hindurch und stieß dem kühnen Kerl die Klinge in die rechte Schulter, woraufhin dieser vor Schmerz aufschrie und hastig das Weite ergriff; dabei stieß die große Ratte gleich einige ihrer Artgenossen von der Leiter in die schäumende Gischt unter ihnen.

»Gut gemacht, Kunicht«, lobte Grind seinen Gefährten. »Dieser Fettklops hätte mich beinahe erwischt – aber du hast ihm ordentlich eins reingedonnert.«

Geschosse sausten ununterbrochen vom Deck des einen Schiffes zum anderen. Da gab es Feuerkugeln, die niemand zu löschen vermochte, und riesige Steine, die durch die Decksplanken krachten. Pfeile zischten durch die Luft und streiften Holz und Segel. Schiffsteile brachen ab, Schiffsteile flogen in die Luft, Schiffsteile sanken zum Grund des Ozeans.

Während dieses ganzen Durcheinanders war Waldschratt damit beschäftigt, seinen Zauberbann zu erwirken; er leierte Inkantationen herunter und streute verschiedene Pulver in eine Pfanne, die dort zischelten und funkelten und in allerlei Farben aufblitzten. Schließlich stieß er einen Schrei aus: »Es ist vollbracht!«

Sein Ruf war so laut und so eindringlich, dass die Kampfhandlungen auf beiden Seiten aufhörten. Alle Blicke hafteten auf dem Zauberer. Waldschratt machte einen erschöpften Eindruck. Er hatte all seine Kraft beim Beschwören des Kraken verbraucht. Nun sackte er gegen die Schiffsreling; dort hing er wie ein nasser Lappen und starrte auf einen Fleck im Meer, direkt hinter Flaggatis' Schiff, nicht weit entfernt von der Stelle, wo das Gefährt von Sheriff Trugkopp vor Anker lag.

Nach einigen Minuten der Stille, während derer nichts geschah, schrie Flaggatis aus dem Krähennest: »Macht weiter … hier geschieht gar nichts! Dieser Narr könnte nicht einmal eine Staubwolke mit dem Fuß aufwirbeln.«

Aber Flaggatis irrte sich.

Das Meer zwischen dem Rattenschiff und dem Hermelinschiff begann plötzlich zu brodeln. Blasen stiegen auf und zerplatzten an der Oberfläche. Ihnen entströmte ein faulig riechendes Gas, das zweifellos seit prähistorischer Zeit dort eingeschlossen gewesen war. Das Wasser um sie herum wurde aschfahl. Irgendetwas wühlte den Urschlamm tief unten auf und spülte ihn an die Oberfläche, zusammen mit Muschelschalen, moderigem Seetang und Teilen toter Krebse. An der Wasseroberfläche schwamm jetzt verwesendes, stinkendes Meeresgetier, das seit Anbeginn der Zeit im Schlamm gefangen gewesen war.

»Irgendetwas ist da unten los!«, rief Sylber aus. »Ich glaube, Waldschratt war endlich mal erfolgreich. Er hat den Kraken herbeibeschworen!«

Der Zauberer seinerseits zog eine schmerzliche Miene. Sollte das wirklich wahr sein? Hatte er tatsächlich einmal einen Zauberbann bis zur Vollkommenheit ausgeführt?

Ja, das hatte er.

Der Krake tauchte mit Getöse aus dem Wasser auf, ganz Augen und Mund. Er war so groß wie hundert Schiffe. Er war ekelhaft schleimig, mit einem riesigen aufgedunsenen Körper, der von Knollen und Warzen übersät war. Da waren siebzehn Köpfe auf siebzehn langen, schlangengleichen Hälsen, und jeder Kopf hatte sieben Münder, reichlich bestückt mit nadelspitzen Zähnen. Von allen Teilen des hässlichen Rumpfs standen Flossen ab, bedeckt von Stacheln, von denen Seetang und Fetzen aufgespießten Fischs tropften.

An jeder Stelle des Ungeheuers gab es Augen, große, hervorquellende Augen, mit Dornen als Wimpern. Wasser- und Dampffontänen zischten aus Löchern entlang der Flanken und brachten seinen Zorn zum Ausdruck. Es war wahrlich ein widerwärtiges, Furcht einflößendes Geschöpf.

»Oh – mein Gott!«, schrie Kunicht. »Es schaut mich an.«

»Es schaut uns alle an!«, flüsterte Birnoria.

»Bewegt euch nicht!«, schrie Waldschratt mit bebender Stimme. »Es kann nichts sehen. Es hat eine so lange Zeit unter dem Schlamm verbracht, dass es blind geworden ist. Wahrscheinlich spürt es jedoch Bewegungen, sowohl in der Luft als auch im Wasser. Und es kann hören. Verhaltet euch ganz ruhig. Redet nicht, dann wird es euch wahrscheinlich nicht angreifen.«

Während er sprach, schwang einer der Köpfe herum, in Richtung der Stimmen. Kunicht schluckte hörbar, und der Kopf schoss nach vorn, näher zu ihm hin, um den Verursacher dieses Geräuschs auszumachen. Kunicht der Zweifler, der die Zauberkünste von Waldschratt nun nicht mehr in Zweifel zog, wagte kaum noch zu atmen. Er hörte den eigenen Herzschlag in den Ohren und war sicher, dass auch der Krake ihn hören konnte. Er klang so entsetzlich laut in dieser lautlosen Atmosphäre!

Vielleicht um sich Mut zu machen, fing Rosenkrass plötzlich an zu pfeifen. Seine Gefährtin, Gildeswin, schalt ihn streng: »Sei still!«, zischte sie. Siebzehn abscheuliche Köpfe drehten sich auf siebzehn schlangengleichen Hälsen um und blickten in die Richtung von Trugkopps Schiff. Der Sheriff zitterte von Kopf bis Pfote. Diejenigen, die in seiner Nähe standen, sahen, dass er die Augen schloss, und sie wussten, dass er sich weit weg von diesem Ort wünschte, wo so schreckliche Wesen hausten.

Durch seinen Warnruf hatte Waldschratt natürlich dieselben Geheimnisse auch den anderen beiden Schiffen preisgegeben, deren Hermeline, Ratten, Frettchen und Baummarder sich bemühten, totenstill dazustehen; aber viele zitterten in ihren Rüstungen.

Die Ratten im Wasser hatten jedoch weniger Glück. Sie mussten weiterhin mit allen vieren strampeln, um nicht zu ertrinken, und diese Bewegungen verrieten sie. Die unseligen zappelnden und kreischenden Wesen wurden aus dem Meer gefischt, und zwar von mehreren Krakenköpfen gleichzeitig, als ob das Ungeheuer reife Pflaumen von einem Baum pflücke. Schnurps, schnurps! Jede Ratte wurde schnell vertilgt, mit Knochen, Haut und allem. Nur die haarlosen Schwänze wurden von den ekelhaften Mündern des Geschöpfs ausgespuckt. Einige malmende Kau- und ein paar Schluckbewegungen später waren die meisten Ratten für immer dahin, durch gierige Schlünde in einer schwarzen Tiefe verschwunden.

Danach schwamm der Krake in engen Kreisen um die Schiffe herum, sog das Wasser vor sich in seine viele Schlünde ein und spuckte es in hohen Bögen wieder aus. Sie erkannten, was er da trieb. Er durchforstete das Wasser nach Ratten, die ihm möglicherweise entgangen waren. Er fand ein Opfer, einen Kerl, der sich klugerweise reglos auf dem Rücken liegend hatte treiben lassen. Sein Körper wurde von einem der Münder geschnappt und bald zu Brei zermalmt. Zum Entsetzen der Zuschauer hing sein Schwanz, nackt und haarlos, zuckend aus einem Mundwinkel des Kraken. Dort blieb er stecken, verfangen in einem der gezackten Zähne, als Zeugnis für die Gier des Ungeheuers.

Der Krake, dessen Hunger noch lange nicht gestillt war, rollte sich auf den Rücken und zeigte seine hässliche, fischweiße Unterseite, die von Muscheln, Schnecken, Krabben und anderen Parasiten verkrustet war. Widerliche Felsengeschöpfe huschten da und dort herum und schnappten nach kleinen gestrandeten Fischen. Molche glitten von einer schleimigen Spalte in die andere. Moränen schoben die Köpfe durch Löcher und spähten mit winzigen bösen Augen hervor. Spinnenkrebse wuselten behände auf spindeldürren Beinen herum und suchten nach einem Unterschlupf, um sich vor unsichtbaren Raubtieren zu verbergen. Seeschlangen wickelten sich im fleischigen Schutz des Kraken um sich selbst.

Es war eine Welt, die ihren eigenen Gesetzen gehorchte; der Krake bot eine Herberge für tausende von anderen Geschöpfen, die in den Spalten und Höhlen seiner Haut lebten. Da gab es Stücke von halb verdautem Fisch, dessen Gräten und Schuppen sich aus den vielen Mägen des Ungeheuers bis zu seinen verschiedenen Hälsen emporgearbeitet hatten und wie gar gekochter Eintopf aufblubberten und daraus hervorbrachen. Wedel von grünem Tang wallten wie Haare von seiner Haut.

Während er unter Wasser auf dem Rücken schwimmend mit den verschiedenen Köpfen gefräßig nach noch mehr Fisch oder sonstiger Nahrung suchte, machten sich die drei Schiffe zum Aufbruch bereit. Sie wollten möglichst weg sein von diesem abscheulichen Geschöpf aus dem Urschlamm, bevor es sich wieder herumrollte. Kunicht machte Waldschratt im Stillen Vorwürfe, weil er ein so ekelhaftes Tier überhaupt aus der Tiefe des Ozeans hervorgerufen hatte, während Waldschratt seinerseits ziemlich stolz war auf seine Leistung.

Flaggatis zauberte schleunigst einen starken Wind herbei, um sein Schiff von dem todbringenden Ungeheuer zu entfernen. Anscheinend war es ihm gleichgültig, ob er Unwetter oder Stürme heraufbeschwor, Hauptsache, sie trieben sein Gefährt schnell davon.

Trugkopp hatte bereits befohlen, den Anker zu lichten und die Segel zu setzen.

Weniger Einbein auf der *Ziehenden Wolke* hatte die Leiter zerhackt, die sie mit dem Rattenschiff verband. Miniva erteilte unter der Anleitung von Kapitän Sylber in ruhigem Ton ihre Befehle. Bald waren alle drei Schiffe zur Abreise bereit – tatsächlich glitt Trugkopps Gefährt bereits durchs Wasser, scharf im Wind liegend; die Entfernung zwischen ihm und dem Ungeheuer war schon ganz beträchtlich.

In diesem Augenblick beschloss das Ungeheuer, sich noch einmal umzudrehen, und rollte sich mit dem Kopf nach oben an die Oberfläche. Meerwasser floss von seinem Rumpf sowie den vielen Flossen und Hälsen ab. Sein Gehör nahm Ratten, Baummarder und Wiesel wahr, die überall herumrannten. Die Ratten, die ihm am nächsten waren, wurden als Erste verspeist. Plötzlich erstarrten wieder alle Tiere mitten in der Bewegung. Es war wie ein Statuenspiel, nur dass es kein Spiel war; es ging um Leben und Tod.

Flaggatis' Zauber tat jetzt seine Wirkung: Der Wind wehte stärker, tobte von Norden heran. Wirbel tanzten in der Luft. Gischt wurde von den aufgewühlten weißen Wellenkämmen emporgepeitscht. Inmitten dieses wütenden Sturms bemühte sich der Krake nach Kräften, in der Strömung seine Stellung zu halten; seine Sinne waren auf Bewegungen konzentriert. Die meisten seiner Köpfe waren jetzt hoch in die Luft erhoben, wie Blüten auf dicken, langen Stängeln, darauf bedacht, Meeresvögel zu erhaschen, die über ihnen dahinflogen.

Schließlich tobte auf der einen Seite ein Sturm, und auf der anderen braute sich ein Gewitter zusammen. Schiffe und Seeungeheuer wurden auseinander geweht, während noch schrecklichere Kräfte einer direkten Kollision zustrebten. Nichts kann den Gewalten der Natur standhalten, wenn sie sich gegen sich selbst richten. Das Rattenschiff wurde nach Westen geschleudert, das Ungeheuer tauchte erneut in die Tiefe des Ozeans, und das Wieselschiff wurde auf dem Kamm einer riesigen rollenden Woge nach Osten getragen.

Wieder einmal waren die Wiesel ihren Erzfeinden entkommen. Obwohl sie ständig dem Wind und den Wellen trotzen mussten, gewöhnten sie sich allmählich an die Launenhaftigkeit des Meeres. Sie stellten sich ihm einmütig entgegen und ließen sich von dem Unwetter nicht kleinkriegen. Nach einigen Stunden war alles vorbei, und sie waren sowohl Flaggatis als auch Trugkopp los.

»Ich hatte keine Ahnung, dass wir gejagt wurden«, sagte Sylber. »In Zukunft müssen wir vor beiden Schiffen auf der Hut sein. Wir können uns nicht auf Waldschratts unberechenbare Magie verlassen. Es ist nicht auszuschließen, dass er beim nächsten Mal einen Rhabarberkuchen herbei beschwört anstelle eines Ungeheuers.«

Eigentlich hätte Waldschratt wegen dieser Bemerkung beleidigt sein müssen, aber er musste zugeben, dass darin ein Funken Wahrheit steckte. Zu viele Male waren seine Bemühungen fehlgeschlagen. Diesmal war er erfolgreich gewesen, aber vielleicht war das für lange Zeit das einzige Mal.

»Trotzdem«, sagte Sylber und trat zu dem Magier, »in diesem Fall verdanken wir dir die Rettung unseres Fells. Du hast hervorragende Arbeit geleistet, alter Freund, und ich danke dir sehr. Wie wär's, wenn wir unsere Anerkennung für Waldschratt und seine Magie zum Ausdruck brächten?«

Die Mannschaft bedachte den Zauberer mit drei

herzhaften Er-lebe-Hochs, und Grind versetzte ihm einen anerkennenden Schlag auf den Rücken.

Waldschratt klackte nervös mit den Zähnen. »Das war wirklich nicht schwierig«, erklärte er bescheiden.

»Es war schwieriger als alles, was ich zu bewältigen hatte.« Das war ein echtes Lob von Sylber. Waldschratt war von dem Ganzen ziemlich überwältigt.

Nachdem sich der Sturm gelegt hatte, untersuchten Grind und Sylber das Schiff nach irgendwelchen Schäden. Als sie zur Back gelangten, entdeckten sie eine Reihe von Notizen, die an die Kombüsentür gekritzelt waren.

Ich ergebe mich.
Ich bin in Wirklichkeit ein Großer Freund von Ratten.
Ich wurde von Sylber gewaltsam entführt.
Ein Hurra den Hermelinen!

Um die Tür herum waren weiße Fahnen angebracht. Als die Klinke herunter gedrückt wurde, tönte eine Stimme aus der Kombüse: »Ratten, tretet ein! Willkommen bei euresgleichen! Wir nennen uns bei uns zu Lande zwar Rennmäuse, aber eigentlich sind wir Ratten. Tatsächlich fließt in meinen Adern echtes Rattenblut – mein Urgroßvater mütterlicherseits war Ratte. In Zeiten wie diesen sollten wir Ratten im Kampf gegen die Wiesel Seite an Seite zusammenstehen, nicht wahr? Was?« Grind betrat die Kombüse und entdeckte Narki, der sich hinter einer dicken Matratze versteckt hielt. Als der Rennmäuserich Sylber erblickte, der hinter Grind eintrat, stöhnte er, als ob er schreckliche Schmerzen hätte. »Mir geht's nicht gut. Ich habe so fürchterliche Kopfschmerzen …«

»Dir ging es gut genug, um Botschaften an die Tür zu schreiben«, sagte Sylber.

»Ähem … ja … ich wollte … ich wollte eure Kombüse vor Wandalismus bewahren. Ihr wisst ja, wie wenig diese Ratten Privateigentum achten. Sie sind fähig, alles zusammenzuschlagen, nur aus Spaß, jawohl. Ich hoffte, eine derartige Tragödie abwenden zu können. Ihr solltet mir danken, dass ich während des Kampfes die Stellung in eurer Kombüse gehalten habe. Ratten haben versucht, durch die Luke hereinzustürmen, aber ich habe sie mit Bravour zurückgeschlagen.«

»Aber du hast sie doch vor wenigen Augenblicken noch in die Kombüse hereingebeten, da du nicht wusstest, dass wir es sind.«

»Mir geht es nicht gut, das habe ich doch schon erwähnt«, jammerte der Rennmäuserich und legte sich zu Boden. »Ich erklärte euch doch, ich habe dieses Gehirnfieber. Aufgrund dessen sage ich Dinge, die ich eigentlich nicht sagen will. ›Rennmäuse essen Müll.‹ Da habt ihr es, ich wollte das nicht sagen, aber es kam einfach so heraus. ›Narki ist ein Trottel.‹ Seht ihr, ich kann einfach nichts dagegen tun. ›Grind ist der verlauste Sohn eines Mistkäfers.‹ Ach, du meine Güte, das war schon wieder so ein Fall – tut mir Leid, Grind, ich bin einfach nicht Herr meiner Zunge. Ich bin nun mal nicht der Schlauste.«

»Ich geb dir Zungen zu spüren, mein Junge«, sagte Sylber. »Wie würde dir der Geschmack der Katze gefallen? Die hat ein Dutzend Zungen, die dich ganz schön schlau machen, wenn sie erst auf deinen Rücken niedersausen.«

»Hast du denn kein Herz im Leib, Kapitän? Siehst du denn nicht, dass ich krank hier daniederliege und mein

Geist Amok läuft? Auch mein Geist hat Fieber. Ich habe hohe Temperatur, innerlich und äußerlich. Fühl mal meinen Kopf, er ist, als ob darin eine Feuersbrunst tobte.« Der Rennmäuserich schluckte ein Schluchzen hinunter.

»Irgendwann einmal«, warnte Grind ihn, »wirst du wirklich krank sein, und dann hört dir niemand zu. Du kennst doch die Geschichte von dem Wiesel, das einmal zu oft nur zum Spaß ›Mensch‹ gerufen hat. Niemand glaubte ihm, als es wirklich wahr war, und es endete am Galgen.«

Doch nichts von dem, was sie sagten, hatte auch nur die geringste Wirkung auf den Rennmäuserich, also überließen sie ihn seinen üblen Ränken. Sylber und Grind gingen wieder hinauf an Deck, um die Schmiede und Schreiner mit den Reparaturarbeiten zu beauftragen. Dann begaben sie sich auf die Brücke, um die Navigation zu besprechen. Als sie wieder Kurs auf Dorma genommen hatten, wandte sich Sylber an Grind und sagte: »Weißt du, ich hatte die Geschichte von dem Kerl, der immer wieder nur zum Spaß ›Mensch‹ rief, ganz vergessen.«

»Ja, in diesen alten Erzählungen steckt eine große Portion Wahrheit.«

»Aber wir sind ja auf der Suche nach den Menschen, wir wollen sie finden und zur Rückkehr bewegen.«

Grind nickte und ließ den Blick eine Zeit lang übers Meer schweifen. »Ich weiß, was du sagen willst, Sylber, aber die Sache ist doch so: Nur weil sie früher mal schlecht waren, müssen sie nicht unbedingt immer noch schlecht sein. Diesmal müssen Mensch und Tier an einem Strang ziehen, damit das Ganze Pfote und Fuß hat. Diesmal müssen wir lernen, Probleme gemeinsam anzupacken, anstatt dass jeder für sich werkelt – oder, noch schlimmer, dass die eine Gruppe gegen die andere arbeitet.

Wir tun das Richtige, Kapitän. Wir können nur hoffen, dass sie auch das Richtige tun.«

Achtundzwanzigstes Kapitel

Lord Hohkinn war zutiefst besorgt. Vieles war nicht gut auf Welkin. Berichte kamen aus der Umgebung von Schreckenburg-Großdummern, dem Land, das er regierte, die besagten, dass die Dämme schnell zerfielen. Von überall wurde ›Land unter‹ gemeldet. Bis jetzt waren es noch keine lebensbedrohenden Überschwemmungen, aber es würde nicht mehr lange dauern, bis die Deiche ernsthafte Brüche aufwiesen. Erst tags zuvor war ein Frettchen, das in einem alten Boot an der Westküste wohnte, am Morgen aufgewacht und hatte sich überrascht ein ziemliches Stück weit im Landesinnern wiedergefunden. Sein schäbiger alter Kahn war in der Nacht dorthin getrieben und am Hang eines Hügels angespült worden.

»Tauberich«, sagte er zu seinem treuen Diener und Freund, »wir müssen unbedingt etwas unternehmen.«

»Wir Hermeline und Wiesel mit unseren kleinen Klauen können nicht viel unternehmen«, entgegnete Tauberich. »Die Geschöpfe, die uns wahrscheinlich am meisten helfen könnten, sind die Nutrianerze. Sie sind daran gewöhnt, Löcher in den Schlamm von Flussufern zu buddeln. Sie haben kurze Vorderläufe mit kräftigen Klauen, die sie zum Graben hernehmen. Wir müssen alle Nutrianerze in Schreckenburg-Großdummern zusammentrommeln und versuchen, einige der Lecks in den Deichen zu flicken. Das hilft zwar nur vorübergehend, sicher, aber vielleicht können wir das Meer lange genug in Schach halten – bis Sylber mit den Menschen zurückkommt.«

»Gibt es hier denn überhaupt Nutrianerze?«, erkundigte sich der zerstreute Lord. »Ich kann mich nicht erinnern, jemals einem begegnet zu sein.«

»Das liegt daran, dass Ihr nicht an einem Flussufer wohnt, Herr«, erklärte Tauberich geduldig. »Vielleicht sollten wir uns hinausbegeben und mit einem sprechen. Diese Nutrianerze sind ihrer Art nach Nager, und sie stammen aus einem fernen Land namens Südmerika.«

»Du liebe Güte, sind sie den weiten Weg bis hierher geschwommen?«

»Nein, ich glaube, die Menschen haben sie auf Schiffen hergebracht.«

»Nager, sagst du?«, fragte der Lord, wobei er gleichzeitig seine Flaschensammlung begutachtete, die die Tische in seinem Arbeitszimmer bedeckte. »Aber keine feindlichen?«

»O nein, Herr. Sie sind ganz freundlich.«

»Wie erkenne ich sie?«

»Ihr könnt sie gar nicht verfehlen«, sagte Tauberich. »Im Allgemeinen sind sie etwa einen Meter lang, von der Spitze bis zum Schwanz …«

»Viermal so lang wie ein Wiesel? Um Himmels willen!«

»… ihr Fell ist gelblich braun, mit kurzem weißem Pelz um die Schnauze herum. Sie haben eine verblüffende Ähnlichkeit mit Ratten, Herr, aber ansonsten sind sie nicht mit ihnen zu vergleichen, denn dem Verhalten nach sind sie eher wie Otter und nicht wie Ratten. Das

Auffallendste an ihnen sind ihre Vorderzähne, die von einer leuchtend orangeroten Färbung sind – etwas ziemlich Erstaunliches.«

Lord Hohkinn runzelte die Stirn. »Ach, wirklich? Wie ungewöhnlich. Ich möchte einen von diesen Kerlen kennen lernen. Lässt sich das machen?«

»Das bedeutet eine Expedition in die östlichen Winkel des Landes.«

»Na und? Das ist doch großartig!«, rief Lord Hohkinn aus. »Ich habe mich schon zu lange hier in meinem Arbeitszimmer mit meinen wertvollen Flaschen eingeigelt. Ich liebe ihr hübsches grünes Glas, aber man kann es mit einem Hobby auch leicht übertreiben. Es ist besser, es wie etwas Besonderes zu betreiben, wenig und oft, das ist mein Motto.«

»Ja, Herr«, pflichtete Tauberich ihm bei.

Lord Hohkinn fuhr fort: »Es ist höchste Zeit, dass ich mich in meinem neuen Land mal ein wenig umsehe. Die Hermeline und Wiesel, die hier leben, wissen gar nicht, wie ich aussehe. Der alte Lord Ragnar war ein schrecklicher Despot. Ich kann mir gut vorstellen, dass seinetwegen alle Hermelin-Herren verhasst sind. Soweit ich weiß, würde er ein Wiesel eher prügeln, als ihm Arbeit zu geben. Ich muss den Eindruck zurechtrücken, den sie von den Hermelinen haben.«

»Lord Ragnar – möge sein Name in der Abgeschiedenheit irgendeiner düsteren Gegend nördlich von Nirgendwo versinken –«, schnaubte Tauberich, der für gewöhnlich nicht zu solchen Hasstiraden neigte, »war das übelste Hermelin, das je das Nest seiner bedauernswerten Mutter verlassen hat. Er war eigenpfotig verantwortlich für den Tod von tausenden von Bauernwieseln in diesem Land. Er vertrieb sie im bittersten Winter aus ihren Löchern, nur um Lagerraum für das von ihm erlegte Wild zu schaffen. Diese Wiesel haben einen grausamen Tod durch Erfrieren oder Verhungern erleiden müssen, in Eiseskälte und grimmigen Schneestürmen, mit Blasen am ganzen Körper und blinden Augen, während sie versuchten, sich den Weg ins Innere der Burg zu ertasten.«

»O je, die Burg war im Winter doch bestimmt völlig zugefroren. Bist du sicher, dass der alte Ragi wirklich so etwas getan hat? Ich weiß, dass er ein Grobian war – schon damals in der Schule. Hat immer alle anderen herumgestoßen, so war er, der Ragi.«

»Herr, Ihr selbst habt gesagt – als Lord Ragnar noch am Leben war –, dass man ihn gleich nach der Geburt hätte ertränken sollen.«

»Habe ich das gesagt? Herrje, mein Gedächtnis hat sehr nachgelassen. Nun, da der alte Kerl nicht mehr unter uns weilt, hat er sich in meiner Erinnerung anscheinend etwas gebessert. Wenn du sagst, dass er so schlimm gewesen ist, dann muss es wohl so sein. Wie auch immer, wovon habe ich gerade gesprochen …?«

»Ihr habt davon gesprochen, dass es nett wäre, hinaus ins Land zu reisen und den schlechten Eindruck wettzumachen, den die einheimischen Schreckenburg-Großdummerner von ihrem Herrn haben.«

»Richtig. Pack meine Sachen zusammen, Tauberich. Und nimm einen warmen Mäusehaut-Umhang mit, ich glaube, den werde ich brauchen. Manchmal weht ein ziemlich stürmisches Lüftchen in den östlichen Landesteilen. Soweit ich weiß, wird dort viel geschrien, um den Krach des Windes zu übertönen. Wenn der Wind nachlässt, schreien sie allerdings trotzdem weiter. Äußerst unangenehm.«

Tauberich tat, wie ihm geheißen. Er wusste genau, wo er nach den benötigten Sachen und dem Umhang zu suchen hatte, da er alles selbst weggeräumt hatte. Lord Hohkinn verlor und verlegte andauernd alles Mögliche, und nur Tauberich und die anderen Diener von Großhalla wussten Bescheid, wo dies und jenes seinen Platz hatte. Als Lord Hohkinn reisefertig war, zog Tauberich seine Stiefel aus Mäusehaut an und gesellte sich im Kutschenhof zu seinem Herrn.

Gemeinsam machten sie sich auf den Weg, auf der langen, gewundenen, staubigen Straße, die in die östlichen Winkel des Reiches führte. Wann immer die beiden sich einem Dorf näherten, entstand dort aufgeregte Betriebsamkeit. Bauernwiesel rannten hierhin und dorthin und pflückten Farnblätter, um sie vor ihrem Herrn auszulegen.

Lord Hohkinn hielt nicht viel von diesem unsinnigen Treiben. »Du da«, rief er einem Wiesel zu, das auf dem Platz des zweiten Dorfes stand, durch das sie kamen. »Ja, du, der Kerl, der an der Wasserpumpe des Mäusetrogs arbeitet. Komm mal her, sei so gut.«

Das arme Wiesel, bekleidet mit einer schmutzigen Lederkappe und einem breiten Gürtel aus rissigem Leder, näherte sich zitternd seinem Hermelinherrn. »Ich habe es nicht getan«, brabbelte es. »Die anderen waren es – sie haben mich gezwungen, es zu tun. Was habe ich getan?«

»Führ dich nicht so auf, Kerl«, antwortete Lord Hohkinn. »Soweit ich weiß, hast du gar nichts getan – nichts Unrechtes, heißt das. Wer ist das Weibchen da drüben, mit den Wieseljungen zwischen den Vorderläufen? Das da im Eingang von diesem elenden Loch steht. Ist das deine Gefährtin?«

»Ja, Herr, aber sie hat auch nichts Unrechtes getan.«

»Davon bin ich überzeugt. Hier, nimm dies.« Lord Hohkinn nahm einen Silberling aus seinem Beutel. Das war mehr, als das Wiesel in einem Jahr verdiente. Er legte es dem Wiesel in die Pfote. »Ich möchte, dass du mir vorauseilst und allen Bewohnern der Dörfer am Weg ankündigst, dass wir vorbeikommen werden, aber wir wollen nicht, dass sie ihre nützliche Arbeit unterbrechen, um Farn zu pflücken, nur damit ich weicher auftrete. Hast du verstanden, Kerl?«

»Ja, Herr, Ihr möchtet, dass man Farn schneidet und Euch einen weichen Pfad bereitet.«

»Nein, nein«, widersprach Lord Hohkinn, der allmählich ärgerlich wurde. »Genau das will ich nicht.«

»Dann vielleicht Ampferblätter? Oder schöne Vogelfedern?«

Tauberich fiel ihm ins Wort. »Hör zu, Wiesel, wir wollen gar nichts auf der Straße – überhaupt nichts –, hast du das verstanden?« Er tippte dem Bauern mit der Klaue an den Schädel. »Mein Herr mag es nicht, wenn totes Laub auf der Straße herumliegt. Das ist nicht sauber. Du sollst ihnen sagen, dass sie es nicht tun sollen. Verstanden?«

»Ich glaube schon«, sagte der unglückliche Leibeigene. »Ich bekomme doch keine Schwierigkeiten, wenn ich ihnen sage, dass sie es nicht tun sollen? Lord Ragnar pflegte Wieseln die Köpfe abzuschneiden, wenn sie nicht alle herauskamen und Farn auslegten und seinen Namen priesen und ihn mit Blüten bewarfen. Er sagte, wenn die Wiesel keine Blumenköpfe werfen würden, dann würden eben stattdessen ein paar Wieselköpfe rollen …«

»Nun, ich bin jetzt euer Herr, und ich bin anders. Kommt dein Weibchen ein paar Tage ohne dich zurecht, während du dich dieser Aufgabe widmest?«, fragte Lord Hohkinn. »Sie bedarf doch wohl nicht deiner Anwesenheit im Dorf, damit Essen auf den Tisch und Wasser ins Glas kommt, oder?«

»Was? Bedarf sie nicht?«, fragte das Wiesel verständnislos und sah Tauberich aufgeschreckt an. »Warum nicht?«

Tauberich erklärte geduldig: »Kann sie eure Kleinen satt bekommen, ohne dass du hier bist?«

»O ja, natürlich.«

»Dann los mit dir, aber gib den Silberling nicht gleich auf einmal aus.«

Der Leibeigene trabte davon, bemerkenswert schnell für ein so unterernährtes Geschöpf.

Von jetzt an grüßten die Dorfbewohner Lord Hohkinn nur noch mit überschwänglichem Jubel, wenn er vorbeikam. Der alte Lord wusste nicht, ob dieses Verhalten von Herzen kam, aber er konnte sie nicht davon abbringen, also gestattete er ihnen, dass sie damit weitermachten. Er versprach ihnen außerdem, dass er versuchen würde, die Bedingungen in ihren Dörfern zu verbessern, indem er ihnen behaglichere Behausungen und mehr Pachtland verschaffte. Sie gafften ihn ungläubig an. Er konnte es ihnen nicht verübeln, nachdem sie so lange unter der eisernen Pfote von Lord Ragnar ihr kümmerliches Dasein gefristet hatten.

Schließlich, nach einem langen Fußmarsch, erreichten Lord Hohkinn und Tauberich den östlichsten Landesteil. Hier machten sie sich auf die Suche nach den Nutrianerzen. Nachdem sie einen Tag lang durch Marschen und an Flussufern entlanggestreift waren, fanden sie schließlich einen älteren Nerz, der gerade dabei war, sein Zuhause notdürftig zu reparieren.

»Entschuldigung, Herr«, sagte Lord Hohkinn. »Wenn ich mich nicht irre, seid Ihr ein Nutrianerz.«

Das alte Edeltier entblößte orange emaillierte Zähne, um diesen Umstand zu bestätigen.

»Die Sache ist nämlich die«, fuhr Lord Hohkinn fort, »dass wir eigentlich erwartet hatten, eine größere Anzahl von Eurer Sorte anzutreffen. Wenn ich richtig unterrichtet bin, müsste es Dutzende von Nutrianerzen in diesem Teil des Landes geben.«

»Weg, sind alle weg«, schrie der ältliche Nerz in einem grob bäuerlichen Dialekt.

»Wohin – weg?«

»Prinz Punktum hat sie. Sie bauen eine Chaussee oder so was. Der Prinz will, dass vor Wintereinbruch alles fertig ist.«

»Ach, dann sind sie also auf Burg Rägen? Wie schade! Wir sind den ganzen weiten Weg gekommen, um sie um Hilfe zu bitten, und jetzt müssen wir feststellen, dass sie auf der Burg sind. Nun ja, danke, mein Herr, für die Information. Wir dürfen jetzt nicht säumen, uns wieder auf den Weg zu machen, zur Burg des Prinzen.«

»Ähm – alles Gute.«

Sie überließen den Nerz seiner Arbeit, Schlamm an seine Behausung am Flussufer zu klatschen, und machten sich wieder nach Westen auf den Weg. Als sie am Ufer des Sees ankamen, der Burg Rägen umgab, trafen sie die Nerze emsig bei der Arbeit an; sie bauten einen Steg aus Erde, der zu der Burg führte. Der Nager, der die Oberaufsicht hatte, war ein großes, stämmiges Weibchen, das Lord Hohkinn mit einem herzhaften Klaps auf den Rücken begrüßte, bei dem ihm beinah die Zähne aus dem Mund geflogen wären.

»Hab schon von dir gehört«, sagte sie. »Du bist der

neue Herr in unserem Land. Ein gute Nachricht, natürlich. Also, der letzte, der war schlecht, aber gegen dich hat noch niemand was gesagt.«

»Das höre ich mit Freude«, antwortete Lord Hohkinn. »Aber sprich, wie lange beabsichtigt ihr, an diesem Steg zu arbeiten? Wir brauchen dringend eure Hilfe, um einige Meeresdeiche abzudichten. Berichten zufolge, die von überall her eintreffen, geben die Dämme allmählich nach.«

Sie erklärte ihm, dass sie bis zur Fertigstellung des Bauwerks zur Arbeit verpflichtet seien. Und allem Anschein nach war es bis zur Fertigstellung noch lange hin. Ihr Baumaterial waren Stöckchen, Birkenzweige und Schlamm, und der Weg sollte eine Breite von zehn Zentimetern haben – gerade breit genug, damit Geschöpfe wie Hermeline und Wiesel darauf gehen konnten. Bis jetzt waren erst drei Zentimeter Länge geschafft. Bis zur Vollendung würde das halbe Land von Wasser bedeckt sein. Dieser Gedanke bereitete den Nutrianerzen kein Kopfzerbrechen, doch Lord Hohkinn machte sich unendliche Sorgen deswegen.

»Wir könnten höchstens unter der Voraussetzung mit der Arbeit hier aufhören«, sagte sie, »dass Prinz Punktum uns großzügigerweise gehen lässt.«

Lord Hohkinn nahm eine Fähre hinüber zur Burg, begleitet von seinem getreuen Tauberich. Das Fährwiesel beklagte sich grummelnd, dass die Nerze ihn arbeitslos machen würden. Sobald es erst einmal einen Steg gäbe, bestünde kein Bedarf an einer Fährverbindung mehr.

»Sie können nichts dafür«, sagte Tauberich. »Prinz Punktum hat den Bau angeordnet.«

An der Burg angekommen, bezahlten sie das Fährwiesel und baten um eine Audienz bei Prinz Punktum.

Lord Hohkinn stand bei dem Prinzen nicht sehr hoch in der Gunst, deshalb mussten sie mehr als eine Stunde warten. (Erst als Sibiline bemerkte, dass Lord Hohkinn im Vorhof wartete, kam die Sache ins Rollen.) Tauberich wurde gesagt, dass er dort zurückbleiben solle, während Lord Hohkinn hastig dem Prinzen vorgeführt wurde. Sibiline war dabei anwesend, sowie Pompom, der Hofnarr, und Jesses, das adelige Hermelin.

Pompom sprang auf, als er sah, dass ein Besucher den Raum betrat, gierig darauf gedacht, jemanden mit seiner aufgeblasenen, an einen Stock gebundenen Mäuseblase zu schlagen, doch als er sah, dass es Lord Hohkinn war, änderte er seinen Sinn. Bei Lord Hohkinn war es nicht auszuschließen, dass er ihm eine Ohrfeige verpasste. Der Lord mochte keine Albernheiten, wenn er den Prinzen besuchte.

»Hoher Herr!«, rief Lord Hohkinn aus.

Wenn Lord Hohkinn nicht in der Nähe war, überkam Prinz Punktum oft das Gefühl, dass er das betagte Hermelin nicht leiden konnte. Hohkinn prangerte stets die in der Burg herrschenden schlechten Sitten an. Der Lehnsherr von Schreckenburg-Großdummern, ehemals von Sonstewo, war nach dem Geschmack des königlichen Wiesels zu sehr von moralischen Prinzipien durchdrungen. Hohkinn hatte etwas von einem strengen Onkel, der den Prinzen nur anzusehen brauchte, um ihm Schuldgefühle einzuflößen. Wenn Hohkinn zugegen war, konnte man sich einfach keinen Spaß leisten, zum Beispiel mit Spielen wie Küchenwiesel-Ködern.

Nein, Prinz Punktum hatte stets die Gesellschaft von Hermelinen wie Lord Ragnar vorgezogen. Ragi war jederzeit mit Vergnügen dazu aufgelegt gewesen, ein Küchenwiesel zu erledigen. Der prahlerische alte Grobian konnte eine Gallone Honigtau an einem Abend leeren, einen Streit mit einem Ritter, der zufällig sein Tischnachbar war, vom Zaun brechen und schließlich jemanden (zum Glück nicht jedes Mal mit tödlichem Ausgang) mit der Gabel niederstechen. Das war einer der Gründe, warum der Prinz keine Messer bei seinen Festgelagen erlaubte. Sonst wären zu viele seiner Ritter am Ende eines Mahls tot am Boden gelegen.

Heute jedoch machte Lord Hohkinn einen wirklich leutseligen Eindruck, als ob es ihn tatsächlich freute, den Prinzen zu sehen.

»Ja, Lord Hohkinn? Welchem Umstand verdanken wir die Ehre deines Besuchs? Welches Anliegen hast du an mich?«

»Eine Kunst mit G.«

Der Prinz wand sich voller Unbehagen in seinem weißen Hermelinpelz und blinzelte schnell. Er hatte das untrügliche Gefühl, dass er wieder einmal etwas begriffsstutzig war. »Wie bitte?«

»Eine Gunst«, hoher Herr. Ich bitte um eine Gunst.«

»Ach so, ich dachte, du redest einfach so hochgeschraubt daher, wie du es manchmal tust, Hohkinn. ›Gunst‹. Das war nicht schwer. Kunst mit G.« Er wandte sich an seinen Hofnarren. »Du müsstest dir so gute Sachen wie diese für mich ausdenken. Ich möchte der Erste sein, der so geistreiche Dinge von sich gibt.«

Pompom verzog mürrisch das Gesicht, jedoch nicht in Richtung des Prinzen.

»Also«, sagte Punktum und vergewisserte sich dabei, dass Jesses und Sibiline in Hörweite waren, für den Fall, dass er Lord Hohkinns Bitte abschlagen musste. »Was willst du von mir?«

»Hoher Herr, Ihr lasst all diese Nerze für Euch arbeiten, sie bauen einen Steg zur Burg. Ein bewundernswerter Plan, gewiss, und ich rechne es Euch hoch an, dass Ihr so viel für das Gemeinwohl tut. Ich möchte mir jedoch die Nerze für eine Weile ausleihen, falls Ihr gestattet, dass sie ihre Arbeit an dem Damm vorübergehend unterbrechen, nur für kurze Zeit, solange sie für mich im Einsatz sind.«

»He? Wofür willst du sie denn haben?«

»Ich möchte, dass sie bei der Reparatur der Meeresdeiche helfen. Überall sickert Wasser ins Land. Wenn wir sie nicht schleunigst wenigstens notdürftig flicken, bis die Menschen hier ankommen, wird es bald kein Welkin mehr geben. Nur die Menschen können die Sache wirklich in Ordnung bringen, mit großen Steinblöcken und dergleichen, doch die Nerze könnten die apfelgroßen Löcher stopfen, die an den Ufern klaffen.«

Der Prinz plusterte sich auf. »Kein Welkin mehr geben? Komm jetzt, Hohkinn! Kleine Stückchen davon wird es immer geben, da und dort.«

»Im schlimmsten Fall«, warf Sibiline ein, »werden wir ein Archipel sein.«

Der Prinz flüsterte Jesses ins Ohr: »Was ist das?«

»Eine Gruppe von Inseln, Herr«, murmelte das adelige Hermelin.

»Ja«, schrie der Prinz laut, »im schlimmsten Fall werden wir eine Gruppe von Inseln sein.«

»Prinz Punktum, Prinzessin Sibeline«, erwiderte Lord Hohkinn geduldig, »ob es Euch gefällt oder nicht, die Menschen werden bald zurückkehren. Wollt Ihr ihnen in dem Bewusstsein entgegentreten, dass Ihr absichtlich den Zerfall der Deiche zugelassen habt? Was werden sie von Hermelinen halten, wenn sie feststellen, dass Ihr in ihrer Abwesenheit nichts unternommen habt, um der

Überflutung Einhalt zu gebieten? Ich glaube, sie würden von Euch sehr enttäuscht sein, hoher Herr.«

Prinz Punktum wandte sich an seine Schwester und fragte nervös: »Er versucht, mir Angst einzujagen, nicht wahr?«

»Er hat nicht ganz Unrecht mit dem, was er sagt, Bruder«, gab Sibiline zu bedenken, »falls es stimmt, dass die Menschen zurückkommen. Aber vielleicht ist es nicht so. Offenbar sind einige Wiesel per Schiff unterwegs, um die Menschen zu suchen. Es ist jedoch keineswegs sicher, dass ihre Unternehmung erfolgreich verläuft. Und wenn sie wirklich zurückkommen, dann werde ich für meinen Teil nicht einfach so auf meine Macht verzichten, um sie jemandem einzuräumen, der sie vor vielen Jahren freiwillig aufgegeben und es den Tieren überlassen hat, mit dem angerichteten Schlamassel fertig zu werden.«

»Nein … verstehst du, Hohkinn … wir glauben nicht, dass es so kommen wird.«

Lord Hohkinn sah dem zitternden Prinzen voller Ernst in die Augen. Lord Hohkinn war Moses in der Begegnung mit dem Pharao. Er war ein eindrucksvolles Hermelin, dessen buschige Augenbrauen Furcht einflößten, wenn er es so wollte, und jeder, den er ansah, welkte unter seinem Blick dahin. »Oh, es wird so kommen, ganz gewiss«, sagte er, »das verspreche ich Euch. Die Menschen werden bald hier sein. Dann werde ich meine Pfoten in Unschuld waschen und nicht zu Euch stehen. Wenn sie mit ihren Bogen und Pfeilen, ihren Fallen und Schlingen kommen, dann werde ich auf Euch zeigen, hoher Herr, und sagen: ›Das ist das Hermelin, das verantwortlich dafür ist, dass das Meer unsere Heimat weggefressen hat. Nehmt ihn und macht mit ihm, was ihr wollt.‹ – ›Ach, das ist derjenige?‹, werden sie fragen. ›Nun, wir wollen ihn und seinesgleichen an den Hinterbeinen an einem Drahtzaun hängen sehen.‹«

»Jetzt versucht er schon wieder, mich zu ängstigen, Schwesterchen«, nölte der Prinz.

»Euer Bruder, Lord Rotpelz«, fuhr Lord Hohkinn fort, »hätte niemals zugelassen, dass so etwas geschieht. Er war kein begnadeter König, aber zumindest achtete er das Land. Niemals hätte er tatenlos zugesehen, wie das Meer ihm das halbe Reich wegnimmt.«

»Nenne nicht lästerlich den Namen meines Bruders!«

»Ich spreche nur wahrheitsgemäß aus, wie er sich meiner Meinung nach in dieser Krise verhalten hätte. König Rotpelz hätte mir die Nerze zur Verfügung gestellt, und unverzüglich, sobald ich ihm das Problem dargelegt hätte. Ich hätte keinen halben Tag zu vergeuden brauchen, um ihn davon zu überzeugen, wie nötig ich ihrer bedarf. Ich habe immer schon gesagt, dass Ihr nicht annähernd das Hermelin seid, das Euer Bruder war, trotz seiner schwerwiegenden Verfehlungen.«

»Da – jetzt beleidigt er mich schon wieder!«

Sibiline schüttelte den Kopf. »Gib ihm meinetwegen die Nerze, Bruder, um des lieben Friedens willen, damit hier wieder Ruhe und normale Zustände einkehren. Er hat Recht. Wir können nicht zulassen, dass das Meer die Hälfte unser Besitztümer einnimmt, wie auch immer. Die Angelegenheit mit den Menschen können wir behandeln, wenn sie sich wirklich ergeben sollte, aber wir müssen verhindern, dass das Meer sich noch weiter in unser Territorium hineinfrisst …«

Der Prinz sah Jesses an, bekam von diesem jedoch keine Rückenstärkung. Kaum ein adeliges Hermelin würde sich gegen Lord Hohkinn aussprechen, dessen geistige Fähigkeiten im ganzen Land gerühmt wurden; ebenso wenig würde sich jemand mit der Schwester des Prinzen anlegen, die niemals irgendjemandem irgendetwas verzieh und eine Rechnung nur dann als beglichen ansah, wenn sie selbst auf ihre Kosten gekommen war. Und wenn Sibiline auf ihre Kosten kommen wollte, dann war äußerste Vorsicht geboten.

»Und was wird mit meinem Damm?«, rief der Prinz, dem einfiel, dass er Trugkopp ausgeschickt hatte, damit dieser die Waldwiesel vernichtete, bevor sie die Menschen fanden. »Ich bin ein Gefangener in meinem eigenen Zuhause.«

»Um so besser, möchte ich meinen«, sagte der listige Hohkinn, »da die Böse Fee in der Gegend weilt.«

»Wer?«

»Die Königin des Todes. Sie wurde in jüngster Zeit in den umliegenden Wäldern gesichtet, wo sie nach Opfern Ausschau hielt. Ein Schrei von ihren Lippen, und Ihr platzt wie ein Bofist und verfliegt in alle Winde …«

»Du willst mich nur …«

»GEBT MIR DIE VERDAMMTEN NERZE!«, donnerte Lord Hohkinn, der das Spiel allmählich satt hatte.

Prinz Punktum fiel in sich zusammen. »Na gut, aber bring sie so bald wie möglich zurück.«

Lord Hohkinn und Tauberich verließen die Burg, bewaffnet mit einem Schriftstück, das den Nerzen befahl, den Anweisungen des Inhabers dieses Pergaments zu gehorchen. Sie nahmen die Fähre zurück über den See und trafen das stämmige Nerzweibchen, das sofort in der Arbeit am Damm innehielt und ihrem Arbeitstrupp befahl, Tauberich zu folgen. Tauberich teilte die Dammbauer in mehrere Gruppen auf und unterstellte sie jeweils einem Wiesel aus Schreckenburg-Großdummern; jede Gruppe übernahm die Reparatur eines bestimmten Deichstücks. Natürlich kam dabei nur Flickwerk heraus, das nicht lange halten würde, aber Lord Hohkinn war überzeugt davon, dass die Menschen bald da sein würden, um die Aufgabe ordentlich zu Ende zu führen.

Neunundzwanzigstes Kapitel

Im Kobaltmeer geriet die *Ziehende Wolke* in ein magisches Gewässer, das als Verzauberte Meerenge bekannt war. In diesem Gewässer lagen verzauberte Inseln, einschließlich der Insel Dorma, sowie die Insel der Krötengeister, die Insel der Hüpfenden Wesen, die Insel der Umgedrehten Bäume, deren Wurzeln vor allen anderen Pflanzen das seltene Regenwasser tranken, weil sie auf den Wipfeln der Bäume wuchsen und nicht an ihrem unteren Ende; dann das Land der Lodernden Gelben Hasen (Hasen, die so schnell rannten, dass ihr Fell Feuer fing) und noch viele, viele mehr.

Die Wiesel hatten tatsächlich das Gebiet gefunden, in dem die Insel Dorma lag, doch es gab ein Problem: Die verzauberten Inseln blieben im Gegensatz zu den meisten anderen Landgebieten nicht an einer Stelle. Sie alle waren schwimmende Inseln, die an einem Tag hier und am nächsten ganz woanders sein konnten. Sie glitten in einer Traumlandschaft umher, ihre Sockel waren eine lebendige Masse aus Seetang, auf der sich Erde gesammelt hatte und Bäume gewachsen waren und die so jeder einzelnen Insel ihre besonderen Eigenschaften verliehen hatte. In den Meeresgewächsen lebten tausende von Aalen, die die Inseln antrieben und hierhin und dorthin verrückten.

In der Verzauberten Meerenge waren auch einige Fantasie-Schiffe von sonderbarem Aussehen zu finden. Kaum war die *Ziehende Wolke* in dieses seltsame Gewässer geraten, das von kalter grüner Färbung und sehr, sehr tief war, begegnete sie einem eigenartigen Gefährt. Es sah aus wie ein gewaltiger Kupferkessel mit einem Griff, einer Ausgießtülle und einem Loch für den Deckel. An dem Griff des Kessels waren Segel angebracht, gefertigt aus Binsenblättern, die zu Matten verwoben waren. Der Kessel segelte gemächlich an der *Ziehenden Wolke* vorbei, wobei immer wieder Rauch aus der Tülle ausgestoßen wurde. Offenbar brannte ein Feuer unten in dem Kessel, denn das Wasser rings um das Gefährt blubberte und dampfte vor Hitze, die dieses abgab.

»Ahoi!«, rief Miniva, als das seltsame Schiff an ihnen vorbeizog. »Ist da jemand an Bord?«

Kurz darauf ruckte zuerst ein Kopf hoch, dann immer mehr, bis das Loch des Kessels zugestopft war mit dürren Köpfen.

»Habt ihr gehört, was ich gesagt habe?«, fragte Miniva, als das Kesselfahrzeug seine Fahrt verlangsamte und kehrt machte, um in der gleichen Geschwindigkeit wie das Wieselschiff auf dessen Höhe zu bleiben.

»Wer seid ihr?«

Alle Köpfe wandten sich einander zu, als ob sie selbst nicht sicher wären, wer sie denn waren. Dann schwang sich eines der Wesen zum Sprecher auf. »Wir sind Meerkatzen! Vettern der Mungos. Und was seid ihr?«

»Wir sind Wiesel aus dem Land Welkin, zusammen mit einer Mannschaft von Baummardern.«

Eine andere Meerkatze ergriff nun aufgeregt das Wort. »Dies ist unser Kessel. Wir haben ihn gefunden. Ihr könnt uns nicht zwingen, ihn wieder herzugeben.«

Sylber, der während der ganzen Zeit neben Miniva gestanden hatte, übernahm jetzt die Verhandlung. »Uns … uns ist nicht an eurem Kessel gelegen. Wir …« Weiter kam er nicht.

»Nicht-an-unserem-Kessel-gelegen?«, wiederholte die erstaunte Meerkatze. »Aber das ist ein wundervoller Kessel, etwas Besseres gibt es nicht – warum ist euch nicht daran gelegen? Wahrscheinlich ist es eine Antiquität, aber davon versteht ihr bestimmt nichts. Kennt ihr euch mit Kesseln aus? Das kann ich mir nicht vorstellen. Ich habe Kesselexperten kennen gelernt, und die sahen auf jeden Fall nicht wie Wiesel aus.«

»Ich bin kein Experte für irgendetwas«, sagte Sylber, der allmählich ärgerlich wurde. »Ich wollte nur …«

»Oh, das sehen wir. Kein Experte für irgendetwas. Das merkt man gleich. Ich nehme an, du hältst dich für klug, weil du den Kessel in seiner Verkleidung als Schiff erkannt hast. Aber so klug ist das nicht, weil wir uns gar nicht die Mühe gemacht haben, die Tülle zu verbergen, obwohl es auch eine Teekanne hätte sein können. Woher willst du wissen, dass es keine Teekanne ist?«

»Im Allgemeinen bestehen Teekannen nicht aus Metall«, antwortete Sylber durch zusammengepresste Zähne. Ihm war klar, dass er geduldig sein musste, wenn er von diesen Meerkatzen irgendetwas erfahren wollte; deren Köpfe hüpften jetzt auf und ab, was sehr komisch aussah. »Ich sehe, dass es ein Kessel ist, und ich erkenne an, dass es ein sehr edles Exemplar ist.«

»Das möchte ich aber auch gemeint haben.«

»Also«, fuhr Sylber fort, »wohin seid ihr des Wegs?«

»Aha«, rief eine der Meerkatzen, »ich wusste, dass ihr das wissen wollt. Und was ist, wenn wir es euch nicht sagen?«

»Das liegt bei euch«, entgegnete Sylber, dem bewusst war, dass seine Mannschaft vor überschäumender Erheiterung über diesen Wortwechsel mit den Zähnen klackte. »Wenn ihr es nicht sagen möchtet, dann respektiere ich euren Wunsch.«

Daraufhin gab es ein erregtes Raunen zwischen den Meerkatzköpfen, untermalt von einigen Pufflauten und Rauchschwaden aus der Tülle des Kessels. Dann sprach wieder eine von ihnen.

»Wir segeln nach Byzanz«, sagte die Meerkatze in sehr ernstem Ton. »Wir haben gehört, dass es dort schön sei. Das ist eine märchenhafte Stadt, müsst ihr wissen, mit einem Überfluss an Gold und Edelsteinen und Wissen – und gleichermaßen wichtig im übergeordneten Plan aller Dinge. Ihr … ihr wisst nicht zufällig, in welcher Richtung sie liegt, oder?«

»Grind!«, rief Sylber, der endlich etwas in die Waagschale zu werfen hatte, »hol meine Karten.«

Grind eilte davon und kehrte mit einem Skizzenbuch zurück. Er und Sylber öffneten es gemeinsam an Deck und blätterten durch die Seiten. »Birmingham, Buxtehude … ach, hier, … Byzanz. Ja, es liegt südöstlich von hier, im Mittelmeer. Ihr könnt es gar nicht verfehlen, wenn ihr euch immer nach einer Wolke richtet, die wie ein fliegendes Pferd aussieht.«

»Besten Dank!«

»Besten Dank!«

»Besten Dank!«

Die Meerkatzköpfe ruckten einer nach dem anderen auf, und alle sprachen dieselben Worte.

Sylber sagte: »So, vielleicht könnt ihr mir jetzt auch helfen …«

»Schaut unseren Kessel nicht an! Wisst ihr denn nicht,

dass ein Kessel, den man anschaut, niemals das Wasser um sich herum zum Kochen bringt? Hattet ihr in der Schule den keinen Physikunterricht? Wie sollen wir jemals nach Byzanz kommen, wenn ihr andauernd unseren Kessel anstarrt und verhindert, dass er das Wasser zum Kochen bringt?«

»Warum wollt ihr, dass das Wasser kocht?«

»Nach den physikalischen Gesetzen, die ihr offenbar nie in der Schule gelernt habt, ist das am besten. Wisst ihr denn nicht, dass ein Kessel schneller durch kochendes Wasser gleitet als durch kaltes Wasser? Heißes Wasser hat mehr Auftrieb als kaltes Wasser, der Kessel liegt also höher und gleitet über die Oberfläche dahin. Ich dachte, das weiß jeder, auch wenn ihr keinen Physikunterricht gehabt habt.«

»Stimmt das? Das glaube ich nicht«, sagte Miniva. »Ich finde, das hört sich blödsinnig an.«

»Wer war euer Physiklehrer? Unserer war Charles Lutwige Dodgson. Es gibt keinen besseren Lehrer.«

Sylber konnte Miniva jetzt nicht mehr aufhalten; sie war wütend über die dummen Meerkatzen. »Uns wurden die Naturgesetze des Universums von Lord Hohkinn beigebracht, einem sehr gelehrten Hermelin – einem Philosophen –, und ich bin sicher, er hätte uns etwas über derartige Dinge erzählt, wenn es wissenschaftliche Tatsachen wären.«

Zu ihrer Überraschung hatten die Meerkatzen anscheinend schon etwas von Lord Hohkinn gehört. »Ach, der! Er hat die drei Elemente entdeckt, nicht wahr? Ich zitiere: ›Die drei Elemente, die die Materie des Universums bilden, sind Flaschenglas, Wasser und Feuer, aber das bedeutendste von allen ist Flaschenglas.‹ O ja, wir kennen Lord Hohkinn ganz gut.«

Lord Hohkinn liebte gewiss seine Sammlung alter Flaschen, aber Miniva war überzeugt davon, dass die Meerkatze etwas durcheinander gebracht hatte. »So hat es Lord Hohkinn nie gesagt. Er sagte: ›Erde, Feuer und Wasser.‹«

»Flaschenglas steht symbolisch für Erde und vermittelt ein besseres Bild für das geistige Auge.«

»Das alles ist nicht so wichtig«, sagte Sylber. »Könntet ihr uns bitte sagen, wo ihr die Insel Dorma zuletzt gesehen habt?«

»Diese Richtung.«

»Dort entlang!«

»Da drüben!«

»Gleich hier!«

Die Meerkatzen deuteten alle in unterschiedliche Richtungen. Tatsächlich sahen ihre Vorderläufe aus wie die Zeiger eines Kompasses, und sie waren gespreizt wie die Blütenblätter einer Ringelblume.

»Es ist hoffnungslos«, sagte Sylber zu seiner Mannschaft. »Wir müssen uns auf die Suche nach Tieren mit etwas mehr Verstand machen.«

Die *Ziehende Wolke* segelte weiter auf diesem phantastischen Meer dahin. Das Wasser glitzerte wie Abermillionen von Diamanten. Überall waren Inseln, die meisten klein, mit einer oder zwei Palmen, oder es waren einfach nur Korallenriffe, die über die Wasseroberfläche herausragten. Es war eine hübsche Gegend, die Sonne schien warm, die Luft war ruhig. Meeresvögel flogen hin und her, und Fische tauchten aus den Wasserkräuseln auf und betrachteten die vorbeikommenden Wiesel. Schließlich sahen sie zwei Tiere, die auf einem Felsen in der Sonne badeten.

Aus der Ferne wirkten sie wie eine unbekannte Spezies. Als sie das Schiff erblickten, taten sie schnell etwas – was, war nicht zu erkennen. Es hatte den Anschein, als ob sie die Köpfe getauscht hätten. Dann wurde offensichtlich, dass es sich bei den beiden in Wirklichkeit um ein Walross und einen Straußenvogel handelte. Aus irgendeinem nicht ersichtlichen Grund hatten sie anfangs jeweils den Kopf des anderen getragen, doch beim Näherkommen des Schiffes hatten sie diese so mühelos wieder zurückgetauscht, als ob es Hüte wären.

Als die *Ziehende Wolke* auf gleicher Höhe mit ihnen war, stand Sylber auf der Brücke und rief: »Ahoi, ihr da drüben!«

Die beiden Geschöpfe, der Vogel und das Meeressäugetier, gaben sich überrascht. Ihre Mienen drückten Schuldbewusstein aus, als sie sich Sylber zuwandten. »Ja?«, fragte das Walross und leckte sich dabei die Schnauzhaare. »Was können wir für euch tun?«

»Wir suchen eine Insel mit dem Namen Dorma.«

»Ah ja«, rief das Straußenweibchen, »daran kann ich mich erinnern. Sie ist erst vor ein paar Tagen hier vorbeigeschwommen. In diese Richtung.« Es streckte deutend den Flügel aus.

»Danke«, antwortete Sylber, erleichtert, weil er nun eine zuverlässige Information erhalten hatte.

Grind konnte die Sache mit den Köpfen jedoch nicht auf sich beruhen lassen. »Was habt ihr da vorhin gemacht?«, wollte er von den beiden wissen. »Irre ich mich, oder habt ihr die Köpfe getauscht?«

Das Walross zog es vor, erschüttert auszusehen. »Wer? Wir? Bestimmt nicht. Weißt du denn nicht, dass es verboten ist, mit jemandem Köpfe zu tauschen, sogar mit einem nahen Verwandten? Das ist ein Verstoß gegen das Gesetz der persönlichen Identität. Schließlich würde das bedeuten, dass ein Walross herausfinden könnte, wie es ist, ein – sagen wir mal – Vogel zu sein.«

»Und umgekehrt«, sagte das Straußenweibchen, das während des Sprechens den Blick auf den Felsen gesenkt hielt. »Sie – er könnte herausfinden, wie es ist, ein Walross zu sein – oder eine Giraffe oder irgendetwas anderes. Ich hoffe, ihr beschuldigt uns nicht eines derartigen Vergehens. Wir sind nämlich ehrenwerte Geschöpfe.«

»Hört mal, es geht mich nichts an, was ihr mit euren Köpfen macht«, sagte Grind. »Ich war nur neugierig, mehr nicht.«

»Du solltest deine Neugier im Zaum halten«, rügte ihn das Straußenweibchen. »Sonst bekommst du ernsthafte Schwierigkeiten.«

Sylber gab den Befehl aus, dass das Schiff in die Richtung manövriert werden solle, in die der Strauß gedeutet hatte. Sie segelten davon und ließen die beiden verwirrten Geschöpfe auf dem Felsen sitzend zurück. Als sie ein ganzes Stück von ihnen weg waren, tauschten das Walross und der Straußenvogel erneut die Köpfe. Dann sah die verblüffte Mannschaft, wie das Walross mit den Flossen schlug und versuchte, sich in die Luft zu erheben. Es stürzte ins Meer. Das Straußenweibchen tauchte hinter ihm her und benutzte die Flügel, um im Wasser zu paddeln.

»Fisch!«, schrie es. »Ich brauche Fisch!«

Das war das Letzte, was die Wiesel jemals von den beiden sahen.

»Welch ein seltsames Paar«, murmelte Grind. »Ich bin gespannt, ob wir noch mehr so sonderbare Geschöpfe treffen …«

Er hatte den Satz noch nicht zu Ende gesprochen, da schwebte auch schon eine Languste hoch über dem Wasser heran; in der rechten Zange hielt sie ein Bananenblatt. Das Blatt wurde vom Wind getragen, wie ein von der Leine gelöster Drachen, und die Languste benutzte das Blatt als Transportmittel. Sie schwebte kurze Zeit über dem Quarterdeck des Schiffs, dann ließ sie plötzlich los und landete mit einem lauten Platschen auf den Schiffsplanken.

Grind ging zu dem Geschöpf, in der Absicht, es über Bord zu werfen, doch die Languste hob abwehrend die Zangen.

»Bleib mir fern!«, sagte sie. »Komm ja nicht näher!«

»Ich tue dir nichts.«

»Ha, ja, das hat der Mensch letztes Mal auch gesagt, und dann fand ich mich in einer Art Käfig am Meeresgrund wieder. Nur unter Einsatz all meiner Schlauheit und meines Scharfsinns bin ich entkommen. Bleib mir fern! Ich kneife dir die Hände ab, wenn du näher kommst. Ich meine es ernst.« Die Languste klapperte zur Untermalung ihrer Worte mit den Zangen.

»Wir sind keine Menschen«, erklärte Grind. »Wir sind Wiesel – und Baummarder.«

»Das sagen alle.«

»Augenblick mal«, sagte Sylber. »Wo hast du diese ›Menschen‹ zuletzt gesehen?«

Die Languste zeigte in dieselbe Richtung, in die der Straußenvogel gedeutet hatte. »Dort. So, wenn ihr mich entschuldigen wollt, dann darf ich mich jetzt wohl empfehlen.«

Sie krabbelte übers Deck, schob sich durch ein Seilloch im Dollbord und plumpste ins Meer. Nachdem er nun eine Bestätigung für die von dem Strauß gewiesene Richtung hatte, war Sylber einigermaßen froh. Das Schiff segelte weiter, tiefer hinein in die Verzauberte Meerenge.

Dreißigstes Kapitel

Sylber hatte gehofft, per Zufall auf die Insel Dorma zu stoßen. Doch nach vielem Zickzack-Kreuzen zwischen verschiedenen Inseln kam er bald zu dem Schluss, dass das wohl nicht geschehen würde.

Er hatte das sichere Gefühl, dass Dorma von Strömungen getrieben wurde, die einen bestimmten Weg durch das Kobaltmeer nahmen. Er musste jemanden finden, der über diese Strömungen Bescheid wusste.

»Wir müssen noch mal an Land gehen«, verkündete er seiner erschöpften Mannschaft, »um weitere Informationen zu gewinnen.«

Sie stöhnten, da sie die Erfahrung gemacht hatten, dass sie jedes Mal, wenn sie Halt machten, in irgendwelche Schwierigkeiten gerieten.

Der Windjammer kam zu einer Insel, die im Vergleich zu anderen in der Verzauberten Meerenge riesig war. Sylber beschloss, mit einer ausgewählten Gruppe an Land zu gehen und Erkundigungen einzuholen. Er übergab das Schiff in Minivas Verantwortung und nahm Kunicht, Grind, Birnoria und Alissa mit sich. Außerdem bestand er darauf, dass Narki sie begleitete, damit er etwas Bewegung bekäme.

»Ich bin krank«, jammerte der Rennmäuserich. »Mir geht's nicht gut.«

»Genau aus diesem Grund nehme ich dich mit«, sagte Sylber unerbittlich. »Offenbar bekommt dir das Leben auf See nicht. Du brauchst einen schönen langen Fußmarsch, um deinen Körper von aller Krankheit zu befreien.«

»Kranke Tiere müssen das Bett hüten und brauchen Ruhe.«

»Du hast seit mindestens einer Woche das Bett nicht mehr verlassen, obwohl du nicht einmal erhöhte Temperatur, dafür aber eine sehr gesunde Gesichtsfarbe hast. Es ist höchste Zeit, dass du diese so genannte Krankheit abschüttelst. Ein strammer Fußmarsch in der frischen Luft ist genau das, was du brauchst.«

Narki hob wieder an zu wehklagen, aber Sylber ließ sich davon nicht beeindrucken. »Du kommst mit«, bestimmte der Kapitän, »das ist das letzte Wort.«

Die Landegruppe ruderte zur Küste und vertäute das Boot in einer kleinen Bucht. Von dort machten sie sich zu Fuß auf den Weg ins Hinterland. Je weiter sie ins Landesinnere kamen, desto eindeutiger wurde es, dass sie sich auf einer bewohnten Insel befanden. Auf weiten Feldern wuchs Getreide.

Sie sahen Vögel, die auf den Feldern arbeiteten – größtenteils Finken –, indem sie mit den Schnäbeln das Unkraut zwischen den Reihen herauspickten. Diese Vögel wirkten dürr und ausgemergelt, als ob sie seit Wochen keine Nahrung mehr zu sich genommen hätten. Die Wiesel und der Rennmäuserich sahen ihnen eine Weile bei ihrer Tätigkeit zu, während Sylber sich fragte, ob die Vögel wohl in der Lage sein mochten, Fragen auf eine brauchbare Weise zu beantworten. Oft bedienten sich Vögel eines unverständlichen Dialekts.

Als Sylber gerade im Begriff war, einem der Vögel

etwas zuzurufen, erklang in der Ferne ein Horn. Alle Vögel blickten aufgeschreckt nach oben, dann erhoben sie sich in die Luft. Sie ließen sich in den Hecken zu beiden Seiten der Felder nieder und schnatterten wütend vor sich hin. Kurz darauf war ein Dröhnen zu hören, und der Boden unter den Wieseln bebte.

Ein Gimpel in der Nähe schrie: »Ihr macht euch besser aus dem Staub, Fremde – die Muntjaks kommen!«

Sylber und die anderen hasteten gerade noch rechtzeitig in den Graben, der entlang einer Hecke verlief. Am Horizont tauchten tausende kleiner Hirsche auf. Sie preschten über die Felder, anscheinend im Zustand höchster Erregung. Eine Staubwolke begleitete sie, bauschte sich um die rasenden Gestalten. Das Ganze erinnerte an eine stürmende Viehhorde. Das Stampfen, unter dem die Erde bebte, wurde immer lauter.

Dann waren die Anführer plötzlich auf einer Höhe mit Sylbers Mannschaft; die Herde donnerte vorbei und zermalmte die Ernte unter den Hufen. Es war, als ob ein Meer aus braunen Körpern vorbeiwogte. Staub wirbelte auf und drohte die Zuschauer zu ersticken. Als er sich wieder gelegt hatte, waren die Hirsche gerade dabei, sich am Ende der Bucht zu sammeln, wo ihre Jagd zu Ende war.

Die Finken kamen aus den Hecken herbeigeflogen und betrachteten mit entrüsteten Mienen ihre niedergewalzte Ernte.

»Das bedeutet wieder eine Saison des Hungerleidens«, sagte einer. »Ich glaube, ich halte das nicht mehr aus.«

»Was ist da geschehen?«, fragte Sylber, der aus dem Graben kroch. »Warum tun sie das?«

Der Gimpel, der Sylbers Mannschaft vor dem Herannahen der Muntjaks gewarnt hatte, kam zu ihnen. »So geht das jedes Jahr«, erklärte er voller Verbitterung. »Wir bringen die Saat aus, hegen die Pflanzen, und dann, wenn das Getreide kurz vor der Reife ist, kommen die Muntjaks daher und machen alles kaputt. Wir retten so viel Saatgut, wie wir nur können, aber es ist ein Jammer…«

»Habt ihr mal versucht, mit ihnen zu reden? Mit den Muntjaks, meine ich«, fragte Birnoria. »Vielleicht wissen sie gar nicht, was sie anrichten.«

»Oh, sie wissen ganz genau, was sie anrichten.«

Grind, der immer auf der Seite der Benachteiligten war, beschloss, dass etwas unternommen werden musste. Er bat Sylber um die Erlaubnis, mit den Muntjaks sprechen zu dürfen, während dieser versuchte, nützliche Informationen von dem Gimpel zu bekommen.

Sylber nickte. »Schau mal, was du erreichen kannst.«

Grind nahm Birnoria und Narki mit sich und ließ Alissa und Kunicht bei Sylber.

Die kleinen Hirsche wimmelten jetzt überall herum und besprachen ihre Leistungen über die Felder hinweg. »Ich habe gewusst, dass Fletscher gewinnen würde«, sagte einer. »Sie hat letztes Jahr auch schon gewonnen. Sie hat Füße mit Flügeln…«

»Apropos Flügel«, warf Grind ein, woraufhin alle Hirschköpfe in seine Richtung ruckten. »Ich nehme an, ihr habt eure gefiederten Freunde da drüben überhaupt nicht wahrgenommen. Sie waren euer Publikum, während ihr soeben ihre Ernte in den Boden gestampft habt.«

Ein Muntjak, der etwas angriffslustiger war als die übrigen, schob sich vor das Wiesel. »Ach ja?«, sagte er. »Na und?«

»Nun, da ich hier auf der Insel fremd bin, habe ich mich gefragt, warum ihr so etwas tut. Da sind ein paar vollkommen unschuldige Vögel, die ihr Getreide anbauen, um sich zu ernähren – und wenn sie gerade soweit sind, die Ernte einzubringen, kommt eine Meute von Wilden daher und macht all ihre Arbeit zunichte. Nun, wie ich bereits sagte, ich bin nur ein Fremder, aber mir scheint das Ganze ein wenig unnötig zu sein.«

»Ach ja?«, wiederholte der Muntjakhirsch. »Nun, Fremder, ich schlage vor, du kümmerst dich um deine eigenen Angelegenheiten.«

»Hör mal zu, du klumphufiger Klotzkopf«, entgegnete Grind, »wir wollen uns doch manierlich unterhalten, was? Wir haben uns nur höflich erkundigt.«

»Wir sind nun mal von Natur aus neugierig, mein Freund«, ergänzte Narki, der ebenfalls ein paar Worte dazu äußern wollte. »Es kostet doch nichts, wenn du uns anständig antwortest.«

Der Hirsch starrte die drei Tiere vor sich an. Er wirkte klein, aber kräftig. Muntjaks hatten im Allgemeinen keine Angst vor Wieseln oder Rennmäusen, aber dieser Haufen da sah so aus, als ob er sich in einer Streiterei ganz gut durchzusetzen wüsste.

»Nicht dass euch das irgendetwas angeht«, erwiderte der Muntjak schließlich, »und vergesst nicht, ich brauche euch auf keine eurer Fragen zu antworten – ich habe etwa dreitausend Hirsche im Rücken, wenn ihr Schwierigkeiten machen solltet –, aber wir führen unser alljährliches Preisrennen durch. Das geht vom Rand des Gebirges dort bis zum Meer, und wer als Erster hier ankommt, darf auf einem sehr fruchtbaren Stück Flachland grasen, das wir ›Kleiner Grüner Acker‹ nennen.«

»Ich verstehe«, sagte Birnoria. »Ihr wartet also, bis das von den Vögeln ausgesäte Getreide beinah reif ist, und dann trampelt ihr es nieder.«

Der Muntjak hatte immerhin so viel Anstand, ein wenig beschämt auszusehen, als Birnoria es auf diese Weise ausdrückte. »Keineswegs. Wir haben unsere Rennen schon durchgeführt, bevor die Finken hierher gekommen sind. Es ist reiner Zufall, dass unser Rennen zeitgleich mit ihrer Ernte stattfindet. Wir können nichts dafür, dass es ihnen beliebt, ihr Getreide und das ganze Zeug ausgerechnet auf unserer Rennstrecke anzubauen.«

»Nun, ich kann mir vorstellen, die Vögel haben sich gut umgesehen und sich reiflich überlegt, wo der beste Platz für den Anbau ihres Getreides ist«, warf Grind ein. »Und sie haben sich für dieses Tal entschieden, weil seine Bodenbeschaffenheit und das Klima genau richtig sind. Ihr habt sie mit eurem ersten Rennen bestimmt überrascht. Ihr konntet doch schließlich nicht erwarten, dass Neuankömmlinge eure Kultur verstehen.«

Der Muntjak sagte: »So war das nicht. Kann sein, dass wir sie erschreckt haben, aber immerhin ist das Rennen althergebrachte Tradition. Das Recht ist auf unserer Seite. Wenn die Finken glauben, sie können uns an der Wahrnehmung unserer traditionellen Rechte hindern, dann sollten sie besser noch mal nachdenken.«

Birnorias Blick schweifte über die flache Landschaft mit den hohen, weiß bedeckten Gipfeln am Rand und den üppig grünen Tälern. Dann wandte sie sich um und betrachtete das Meer, gesäumt von goldsandigen Buchten. Das Wasser hinter der türkisgrünen Lagune war eine tiefblaue Fläche mit Glanzlichtern, die die Sonnenstrahlen setzten. »Ihr habt hier eine wunderschöne Insel«, sagte sie zu dem Muntjak.

Dem Hirsch schwoll die Brust vor Stolz.

»Ja, das stimmt«, bestätigte der Anführer der Muntjaks. »Uns gefällt sie jedenfalls.«

»Wie schade, dass sie durch den Mangel an Harmonie verdorben wird.«

Der Unterkiefer des Hirschs sackte herunter. »Mangel an Harmonie?«

»Zwischen den Geschöpfen, die hier leben«, fuhr Birnoria fort. »Ich meine, wie schade, dass ihr nicht miteinander auskommt. Ich kann mir vorstellen, dass es viel Feindseligkeit zwischen euch und den Vögeln gibt. Vermutlich könnt ihr an keiner Hecke vorbeigehen, ohne auf die eine oder andere Weise beleidigt zu werden.«

»Oh, da hast du nur allzu Recht«, rief eine Hirschkuh aus dem Hintergrund. »Tatsächlich, man kann keinen einzigen Weg entlang gehen, ohne auf irgendeine Weise angemosert zu werden – diese Vögel …«

»Wahrscheinlich gebt ihr ihnen gehörig raus.«

»Allerdings«, bestätigte der Anführer. »Warum sollten wir uns das gefallen lassen? Wir haben dasselbe Recht, hier zu sein, wie sie. Das meine ich ja, wenn ich von unserem Rennen spreche. Es ist unser angestammtes Recht. Wir machen das seit …«

»Ich weiß«, seufzte Birnoria. »Seit Jahren.«

»Eben.«

»Nun«, fuhr das beharrliche Wieselweibchen fort, »was wäre so schlimm daran, wenn ihr euer Rennen ein paar Wochen später im Jahr durchführen würdet? Ich meine, was macht so eine kleine zeitliche Verschiebung schon aus, wenn es um die Harmonie geht?«

Die Miene des Muntjaks zeigte Unbehagen. »Na ja, wir haben es immer schon zu dieser Zeit des Jahres durchgeführt.«

»Das ist doch kein Grund, nichts daran zu ändern, oder? Es gab mal eine Zeit, da hattet ihr es noch gar nicht – ihr führt dieses Rennen ja wohl kaum seit dem Entstehen der Welt durch, oder? Wie kam der Entschluss zustande, dass es ausgerechnet zu dieser Zeit im Jahr stattfinden muss? Vielleicht hat sich das nur zufällig so ergeben.«

»Die Überlieferung lautet, dass ein Muntjak rief: ›Rennt ums beste Gras‹, und die anderen befolgten diesen Aufruf. Im nächsten Jahr erinnerten sie sich daran und machten es wieder genauso, bis es zu einer ständigen Einrichtung wurde.«

»Also, da habt ihr es. Der reine Zufall. Es gibt keinen Grund, an einem Datum festzuhalten, das nur auf einem Zufall beruht. Verändert das Programm einfach ein kleines bisschen, dann könnt ihr alle glücklich zusammenleben, Vögel und Hirsche.«

Der Hirsch runzelte die Stirn, und ein allgemeines Raunen von wegen ›Tradition‹ und ›Hirschkultur‹ machte sich breit. Anscheinend gefiel ihnen der Gedanke, das Datum des Rennens zu verschieben, nicht besonders. Birnoria vernahm einige gemäßigtere Stimmen unter ihnen: »Na ja, es wäre dann kühler …«, aber im Großen und Ganzen wollte die Herde keine Veränderung. Es war, als ob sie etwas Wertvolles verlöre, wenn sie von ihrem einmal eingeführten Programm abrückte.

»Das ist doch nur ein sturer Haufen von blinden Narren«, schimpfte Narki empört. »Komm, Grind, wir gehen zurück zu Sylber.«

»Wir machen es immer an diesem Tag«, maulte der Anführer der Muntjaks. »An jedem anderen Tag kommt es uns einfach irgendwie nicht richtig vor.«

Birnoria wollte jedoch nicht aufgeben. Sie konnte einfach nicht einsehen, dass die Hirsche lieber die Vögel hungern ließen, anstatt den Zeitpunkt ihres Rennens zu verschieben. Sie wollte nicht glauben, dass jemand so wenig zu Zugeständnissen bereit war. »Es wird euch bald richtig vorkommen, wenn ihr erst einmal damit angefangen habt«, sagte sie. »Veränderungen empfindet man anfangs immer als etwas Ungewohntes, doch sobald ihr ein halbes Dutzend Rennen hinter euch gebracht habt, habt ihr vergessen, dass ihr es jemals an diesem einen Tag durchgeführt habt. Ihr müsst es nur versuchen.«

»Nein, nein, das wäre nicht richtig. Ihr versteht das nicht. Ihr stammt aus einer anderen Kultur. Ihr wisst nicht, wie viel uns dieses Rennen bedeutet. Die Vögel müssen sich eine andere Gegend suchen, um ihr Getreide anzubauen. Das hier ist unsere Rennstrecke.«

»Genauer, eure Ein-Mal-im-Jahr-Rennstrecke«, murmelte Grind.

Birnoria sagte: »Dann versprecht mir wenigstens eins: Haltet in zwei Wochen noch einmal ein Rennen ab. Schaut mal, wie euch das gefällt, ob es wirklich so ganz anders ist. Versucht es mal, vielleicht stellt ihr fest, dass eure Gefühle gar nicht so sehr von diesem einen Datum abhängen.«

Der Anführer der Muntjaks blickte skeptisch drein, doch schließlich willigte er ein, in zwei Wochen noch einmal ein Rennen abzuhalten. Aber er überlegte, welchen Preis er bei diesem Rennen aussetzen sollte. Es gab nur einen einzigen Kleinen Grünen Acker.

»Was spricht dagegen, zwei Wochen später noch einmal ein Rennen zu veranstalten? Der Sieger ist dann der Gewinner aus drei Wettkämpfen.«

Ein Muntjak in der Mitte der Herde griff diesen Gedanken auf. »Das leuchtet mir ein. Ich war schon immer der Ansicht, dass ein einziges Rennen nicht ganz ausreicht, um sich für einen Gewinner zu entscheiden. Der Beste aus drei Wettkämpfen ließe auf jeden Fall eine bessere Beurteilung von Geschwindigkeit und Ausdauer zu. Damit wäre der Faktor Glück ausgeschlossen.«

Ein allgemeines zustimmendes Gemurmel erhob sich, da einige der Hirsche und Rehe an der Ziellinie nur ganz knapp hinter dem Gewinner gelegen hatten. Manche hatten das Gefühl, dass sie in einem zweiten Rennen gewinnen könnten, wenn sie sich nur ein kleines bisschen mehr anstrengten. Und vielleicht würde sie ein drittes zum Gewinner auf der ganzen Linie machen? So ein einmaliges Rennen war einfach zu schnell vorbei.

»Dann werdet ihr vielleicht feststellen«, sagte Birnoria zum Anführer der Herde, »dass ihr das erste Rennen von dem bisher feststehenden Tag ans Ende verlegen könnt, im Anschluss an die beiden anderen; dabei würdet ihr zwei Fliegen mit einer Klappe schlagen – oder vielmehr vielen Vögeln mit einem einzigen Zug helfen.«

»Ich weiß nicht so recht«, sagte der Muntjak zögerlich. »Vielleicht geht das gut …«

»Versucht es einmal – um mehr bitten wir euch nicht«, drängte Birnoria. »Dabei kann ja schließlich kein Schaden entstehen, oder?«

Dann verließen sie die Hirsche, nachdem sie die Saat der Veränderung in ihre Gemüter gestreut hatten. Birnoria erklärte den Vögeln, was sich abgespielt hatte; diese waren nicht sehr zuversichtlich. Die Muntjakhirsche waren bisher stets so uneinsichtig gewesen, sagten sie; sie hatten sich sogar geweigert, vernünftige Argumente auch nur anzuhören. Die Vögel befürchteten, dass Birnorias Eingreifen nichts bringen würde.

Doch die Wiesel – und der Rennmäuserich – waren wie immer hoffnungsvoll, dass etwas Gutes dabei herauskommen würde.

Einunddreißigstes Kapitel

Sylber erfuhr von den Vögeln, dass im Land der Riesen ein alter Maulwurf im Einklang mit dem Rhythmus der Welt lebte, der sich mit dem Meer und den Inseln auskannte.

»Dort!«, sagte die Buchfinkin und deutete mit dem Flügel. »Dort werdet ihr ihn finden.«

»Wie bitte – dort oben im Hochland?«, antwortete Sylber und betrachtete dabei eine Hügelkette vor dem großen Gebirge.

Die Buchfinkin klapperte belustigt mit dem Schnabel. »Hochland, ja. Weißt du auch, wer diese Hügel gemacht hat?«

»Der Erschaffer der Welt, nehme ich an.«

»Nein, bei der Gestaltung der Erde, damals in prähistorischen Zeiten, waren sie nicht vorgesehen. Der alte Maulwurf persönlich hat sie geschaffen. Verstehst du, er ist einer der Riesen. Es gibt drei davon: einen Riesenmaikäfer, eine Riesenspitzmaus und einen Riesenmaulwurf. Man muss die ersten beiden überwinden, um zum dritten zu gelangen, welcher derjenige ist, um den es dir geht.

Das da sind Maulwurfshügel. Immer wieder tauchen neue auf, die alten verschwinden. Also dann, viel Glück. Und hüte dich vor Zyklops! Er ist der Schlimmste von den dreien.«

»Welcher ist das?«, fragte Grind, aber der Vogel war bereits weggeflogen.

»Los!«, trieb Sylber die Gruppe an. »Lasst uns aufbrechen, sonst bringen wir diese Reise niemals zu einem Ende.«

»Ich komme nicht mit!«, riefen Kunicht und Narki wie aus einem Mund; offenbar wetteiferten sie um die Feigheitsmedaille des Jahres. »Ich komme nicht mit!«

»Macht nicht so ein Theater, ihr beide«, entgegnete Grind. »Wir können uns solche Spielchen nicht leisten. Dafür haben wir keine Zeit, stimmt's, Käpt'n? Los jetzt, packt euch euer Zeug auf den Rücken, damit wir uns in Marsch setzen können. Wie wär's mit einem munteren Liedchen? Kennt ihr das von den zwanzig Bergwanderern, die sich im Nebel verlaufen haben und nacheinander über eine Felskante gestürzt sind?«

Er hob mit vergnügter Stimme zu singen an. »Oh, da waren's nur noch neun, nur noch neun/einer nach dem anderen stürzte in die Spalte rein/keiner hat es bös gemeint/oh, im Tode waren sie vereint.«

»Wenn du glaubst, ein so abscheuliches Lied würde mich ermutigen, mich der Reisegruppe anzuschließen …!«, beschwerte sich Narki, doch Grind schenkte ihm kein Gehör. Er war zu sehr mit Singen beschäftigt.

»… sie brachen sich das Genick, das Genick/nicht einer kam zurück/ersoffen in wilden Wasserstrudeln/mussten elendiglich verbluten/einer brach sich den Schädel/zu Haus wartet sein Mädel/ein andrer zermatscht sein Gehirn wie Mus/einem fehlt schon der rechte Fuß …«

»Ich glaube, das reicht, Grind«, quetschte Kunicht zwischen zusammengepressten Zähnen hervor, während Birnoria und Sylber ihm und Narki halfen, sich ihr Gepäck aufzuladen.

»... sie plumpsten in tödliche Tiefen/schreiend und Sabber vertriefend/oh, das Grauen nahm ein Ende im steinigen Sarg/doch bis dahin litten arg ...«

Ein Spatz war offenbar der gleichen Ansicht wie Kunicht, denn er warnte Grind, als er an der Hecke vorbeiging. »Ich würde an deiner Stelle in den Bergen nicht so viel Lärm machen. Zyklops kann Krach nicht ausstehen. Und wenn du so laut singst, dann wird die Kannibalin dich hören und wissen, wo ihr seid. Ihr müsst möglichst lautlos durch die Berge schleichen. Viel Glück. Das werdet ihr brauchen. Ich habe noch nie gehört, dass ein Tier lebend herausgekommen ist, aber wahrscheinlich muss es ein erstes Mal geben. Vögel haben es leichter. Sie können sich einfach in die Lüfte erheben und davonfliegen, aber Säugetiere müssen laufen ...«

»Die Kannibalin?«, gluckste Kunicht. »Eine sie? Und sie frisst ihresgleichen?«

»Ja, dazu ist sie fähig, daran zweifle ich nicht. Aber sie hat sich den Namen erworben, weil sie rohes Fleisch isst. Lebt wohl.« Damit schwang sich der Spatz zum blauen Himmel hinauf.

»Ich komme ganz bestimmt nicht mit«, riefen die beiden Feiglinge wiederum in vollkommenem Gleichklang. »Nie, nie, nie!«

»Das ist vielleicht ein Gespann, was?«, bemerkte der belustigte Grind und klackte mit den Zähnen. »Los, Alissa-die-Flinke, wir geben das Schritttempo vor.«

Und er marschierte los, gefolgt von Birnoria; Alissa überholte sie. Alissa war nicht mehr aufzuhalten, nachdem sie einmal in Bewegung war. Trotz der Warnung des Spatzen sangen bald alle drei das Bergwanderer-Lied.

Sylber ging in der Mitte; er war in Gedanken mit ernsthafteren Dingen beschäftigt als mit Singen.

Kunicht und Narki trotteten unwillig als Letzte hinterher und blickten sich ständig nervös in alle Richtungen um. Wie Birnoria es ausdrückte: »Zwei, die auf einsamer Straße wandeln in Angst und Schrecken, wohl wissend, dass furchtbare Wesen nicht weit entfernt die Zähne blecken.« Sie und Grind klackten ausgelassen mit den eigenen Zähnen über dieses frei improvisierte Zitat, während Kunicht und Narki missfällig die Gesichter verzogen.

Gegen Mittag waren sie in den Bergen und wanderten jetzt schweigend dahin. Selbst Grind war nicht so verwegen, dass er auf sich aufmerksam gemacht hätte, wenn es Fleisch fressende Riesen in der Umgebung gab. Am Nachmittag näherten sie sich einer Brücke über eine Klamm. Es war dem Aussehen nach ein notdürftig zusammengehauenes Gebilde, gefertigt aus einem Gewirr von Buschzeug und Rattanhalmen.

Als sie gerade im Begriff waren, diese windig aussehende Brücke zu überqueren, stürmte eine riesige Maikäferdame aus einer Höhle auf der anderen Seite der Klamm hervor. Sie hatte die zehnfache Größe eines Wiesels und war mit einem ausgeprägten Fächer von Fühlern ausgestattet. Jedes ihrer sechs gewaltigen Beine endete in einer messerscharfen Spitze. Ihr kehliges Brüllen schallte laut über die Schlucht, um den Erkundungstrupp zu begrüßen.

Zweifellos war dieses Geschöpf zu schwer für die wackelige Brücke aus verflochtenen Ästen und Halmen und musste warten, bis ihre Opfer sie überquert hatten.

»Also dann, Zeit zum Umkehren«, sagte Kunicht. »Wir haben es versucht, aber das hier ist offensichtlich die Kannibalin. Seht nur die Skelette, die um den Höhleneingang herumliegen.«

Und tatsächlich, auch die anderen sahen die unordentlichen Haufen von Knochen, die im Dreck verteilt waren. An den Haufen klebten dicke weiße Raupen, die Grind als ›Krähenwürmer‹ bezeichnete. Es waren die Larven der Maikäferdame. Sie hatten große aufgeblähte Hinterleibe und braune Köpfe, die mit böse aussehenden, geschwungenen Kauleisten versehen waren. Das war die Brut des riesigen Insekts.

»Demnächst wird es noch mehr von diesen Ungeheuern geben«, rief Narki, dem die Augen vor Entsetzen aus dem Kopf traten, »wenn das Zeug hier erst einmal schlüpft.«

»Ich frage mich, ob sie es jemals schlüpfen lässt«, entgegnete Birnoria und blickte dabei zum Grund der Schlucht hinab. »Da unten sind noch mehr. Ich finde, sie sehen wie teilweise geschlüpft aus; alle sind halb aus ihren Larvenpanzern heraus, zur Hälfte stecken sie noch drin. Ich vermute, sobald sie kurz vor dem Ausschlüpfen sind, wirft sie sie über die Felskante. Sie ist die Königin der Berge – sie will nicht ihre eigenen Kinder als Rivalen neben sich dulden.«

»Sie tötet ihre eigenen Jungen? Was macht sie dann erst mit uns? Und warum wartet sie erst eine Zeit lang und tut es nicht gleich?«, fragte Alissa. »Warum entledigt sie sich ihrer nicht, bevor sie schlüpfen?«

»Das kannst du dir ebenso gut denken wie ich.«

»Mir ist schlecht!«, schrie Narki. »Ich bin krank. Ich muss auf einer Bahre nach Hause getragen werden.«

»Ich mache das, freiwillig«, bot sich Kunicht an. »Der arme alte Narki – es macht mir nichts aus, ihn nach Hause zu tragen.«

»Niemand geht nach Hause!«, entgegnete Sylber ungerührt. »Wir warten, bis die Maikäferdame einschläft, dann schleichen wir uns an ihr vorbei. Grind, du übernimmst den ersten Teil der Zermürbung. Halte sie ständig auf Trab, reize sie, mach sie wütend, tu irgendetwas, damit sie hin und her rennt. Ich löse dich in einer Stunde ab, danach übernimmt Birnoria diese Aufgabe, und so weiter. Wir müssen dafür sorgen, dass die Wachsamkeit der Maikäferdame unablässig gefordert ist, während wir uns der Reihe nach ausruhen. Sobald wir sie ermüdet haben, wird sie hoffentlich in einen tiefen Schlaf sinken, und wir können unseren Weg fortsetzen.«

»DU SECHSBEINIGE MISSGEBURT!«, brüllte Grind, der sich sofort an die Erfüllung seiner Pflicht machte. »DEINE STINKENDE MUTTER STAMMT AUS EINER JAUCHEGRUBE!«

Ob die Maikäferdame die Worte verstand oder nicht, der Ton gefiel ihr jedenfalls nicht. Sie rannte an die Felskante, als ob sie zum Absprung bereit wäre. Zu spät fiel Sylber und den anderen ein, dass Maikäfer fliegen können – sie pflegten an warmen Abenden gegen Fensterscheiben zu knallen. Die Tiere stellten jedoch mit großer Erleichterung fest, dass dieses besondere Exemplar zu schwer zum Fliegen war. Alle sechs waren losgerannt, als die Maikäferdame den Eindruck erweckt hatte, als wolle sie über die Klamm schweben; nun kamen sie wieder näher und blickten zu dem Insekt hinüber, das jetzt hin und her rannte und wütend surrte.

Grind war überrascht über den Zorn, den seine Beleidigung hervorgerufen hatte. »Mir fällt bestimmt noch was Besseres ein«, sagte er, »wenn ich ein bisschen übe.«

Während Grind weitere Tiraden von Beschimpfungen losließ, von denen jedes einzelne Wort den Zorn der

Maikäferdame noch mehr zu entflammen schien, gaben sich die anderen in einer nahe gelegenen Höhle einem erholsamen Schlummer hin. Der Reihe nach weckte einer den anderen, damit der nächste die Beleidigungs-Pflicht übernahm, bis jeder von ihnen zwei Mal dran gewesen war. Danach sah die Maikäferdame immer noch so wach aus wie am Anfang.

Birnoria schlug nun vor, sie in den Schlaf zu singen. Grind nahm einen Grashalm zwischen die Pfoten und blies darauf eine gespenstische Weise, während Birnoria ein Wiegenlied sang, das von Wieselmüttern und -vätern angestimmt wurde, um ihre Jungen an Sommerabenden, wenn es sehr lange hell war, in den Schlaf zu singen.

Nach einer Weile sackte die Maikäferdame auf die Knie, dann sank sie – die Beine in alle Richtungen ausgestreckt – zu Boden. Bald hörten sie ihre rauen Schnarchlaute, die über die Schlucht schwebten.

»Das wäre geschafft – los jetzt!«, befahl Sylber seiner Mannschaft. »Einer nach dem anderen über die Brücke!«

Birnoria ging als Erste, gefolgt von Alissa, Grind, Kunicht und Narki. Sylber bildete das Schlusslicht. Die Brücke schwankte gefährlich, während sie sie überquerten, und hing in der Mitte tief durch. Sie trug jedoch das Gewicht eines einzelnen Wiesels, ohne durchzubrechen. Das Gesicht des schnarchenden Ungeheuers lag gleich am Brückenkopf auf der anderen Seite. Sie mussten sehr vorsichtig sein, um die Fühler nicht zu streifen. Birnoria huschte vorbei, dann Grind, dann Kunicht, dann Alissa.

In diesem Augenblick ertönte ein lautes Kreischen von den Maikäferlarven vor der Höhle der Riesin. »Pass auf, sie hauen ab, Mama! Wach auf! Wach auf! Unser Abendessen macht sich auf und davon!«

»Das ist der Grund, warum sie sie behält, bis sie beinahe geboren sind«, rief Birnoria. »Es sind ihre Wachhunde!«

Die Maikäferdame bewegte sich, offensichtlich geweckt von dem Geschrei ihrer Larven. Sie erhob sich auf die sechs Beine und schlurfte wackelig und schlaftrunken zu den Wieseln. Birnoria, Kunicht, Alissa und Grind rannten an den braunköpfigen Larven vorbei, die mit gierigen Kiefern nach ihren Beinen schnappten. Nachdem sie die weißen, gekerbten Widerlinge hinter sich gelassen hatten, kletterten sie an der gegenüberliegenden Felswand hinauf.

Sylber und Narki befanden sich noch auf der Brücke. Narki hatte beinahe festen Boden erreicht, als sich die Maikäferdame näherte. Sylber blieb einfach auf der Brücke, außerhalb der Reichweite des üblen Geschöpfs. Er beschwor Narki, es ihm gleichzutun, doch der Rennmäuserich versuchte trotzdem, zum Fels zu hasten. Als er auf halbem Wege geschnappt wurde, wandte der Rennmäuserich seine Lieblingsart der Verteidigung an: Er legte sich zu Boden, gab sich ein krankes Aussehen und tat so, als ob er sich übergeben müsste. Die Maikäferdame blickte auf ihn herab.

»Mir geht es nicht besonders gut«, jammerte Narki der Maikäferdame vor. »Ich fühle mich ganz elend. Ich glaube, ich habe eine tödliche Krankheit. Ich an deiner Stelle würde mich von mir fern halten. Wahrscheinlich habe ich die Pest oder so was.«

Die Fühler der Maikäferdame zuckten, während sie schwankend vor Müdigkeit über dem wimmernden Rennmäuserich stand.

»Ehrlich, es stimmt«, stöhnte Narki. »Ich bin sehr krank. In meinem Körper wimmelt es nur so von Bakterien. Wahrscheinlich holst du dir alle möglichen Beschwerden, Bauchweh und Schlimmeres, wenn du mich auffrisst. Lass mich einfach hier den Heldentod sterben. Danach kannst du mich an deine Jungen verfüttern.«

Die Maikäferdame hatte jedoch eine andere Vorstellung. Sie schnappte ihn mit ihren schrecklichen Kauleisten, schluckte einmal kurz, und weg war er. Das geschah so schnell, in weniger als einem Wimpernschlag, dass den Wieseln kaum klar wurde, was sich abgespielt hatte. Es war, als ob der Rennmäuserich wie durch Zauberhand vor ihren Augen verschwunden wäre. Die Wahrheit dämmerte ihnen erst, als die Maikäferdame ein lautes Rülpsen von sich gab und zur Brücke zurückschlenderte.

»Sie hat Narki aufgefressen!«, kreischte Kunicht. »Nichts ist mehr von ihm übrig!«

Sylber, den für gewöhnlich nichts so leicht aus der Fassung bringen konnte, war ebenfalls zutiefst erschüttert. Schnell rannte er zurück zur anderen Seite der Klamm. Die Maikäferdame sah ihm nach, dann ließ sie sich zu einem Nickerchen nieder; ihre Fühler ruhten auf der Brücke. Sie würde sich nicht ein zweites Mal übertölpeln lassen! Sobald sich auf der Brücke etwas bewegte, würde sie es mit ihren empfindsamen Fühlern spüren. Sylber saß wirklich in der Falle.

»Ihr müsst ohne mich weitergehen«, rief er zu den anderen hinüber. »Ich kann die Schlucht jetzt nicht überqueren.«

»Kommt überhaupt nicht in Frage«, rief Birnoria zurück. »Wir lassen uns etwas einfallen.«

Sie setzte sich mit Alissa, dem innerlich zerschmetterten Kunicht und dem unerschütterlichen Grind nieder, um zu beratschlagen, was sie als Nächstes tun sollten.

»Ich habe eine Idee«, sagte Grind. »Der andere Riese muss ganz in der Nähe sein – ein Spitzmausbursche namens Zyklops. Riesen sind im Allgemeinen einsam lebende Wesen. Sie sind nicht gern unter anderen. Ich möchte wetten, ich könnte Zyklops herholen und ihn dazu überreden, gegen die Maikäferdame zu kämpfen. Dann würde er sie wahrscheinlich auffressen. Spitzmäuse fressen beinahe alles. Was haltet ihr davon?«

»Na ja, mir fällt nichts Besseres ein, also wollen wir gleich damit anfangen«, antwortete Birnoria. »Los, Kunicht, hör auf zu schniefen. Sicher, das mit Narki ist sehr traurig. Ich wünschte, wir wären in der Lage gewesen, ihm zu helfen, aber jetzt können wir nichts mehr für ihn tun. Später werden wir ein Gehabdichwohl für ihn abhalten. Das ist eine große Ehre für ein Geschöpf, das kein Wiesel ist. So, jetzt auf die Beine, es ist Zeit, dass wir etwas unternehmen!«

»Ich stimme dem Plan zu«, sagte Alissa leise. Sie ergriff nicht oft das Wort, wenn Pläne geschmiedet wurden, deshalb schenkte man dem, was sie zu sagen hatte, besondere Aufmerksamkeit. »Ich stimmte ihm in jeder Hinsicht zu – mit einem einzigen Einwand. Nicht Grind sollte zu Zyklops gehen, sondern ich. Ich bin die schnellste Läuferin im ganzen Halbmondwald.«

Dem konnte niemand widersprechen.

Zweiunddreißigstes Kapitel

Wenn die riesige Maikäferdame schon beängstigend gewesen war, so war es Zyklops, der Spitzmausbursche, erst recht. Zum einen war er doppelt so groß wie der Maikäfer, und zum anderen war sein Mund voller großer scharfer Zähne. Als er Alissa sah, strahlten seine Augen vor Begeisterung. Nur ein rechtzeitiger Satz in den schmalen Spalt zwischen zwei Felsen bewahrte das Wiesel davor, zum Leckerbissen für die Spitzmaus zu werden.

Zyklops näherte sich dem Fels und neigte den Kopf zur Seite, denn er wollte mit dem guten Auge sehen; er spähte angestrengt, um das sich versteckende Wiesel auszumachen. Sein anderes Auge war milchig weiß und offenbar nutzlos. Alissa sah mit Schrecken diese gewaltigen Augäpfel – der eine blind, der andere scharfsichtig –, die den Spalt zwischen den Felsen ausfüllten. Unter den Augen klaffte der Mund auf und entblößte scharfe weiße Zähne, so groß wie Bäume.

»KOMM RAUS, KLEINES WIESEL!«, brüllte der Riese. »KOMM UND SPIEL EIBISCH MIT ZYKLOPS.«

»Verschwinde!«, zischte Alissa. »Mach, dass du wegkommst!«

Birnoria, Grind und Kunicht hielten sich in Felsspalten über ihr verborgen; sie hatten Alissa allein in den

Bau des Spitzmausburschen hinuntergehen lassen. Jetzt waren sie entsetzt, als sie sahen, wie riesig Zyklops war. Er war so groß wie zwanzig eng zusammengedrückte Wiesel. Spitzmäuse genießen einen legendären Ruf. Sie sind notorisch schlecht gelaunt – sie fürchten sich vor nichts auf der Welt, und es gibt Geschichten, wonach sie Katzen, die sie geärgert hatten, angegriffen haben und als Sieger aus dem Kampf hervorgegangen sind. Sie sind wilde und todbringende Kämpfer, und sie graben unterirdische Tunnel.

Dieser Bursche hier machte sich jetzt gerade daran, unter dem Fels einen Tunnel zu graben.

»Mach, dass du wegkommst, Alissa!«, brüllte Birnoria. »Er versucht, dir den Boden abzugraben.«

»Das sehe ich, aber was soll ich tun?«

»Du musst die Flucht ergreifen, sobald du das Gefühl hast, dass die Zeit dafür günstig ist. Nimm die schmalen Spalten zwischen den Felsen; er muss dann darum herumlaufen, und das wird ihn verlangsamen. Vergiss nicht unseren ursprünglichen Plan – führe ihn zu dem Maikäfer.«

»DAS HABE ICH GEHÖRT!«, schrie der Spitzmausbursche.

Der riesige Kerl buddelte jetzt wie wild und schuf dabei einen Hagel von Erdbrocken hinter sich, die wiederum einen kleinen Hügel bildeten. Immer wieder hielt er inne und versuchte, die Schnauze unter den Fels zu schieben, wobei seine großen Zähne in die Luft bissen. Schließlich sah Alissa ein, dass sie schleunigst die Flucht ergreifen musste, wollte sie von diesen großen Kiefern nicht zermalmt werden.

Sie wartete, bis der Spitzmausbursche kurz innehielt, um zu prüfen, wie weit er schon gekommen war, dann warf sie zwei Pfoten voll feinen Sands in das große Auge von Zyklops.

»Ich bin blind!«, brüllte der Spitzmausbursche; sein einziges gutes Auge brannte vor Staub und Sand. »Du hast mich verletzt!«

Alissa schoss zwischen den Beinen des Spitzmausburschen hindurch. Sie rannte am Ufer entlang zu ihren drei Freunden, rannte, wie nur Alissa die Flinke rennen konnte. Bald flüchteten die vier gemeinsam in Richtung Brücke.

Der Spitzmausbursche erholte sich schnell und verfolgte sie. Birnorias Taktik, sich schmaler Felsspalten zu bedienen, ging anscheinend auf. Der Spitzmausbursche musste um sämtliche Steine herumrennen; er schnappte nach den Schwänzen der Wiesel, die in ihrem ganzen Leben noch nie so schnell gelaufen waren. Als sie die Brücke erreichten, hasteten sie in die Höhle der Maikäferdame, deren Eingang für den Spitzmausburschen zu klein war.

»IHR TÄTET GUT DARAN, JETZT GLEICH HERAUSZUKOMMEN!«, rief Zyklops, dessen Stimme in der Höhle laut widerhallte. »ICH KANN NICHT HIER WARTEN, BIS IHR ENDLICH MAL DURSTIG WERDET.«

»Warum gehst du nicht zur Brücke und nimmst die dort wartende große Mahlzeit zu dir – den Maikäfer?«, schlug Grind vor.

»WEIL MAIKÄFER TROCKEN, HART UND GESCHMACKLOS SIND. GENAUSO GUT KÖNNTE MAN SÄGESPÄNE ESSEN. AN IHNEN IST NICHTS DRAN AUSSER SCHWER VERDAULICHEN PANZERN UND FLÜGELN UND DÜRREN BEINEN, DIE EINEM IN DER KEHLE STECKEN BLEIBEN.«

So war das also: Die klug ausgedachten Pläne hochintelligenter Wiesel waren an den kulinarischen Ansprüchen einer Maus kläglich gescheitert.

Der Spitzmausbursche ließ sich vor der Höhle nieder.

Nicht weit entfernt musterte die Maikäferdame verdutzt das große Tier, das vor ihrem Zuhause saß. Sylber merkte, dass sie hin und her gerissen war zwischen dem Drang, ihr Territorium zu verteidigen, und dem, auf den schmackhaften Happen auf der Brücke zu warten. Jetzt machte sich der Spitzmausbursche daran, die Maikäferlarven – die ›Krähenwürmer‹ – zu verspeisen und leckte sich die Lippen bei diesen kleinen Leckerbissen, die so leicht greifbar herumlagen.

Die Maikäferdame war empört über dieses ungezogene Benehmen und trippelte wütend zu dem Spitzmausburschen. Sie tat ihr Missfallen an dessen schlechten Manieren kreischend kund – wie konnte sich jemand erdreisten, einfach ihre Kinder aufzuessen! Später hätte sie selbst sie zwar auch umgebracht – aber das war schließlich etwas anderes.

Die Maikäferdame, die etwa halb so groß war wie der Spitzmausbursche, baute sich vor ihrem Gegner auf und schlug mit den Flügeln. Für die Wiesel hörte sich das so an, als klapperten zwei Schieferplatten gegeneinander. Sie zischte und spuckte, ihre Fühler bebten vor Zorn. Die Beine mit den scharfen Spitzen gruben sich in den Boden, während sie zitternd vor dem Eindringling stand.

Der Spitzmausbursche kniff das eine gute Auge zusammen, als er sah, dass die Maikäferdame auf ihn zustürmte. Er kniff es noch weiter zu, als er eine Darbietung von Maikäfer-Angriffslust bekam. Schließlich hechtete er nach vorn, knusperte und schnurpste – und vom Maikäfer war nichts mehr übrig außer ein paar nicht zum Verzehr geeigneten Brocken. Mit der spitzen Nase schubste der Spitzmausbursche die Reste über die Felskante in die Schlucht. Sie trudelten hinunter in die Klamm.

»Da war es nur noch einer«, sagte Alissa.

Der Spitzmausbursche ließ sich wieder nieder und betrachtete sowohl den Höhlenausgang als auch die Brücke; Sylber stand immer noch auf der anderen Seite. Bald brach die Nacht herein. Während der Dunkelheit gab es Bewegung unter dem Boden, über den Hügeln. Die Erde bebte und verschob sich wie zu Anbeginn der Welt. Alte Höhlen verschwanden, neue taten sich auf. Schluchten schlossen sich, und Pässe entstanden. Zum Glück für die Wiesel spielte sich nichts von alledem in ihrer Nähe ab, sonst wären sie in einer verzweifelten Lage gewesen.

Die Morgendämmerung brach an, und noch immer hatte sich die Lage nicht geändert. Der Spitzmausbursche verharrte am Höhleneingang; Sylber war immer noch auf seiner Seite der Brücke; die anderen vier Wiesel befanden sich im Innern der Höhle. Alle, einschließlich der Spitzmaus, wurden allmählich nervös.

»Wie wär's mit einem Eibisch-Spielchen?«, rief Kunicht, den es dringend nach etwas frischer Luft verlangte. »Wenn ich gewinne, lässt du uns gehen. Wenn du gewinnst, kommen wir heraus und lassen uns verspeisen. Was hältst du davon?«

»GAR NICHTS«, lautete die Antwort.

Jetzt dachte Grind angestrengt nach. Ihm war klar geworden, mit welcher Art von Spitzmaus sie es hier zu tun hatten. Es gab verschiedene Sorten von Spitzmäusen bei ihnen in Welkin – gewöhnliche Spitzmäuse, Wasserspitzmäuse, Zwergspitzmäuse und Weißzahnspitzmäuse. Ungeachtet seiner Größe handelte es sich bei diesem Exemplar hier um eine Zwergspitzmaus.

Zwergspitzmäuse waren auf Welkin für ihren klaren Verstand bekannt. Sie waren außerordentlich gut darin, sofort zum Kern einer Sache zu kommen, weil sie sich nicht von Nebenthemen ablenken ließen. Wenn sie sich jedoch mit einem Rundumproblem konfrontiert sahen, grübelten sie darüber nach, bis sie krank waren; einige von ihnen hauchten vor geistiger Erschöpfung dabei sogar ihr Leben aus.

Grind brauchte also nichts anderes zu tun, als sich ein paar vertrackte Rätsel auszudenken und sie Zyklops aufzugeben, um herauszufinden, ob dieser sich in so verwirrenden Mustern zurechtfand. »Zyklops«, rief er also, »wusstest du ...?«

»WUSSTE ICH WAS?«

»Wusstest du, dass alles, was ich sage, gelogen ist?«

»ACH JA? DAS IST MIR SO WAS VON EGA...« Der Spitzmausbursche hielt mitten im Satz inne, da er darüber nachdachte, was Grind gesagt hatte. »AUGENBLICK MAL. WENN ALLES, WAS DU SAGST, GELOGEN IST, DANN LÜGST DU AUCH, WENN DU SAGST ›ALLES, WAS ICH SAGE, IST GELOGEN‹.«

Der Spitzmausbursche hatte nach dem Köder geschnappt. Jetzt konnte Grind das Geschöpf zu einer Art Wahnsinn treiben. Das war ein grausames Unterfangen, aber sie hatten keine andere Wahl, sonst würden sie entweder verhungern oder von der Spitzmaus aufgefressen werden.

Der Mäuserich runzelte die Stirn über der langen Nase mit den Schnauzhaaren. Er schlug mit dem dicken Schwanz hin und her, während er über diese zweite Bemerkung nachdachte. »FALLS DU ALSO LÜGST, WENN

DU DAS SAGST, DANN MUSS ES DIE WAHRHEIT SEIN.«

»Stimmt!«

»UND WENN ES DIE WAHRHEIT IST, DANN LÜGST DU DOCH.«

»Genau!«

»ABER WENN DU LÜGST, DANN MUSS ES DIE WAHRHEIT SEIN.«

»Vollkommen richtig!«

Die sich im Kreis drehende Argumentation fraß allmählich am Gehirn des Spitzmausburschen, während er all seine geistigen Reserven aufbot, um einen Ausweg aus dem Gedankenlabyrinth zu finden. Er verschwendete seine Zeit. Es gibt keine Lösung zu diesem Gedankenspiel – was viele Geschöpfe zu ihrem Leidwesen schon feststellen mussten. Eine Eule widmete ihr ganzes Leben dieser Frage und versuchte, einen Schwachpunkt zu finden, um einen Ansatz zum Auszuhebeln zu haben.

»WENN ALLES, WAS DU SAGST, GELOGEN IST, DANN MUSS AUCH DIESE AUSSAGE EINE LÜGE SEIN – IN WELCHEM FALL NICHT ALLES, WAS DU SAGST, GELOGEN IST…«

Zyklops' gutes Auge drehte sich langsam in der Höhle, während er denselben Satz immer wieder vor sich hin sprach. Am späten Vormittag stand ihm bereits Schaum vor dem Mund. Sein Schwanz peitschte den Staub, die Ohren zuckten, der Körper wand sich in Krämpfen, bis er um genau ein Uhr dreißig einen erstickten Schrei ausstieß und am Boden rollte. Sein Geist hatte klein beigegeben. Er konnte den Anforderungen nicht mehr standhalten, und er schickte keine Botschaften mehr an irgendein anderes seiner Körperorgane, deshalb hörte sein Herz auf zu schlagen.

»Mausetot«, sagte Grind, der aus der Höhle ins Licht der Sonne spazierte. »Schade um ihn, aber entweder er oder wir mussten dran glauben.«

»Verschone uns ja mit deinen Rätseln«, brummte Kunicht. »Ich kann sie auch nicht ausstehen.«

Sylber überquerte jetzt die Brücke aus verflochtenen Zweigen und gesellte sich auf der anderen Seite der Schlucht zu ihnen. »Gut gemacht, ihr vier«, lobte er. Er betrachtete die Überreste des Maikäfers am Grund der Klamm. »Es tut mir Leid um Narki, aber ich wusste, dass er einmal zu oft Krankheit vortäuschen würde. Diesmal hat es nicht geklappt.«

»Er war schon ein ausgefallener Typ, dieser Narki«, bestätigte Birnoria. »Ich kann nicht behaupten, dass ich ihn besonders gern mochte, aber so ein schlimmes Ende hätte ich ihm nicht gewünscht. Wie geht es jetzt weiter, tapferer Kapitän?«

»Wir setzen die Suche nach dem Maulwurf fort, wo immer er auch sein mag.«

Sie umgingen den riesigen Leichnam der Spitzmaus und wanderten über die Hügelkämme und Pässe weiter. Schließlich kamen sie zu einer großen Höhle, und bald erkannten sie, dass diese einer der Zugänge zur unterirdischen Welt des Maulwurfs sein musste. Sie sammelten Kleinholz, um sich Leuchtstäbe herzustellen, und bald darauf betraten sie die Höhle und durchdrangen die Dunkelheit im Innern.

»Ich hasse solche Orte«, sagte Alissa und spähte angestrengt in die dunkle Leere vor ihnen. »Erinnert ihr euch an all die Tunnel, durch die wir in der Sturmburg gewandert sind? Man wusste nie genau, wem oder was man hinter der nächsten Biegung begegnen würde …«

In diesem Augenblick wurde der Boden von einem

Beben erschüttert, und sie hielten inne und warteten, bis es vorüber war.

Nach der nächsten Biegung sahen sie sich einer weißen Schlange gegenüber. Birnoria blieb wie angewurzelt stehen, und da sie die Gruppe anführte, prallten die anderen vier von hinten auf sie drauf.

»He, pass auf!«, rief Grind. »Gib das nächste Mal eine Warnung ab, bevor du so plötzlich stehen bleibst.« Dann erblickte auch er das Reptil und erstarrte.

Die Schlange war um eine Felssäule gewickelt, die durch die Buddelei des Maulwurfs freigelegt worden war. Sie wandte ihnen den Kopf zu und zischte mit fremdartigem Akzent: »Seid ihr Fledermäuse? Bringt ihr eure Freunde nicht mit zu mir zu Besuch? Wir Höhlenrenner mögen Fledermäuse.«

»Nein, wir sind keine Fledermäuse«, antwortete Birnoria, ein wenig indigniert. »Du siehst doch, dass wir keine sind.«

»Nein, das sehe ich nicht«, erwiderte die enttäuschte Schlange. »Ich bin blind.«

»Ach so, tut mir Leid. Ich habe es nicht so gemeint …«

»Schon gut«, unterbrach die Schlange sie gut gelaunt. »Alle Höhlenrenner sind blind. Von Geburt an. Das macht uns nicht viel aus. Schließlich verbringen wir unser Leben in Dunkelheit, was würde uns das Augenlicht also nützen? Ich kann bestimmte Dinge sehr gut erfühlen, das entschädigt mich dafür.«

»Du hast nicht gewusst, dass wir Wiesel sind«, bemerkte Alissa.

Die Schlange fauchte: »Ich kann ja nicht immer richtig liegen.«

»Und dir wäre es lieb, wenn wir Fledermäuse wären, ja?«, fragte Grind.

»Ja, wäre es. Fledermäuse stellen den Hauptanteil meiner Ernährung dar. Ich habe alle Fledermäuse, die es hier drin gab, aufgegessen, mit Ausnahme einer einzigen. Ich hatte gehofft, ein neuer Stamm werde sich aufbauen. Fledermäuse sind faszinierende Geschöpfe. Sie hängen mit dem Kopf nach unten, wusstet ihr das? Nur Nibar nicht – die da drüben. Die nicht. Sie hasst es, wenn sie mit dem Kopf nach unten hängt, stimmt's, Nibar?«

»Hasse es«, bestätigte eine Stimme von oben.

Die Wiesel blickten hinauf, und da stand eine Fledermaus auf einem Felssims. Sie sah ziemlich komisch aus, wie sie mit gebuckeltem Rücken auf ihrem Platz kauerte, den Kopf nach oben gereckt. Irgendwie sehen Fledermäuse nicht richtig aus, wenn sie nicht mit dem Kopf nach unten hängen.

Birnoria sagte: »Wie seltsam!«

»Warum?«, gab Nibar zurück. »Nur weil ich es nicht mag, wenn mir das Blut im Kopf rauscht? Man bekommt Schmerzen in den Beinen und Füßen, wenn man sich andauernd an der Decke festklammert und umgekehrt dahängt. Ich ziehe es vor, aufrecht zu stehen, wenn ihr nichts dagegen habt. Egal, was die anderen tun.«

»Nun, ich meine, es ist seltsam, dass du eine Fledermaus bist und dieses Geschöpf hier ein Höhlenrenner ist, der Fledermäuse isst.«

»Was ist daran seltsam?«

Grind sagte: »Stell dich nicht so blöd – warum isst er dich nicht?«

Nun antwortete die weiße Schlange: »Weil ich ihren Namen kenne. Wie kann man jemanden aufessen, der sich einem vorgestellt hat? Sie sagte: ›Guten Tag, Wertester, ich heiße Nibar‹, einfach so, bevor ich mit dem Kopf nach vorn schießen und sie mit den Kiefern packen konnte. Nachdem wir uns miteinander bekannt gemacht hatten, war es schwierig, sich Nibar als Mahlzeit vorzustellen, wenn ihr wisst, was ich meine.«

»Wenn ich eine Höhle betrete, stelle ich mich als Erstes den Höhlenrennern vor«, erklärte Nibar. »Ich weiß nicht, warum sie so heißen, weil sie überhaupt nicht herumrennen, jedenfalls nicht, dass ich es gesehen hätte. Eigentlich sind sie ziemlich faul, wie alle Schlangen. Allerdings habe ich schon Pythons gesehen, die ziemlich flink auf den Beinen waren.

Wenn sie erst einmal wissen, wer ich bin, habe ich keine Schwierigkeiten. Natürlich fliege ich beim Abheben nicht zu nahe an sie heran, weil sie in ihrer Blindheit nicht allzu wählerisch sind in Bezug auf das, was sie sich aus der Luft schnappen. Solange ich die Sicherheitsregeln beachte, ist alles in Ordnung. Die Höhlenrenner hängen im Allgemeinen um die Säulen herum – Stalaktiten und Stalagmiten und so ein Zeug. Ich belästige sie nicht, und sie belästigen mich nicht. Die Grundlage einer guten Nachbarschaft.«

»Du erwähntest ›Beine‹, das ist sehr interessant«, warf der Höhlenrenner ein. »Genaugenommen haben wir keine Beine. Eben diese Eigenschaft macht Schlangen so außergewöhnlich. Wir kommen genauso gut zurecht wie jedes andere Geschöpf, obwohl wir weder Arme noch Beine haben. Findet ihr das nicht außergewöhnlich?«

»Nicht übermäßig«, antwortete Birnoria stellvertretend für alle Wiesel. »Sollten wir das?«

»Nun, ihr würdet es so finden, wenn ihr in irgendeiner Weise behindert wärt. Wenn ihr eure Vorder- oder Hinterläufe oder beides nicht mehr benutzen könntet, würdet ihr den Anblick sehr eindrucksvoll finden, wie Schlangen meinesgleichen herumflitzen, auf Bäume klettern, durch Teiche schwimmen, sich durchs Unterholz winden und die tollste Akrobatik vollführen. Ich habe ein Gedicht zum Lob der vielen Begabungen von Schlangen verfasst. Wollt ihr es hören? Es heißt ›Ein Hoch den Schlangen‹ und es lautet folgendermaßen …«

Ohne eine Antwort abzuwarten, setzte der Höhlenrenner zu einem poetischen Vortrag an.

»Schlangen haben weder Arme noch Beine
dennoch können Schlangen das eine:
im Dschungelrennen sind sie flink wie nur was
und haben im Ziel als Erste den Spaß.

Schlangen sind farbig, Schlangen sind schön
Schlangen können nur mit dem Körper gehn
keine Ellbogen bekommen hässliche blaue Flecke
verletzte Schienbeine erschweren keine Strecke.

Schlangen haben weder Füße noch Hände
doch sie klettern auf Bäume sehr behände
und obwohl sie weder Stiefel noch Socken tragen
können sie sich jeden Berg hinauf wagen.

Schlangen ringeln sich breit und hoch
Schlangen quetschen sich durch Ritze und Loch
Schlangen huschen unter Türspalten hindurch
so geschickt ist bei weitem kein Lurch.

Schlangen haben weder Arme noch Beine
doch sie können nicht nur das eine
sie können auch phantastische Knoten knüpfen
sie winden sich, drehen sich und hüpfen.

Schlangen sind friedlich, Schlangen sind leise
Schlangen haben ihre eigene Weise
noch nie hat eine Schlange ›Achtung‹ gebrüllt
keine Schlange hat je einen Befehl erfüllt.

Schlangen sind nirgends so richtig zu Haus
aber Schlangen sehen immer sehr ordentlich aus –
sie haben keine Handschuhe, die sie verlieren
und müssen auch niemals Schuhe polieren.
Schlangen sind länglich, das ist der Brauch
biegsam, dehnbar, sportlich gut drauf
Schlangen sind clever, und Schlangen sind klug
und Schlangen kriegen von der Kunst nicht genug.

Schlangen können schwimmen und tauchen
Armbänder können sie nicht gebrauchen
Schlangen sind glatt und zart und wendig
und Schlangen sind sehr lebendig!«

Dreiunddreißigstes Kapitel

Nachdem das Gedicht zu Ende war, wurde Sylber von Nibar darauf hingewiesen, dass sich der riesige Maulwurf tiefer in den Tunnel zurückgezogen hatte.

»Wie heißt er?«

»Er hat keinen Namen«, antwortete Nibar. »Man hat ihn immer schon ›Großer Gräulicher Grummel‹ genannt oder kurz 3-G.«

»Bist du diesem 3-G jemals begegnet?«, wollte Sylber wissen.

»Nicht im eigentlich Sinn. Ich habe ihn gehört. Man hört ihn, wenn er durch den Tunnel brüllt, mit den großen Zähnen und Krallen herumwühlt, und man hört, wie er rohes Fleisch zum Frühstück genießt. Er droht damit, dass er alles auffrisst, das sich tiefer in seinen Tunnel hineinwagt. Ich an eurer Stelle würde nicht weiter gehen. Er hört sich ziemlich wild an.«

Kunicht gab ein Winseln von sich und schob sich die Pfote in den Mund, um einen Aufschrei zu unterdrücken.

»Ich habe gehört, dass er gut darin ist, den Kurs der Inseln zu bestimmen«, fuhr Sylber fort. »Er kennt die Strömungen und Dünungen in diesem Teil des Ozeans.«

»Das ist mir auch zu Ohren gekommen«, bestätigte Nibar, »aber ob es stimmt oder nicht, kann man nur ahnen. Ich vermute, 3-G war seit langem nicht mehr in der Nähe eines Ozeans. Wenn ihr Gelegenheit habt, mit ihm zu sprechen, bevor er euch im Ganzen verschlingt, dann ist er vielleicht in der Lage, euch die gewünschten Informationen zu geben.«

»So soll es denn sein. Mir bleibt ohnehin nichts anderes übrig, als den eingeschlagenen Weg fortzusetzen. Wer macht mit?«, fragte Sylber.

»Ich«, sagte Birnoria.

Grind sagte: »Ich bin dabei.«

Alissa sagte: »Ich auch.«

Kunicht sagte: »Ich denke, jemand sollte hier bei der Fledermaus und der Schlange bleiben, um einen ungefährdeten Rückzug sicherzustellen. Ich melde mich gern freiwillig für diese Aufgabe. Schließlich habe ich mich in letzter Zeit nicht oft freiwillig für irgendetwas gemeldet. Ich bleibe also hier, sofern alle anderen damit einverstanden sind.«

»Also gut, dann ist das geklärt«, sagte Grind und legte Kunicht den Vorderlauf um die Schulter. »Einstimmig beschlossen. Wir alle gehen zum Großen Greulichen Grummel.«

Kunicht wurde von Grind mitgeschleift, der sich weigerte, seinen besten Freund zurückzulassen.

»Du willst doch nicht den ganzen Spaß verpassen«, flüsterte Grind Kunicht ins Ohr. »Ich bin sicher, Sylber rechnet dir deine freiwillige Meldung hoch an und so weiter, aber du würdest dich später in den Hintern treten, wenn du bei dem Kampf auf Leben und Tod nicht dabei gewesen wärst.«

Kunicht wimmerte. »Das Wort ›Tod‹ gefällt mir nicht.«

Als sie etwa dreihundert Meter tiefer in dem Tunnel waren, dröhnte plötzlich eine Stimme: »Wohin des Wegs?«

Die fünf Wiesel hielten im Marsch inne. Derjenige, zu dem diese Stimme gehörte, musste riesenhaft sein. Sie war doppelt so laut wie die Stimme des Spitzmausburschen. Dann waren Schritten zu hören, die über den Boden vor ihnen tapsten. Anfangs schien es, als ob sie sich den Wieseln näherten.

»Rette sich, wer kann! Lauft weg!«, schrie Kunicht und machte auf dem Absatz kehrt. Er hätte seinen eigenen Rat befolgt, wenn sich Grind nicht mit einer Klaue in seinem Gürtel festgehakt hätte.

Sie lauschten eine Zeit lang auf das laute Tapsen der riesigen Füße auf dem Tunnelboden. Es war seltsam, sie kamen anscheinend nicht näher. Es war, als ob sich der Riese auf der Stelle bewegte.

Und noch etwas Sonderbares fiel Birnoria auf. »Der Boden bebt nicht«, sagte sie. »Ich meine, wenn ein Wesen von dieser Größe in unsere Richtung rennen würde, dann würden wir eine Erschütterung des Bodens spüren, oder nicht?«

»Davon kann man ausgehen«, antwortete Sylber. »Sehr scharfsinnig von dir, Birnoria. Ich nehme an, andere Geschöpfe würden niemals solange ausharren, dass ihnen etwas dergleichen auffiele. Die meisten suchen bestimmt beim ersten derart lauten Geräusch das Weite.«

»Ein sehr vernünftiges Verhalten, wenn ihr mich fragt«, warf Kunicht in angespanntem Ton ein. »Es ist noch nicht zu spät, ihrem Beispiel zu folgen …«

Doch Grind war bereits weitergegangen; er hielt seinen brennenden Holzscheit hoch, und Schatten tanzten an den Wänden um ihn herum. Inzwischen war die Neugier des ehemaligen Dungwächters geweckt. Nichts auf der Welt würde ihn von dem Versuch abhalten, das Rätsel zu lösen, das Birnoria mit ihrem hellen Geist aufgeworfen hatte. »Kommt, Leute!«, rief er nach hinten. »Wir wollen dieses Mordsding von einem Maulwurf finden und feststellen, was Sache ist.«

Die anderen folgten ihm eilends – mit Ausnahme von Kunicht, der ihm zögernd folgte.

»Ich hoffe, ihr lauft um euer Leben!«, dröhnte die Stimme erneut. »Sonst benutze ich eure Augen als Kiesel für meine Steinschleuder und eure Nasen als Ziele.«

»Er hofft, dass wir weglaufen?«, murmelte Birnoria. »Das bedeutet, dass er nicht weiß, was wir tun.«

Die Stimme sprach weiter, während sie tiefer in den großen Tunnel hineingingen. Schließlich gelangten sie zu einer Höhle; hier kam die Stimme anscheinend von der Decke. Sie standen in der Mitte der Höhle, und die Worte des Riesenmaulwurfs umgaben sie. Doch immer noch trat keine hoch aufragende, wuchtige Gestalt aus einem der Tunnel, die von der Höhle abgingen. Tatsächlich sahen diese Tunnel zu klein aus, als dass in ihnen ein Riese Platz gehabt hätte.

»Augenblick mal«, sagte Grind. »Ich glaube, ich hab da drüben was gesehen …«

Das Wiesel marschierte zielstrebig zu einer Ecke der Höhle und spähte hinter einen Stein. Dann trat er einen Schritt zurück, als ob er etwas ganz Außergewöhnliches erblickt hätte. Kunicht bereitete sich im Geist auf die Flucht vor. Er kam zu dem Schluss, dass er vielleicht verschont bleiben würde, wenn die anderen vier hinter ihm wären und als Erste verschlungen wurden. Das würde ihm Zeit verschaffen, um dem üblen Geschöpf zu entkommen, das hinter jenem Stein in der Ecke lauerte.

Plötzlich sagte Grind: »Ach nein, das gibt's doch gar nicht… so ein kleiner Scheißer!«

Birnoria und Alissa und Sylber und schließlich (zögernd) auch Kunicht traten mit ihren brennenden Holzscheiten näher und beleuchteten das Wesen, das hinter dem Stein kauerte. Es war tatsächlich ein Maulwurf von ganz gewöhnlicher Größe und in zartem Alter. Der kleine Kerl starrte mit zusammengekniffenen Augen in den hellen Schein der Fackeln, denn Maulwürfe sind beinah blind. Er zitterte von der Schädeldecke bis zur Schwanzspitze.

»Was treibst du hier für ein Spielchen?«, fuhr Kunicht ihn an. »Es hätte leicht geschehen können, dass wir dir etwas… Hässliches antun… weil du uns vorgetäuscht hast, dass du ein Riese bist.«

»Ich bin ein Riese«, winselte der Maulwurf. »Ein sehr kleiner Riese.«

»Riesen sind nach der Bedeutung des Wortes und von ihrer Natur her GROSS«, schrie Kunicht, nachdem die Erleichterung seine Wut gelöst hatte. »Du solltest im Umgang mit Worten mehr Sorgfalt walten lassen.«

»Nun, ich entstamme einer langen Ahnenreihe von Riesen, einer sehr alten Familie. Meine Mutter war zehn Mal so groß wie ich – und meine Großmutter zwanzig Mal. Anscheinend sind wir von einer Generation zur nächsten immer kleiner geworden. Ich kann nichts dafür, dass ich in der gleichen Größe wie gewöhnliche Maulwürfe auf die Welt gekommen bin.«

»Dann gibt es hier also keinen weiteren Riesenmaulwurf?«, fragte Sylber. »Du bist alles?«

»Leider ja. Ihr könnt mich umbringen, wenn ihr wollt. Ich bin so traurig.«

Birnoria sagte: »Du liebe Zeit, wir wollen dich nicht umbringen. Wir sind freundlich gesinnte Wiesel. Es ist nur so, dass wir ein Geschöpf wie die Maikäferdame oder den Spitzmausburschen erwartet haben – oder vielleicht sogar noch größer.«

Kunicht fragte misstrauisch: »Wie hast du das mit der Stimme gemacht? Du hast selbst eine Fledermaus und eine Schlange weiter oben im Tunnel zum Narren gehalten. Sie leben schon ihr ganzes Leben lang hier und halten dich für so etwas wie einen Gott.«

»Ach, das«, antwortete der Maulwurf stolz. »Ich habe mit den Krallen eine Art Lautverstärker aus diesem weichen Stein gehauen. Ich habe sehr kräftige Buddelkrallen, seht ihr?« Er hielt sie hoch, dann fuhr er fort: »Seht ihr das Loch dort? Wenn man da reinspricht, dann setzt sich der Schall nach oben und ringsum in einem trompetenförmigen Tunnel fort, der sich an der Decke öffnet. Versucht es mal! Ich habe nichts dagegen. Ich hatte bisher niemanden, dem ich es hätte zeigen können.«

Birnoria trat vor und sprach in das Loch: »KUNICHT, ICH WERDE DEINE LEBER VERSPEISEN!« Die Stimme dröhnte durch die Höhle und die vielen Tunnel, die davon wegführten.

Kunicht machte einen merklichen Satz, als er seinen Namen hörte. Dann verzog er das Gesicht. »Sehr komisch, Birnoria«, sagte er.

Sylber saß auf einem Stein und betrachtete den Maulwurf. »Ich verstehe trotzdem nicht, was das alles soll«, sagte er. »Du hast doch bestimmt nicht die Absicht, dein ganzes Leben in dieser Höhle zu verbringen, nur weil deine Vorfahren es vor dir auch so gemacht haben? Ich meine, wenn du ein Riese wärst, wäre es etwas anderes. Riesen haben so etwas wie ein Heimatterritorium – einen Ort, wo sie immer anzutreffen sind. Doch selbst wenn du behauptest, dass du einer Familie von Riesen entstammst, bist du doch nur ein ganz gewöhnlicher

Maulwurf. Da draußen gibt es eine ganze Welt, die es zu entdecken gilt. Warum hast du nie mal was unternommen?«

»Ich hatte Angst«, gab 3-G zu. »Da draußen in den Bergen lebten zwei Riesen. Ich musste sie in dem Glauben lassen, dass ich ein riesiger Maulwurf bin, der die Hügel ringsum geschaffen hatte, sonst wären sie gekommen und hätten mich geholt. Und wenn ich die Welt hätte sehen wollen, dann hätte ich an diesen beiden vorbeigehen müssen, und sie hätten mich bei lebendigem Leib verspeist, wenn sie gewusst hätten, wie klein ich in Wirklichkeit bin.«

»Letzte Nacht haben wir ein Beben der Erde gespürt. Wir dachten, das bist du, indem du dich hin und her bewegst und neue Hügel schaffst«, sagte Birnoria.

»Ach, das waren nur die alten Tunnel, die eingestürzt sind. Jetzt, da meine Großmutter von uns gegangen ist, gibt es niemanden mehr, der sich um ihre Erhaltung kümmert. Sie trocknen einfach aus und stürzen in sich zusammen. Was eigentlich gar nicht so schlecht ist, denn die beiden Riesen da unten könnten eines Tages auf den Gedanken kommen, die Tunnel zu nehmen, um hier heraufzukommen und mich zu schnappen.«

»Nun, du brauchst dir keine Sorgen mehr zu machen – sie sind beide tot, wir haben sie umgebracht«, sagte Kunicht mit geschwellter Brust.

»Ihr habt sie umgebracht?«, sagte 3-G, der Riesenknirps, fassungslos. »Erstaunlich! Also, ich bin froh, dass ich kein ausgewachsener Riese bin, wenn sich hier solche Riesenkiller herumtreiben.«

»Wie hast du das mit den Schritten gemacht?«, fragte Kunicht, der von der Erfindung des Maulwurfs sehr beeindruckt war. »Komm, zeig es uns.«

Der Maulwurf hob zwei Steine von beträchtlicher Größe auf und schlug sie vor einer Felsspalte wiederholt gegeneinander. Sein Rhythmusgefühl war ausgezeichnet. Es hörte sich tatsächlich an wie Schritte auf dem Höhlenboden.

»Großartig!«, rief Kunicht aus.

Sylber sagte: »Nun, der eigentliche Sinn unseres Besuches ist nicht die Bewunderung deiner Fähigkeiten, 3-G. Wir sind auf der Suche nach einer Insel namens Dorma, und man hat uns gesagt, du könntest uns die Informationen geben, die wir benötigen.«

»Ich?«

»Na ja – der Riesenmaulwurf.«

»Jo, der bin ich.«

Sylber fügte hinzu: »Wir haben außerdem gehört, du befändest dich im Einklang mit dem Lauf der Erde. Stimmt das?«

»Nun, auf meine Großmutter traf das mit Sicherheit zu – und bis zu einem gewissen Grad auch auf meine Mutter. Man kann nicht sein ganzes Leben lang unter der Erde herumwühlen und sich ihr nicht nahe fühlen: man bekommt so etwas wie ein Gefühl für die Gezeiten, Ebbe und Flut der Dinge. Ich wage zu behaupten, dass auch ich dieselbe Begabung in mir trage, obwohl ich sie noch nie in die Praxis umgesetzt habe. Ich könnte versuchen, auf die Bewegungen unseres großen Planeten zu lauschen, wie es meine Vorfahren getan haben. Es hat alles etwas mit der Anziehung und der Energie des Mondes zu tun – Neumond und all so was – und mit der Schwerkraft. Man muss fähig sein, sich dem Rhythmus der Erde anzupassen.«

»Aha. Kannst du uns dann etwas über Dorma sagen?«

»Vielleicht könnte ich es, wenn ich zum Meeresufer

hinuntergehe. Mein Körper kann mit den Winden empfinden, sich in sie hineinversetzen. Ich kann die Pfote ins Wasser tauchen und das Meer fühlen, bekomme ein Gespür dafür, wie sich die Meeresströmungen verhalten. Es wird nicht leicht sein, aber vielleicht kann ich die in mir schlummernde Fähigkeit dafür wiedererwecken.«

Sylber sagte: »Du hast so etwas also noch nie getan, richtig?«

»Nein, aber ich weiß irgendwie, dass es mir sozusagen im Blut liegt. Ich muss es von meiner Mutter und meiner Großmutter geerbt haben. Es ist so etwas wie ein verbotenes Wissen, das tief in mir drinsteckt. Sogar jetzt, da ich nur davon rede, rührt sich etwas in mir. Bilder sickern in mein Bewusstsein. Ich kenne die Namen aller Inseln. Meine Mutter hat sie mir beigebracht, indem sie sie mir wie eine Litanei vorbetete. Es ist zu vergleichen mit dem Auswendiglernen eines Fahrplans.«

Birnoria runzelte die Stirn. »Wie lauten sie?«

»Vergesst es – wenn ihr sie nicht kennt, haben sie keine Bedeutung für euch, selbst wenn ich mir die Zeit für eine Erklärung nehmen würde.«

»Man kann also grundsätzlich davon ausgehen«, sagte Sylber, »dass du uns vielleicht helfen könntest, wenn du mit uns zum Meer hinuntergehst?«

»Natürlich – es sei denn, ihr sagt mir nicht die Wahrheit in Bezug auf die beiden anderen Riesen.«

»Und ob wir dir die Wahrheit sagen«, antwortete Grind und klackte dabei mit den Zähnen, »wie du sehr bald herausfinden wirst.«

Sie machten sich auf den Weg zurück zum Schiff; unterwegs kamen sie an der Fledermaus und dem Höhlenrenner vorbei. Sie mussten ihren neuen Gefährten bei der Pfote nehmen. Draußen im Tageslicht war er blind wie eine Fledermaus (so wie eine Fledermaus blind wie ein Maulwurf war). Bei ihrem Abstieg von den Hügeln kamen sie an dem Leichnam des riesigen Spitzmausburschen vorbei. Grind gab 3-G außerdem eine ausführliche Schilderung, was mit der Maikäferdame geschehen war.

Der Maulwurf sog die Luft tief ein, als ihm bewusst wurde, welche Zerstörung seine neuen Freunde über die Tyrannen des Hochlandes gebracht hatten. »Ich bin froh, dass ich kein echter Riese bin, sonst wäre mir das Gleiche widerfahren.«

»Den beiden wäre es auch nicht widerfahren«, sagte Sylber, »wenn sie sich uns gegenüber nicht so angriffslustig verhalten hätten. Wir haben uns nur verteidigt.«

»Vergiss nicht, wir brauchen deine Hilfe«, erinnerte Birnoria ihn. »Wir hätten dich wohl kaum darum bitten können, nachdem wir dich umgebracht hätten, oder?«

»Das stimmt.«

Der Maulwurf war durch diese Bemerkungen etwas beruhigt. Trotzdem waren ihm die fünf Wiesel noch nicht ganz geheuer, auch wenn er das Meer bereits roch und wusste, dass sie die Wahrheit sprachen. Es war das erste Mal, dass ihm der Geruch von Ozon in die Nase stieg. Er gab einen zufriedenen Seufzer von sich, der gleichzeitig mit wütenden und verzweifelten Schreien der anderen zusammentraf.

»Was ist los?«, fragte er. »Ist was nicht in Ordnung?«

»Ob etwas nicht in Ordnung ist?«, schrie Sylber aufgeregt. »Das kann man wohl sagen! Unser Schiff ist nicht mehr da!«

Vierunddreißigstes Kapitel

Und so war es. Die fünf Wiesel starrten hinunter auf die leere Wasserfläche in der Bucht. Nirgendwo war ein Schiff zu sehen. Etwas Schreckliches war geschehen.

»Lasst uns an den Strand gehen und sehen, ob wir irgendetwas finden«, sagte Sylber, angestrengt darauf bedacht, sich vor den anderen seine Angst nicht anmerken zu lassen. »Vielleicht ist da jemand, der uns helfen kann.«

3-G fragte sich, was die ganze Aufregung sollte, aber der Klang der Stimmen verriet ihm, dass dieses ›Schiff‹ für die Wiesel offenbar sehr wichtig war. Er ließ sich von ihnen zum Strand hinunterführen, ohne weitere Fragen zu stellen.

»Dahinter steckt dieser Weniger Einbein«, sagte Kunicht. »Ich wette, er ist schuld. Ich nehme an, er hat eine Meuterei angezettelt und das Kommando auf der *Ziehenden Wolke* übernommen, während wir da oben in den Bergen waren. Ich habe diesem Baummarder noch nie über den Weg getraut. Er hat so was Gieriges in seinem Blick. Man braucht nur ›Messingmünzen‹ zu sagen, dann leuchten seine Augen auf. Er war bloß scharf auf Murgatroids Schatz.«

»Schatz?«, wiederholte der Maulwurf, und seine Stimme klang plötzlich freudiger. »Was für ein Schatz?«

»Fang du jetzt nicht auch noch an!«, brummte Grind.

Als sie am sandigen Strand entlanggingen, fand Sylber Holzstücke und Segelfetzen, die offenbar erst vor kurzem angeschwemmt worden waren. Ein Stück weiter stießen sie auf einen Lukendeckel. Dann auf eine Holztruhe, die in Sylbers Kabine gestanden hatte. Weitere Bruchstücke schwammen im Wasser. Es war unverkennbar, dass ein wie auch immer gearteter Kampf stattgefunden hatte.

Sylber blickte hinaus zum Horizont, sah jedoch keine Spur eines Schiffes. »Nun«, sagte er, der Verzweiflung nahe, »es sieht so aus, als ob wir hier festsitzen – aber was um alles in der Welt ist aus den übrigen Mannschaftsmitgliedern geworden?«

In diesem Augenblick ertönte hinter den Dünen ein Schrei. Lukas und Waldschratt tauchten plötzlich aus dem Dünengras auf. Dann Miniva. Schließlich folgten ihnen mehrere Baummarder, einschließlich des so übel verleumdeten Weniger Einbein, der sich mit seinem Holzbein beim Gehen schwertat, da er immer wieder in den weichen Sand einsank.

Waldschratt kam als Erster zu den fünf Wieseln und dem Maulwurf. »Ich bin ja so froh, euch lebend zu sehen. Wir dachten, ihr wärt alle ums Leben gekommen. Wo ist Narki?«

Kunicht senkte den Kopf und sagte: »Ich fürchte, er wird nicht mehr kommen.«

»Oh, wie traurig«, meinte Waldschratt.

»Was ist hier passiert?«, fragte Sylber. »Wo ist das Schiff?«

Weniger Einbein trat vor und spähte mit dem einen Auge um sich, wie Zyklops vor einem seiner bösartigen Angriffe. »Es war Sheriff Trugkopp«, erklärte er in dramatischem Ton. »Er hat uns aus heiterem Himmel überfallen. Rauschte in die Bucht und verpasste unserem Schiff mehrere Löcher, bevor wir unsererseits zurückschießen konnten. Die Augen sollen ihm aus den Höhlen fallen! Wir wurden versenkt, Käpt'n. Die *Ziehende Wolke* liegt am Grund der Bucht, und dieser Sheriff – den Haifischen soll er zur Beute werden – ist bereits auf dem Weg zurück nach Welkin, um sich im Triumph zu brüsten.«

Sylber vernahm diese Neuigkeit mit Unglauben. Dass sie jetzt, da sie so nahe daran waren, die Menschen zu finden, eine solche Schlappe erleiden mussten, war vernichtend. Er hatte keine Ahnung, was sie weiter unternehmen sollten. Es sah nicht so aus, als ob es auf dieser Insel noch irgendwo ein anderes Schiff gäbe. Vielleicht könnten sie ein seetaugliches Gefährt bauen, aber das würde Zeit und Kraft erfordern. Wenn sie es endlich fertiggestellt hätten, wäre der größte Teil von Welkin bereits überschwemmt.

»Diesmal hat er uns echt eins reingewürgt, was?«, bemerkte Grind mit Bezug auf Trugkopp. »Er hat gewonnen.«

Insgeheim stimmte Sylber dem zu, doch er stellte Tapferkeit zur Schau. »Wir wollen ein Feuer machen und für alle ein Essen bereiten, während wir entscheiden, wie wir weiterhin verfahren. Übrigens, das hier ist der hiesige Riese, 3-G«, stellte er den Maulwurf vor. »Er wollte uns bei der Feststellung der Position von Dorma helfen.«

»Ein kleiner Riese«, ergänzte 3-G.

Wiesel und Marder murmelten jeweils ihre Namen und hießen den Maulwurf in ihrem Lager willkommen.

»Tut mir Leid, dass ihr solche Schwierigkeiten habt«,

sagte 3-G. »Vielleicht versuche ich trotzdem, die Informationen zu liefern, die ihr braucht, nur für den Fall, dass sich die Verhältnisse ändern.«

Sylber pflichtete diesem Vorhaben voller Wertschätzung bei, und der Maulwurf trippelte zu den seichten Stellen, um die Pfoten hineinzutauchen.

Während das Lagerfeuer aufgebaut wurde, kam der Schiffskoch zu Sylber. »Hör mal«, sagte er, »diese Sache mit dem Murgatroid-Schatz ...«

»Das war eine Finte«, antwortete Sylber. »Es hat nie einen Schatz gegeben. Ich haben ihn erfunden, weil ich eine Mannschaft brauchte.«

»Dann hast du uns also belogen?«

»Ich ... ich fürchte, so ist es. Es geschah zum allgemeinen Wohl. Wenn Welkin vom Meer überflutet wird, dann leiden die Baummarder genauso wie die Wiesel und die Hermeline. Es tut mir Leid, dass ich euch aus der Heimat wegführen musste.«

Weniger Einbein stand eine Zeit lang da, wackelig balancierend auf seinen drei gesunden Stelzen, dann hob er eine davon und schwenkte sie. »Ach, vergiss es, Käpt'n. Wir haben doch eine nette Seefahrt miteinander gehabt, wie? Was den Schatz angeht, bin ich ein bisschen sauer, aber man kann schließlich nicht alles haben, oder? Wichtig ist jetzt, dass wir nach Dorma kommen.«

»Ich befürchte, das wird sich als unmöglich erweisen«, seufzte Sylber. »Wir sitzen hier fest.«

Bald hatten sie alles Treibholz am Strand aufgeklaubt und ein hoch loderndes Feuer entzündet. Sie gesellten sich gemeinsam um die Flammen und brieten allerlei Meerestiere. Einige hatten Nüsse und Beeren gesammelt. Nachdem sie sich die Bäuche vollgeschlagen hatten, konnten sie sich auf das anliegende Problem konzentrieren. Fest stand, dass sie auf keinen Fall den Rest ihres Lebens auf dieser Insel verbringen wollten, mit Muntjaks und Finken. Sie mussten genügend Holz finden, um ein Floß oder ein ähnliches Gefährt zu bauen, auf dem sie sich durch die Verzauberte Meerenge treiben lassen konnten.

Gegen Mitternacht kam der Maulwurf ans Feuer zurück. Er hatte im Sand gebuddelt und die Pfoten ins Meer getaucht. Er sah nachdenklich aus. »Hört mal«, sagte er, »es ist noch nicht alles verloren, meine Freunde.«

»Dir ist etwas eingefallen, wie wir von hier wegkommen können?«, fragte Sylber hoffnungsvoll.

»Das nicht, nein. Aber es ist mir gelungen, den Lauf der Insel Dorma herauszufinden. Ich habe mich auf den Rhythmus der Erde und die Strömungen des Meeres eingestimmt. Die Insel Dorma ist nur eine Woche weit von hier entfernt.«

Sylber hob ruckartig den Kopf. »Wie bitte? Eine Woche weit weg? Was soll das heißen?«

Inzwischen war die Nacht hereingebrochen, und das Sehvermögen des Maulwurfs hatte sich verstärkt. Er sah im Dunkeln besser als bei Licht. Nun wandte er dem Feuer den Rücken zu, hob einen Zweig auf und machte sich daran, etwas in den Sand zu zeichnen. »Seht her, das hier sind wir«, erklärte er und skizzierte die groben Umrisse einer Insel. »Und dies sind andere Inseln, die in der Nähe schwimmen. Hier …« – er zeichnete eine weitere Form, ein Stück von den anderen entfernt – »… ist Dorma – ja, der Wind weht den schläfrigen Geruch von Dorma aus dieser Richtung …« – er deutete mit dem Stock aufs Meer hinaus –, »… und er kommt näher. Die Inseln stoßen natürlich niemals zusammen; anscheinend riechen sie sich gegenseitig oder so und schwimmen voneinander weg, wie Quallen – aber manchmal ist der Abstand zwischen ihnen sehr gering.«

Der Maulwurf legte eine aufreibende Pause ein, um sich zu räuspern, während die anderen gespannt wie Flitzebogen warteten, bis er fortfuhr.

»Also«, nahm er schließlich seine Rede wieder auf, »schätze ich, dass Dorma in einer Woche in dieser Position sein wird. Das ist der geringste Abstand, den sie jemals zu dieser Insel, auf der wir uns befinden, haben wird.« Er machte ein Zeichen in den Sand, das die Wiesel und die Baummarder aufmerksam betrachteten.

»Was heißt das?«, fragte Sylber. »Ich meine, in Meilen ausgedrückt?«

»Meilen?«, rief 3-G aus. »Ach was, es geht nur um Meter. Fünfhundert Meter, ein paar Zentimeter plus oder minus.« Er ließ diese Information in die anderen einsickern und wartete auf Sylbers begeisterte Reaktion.

Schließlich flüsterte Sylber: »Wir könnten ein Floß bauen und die Stelle auf diese Weise erreichen.«

Birnoria entgegnete: »Das kann ich mir nicht vorstellen. Wir haben kein Material dafür. Seht euch doch mal das Treibholz an ...«

Sie sahen sich um und stellten fest, dass das Treibholz aus kleinen Zweigen und Schilfhalmen bestand. Es war gut genug für ein Feuer, aber man brauchte Balken, um ein Floß herzustellen.

»Was ist mit der Brücke über die Klamm?«, warf Grind ein.

Wieder schüttelte Birnoria den Kopf. »Wenn du dich richtig erinnerst: auch die bestand aus Schilfrohren. Und die Bruchstücke von unserem Schiff wurden von den schnellen Strömungen, die an der Insel vorbeigerauscht sind, weggetrieben. Nichts davon wurde an den Strand gespült.«

»Wenn das so ist«, sagte Sylber entschlossen, »dann werden wir schwimmen. Jawohl, wir schwimmen zur Insel Dorma.«

Grinds Blick schweifte übers Meer. »Fünfhundert Meter? Das ist für ein Wiesel sehr weit zum Schwimmen.« Und er hatte Recht, es war weit.

»Durch haifischverseuchtes Gewässer«, ergänzte Kunicht. Auch das stimmte; im Meer wimmelte es von Haien.

»Und der Monsun setzt vorher noch ein«, fügte der prophetische Maulwurf hinzu.

»Der Monsun? Was ist das?«, wollte Sylber wissen.

»Das ist die Zeit berghoher Wellen und gewaltiger Dünungen. Manchmal gibt es schlimme Stürme, die gegen die Küsten der Insel krachen.«

»Man kann also sagen, erschwerte Umstände, um zu schwimmen, wie?«

»Ich fürchte ja.«

Birnoria versuchte, die allgemeine Stimmung ein wenig zu heben. »Denkt euch nichts«, sagte sie, »wir schicken Kunicht als Ersten. Wenn er nicht zurückkommt, halten wir am Strand ein Gehabdichwohl ab und vergessen die ganze Sache.«

Wiesel, Baummarder und Maulwurf klackten erheitert mit den Zähnen.

»Sehr lustig«, schmollte Kunicht. »Ich kann allerdings nicht darüber lachen.«

»Jetzt müssen wir erst einmal abwarten«, sagte Sylber. »Wir haben eine Woche Zeit. Sie wird langsam vergehen, aber wenn die Insel erst einmal hier ist, dann werde zumindest ich für meinen Teil schwimmen.«

»Ich bin dabei, Käpt'n«, rief Weniger. »Ich hab vielleicht nur drei gesunde Beine, aber mein nicht gesundes besteht aus Holz, wenn ich also nicht schwimmen kann, dann gehe ich wenigstens nicht unter.«

Ein Wiesel und ein Baummarder nach dem anderen bestätigten, dass sie zu der Insel schwimmen wollten – sogar Kunicht, obwohl seine Stimme dabei ein wenig erstickt klang.

Nur der Maulwurf nahm davon Abstand, ein morgendliches Erfrischungsbad zu nehmen. »Ich bin nicht sicher, ob Maulwürfe schwimmen können, und ich würde sowieso nicht sehen, in welche Richtung ich schwimme.«

»Wir haben nie erwartet, dass du mehr tust, als du ohnehin schon für uns getan hast«, sagte Sylber. »Und wir danken dir für alles.«

Danach ließen sich alle ums Feuer herum nieder, um einen angenehmen Abend zu verbringen – Geschichten zu erzählen, Lieder zu singen und Freundschaften zu schließen.

Fünfunddreißigstes Kapitel

Es war ein selbstgefälliger und – auch das muss gesagt werden – von einem gewissen Maß an Ehrfurcht durchdrungener Sheriff Trugkopp, der nach Welkin zurücksegelte. Er war selbstgefällig, weil er seinen Feinden endlich einen tödlichen Schlag versetzt hatte. Er war von Ehrfurcht durchdrungen, weil er diesen eigenhändig durchgeführt hatte, ohne Hilfe von irgendjemandem – natürlich mit Ausnahme seiner Soldaten und seiner Mannschaft, aber das waren niedere Geschöpfe. Wenn der Zeitpunkt gekommen wäre, da er seinem Prinzen von seinen Taten berichten würde, würde der Prinz nicht nach den Namen der niederen Dienstgrade fragen.

Trugkopp gab sich alle Mühe, sich ein wenig in Bescheidenheit zu üben, aber er schaffte es nicht. Er war zu sehr von sich erfüllt. Selbst der Blitzschlag hatte jetzt einen Sitz in seinem Geist eingenommen. Das alles hatte mit Trugkopp dem Helden zu tun, dem Gewinner, dem überlegenen Sieger, dem unbezwingbaren Hochsheriff von Welkin.

Er hatte jedoch versprochen, dass die Hermeline und Frettchen, die sich in der Schlacht hervorgetan hatten, belohnt werden würden. Das hing davon ab, was der Prinz zu berappen bereit war. Ein ganzes Land? Ein

Lehnsgut? Sobald er wusste, was für ihn dabei heraussprang, könnte er rechts, links und in der Mitte Hauptmanns- und Feldwebeltitel austeilen.

Trugkopps Zuversicht kannte keine Grenzen. Auf der Rückreise traf er auf Seeungeheuer, böse Meerfeen, Drachen und feindliche Stämme von Mondgänsen. Er setzte unbeirrt seinen Weg fort, die Klinge in der Pfote, und fegte sie alle beiseite, schlug sie in Stücke. Der Mutter des schrecklichen Drachen Grendel steckte sein Schwert immer noch zwischen den Rippen. Er war ruhmreich im Kampf, er war edelmütig im Frieden.

Rosenkrass und Gildeswin wurden im Austausch gegen Proviant den Mondgänsen zur Nutzung als Totempfähle übergeben. Sie wurden entzwei gehackt und jeweils an einem Ende der Mondgans-Insel aufgestellt. Ihre Aufgabe bestand darin, das Wetter und die Meeresbedingungen vorauszusagen. Wenn sie eine falsche Voraussage trafen, wurden sie von dem Medizinmann der Mondgänse gezüchtigt, indem dieser ihnen scharfe Nägel in die Holzköpfe trieb.

»Lass uns nicht hier zurück!«, flehte Rosenkrass.

»Nimm uns mit!«, schrie Gildeswin verzweifelt.

»Tut mir Leid«, erwiderte Sheriff Trugkopp. »Ich brauche Trinkwasser und Erdbeeren für den Heimweg.«

»Aber wir können das doch gar nicht«, rief Rosenkrass. »Wir können das Wetter nicht voraussagen.«

»Niemand kann das«, lautete die vernünftige Antwort. »Alle sagen etwas Falsches voraus. Man erwartet nicht von euch, dass ihr es richtig macht. Tiere schimpfen gern übers Wetter. Wenn ihr fähig wärt, es zutreffend vorauszusagen, dann gäbe es nichts mehr zu schimpfen, nicht wahr? Tiere, die über nichts mehr schimpfen können, verfallen schnell in Schwermut. Ihr seid hilfreich für sie.«

Trugkopp setzte seinen Eroberungszug fort. Territorien wurden im Namen des Prinzen besetzt und an einheimische Despoten abgetreten, die sich verpflichteten, Tribut zu zahlen. Berge wurden neu entdeckt und neu benannt. Ein riesenhafter Wolf wurde abgeschlachtet, gehäutet und das Fell als Geschenk für Sibiline eingelagert.

Als Trugkopp schließlich an der Küste von Welkin anlandete, war er auf das Zehnfache seines früheren Kalibers angewachsen. Seine Soldaten und die Mannschaft grüßten ihn wie einen Gott. Sie wären ihm überallhin gefolgt. Er hatte ihnen unermessliche Schätze beschert; der Überfluss des Krieges hatte sie reich gemacht. Sie sangen Lieder über seine Ausbeute. Sie duldeten keine Schmähung ihres Anführers, der sie zur Burg Rägen führte.

»Endlich!«, sprach er zu sich selbst. »Endlich habe ich erkannt, was mir innewohnt.«

Während des Marschs quer durch Welkin hatte Trugkopp bemerkt, dass die Flut erheblich schlimmer geworden war, verglichen mit dem Stand zu dem Zeitpunkt, als er das Land verlassen hatte, aber er verspürte keine Gewissensbisse.

Prinz Punktum hielt gerade Hof, als Trugkopp eintraf. Der Sheriff hatte einen Boten mit der Kunde vorausgeschickt, dass er wieder heimatlichen Boden betreten habe und siegreich gewesen sei. Er war ein wenig erstaunt und sogar halb beleidigt, als er feststellte, dass ihn kein Empfangskomitee willkommen hieß, als er von Bord ging, weder am Seeufer noch auf der Brustwehr. Man durfte doch wohl erwarten, dass ein heimkehrender Held mit Jubel, Fanfaren und Girlanden begrüßt wurde.

Stattdessen war bei seiner Ankunft nur Spinfer anwesend. Spinfer war prächtig herausgeputzt, er trug die Gewänder eines Adeligen und die Dienstkette eines Höflings. Offensichtlich war Trugkopps Diener in einen höheren Rang aufgestiegen, seit der Sheriff zu fremden Gefilden aufgebrochen war.

»Spinfer?«, sagte Trugkopp, nahm den Helm ab und klopfte sich den Reisestaub vom Umhang. »Was hat das zu bedeuten?«

»Oh, das?« Spinfer sah an sich hinunter und klackte selbstgefällig mit den Zähnen. »Ich bin der neue Lordkanzler. Ihr werdet Genaueres erfahren, wenn Ihr mit dem Prinzen sprecht. Er erwartet Euch im Thronsaal.«

Ohne sich die Zeit für ein Bad zu nehmen, begab sich Trugkopp hinunter in den Saal, in dem der Prinz Hof zu halten pflegte.

Köpfe wandten sich um, als er den Raum betrat. Anwesend waren Lord Elphet, Graf Takely, Jesses, Wilisen und etliche andere Adelige. Prinz Punktum war angetan mit dem weißen Hermelinpelz und lümmelte auf dem Thron. Sibiline saß auf ihrem Thron, neben ihrem Bruder. Pompom tanzte herum und neckte Hermeline und Wiesel mit seiner aufgeblasenen, an einem Stock befestigten Mäuseblase. Der ganze Raum versank in Schweigen, als Sheriff Trugkopp vor den Prinzen trat.

Der Sheriff verneigte sich tief, mit einem eleganten Schwenk seines Umhangs, und sagte: »Mein Gebieter, ich kehre im Triumph zu Euch zurück.«

»Ach ja?«, seufzte der Prinz und spielte gelangweilt an seiner Gürtelschnalle herum. »Und welcher Triumph sollte das sein?«

»Ich habe die *Ziehende Wolke* versenkt, das Schiff, das von Lord Sylber und seinen Wieseln genutzt wurde. Sie sind jetzt ausgesetzt auf einer einsamen Insel in der Verzauberten Meerenge, weit draußen im Kobaltmeer. Wir werden niemals mehr etwas von ihnen sehen oder hören.«

»Wirklich?«, gähnte der Prinz und untersuchte seine Pfoten nach Dreck. »Wie spannend.«

Trugkopp hatte allmählich das Gefühl, dass andere etwas wussten, das er nicht wusste. Die Adeligen wichen seinem Blick aus. Spinfer stand in seinem Lordkanzler-Gewand an der Seite und machte den Eindruck, als ob er jeden Augenblick vor Lachen laut herausplatzen werde. Der Prinz war sichtlich gelangweilt.

Oder vielleicht auch nicht. Vielleicht war dies ein Spiel, das sich der Prinz ausgedacht hatte. Sollte er eine Zeit lang mitspielen? Er hatte keine Lust auf Spiele. Er hatte eine langwierige und schwere Schlacht geschlagen. Nun wollte er das Verdienst, das ihm zustand. Jetzt gleich.

»Mein Gebieter«, sagte er zögernd. »Es ist überaus unpassend, dass Ihr auf diese Weise mit mir spielt. Ich habe alles getan, was Ihr von mir verlangt habt, und noch einiges mehr. Ich habe Eure Feinde vernichtet. Welkin ist sicher in den Pfoten der Hermeline, und Ihr seid der uneingeschränkte Herrscher. Ich denke, ich verdiene etwas anderes als das …«

Plötzlich wandelte sich die Miene des Prinzen von Langeweile zu Zorn. »Wie kannst du es wagen, so mit mir zu reden, du unverschämtes Hermelin? Meinst du, ich wüsste nicht, was du getan hast? Ich habe während all der Jahre eine Schlange an meinem Busen genährt. Einen ganz gewöhnlichen Dieb!«

Trugkopp blinzelte. »Mein Gebieter?«

»Ja, einen gemeinen, hinterhältigen Dieb.« Der Prinz

holte ein kleines Schmuckstück hinter seinem Thron hervor. Es war eine Schnitzerei, die einen Otter an einem Teich darstellte. Das Stück hatte sich tatsächlich im Besitz des Prinzen befunden, bis Trugkopp es eines Tages geklaut hatte. Das war in einem Augenblick der Unbesonnenheit geschehen, dem jedes Hermelin erliegen konnte und den es später bereuen würde.

»Leugnest du, dass du dies hier aus meinen Gemächern gestohlen hast?«, schrie der Prinz. »Sprich, bevor ich dich hinrichten lasse.«

»Nein, nicht hinrichten, Bruder. Bitte!«, warf Sibiline ein, deren Empfindung für Trugkopp nun, da er vor ihr stand, zu etwas mehr als einem entfernten Interesse aufgeflammt war. Trugkopp hatte sich allem Anschein nach verändert. Er wirkte zuversichtlicher, fähiger, sah einfach besser aus.

»Hinrichten!«, brüllte der Prinz. »Sieh nur! Sieh dir sein Gesicht an. Er kann es nicht leugnen, weil es wahr ist. Spinfer – Lord Spinfer – hat es mir zur Kenntnis gebracht, Trugkopp. Dein Diener hat dich verraten. Wie gefällt dir das?«

Trugkopp sah Spinfer an, und der ehemalige Diener hatte immerhin so viel Anstand, den Blick beschämt zu Boden zu senken.

Sein treuer Diener hatte ihn verraten! Ein treuloser Diener. Wie niederträchtig! Doch das hatte Zeit bis später. Jetzt musste er sich mit dem Prinzen auseinander setzen. Sheriff Trugkopp starrte den Herrscher von ganz Welkin fassungslos an. Er traute seinen Ohren nicht. Er, Trugkopp, hatte soeben dem Prinzen den größten Augenblick in der Geschichte beschert, und der Prinz kümmerte sich um einen Zierrat, der aus seinen Gemächern abhanden gekommen war!

Pompom tänzelte trällernd zu Trugkopp und schlug ihm mit der Mäuseblase ins Gesicht.

Trugkopp packte den Hofnarren sofort an der Halskrause, hob ihn hoch und schleuderte ihn über den Boden. Pompom rutschte kreischend durch den ganzen Saal, glitt mit dem Hintern über den Marmor und krachte am anderen Ende in eine Reihe von Stühlen. Die Mäuseblase platzte beim Aufprall auf eine scharfe Kante, der Stock knickte durch. Der Hofnarr brach in Tränen aus.

Trugkopp stand da, bedeckt von dem weißen Staub der Straße, auf der er vom Hafen zur Burg gewandert war. »Tu das niemals wieder, Pompom, mit niemandem!«, sagte Trugkopp.

Jetzt gab es im ganzen Saal kein einziges Hermelin mehr, das es gewagt hätte, dem Sheriff in die Augen zu sehen. Sie alle wussten, dass ihm Unrecht getan wurde; selbst Spinfer war sich dessen bewusst. Sibiline, deren Augen vor Peinlichkeit taunass waren, fühlte sich in diesem Augenblick in tiefster Seele mit ihm verbunden.

Trugkopp richtete das Wort wieder an den Prinzen; er sprach mit fester, leiser Stimme. »Habt Ihr den Verstand verloren, Sire? Seid Ihr nun vollkommen verrückt geworden?«

Der Prinz hob den Kopf mit einem heftigen Ruck. Er riss die Augen weit auf. Er sah aus, als ob er jeden Augenblick einen Anfall bekommen würde. »Was? Was? Was? Du wagst es, so mit mir zu sprechen? Ich lasse dich braten, bis dir die Augen aus dem Kopf fallen. Ich lasse dich in Stücke schneiden und fein hacken. Ich …«

Überall im Saal waren Laute der Abscheu und des Entsetzens zu vernehmen, aber Trugkopp wusste genau, was er tat.

»Meine Truppen«, fuhr er im gleichen gedämpften Ton fort, »haben den Fluss Bronn überquert.«

»Was? Was bedeutet das?«

»Das bedeutet, sie warten am Ufer des Sees. Ihr verfügt über Eure Hofgarde, die sich auf etwa hundert Hermeline beziffert. Der Rest des Heeres ist bei mir. Ich habe gemeinsam mit den Soldaten eine Aufsehen erregende Schlacht geschlagen. Ich kann in ihren Augen nichts falsch machen. Auf dem Weg hierher haben sie Lieder über mich gesungen. Der Refrain lautete etwa folgendermaßen:

›Trugkopp ist ein großer Anführer, eine echte
Wucht
so wie ihn ein jeder als Herrscher schon lange
sucht
Punktum kann nicht unterscheiden zwischen
Kopf und Zehen
Pfoten hoch, wer meint, Punktum soll endlich
gehen.‹

Begreift Ihr die Botschaft? Meine Truppen möchten, dass ich den Thron einnehme.

Unterwegs habe ich dem wenig Beachtung geschenkt. Ich war ein getreuer Untertan meines Prinzen. Ich habe ihnen mitgeteilt, dass ich ein ehrenwertes Hermelin bin und nicht in eine Rebellion verwickelt sein möchte. Sie waren enttäuscht. Einer meiner persönlichen Leibwächter – sie haben sich übrigens freiwillig für diesen Dienst gemeldet und nennen sich ›Trugkopps Unsterbliche‹ – sagte mir, bevor ich die Fähre hierher bestieg: ›Wenn du nicht ruhmreich gekrönt zurückkehrst, werden wir die Burg dem Erdboden gleichmachen.‹ Versteht Ihr, was ich Euch hiermit erkläre? Oder seid Ihr immer noch derselbe, der Ihr vor meinem Aufbruch zu der Reise wart – so grobklotzig wie ein dicker Balken?«

Die Augen des Prinzen funkelten bedrohlich. In diesem Augenblick kam ein Soldat von den Zinnen hastigen Schritts in den Saal.

»Mein Prinz, das gesamte Heer an den Ufern des Sees ruft nach Sheriff Trugkopp. Sie wollen ihn sehen. Sie sagen, es gefällt ihnen nicht, dass er so lange außerhalb ihrer Sichtweite ist. Sie verlangen, dass er sich auf dem Ostturm zeigt, und zwar mit dem Lorbeerkranz, den Ihr ihm inzwischen eigentlich gegeben haben müsstet, o Herr, als Belohnung für seine großen Leistungen.«

Selbst hinter den dicken Mauern der Burg konnte der Hof jetzt deutlich die Rufe von dem fernen Seeufer vernehmen. Einige der Adeligen machten ängstliche Gesichter und drängten sich bereits näher an Trugkopp heran. Andere wichen zur Tür zurück, um sich schnell aus dem Staub machen zu können. Die Stirn des Prinzen war jedoch immer noch umwölkt. Sein neuer Kanzler, Lord Spinfer, flüsterte ihm etwas ins Ohr.

»Ich verlange Trugkopps Kopf!«, brüllte der Prinz einen Augenblick später. »Die Kampfmariechen meiner Schwester werden losschlagen und jede Streitmacht vernichten, die versucht, die Burg einzunehmen.«

Niemand rührte sich, um den Sheriff in Gewahrsam zu nehmen. Anscheinend hatte sich die Garde in Luft aufgelöst. Auch die Prinzessin unternahm keinerlei Anstrengung, ihr aus weiblichen Mitgliedern bestehendes Regiment zusammenzurufen. Der Prinz sah verdutzt und zugleich wütend aus. »Ich verlange seinen Kopf, habe ich gesagt.«

Trugkopp trat vor den Thron. Der Prinz sank in sich

zusammen. Trugkopp packte den Monarchen an der Krause seines königlichen Kragens und zog ihn vom Sitz. Dann nahm er den Platz des Prinzen auf dem Thron ein und drapierte seinen Umhang um sich herum.

Prinz Punktum kreischte schrill: »Raus aus meinem Sessel, du Untier!«

Trugkopp sah Sibiline an, die ihm sanft die Pfote auf den Vorderlauf legte und zaghaft nickte. Sie hatten eine unausgesprochene Vereinbarung getroffen. Ohne dass es irgendwelcher Worte bedurft hätte, wussten beide, was die Zukunft für sie bereithielt.

»Deine Schwester und ich sind übereingekommen, das Reich gemeinsam zu regieren«, erklärte Trugkopp dem Prinzen. »Und wenn du nicht sofort den Mund hältst, dann wirst du die nächsten drei Wochen im Verlies verbringen, das zurzeit – wie du sehr wohl weißt – unter Wasser steht.«

»Ich … ich … ich …«, stammelte der Prinz.

»Sei vernünftig und halt den Mund, Pünktchen«, sagte Sibiline. »Geh an den Schutzwall und verkünde dem Heer, dass Trugkopp in diesem Augenblick zum Protektor von Welkin gekürt wird. Sag ihnen, dass du aufgrund deines schlechten Gesundheitszustandes zurückgetreten bist. Du begibst dich in den Ruhestand. Man hat dir viel frische Luft verordnet, und du wirst den Herbst deines Lebens mit Golfspielen verbringen.«

»Das werde ich nicht«, widersprach der Prinz trotzig, dem endlich aufging, dass das Spiel für ihn vorbei war. »Ich mag Golf nicht.« Er verließ den Saal als unwürdig Geschlagener, mit gesenktem Kopf und schleifendem Schwanz.

Die Adeligen drängten sich um den Thron, gratulierten Trugkopp und gelobten dem neuen Protektor Treue.

Lord Elphet ging zu den Zinnen hinauf und verkündete die Neuigkeit den Truppen am gegenüberliegenden Seeufer. Lauter Jubel brauste auf. Später begab sich Trugkopp selbst auf die Brustwehr, gebadet und gesalbt, angetan mit einer prächtigen Gewandung aus dem Schrank des Prinzen. Sibiline, majestätisch und königlich wie immer, begleitete ihn; ihre Pfote lag wieder auf seinem Vorderlauf. Sie trug den Umhang aus Wolfsfell, den ihr Herr ihr als ›Geschenk zum Zeichen einer neuen Partnerschaft‹ überreicht hatte.

»Was ist eigentlich mit dieser blöden Schnitzerei geschehen, die ich dir geschenkt habe?«, fragte Sibiline scheu. »Ich nehme an, du hast sie gleich verloren. Diese Kaiserlibelle?«

Ein Anflug von Panik erfasste Trugkopp, bis er sich daran erinnerte, dass er der Auserwählte war: Der Blitz hatte ihn getroffen, hatte ihn mit Großartigkeit erfüllt. »Meine Liebe«, antwortete er seidenweich, »sie wurde mir von Grendels Mutter von der Brust gerissen.«

Sibiline verzog schmollend das Gesicht. »Wer ist diese Grendel? Ein eifersüchtiges Weibchen, das um die Zuneigung meines Trugkopp buhlt?«

»Grendel ist ein Furcht erregendes Ungeheuer, tausend Mal größer als ein Wiesel. Die Mutter ist sogar noch Furcht erregender, da sie wiederum zehn Mal größer ist als Grendel. Ich habe heftig um die Brosche gekämpft, doch das Geschöpf hat es in einem seiner vielen Schlünde verschluckt. Ich habe versucht, sie wiederzuerlangen; die Bestie aber war zu riesig, selbst für mich. Meine zuverlässige Klinge steckte in ihrem Busen, als sie floh.«

Sibiline lehnte sich an ihn und streichelte seine Schulter. »Oh, Trugi«, murmelte sie, »ich wusste, dass ich mich auf dich verlassen kann.«

Die Truppen am Ufer gerieten immer mehr außer sich und grölten und johlten. Trugkopp schickte ihnen ganze Karkassen von gebratenen Wühlmäusen und Fässer mit Honigtau. Sie feierten die lange Nacht hindurch. Die neu ernannten Generäle nahmen an einem Festmahl in der Burg teil, zu dem sie ihr frisch gekürter Herrscher eingeladen hatte. Sie baten ihn, auch bei weiteren Schlachten ihr Anführer zu sein, um noch mehr Territorien zu erobern. Trugkopp winkte mit der Pfote ab und erklärte, dass das Land erst einmal zu Ruhe und Ordnung kommen müsse und dass einige Turniere und Spiele für die Truppen abgehalten würden, bevor neue Feldzüge ins Auge gefasst würden.

Spinfer war in seine Gemächer geeilt und hatte seine Sachen gepackt, doch Trugkopps ›Unsterbliche‹ griffen ihn auf, als er gerade eine Fähre besteigen wollte. Er wurde vor Trugkopp gezerrt.

»Spinfer, du hast mich verraten«, sagte Trugkopp.

»Stimmt«, antwortete der ehemalige Diener, »und Ihr habt mich jahrelang wie Dreck behandelt.«

»Das ist nicht wahr, Spinfer. Ich habe dich wie einen Diener behandelt, nichts anderes. Ich habe jedoch nicht vergessen, dass ich dir viele gute Einfälle und Ratschläge verdanke, und ich glaube, dass du dafür belohnt wurdest. Weißt du, was jetzt mit dir geschehen wird?«

»Nein – und es ist mir auch gleichgültig«, log Spinfer. »Ich habe für kurze Zeit Erhabenheit genossen. Ich werde glücklich sterben.«

»Ich glaube, dass du unter Schmerzen sterben wirst«, fauchte Trugkopp, der einen verzweifelten Spinfer sehen wollte. »Ich kann jemandem reichlich davon zufügen, weißt du, nun, da ich Herrscher bin. Eimerweise von dem Zeug.«

Trugkopp wurde mit einem schwachen Anflug von Angst belohnt, der über Spinfers Gesicht huschte. Er war zufrieden. Es bestand keine Notwendigkeit, seinen ehemaligen Diener jetzt zu vernichten. In der Vergangenheit war Spinfer stets nützlich gewesen, mit seinem Gehirn von der Größe einer Wassermelone, die in seinen kleinen, hübschen Körper gequetscht worden war.

»Ich bin jedoch edelmütig im Sieg. Du wirst das Amt des Lordkanzlers weiterhin innehaben, um mich zu beraten, so wie du es immer getan hast, mit Weisheit und einem hellen Verstand.«

Spinfer blinzelte; er konnte seinen Ohren kaum trauen. »Meint Ihr das im Ernst, Herr?«

»Natürlich meine ich das im Ernst«, entgegnete Trugkopp. »Aber beim kleinsten Hauch von Verrat, sollte er jemals wieder vorkommen, wird dein Kopf am Freitag Abend auf der Kegelbahn rollen. Hast du mich wohl verstanden?«

»Nie wieder, nie wieder, Herr. Ich habe das wahre Hermelin gesehen, das in dem Hochsheriff von Welkin steckt. Euch gehört meine unsterbliche Treue. Ich bin – Euer ergebener Diener.« Spinfer verneigte sich tief.

»Danke, Spinfer«, entgegnete Trugkopp.

Der Triumph des neuen Protektors war vollkommen.

Sechsunddreißigstes Kapitel

Die Voraussage des Maulwurfs erwies sich als zutreffend. Zur angegebenen Zeit schob sich eine neue Insel über den Horizont in Sicht. Sie näherte sich gleichmäßig der Muntjak-Insel, bis sie nach Sylbers Einschätzung so nah war, wie sie jemals kommen würde. Einen Tag später würde sie vorbeiziehen, auf dem Weg zu einem unbekannten Ziel. Der Wieselanführer bereitete seine treue Gruppe auf die vor ihnen liegende Aufgabe vor.

»Unsere Mission steht kurz vor ihrer Erfüllung«, sprach er feierlich. »In Kürze werden wir auf der Insel Dorma anlanden. Waldschratt trägt das Kraut, das nötig ist, um das Schlafgas unwirksam zu machen, in einem wasserdichten Beutel bei sich. Er wird als Erster an Land gehen. Er wird sich das Kraut in die Nase stecken und dann jeden von uns auf die gleiche Weise behandeln, sobald wir den Strand erreichen. Denkt daran, dass ihr durch die Nase atmen müsst.«

»Sylber«, sagte Alissa, »warum stecken wir uns das Kraut nicht in die Nase, bevor wir losschwimmen?«

»Vielleicht möchte dir lieber Waldschratt darauf antworten.«

Waldschratt richtete sich auf und räusperte sich. »Wir wissen nicht, wie es sich bei der Berührung mit Meerwasser verhält«, erklärte er. »Das Salz zerstört womöglich die Fähigkeit des Krauts, den Duftstoff der Blumen zu filtern. Wir dürfen kein Risiko eingehen. Ihr braucht einfach nur für eine oder zwei Minuten die Luft anzuhalten, solange ihr den Kies bis zur Flutmarke hinaufkrabbelt.«

Sylber war der Ansicht, dass jetzt genug geredet worden war. Seine Wiesel waren auf diese letzte Etappe der Reise seit Tagen vorbereitet. Jetzt mussten sie sie nur noch hinter sich bringen. Sie versammelten sich am Rand des Wassers, und Weniger Einbein und die Baummarder-Mannschaft wünschten ihnen viel Glück. Sylber hatte trotz ihrer Bereitschaft mitzuschwimmen beschlossen, dass die Marder und die Wieselhandwerker zurückbleiben sollten. Sie würden sie später abholen, wenn der Besuch der Wiesel auf Dorma erfolgreich verlaufen wäre. Wenn den Wieseln ihr Vorhaben nicht gelingen sollte, dann müssten sich die Marder, die Schreiner und die Schmiede entweder auf der Muntjak-Insel eine Heimat einrichten oder hoffen, dass irgendein vorbeikommendes Schiff sie auflesen würde.

»Hals- und Beinbruch, Grind«, sagte Weniger zu dem Wiesel mit dem ungepflegten Äußeren und den bemerkenswerten Charaktereigenschaften.

»Wie bitte? Willst du vielleicht, dass ich am Ende so aussehe wie du?«

Weniger klackte vor Erheiterung mit den Zähnen. »Nein, nein … das ist nur so eine Redensart, um jemandem alles Gute zu wünschen.«

»Du hättest auch einfach ›viel Glück‹ sagen können.«

»Es bringt Unglück, wenn man ›viel Glück‹ sagt.«

»Jetzt kann ich dir nicht mehr folgen, Küchenschätzchen«, seufzte Grind. »Aber ich geh davon aus, dass du weißt, was du sagst.«

Es wehte eine leichte Brise von Süden. Das begünstigte das Unterfangen der Wiesel, weil sie an Land gehen konnten, bevor Ihnen der Hauch der ›Lotus‹-Blüten entgegenwehte. Der auflandige Wind würde den Duft ins Innere der Insel tragen. Zum Glück für die Schwimmer war das Wetter gut. Das Meer war sanft gekräuselt und glitzerte im frühmorgendlichen Licht. Nirgendwo waren hässliche Haifischflossen zu sehen, die das Wasser durchschnitten hätten. Die Strecke sah ziemlich gerade aus, obwohl es ein weiter Weg war für so kleine Geschöpfe wie Wiesel.

Der Himmel war beinahe wolkenlos, nur ein paar wollige Knäuel trieben wie faule Schafe träge am blauen Horizont dahin. Eine bestimmte Würze lag in der Luft, mehr als nur der Geruch von Ozon. Sie schien aus dem Innern der Wiesel zu kommen, die sich lange auf dieses Ereignis vorbereitet hatten. Sie waren bereit. Ihre Seelen funkelten in den sterblichen Behausungen.

»Also dann«, sagte Waldschratt, der vortrat, um die Schwimmgruppe anzuführen. »Los geht's!«

Er stapfte ins Wasser. Obwohl die Sonne warm schien, verlief eine sehr kalte Strömung zwischen den Inseln. Er zitterte ein wenig, bevor er mit dem üblichen vierbeinigen Wieselpaddeln begann: die Nase hoch erhoben und aus dem Wasser gereckt, den Schwanz als Ruder gebrauchend, mit einem wasserdichten Überzug versehen, nass und dunkel unter der Wasseroberfläche. Waldschratt zog gemächlich seine Bahn durch die Kräuselung, die für die Wiesel in Wirklichkeit wie richtige Wellen waren.

Nacheinander stapften die anderen ins Wasser. Einige – Grind zum Beispiel – ließen sich hineinplumpsen und schüttelten sich warm, bevor sie losschwammen. Andere, so zum Beispiel Lukas und Kunicht, prüften das Wasser vorsichtig mit einer Pfote, bevor sie langsam hineinschritten und das kalte Meer allmählich an ihrem Körper emporkriechen ließen, bis sie untergetaucht waren. Birnoria watete rückwärts hinein und bespritzte sich den Körper, um ihn nass zu machen, bevor sie vollständig eintauchte.

Bald waren alle Wiesel im Wasser. Ihre Nasen sprenkelten wie schwarze Flecken die Oberfläche des Meeres. Kleine Tropfen von Salzwasser hingen glitzernd an ihren Schnauzhaaren. Die Baummarder blickten ihnen nach. Sie schwiegen. Sie hätten es ein wenig voreilig gefunden, jetzt schon zu jubeln. Es war durchaus möglich, dass keines der Wiesel die Strecke bis zu der fernen Küste schaffen würde.

Nachdem sie beinah die Hälfte der Wasserrinne durchquert hatten, machten sich bei den Wieseln tatsächlich Anzeichen von Müdigkeit bemerkbar. Sie waren innerlich angespannt, da sie ständig nach Haien oder Barrakudas Ausschau hielten. Ihre kleinen Beinchen, die anfangs einen schnellen Schlag vorgelegt hatten, verlangsamten sich auf das rhythmische Ticken von Großvateruhren. »Haltet durch, haltet durch!«, rief Sylber und versuchte, beim Sprechen zu verhindern, dass ihm Salzwasser in den Mund schwappte. »Es ist nicht mehr weit, meine tapferen Wiesel …«

Aber in Wahrheit hatten sie noch einen weiten Weg vor sich – einen schrecklich weiten Weg. So etwas wie Verzweiflung breitete sich unter ihnen aus. Miniva, das kleinste der Wiesel, hatte bereits Mühe mit dem Schwimmen. Grind war neben ihr und sprach ihr Mut zu, aber sie ermüdete immer mehr. Bald würde sie in den Zustand von Unterkühlung und Erschöpfung hinübergleiten, den Langstreckenschwimmer immer wieder erfahren mussten, und vielleicht unter die Ebene der Wellen abtauchen.

»Wir schaffen es nicht«, krächzte Kunicht würgend; sämtliche Glieder schmerzten ihn so sehr, dass er am liebsten geweint hätte. »Diesmal sind wir fällig.«

Zum ersten Mal widersprach niemand dem zweifelnden Wiesel. Sie alle wussten, wie er sich fühlte, denn ihnen selbst ging es nicht besser. Kaltes Wasser hat die unangenehme Eigenschaft, einem bis ins Knochenmark vorzudringen, einem jede Energie zu rauben und Saft und Kraft aus einem herauszuziehen. Sie hatten sich auf ein mutiges Unterfangen eingelassen – ein kühnes Unterfangen –, aber es würde nicht mehr lange dauern, bis jedes der Wiesel über ein auszuhaltendes Maß hinaus entkräftet sein würde.

Gerade als das schwächste der Wiesel im Begriff war aufzugeben, schob sich ein altertümliches Kriegsschiff in ihr Blickfeld. Es kam in schneller Fahrt und mit großer Zielstrebigkeit auf die Wiesel zu; die ausgefransten Segel waren gebauscht, der Bug pflügte eine breite Furche durch das Meer. Die Wiesel beobachteten erstaunt, wie es durch die Wellen zog, geradewegs auf die Stelle zu, wo sie jetzt Wasser traten.

»Ah-haaaaa!«, rief eine schrille Stimme von hoch oben im Krähennest. »Die Wiesel! Die Wiesel! Endlich habe ich sie erwischt!«

Es war die Stimme von Flaggatis, der in seinem behelfsmäßigen Thron oben am Mast festgeschnallt war. Das alte Gesicht zeigte boshafte Freude. Er schwenkte ausgelassen eine Vorderpfote, nun, da seinem Sieg über die Wiesel nichts mehr im Wege stand. Er würde ihnen beibringen, dass niemand dem klügsten Hermelin, das jemals gelebt hatte, in die Quere kommen durfte.

Hunderte von Ratten aus den Marschen hingen über die Relings, wippten in der Takelage, baumelten an den Bugrahen, wuselten über die Decks. Ihre Gesichter waren mit Kriegsbemalung verziert: die Augen von Kreisen umrahmt, die Nasen mit Balken gestreift. Sie zeigten die hässlichen gelben Zähne, verdrehten das Weiß ihrer Augen, schwenkten die ekelhaften unbehaarten Schwänze. Die Ratten aus den Marschen waren in Ekstase, kurz davor, die verhassten Wieselfeinde abzuschlachten.

Doch da an dem heruntergekommenen alten Schiff ständig Ausbesserungsarbeiten nötig waren, hatten die Ratten ihre Kletternetze an den Außenseiten hängen lassen, auch wenn das Schiff, so wie jetzt, vor dem Wind segelte. Sylber rief seinen Leuten zu, sie sollten versuchen, die Netze zu ergreifen, während das Schiff an ihnen vorbeiflitzte. Dreien von ihnen – Birnoria, Lukas und Kunicht – gelang dies.

»Packt sie!«, brüllte Kapitän Bleichchtt.

»Tötet sie!«, kreischte Flaggatis.

Birnoria, Lukas und Kunicht hatten sich an die Backbordseite des Schiffs geklammert. Also rannten alle Ratten jetzt auf diese Seite. Sie hatten scharfe Sicheln und Eisenhaken gezückt, die Lieblingswaffen einer Ratte, und trippelten aufgeregt zur Backbordreling, alle voller Hoffnung, ein Stück Wieselfleisch zu ergattern. Selbst die Ratte an der Ruderpinne hatte ihren Platz verlassen und trachtete danach, ihren Haken in den Schädel eines hilflosen Wiesels zu schlagen, während das Steuerrad sich willkürlich drehte.

»AUFHÖREN!«, schrie Flaggatis voller Panik. Er war der Einzige, dessen geistige Fähigkeiten ausreichten, um den Ausgang der Sache zu ermessen. »Zurück, ihr Dummköpfe, zurück!«

Aber es war bereits zu spät. Einen Befehl, den sie nicht hörten, konnten sie auch nicht befolgen. Ihr eigenes blutrünstiges Quieken und Kreischen übertönte jegliche Rufe von oben. Alle Aufmerksamkeit war ausschließlich auf die Wiesel gerichtet. Die Ratten konnten nicht schnell genug an die Schiffsreling kommen, um nur ja bei der Metzelei mit dabei zu sein. Ratten schaukelten an den Rahnocken und rutschten an der Takelage backbords herunter. Das Gewicht des gesamten Rattenkontingents auf dem Schiff verlagerte sich an einen zentralen Fleck an Backbord.

Das Schiff schlingerte hin und her und um die eigene Achse, da das Ruder sich selbst überlassen worden war; nun war die Steuerbordseite dem Wind ausgesetzt.

»Ihr Idioten!«, schrie Flaggatis; Angst umklammerte sein Herz und drückte es mit kalten Fingern zusammen. »Verteilt euch, sonst kentern wir …« Das waren wahre Worte und die letzten, die er jemals aussprechen sollte.

Das Gewicht der Ratten in Verbindung mit dem Wind, der gegen die Schiffsflanke drückte, führte dazu, dass das Schiff kippte. Jene an Bord, die nicht angegurtet waren, wurden ins Meer getaucht. Dutzende, dann hunderte von Ratten plumpsten ins Wasser, plärrend und quiekend und immer noch ihre Sicheln und Eisenhaken umklammernd.

Das Schiff legte sich weiter zur Seite. Die Masten berührten das Wasser und wurden bald davon verschluckt, bis sich das Schiff schließlich von unten nach oben kehrte. Einige Ratten waren darunter in Luftlöchern gefangen, andere wurden weggeschleudert. Manche hüpften auf den Wellen ganz in der Nähe des umgekippten Schiffs und versuchten, sich daran festzuklammern.

Die drei Wiesel hielten sich immer noch an den Kletternetzen fest. Sie wurden unter Wasser gezogen, als sich das Schiff mit dem Kiel nach oben drehte; rasch tauchten sie darunter hindurch und kamen auf der anderen Seite wieder an die Oberfläche. Dort hingen sie, umgeben von ertrinkenden, zappelnden Ratten. Die blutdürstigen Nager hatten nun kein Bedürfnis mehr danach, Sichel oder Haken in Wieselfleisch zu schlagen, sondern sorgten sich nur noch darum, sich vor einem nassen Grab zu bewahren.

Dann schwamm ein Lukendeckel, der sich beim Kentern des Schiffes gelöst hatte, inmitten des anderen Treibguts vorbei. Birnoria machte einen Sprung vom Schiff zu diesem ›Floß‹ und rief den anderen zu, dass sie es ihr nachmachen sollten. Das taten sie, denn ein solcher Sprung mochte ihre letzte Rettung sein. Lukas landete in dem Lukenring. Kunicht musste aus dem Wasser geborgen und heraufgezogen werden. Als alle drei an Bord waren, paddelten sie los, weg von dem sinkenden Schiff und hin zu ihren Freunden. Bald hatten sich alle acht Wiesel auf den Lukendeckel gerettet.

Zum Glück war kein Platz mehr für irgendwelche Ratten, selbst wenn die Wiesel einen Anflug von Wohltätigkeit verspürt hätten. Die erschöpfte Gruppe saß da und sah leidenschaftslos zu, wie die Nager zum nächsten Ufer strampelten, das natürlich der Strand der Muntjak-Insel war. Ratten sind verhältnismäßig gute Schwimmer auf kurzen Strecken, und diese Ratten aus den Marschen waren besser als die meisten. Ihr Leben lang hatten sie schon Flüsse und Brackwasser durchquert. Sie hatten nicht die Absicht, sich von dem Schiff in die Tiefe reißen zu lassen.

Die Spannung und Zerrung, denen das Schiff ausgesetzt war, führten allmählich dazu, dass es sich sozusagen in den Nähten löste – es brach auseinander. Balken knirschten und krachten. Gelenke ächzten. Seile dehnten sich, bis sie sirrend zerrissen. Die Herde in der Kombüse, die noch heiß waren vom Kochen der Rattenmahlzeit, explodierten, und glühendes, zischendes Metall flog in alle Richtungen. Bohlen krachten auseinander und zeigten rostige Nägel wie entblößte Zähne. Ketten verdrehten sich, rissen Stützen aus der Verankerung, zogen Ösen aus den Balken.

Es war nicht mehr zu verhindern, dass das Schiff unterging. Zuerst neigte es den Bug, und das Vorderschiff tauchte den Kopf ein wie eine Ente, die nach Algen tauchte. Das Heck ragte auf wie das Hinterteil einer Ente, zum Himmel gereckt. Masten, einschließlich des Hauptmasts, taumelten noch ein letztes Mal aus dem Wasser, als sich das Schiff kurzfristig in die richtige Lage aufrichtete, bevor es endgültig zum Grund absank.

Die tropfende Wasserleiche, die Flaggatis gewesen war – immer noch an das Krähennest angegurtet –, erschien noch einmal für einen kurzen Augenblick. Ein Vorderlauf schlenkerte mit der Bewegung des Schiffs schlaff vor und zurück. Es war, als ob der verrückte Flaggatis ein letztes Mal Lebewohl winkte. Dann sank der Hermelinzauberer, der Herrscher der Ratten aus den Marschen, zusammen mit seinem Schiff in die Tiefe. Es war ein ihm angemessenes Ende.

Schließlich sah man nur noch Blasen an der Oberfläche des Meeres und einige Ratten, die nach Holzstücken griffen, um sich über Wasser zu halten, während sie zur nächsten Küste schwammen.

Sobald sie wieder einigermaßen zu Kräften gekommen waren, paddelten Sylber und die anderen Wiesel zur Küste der Insel Dorma. Als sie sich ihr näherten, verteilte Waldschratt das magische Kraut, und sie schoben sich die Blätter in die Nasenlöcher. Sie konnten trotzdem noch atmen, doch die vergiftete Luft wurde gefiltert, bevor sie in ihre Lungen drang.

»Oh, schaud ma«, sagte Birnoria, die sprach, als ob sie schwer erkältet wäre. »Kunichd isd eingeschlafen.«

Kunicht war tatsächlich in einen Schlummer gefallen. Er schnarchte leise, da er beim Zustopfen seiner Nase zu langsam gewesen war. Jetzt stand er unter dem Einfluss des schweren Dufts, der von der Küste herüberwehte. Es war ein Glück, dass die Wiesel nicht gewartet hatten, bis sie an Land waren; es hätte leicht geschehen können, dass sie der Wirkung erlegen wären, bevor sie es erreicht hätten.

Aber andererseits, wie Grind bemerkte, konnte Kunicht sogar beim heftigsten Gewitter einschlafen.

Siebunddreißigstes Kapitel

Es gelang ihnen, Kunichts Nase mit dem Kraut abzudichten, doch dann klaffte ihm der Mund auf, und er atmete stattdessen durch diesen. Also legte Grind die Klauen um Kunichts Schnauze und hielt ihm den Mund zu. Nach einer Weile wachte das letzte Wiesel auf und sah sich umringt von einem Kreis von Gesichtern.

»Alles in Ordnung?«, fragte Grind.

»Dscha, glaub schon«, antwortete Kunicht ganz verschlafen.

»Gut. Wir müssen weiter. Birnoria und Alissa haben bereits den weiteren Weg ausgekundschaftet. Ganz in der Nähe gibt es einige Höhlen. Ich zweifle nicht daran, dass wir dort die Menschen finden werden.«

»Wie gommd esch, dasch du nichd schprischd, wie wenn du eine Geheimschbrache schrbichsd?«, fragte Kunicht.

»Ich daran gewöhnt, dass ich Stopfen in der Nase habe«, antwortete Grind. »Ich habe mir früher schon Gras in die Nase gesteckt, wenn der Geruch von Rhabarberdung im Sommer zu krass wurde. Man gewöhnt sich daran. Sylber macht es auch nicht schlecht.«

»Man-muss-nur-langsam-und-bewusst-sprechen«, erklärte Sylber.

Die Wiesel betrachteten jetzt die Landschaft um sie

herum. Der Strand war nicht besonders breit – ein Sandstreifen von nur etwa drei Metern lag zwischen dem Meer und dem Rand des Regenwaldes mit seiner üppigen Vegetation. Da standen Wollmispelbäume mit kleinen rötlichen Früchten und dickbauchige Affenbrotbäume, deren Stämme mit Wasser gefüllt waren. Es gab Tamarinden und Feigenbäume, Stachelpalmen und Bananenstauden. Zedern mit ihren vielen grünen Simsen ragten mit hohen Schultern über das Kakaogebüsch und den wachsblättrigen Oleander hinweg.

Eine einzelne Pflanze überragte jedoch alle anderen. Dieses hoch gewachsene Mitglied der heimischen Flora trug große, trompetenförmige, cremefarbene Blüten an gedrehten Ranken mit dunkelgrünen Blättern. Gelbe Staubgefäße hingen schlaff wie geschwollene Zungen aus den dunklen Trompetenbäuchen. Eine Art orangeroter Staub bedeckte die cremefarbenen Blütenblätter, wo die Stempel ihre samtene Weichheit berührten.

Den Wieseln war sofort klar, dass dies die Blüten waren, die den schweren, Schlaf auslösenden Duft verströmten. Der starke Geruch durchdrang sogar die Nasenstöpsel der Wiesel, zum Glück jedoch nicht ausreichend, um sich auf sie auszuwirken. Die großen Blüten waren umgeben von schlafenden Vögeln aller Art, die anscheinend einfach vom Himmel gefallen waren, als sie darüber geflogen waren. Zweifellos waren dort auch Insekten und Spinnen überall verstreut.

Sylber hatte die Schlafblumen ›Lotusblüten‹ genannt, doch in Wahrheit kannte keiner von ihnen den Namen dieser wundersamen Pflanze.

»Vorwärts!«, sagte Sylber. »Sucht den Weg zu den Höhlen.«

Doch als sie gerade im Begriff waren, sich wieder in

Bewegung zu setzen, fiel den Wieseln etwas sehr Seltsames auf. Aus dem Dschungel kamen Horden von Schatten; ihrer Form nach zu urteilen hatten sie zweifellos einst zu menschlichen Gestalten gehört. Jetzt jedoch waren sie mit keinem Wesen verbunden. Sie schwebten einfach daher wie dunkle Lumpen.

Die Schatten bauten sich in einer Reihe vor den Wieseln auf und versperrten ihnen den Weg. »Keinen Schritt weiter!«, warnte einer von ihnen. »Wenn ihr versucht, durch uns hindurchzugehen, werdet ihr in die ewige Dunkelheit geschleudert.« Die Schatten verhakten die Arme und bildeten eine Linie, die nicht zu durchqueren war, ohne dass man sie berührt hätte.

»Wir werden ja sehen, ob du die Wahrheit sprichst, mein Freund«, murrte Sylber, als er sah, wie ein Zugvogel durch die albtraumhafte Kette von Schatten flog.

Und tatsächlich, der Vogel verschwand im selben Augenblick im Nichts, da er in das Herz des Sprechenden flog.

»Was soll das? Warum lasst ihr uns nicht durch?«, fragte Sylber.

»Wir wissen, was ihr vorhabt«, rief der Anführer. »Ihr wollt die Menschen aufwecken. Wir sind ihre Schatten, und wir wollen nicht, dass sie aufgeweckt werden.«

»Was, um alles in der Welt, spricht denn dagegen?«, fragte Birnoria. »Wollt ihr denn nicht nach Welkin zurückkehren?«

»Natürlich nicht«, antwortete ein anderer Schatten. »Jetzt, da unsere Herren und Herrinnen in einem tiefen, magischen Schlaf liegen, sind wir frei. Wir können tun und lassen, was wir wollen, herumspazieren oder -rennen, wann immer wir mögen. Wenn sie aufwachen, müssen wir wieder tun, was ihnen beliebt, sie in allem Handeln nachahmen, ihnen wie Sklaven folgen. Ich mag meine Freiheit. Ich werde sie nicht ohne weiteres aufgeben.«

Die Schatten standen hoch aufgerichtet und bedrohlich in der frühmorgendlichen Sonne. Sie stellten eine wirkungsvolle Blockade gegen die Wiesel dar, wie ein Heer aus dem Land der Toten.

Die Wiesel hatten Verständnis für den Standpunkt der Schatten, aber Sylber war der Ansicht, dass sie sich den Gesetzen des Universums fügen mussten, die von dem einen und einzigen Schöpfer der Welt aufgestellt worden waren. Jedes Ding und jedes Wesen unterlag diesen Gesetzen; es war nicht richtig, dass sich die Schatten von den Fersen ihrer Besitzer lösten und wegflogen wie Vögel.

Sylber sagte ihnen, was er dachte.

»Wir haben mit den Gesetzen des Universums nichts am Hut«, lautete die Antwort. »Und was irgendeinen Schöpfer betrifft – da schnippen wir nur mit den Fingern.«

Das war Gotteslästerung, die eigentlich von einer übergeordneten Stelle in der spirituellen Welt hätte geahndet werden müssen. Doch Sylber hatte eine Idee. Die Schatten mochten vielleicht in der Lage sein, sich über bestimmte Gesetze des Universums hinwegzusetzen, aber es gab andere Naturgesetze, deren man sich bedienen konnte, um ihr Treiben zu vereiteln.

Seit sie sich von ihren Besitzern getrennt hatten, hatten die Schatten ein Teil ihres Verstandes eingebüßt. Ein Schatten ist nur Teil eines Ganzen und ohne das Wesen, das ihn wirft, verliert der Schatten die Bindungen, die ihm das Gefühl der Sicherheit geben. Dieser Vorgang ist so etwas wie ein hysterischer Wahnsinn des Geistes, über den die Schatten keine Beherrschung hatten. Sie taten und sagten Dinge, die vollkommen abartig waren.

»Wenn das so ist«, erklärte Sylber den Schatten, »dann bleiben wir hier, bis ihr im virtuellen Sinn weg seid.«

»Wir gehen nicht weg«, lautete die Antwort. »Ich nehme an, du gehst davon aus, dass die Nacht uns vertreibt. Falsch! Wir vereinigen uns mit der Nacht und werden eine einzige Schattenwand. Wenn ihr vor Einbruch der Dunkelheit nicht verschwunden seid, werden wir eure ganze Gruppe verschlucken, und keiner von euch wird davonkommen.«

»Reden wir nicht von der Nacht«, entgegnete Sylber, dankbar für den Hinweis, dass sie die Insel vor dem Abend verlassen mussten, »der Mittag ist viel näher.«

Er und die anderen Wiesel ließen sich nieder, um auf die Mittagssonne zu warten, die – wie sie wussten – die Schatten verkürzen würde. Hier in den tropischen Breiten war diese Wirkung noch ausgeprägter als auf Welkin: die Sonne zog senkrecht über ihnen dahin, und es blieb nichts als ein dunkler Fleck, verloren im hohen Gras – die Oberseite von Kopf und Schultern eines jeden Schatten. Somit hatten die Wiesel Gelegenheit, zwischen den Schatten hindurchzugelangen, ohne sie zu berühren. Die Schatten ließen ein Stöhnen wie aus einer einzigen Kehle vernehmen, wohl wissend, dass sie ausgetrickst worden waren.

Sylber und die anderen näherten sich bald den Höhlen. Jedes kleine Wieselherz klopfte heftig. Über die Begegnung mit den Menschen zu reden, war bisher mehr oder weniger etwas Theoretisches gewesen; doch jetzt, da die Zeit zum praktischen Handeln gekommen war, war es etwas ganz anderes. Traditionsgemäß meiden die Tiere der Wildnis die Menschen; es liegt in der Natur der frei lebenden Geschöpfe, jeder möglichen Gefahr auszuweichen. Menschen sind unberechenbare Wesen. Sie handeln nicht vernünftig. Oft ist ihr Verhalten von Impulsen bestimmt. Kurz gesagt, wilde Tiere trauen den Menschen nicht und würden es auch niemals bis ins Letzte tun.

Sylber betrat die erste Höhle allein. Ein Mensch lag quer hinter dem Höhleneingang, gleich hinter dem Felsvorsprung. Er war riesig, viel größer, als Sylber sich jemals einen Menschen vorgestellt hatte. Sein Herz tobte. Natürlich hatte er Bilder von Menschen in Büchern gesehen, doch bis jetzt waren sie Geschöpfe der Mythologie gewesen. Hier war der erste leibhaftige Mensch, den er zu Gesicht bekam, leise schnaufend in tiefem Schlaf. Menschen waren auf einmal nicht mehr legendäre Wesen, sondern wirklich existierende Geschöpfe.

Er ging tiefer in die Höhle hinein, immer noch im Lichtschein, der durch den Eingang hereinfiel. Da waren noch mehr von ihnen, männlich und weiblich, mit unterschiedlichen Hauttönungen. Es gab dunkelhäutige Menschen und hellhäutige und manche mit Hautfärbungen dazwischen. Und es waren große, seltsam aussehende Säugetiere, nicht zu vergleichen mit irgendeinem anderen Geschöpf auf Welkin. Sylber sah die berühmte menschliche ›Hand‹ mit ihrem gleichermaßen berühmten ›Daumen‹. Und die Füße, die abgeflacht und im rechten Winkel zum Bein angebracht waren, sodass diese Geschöpfe ständig aufrecht herumlaufen konnten. Er erschauderte.

Sylber ging zurück zu den anderen. Er zitterte noch immer. Sie drängten sich mitfühlend um ihn herum.

»Sind sie wirklich so hässlich?«, wollte Birnoria wissen. »Sehen sie so Furcht erregend aus?«

»Furcht erregend, ja, das kann man sagen. Was das Hässliche betrifft, so vermute ich, dass sie ihren gegenseitigen Anblick einigermaßen mögen. Es steht uns nicht zu, die Werke des Schöpfers zu beurteilen.«

»Aber du siehst so erschüttert aus!«, sagte Kunicht, der Angst hatte, man könnte von ihm verlangen, ebenfalls in die Höhle zu gehen.

»Du wärst auch erschüttert«, sagte Birnoria. »Ich freue mich auch nicht darauf, zum ersten Mal einen Menschen zu sehen.«

»Nun«, ergriff Sylber wieder das Wort, »das wird keinem von euch erspart bleiben. Ich habe in der Höhle keine Kinder gesehen. Wahrscheinlich sind sie unter sich, gemeinsam in einer anderen Höhle. Wir wollen sie suchen.«

Die Wiesel machten sich voller Angst und Beklommenheit an ihre Aufgabe, doch schließlich fanden sie die Höhle der Kinder. Diese kleineren Geschöpfe waren nicht ganz so erschreckend wie die Erwachsenen. Waldschratt nahm noch mehr von dem Kraut aus seinem Rucksack, und ein paar der Kinder wurden damit behandelt.

Eines nach dem anderen erwachten die jungen Wesen und starrten sie verwundert an. Schließlich setzte sich das letzte Kind auf, rieb sich die Augen und sagte: »Ich habe so schön geträumt – wir alle waren auf dem Weg nach Hause …«

Die Wiesel hatten sich aus der Höhle ins Freie zurückgezogen. Jetzt kamen die Kinder heraus, im hellen Tageslicht blinzelnd. Als sie besser sehen konnten, bemerkten sie die Wiesel.

»Oooohhh, seht nur – kleine Tiere mit Gürteln und Rucksäcken!«, rief eines der Kinder. »Schlafen wir noch?

Ich muss träumen. Da ist eines mit einem Hut! Und eines mit einem kleinen Schwert…«

Zum ersten Mal in ihrem Leben vernahmen die Wiesel den entzückenden Klang von Kinderlachen.

Sylber trat tapfer vor, denn die Menschen waren um einiges größer als er, auch wenn es Kinder waren; für ihn waren ihre Schultern in den Wolken und die leuchtenden Augen wie Sterne am Himmel. Sie bewegten sich linkisch, aber mit großem Selbstvertrauen. Sylber wusste, dass er ihnen davonrennen konnte, wenn er wollte; vorsichtshalber blieb er ihnen gegenüber in Lauerstellung.

»Menschenkinder!«, sagte er dramatisch. »Ich suche das Mädchen namens Alice und den Jungen namens Tom.«

»Es spricht!«, rief das kleine Mädchen aus. »Ich habe es sprechen hören!«

Jetzt entstand ein Aufruhr unter den Kindern. Sylber wartete geduldig, bis er sich gelegt hatte, bevor er sein Anliegen wiederholte. Schließlich traten zwei Kinder vor. Sylber erklärte, dass er der Anführer der Wieselgruppe sei, welche nach den Hinweisen gesucht hatte, die in Alices Tagebuch in der Bibliothek von Distelhall angedeutet waren. Sie hatten viele Unbilden durchgemacht, um die Menschen zu finden, sie zu wecken und hoffentlich zur Rückkehr nach Welkin zu überreden, weil nur sie in der Lage sein würden, die bröckelnden Deiche instand zu setzen.

»Ihr habt meinen Hinweis bei der Donnereiche gefunden!«, rief Alice aus. »Wie wundervoll!«

»Und meinen in der Sturmburg!«, ergänzte der Junge namens Tom freudig.

»Was ich jetzt von euch erbitte, Kinder, ist, dass ihr

eure Eltern aufweckt. Wer ist das Oberhaupt der Erwachsenen?«

»Na, König Alfons natürlich, für die Leute aus dem Norden – und Königin Klara für die Leute aus dem Süden.«

»Ich muss mit diesen beiden Herrschern sprechen und ihnen sagen, wie wichtig es ist, dass sie nach Welkin zurückkehren. Wir brauchen Tom und Alice, aber würdet ihr anderen Kinder unterdessen bitte damit anfangen, die Blüten zu kappen, von denen das Schlafgas ausströmt? Nehmt Stöcke, um ihnen die Köpfe abzuschlagen. Sie werden später wieder nachwachsen, aber jetzt müssen wir erst einmal die Luft von diesen Dämpfen befreien.«

Die Kinder taten, wie ihnen geheißen, da sie nun mal Kinder waren und solche Spiele abenteuerlich fanden.

Tom und Alice bekamen je eine ordentliche Prise von dem Kraut und wurden in die Höhlen geschickt, wo die Erwachsenen schliefen. Schließlich torkelten zwei Erwachsene, ein Mann und eine Frau, heraus ins Licht der Sonne. Alice und Tom folgten ihnen. Ihrer Kleidung und ihrem majestätischen Aussehen nach zu urteilen, waren diese beiden offenbar der König des Nordens und die Königin des Südens. Sie ließen sich im Gras nieder, um zu Sinnen zu kommen. Anscheinend waren sie etwas wütend, weil sie aufgeweckt worden waren.

»Mein Name ist Sylber«, stellte sich der Anführer der Wiesel vor, »und das hier sind Alissa, Birnoria, Grind, Kunicht der Zweifler, Lukas, unser heiliges Wiesel, Waldschratt, unser Magier, und Miniva, das Kundschafterwiesel. Wir waren noch mehrere, aber tragischerweise sind einige ums Leben gekommen bei den Bemühungen, euer Versteck zu finden.«

Der König zuckte zusammen und warf der Königin einen schnellen Blick zu. »Was ist das denn?«, dröhnte er. »Sprechende Tiere?«

»Wir befinden uns hier an der Verzauberten Meerenge, Alfons«, erwiderte die Königin. »Man muss damit rechnen, dass Magie in der Luft liegt.«

Sylber war immer noch voller Ehrfurcht vor diesen beiden großen Tieren, doch er behauptete seinen Platz und setzte die Rede fort. »Wir leben nicht an der Verzauberten Meerenge, sondern wir kommen von Welkin …«

»Verschwindet«, sagte die Königin kühl. »Ich habe Kopfschmerzen.«

Alice meldete sich zu Wort: »Aber, Eure Majestäten, die Wiesel haben den weiten Weg von Welkin zurückgelegt, um uns aufzuwecken. Unser ehemaliges Land wird vom Meer überschwemmt. Die Deiche brechen zusammen.«

Der König rieb sich heftig das Gesicht und stand auf. Er blickte sich verwirrt um. »Ich habe sehr lange geschlafen«, murmelte er. »Was soll der Unsinn von wegen Deichen und Dämmen? Wir sind hierher gekommen, um uns zu verstecken. Was geht uns Welkin an?«

Sylber sagte geduldig: »Sire, mir ist bewusst, dass wir nicht um Erlaubnis gefragt haben, Euch aufzuwecken, aber sicher empfindet Ihr doch noch etwas für das Land, in dem Ihr geboren wurdet. Wenn Ihr und die Königin und Eure Untertanen nicht mit uns nach Welkin zurückkehren, werden davon bald nur noch ein paar einzelne Inseln mit Wasserwegen dazwischen übrig sein. Bereits jetzt ist ein großer Teil überflutet. Die Deiche zerbröckeln.«

»Und was hat das mit uns zu tun?«, fragte die Königin verärgert. »Könnt ihr euch nicht einfach ein trockenes Fleckchen suchen und uns in Ruhe lassen?«

»Meine Hegemeister pflegten Wiesel wie euch an Drahtgestellen aufzuhängen«, sagte der König. »Müssen wir solchen Geschöpfen zuhören? Warum spreche ich überhaupt mit euch?«

Sylbers Mut sank. Er hatte gewusst, dass das hier nicht leicht sein würde. Die Menschen hatten Welkin schließlich aus einem bestimmten Grund verlassen. Sie würden nicht einfach aufspringen und bereitwillig zurückgehen, nur auf das Wort eines Wiesels hin. »Ich bitte Euch, hört mich wenigstens an«, sagte er, »auch wenn Ihr zu dem Schluss kommen solltet, dass Ihr unsere Bitte nicht erfüllen könnt.«

Der König stieß einen ärgerlichen Seufzer aus, hielt Sylber jedoch nicht davon ab fortzufahren.

»Erinnert Ihr Euch an die grünen Wiesen, das üppige Weideland, wo die Wildblumen wuchsen? Erinnert Ihr Euch an die Wälder mit den Eichen, Platanen, Weiß- und Rotbuchen? Und was ist mit dem Bach, der durch felsiges Heideland plätscherte, und dem Fluss, der sich bis zum Meer schlängelte? Denkt Ihr nicht mehr an die großartigen Burgen auf den Hügeln und die kleinen, verstreuten Dörfer, und die Marktflecken und die Kirchtürme, die sich in den Himmel bohrten?«

Die Augen der Königin hatten während Sylbers Ausführungen einen leicht verschleierten Blick angenommen. Seltsamerweise war sie es, die Anzeichen des Dahinschmelzens zeigte, während der König frostig blieb. »Ich erinnere mich daran«, murmelte sie. »Ich erinnere mich, dass ich sie mit Bedauern zurückgelassen habe.«

»Nun, all das wird für immer verloren sein, wenn Ihr nicht nach Welkin zurückkehrt, Majestät.«

Es folgte ein langes Schweigen, bevor der König fragte: »Und was genau erwartet uns bei unserer Rückkehr?«

Birnoria unternahm jetzt einen Vorstoß. »Es verhält sich so: Nach eurem Weggang waren die Tiere der Ansicht, sie hätten ein Recht darauf, Euer Land und Eure Gebäude einzunehmen. Ihr hattet sie verlassen, also sind wir davon ausgegangen, dass Ihr auf Euer Besitzrecht verzichtet habt. Unsere Gesellschaft hat sich ungefähr nach den gleichen Richtlinien wie die Eure neu gebildet.

Es vergingen viele Jahre der Irrungen und Wirrungen, bevor schließlich die Hermeline die Führung im Land übernahmen und die anderen Tiere sich ihren Anordnungen fügten. Jemand musste das Sagen haben, und wir waren froh, dass wir das den Hermelinen überlassen konnten. Doch allmählich wurden die Hermeline überheblich und hielten sich für etwas Besseres als alle anderen. Sie wurden zur herrschenden Klasse und wir zu ihren Dienern.

Seit Eurem Weggang wurden an den Mauern nur wenige Reparaturen durchgeführt, wenn überhaupt. Sie zerfielen, ohne dass uns dies zunächst bewusst wurde. Im Gegensatz zu Euch Menschen verfügen Tiere nicht über das nötige technische Geschick, um Deiche neu zu bauen und die Flut einzudämmen.«

»Ihr möchtet also, dass wir zurückkommen, um die Deiche zu reparieren, und dann sollen wir wieder abhauen?«, sagte der König mit einem freudlosen Lachen. »Ihr müsst verrückt sein, ihr Wiesel.«

»Ihr sollt nicht wieder weggehen«, sagte Birnoria, »sondern bleiben und mit uns zusammenarbeiten. Viele Tiere wollen in die Wildnis zurückkehren, andere aber nicht. Es müsste doch sicher möglich sein, zu einem Kompromiss zu finden, oder nicht? Es gibt Stimmen, die sagen, Ihr habt das Recht verwirkt, in Euren Häusern zu wohnen. Ich gehörte zu dieser Gruppe. Wir alle müssen jedoch Opfer bringen, Ihr und wir, wenn Ihr wieder nach Hause kommt. Aber ich sage Euch eins: Das Land ist ohne Euch nicht mehr dasselbe, ungeachtet der Tatsache, dass wir Euch gefürchtet und gehasst haben. Menschen werden genauso gebraucht wie alle anderen Geschöpfe auch. Es ist eine Lücke entstanden, die nur durch Euch aufgefüllt werden kann.«

»Unmöglich«, sagte der König. »Wir sind hierher gekommen, um unseren eigenen Torheiten zu entgehen, und hier werden wir bleiben.«

»Ich bin sicher, Ihr habt Euch selbst ausreichend bestraft«, sagte Birnoria. »Ihr habt Buße getan.«

Der König seufzte. »Ich habe das Land Welkin geliebt – das Gefühl seiner Erde unter den Füßen ...« Doch dann wurde seine Stimme wieder fest und stark. »Aber es geht nicht.«

In diesem Augenblick überkam Sylber, Birnoria und die anderen Wiesel das Gefühl, versagt zu haben. Anscheinend konnte nichts die Meinung des Königs ändern, und der Zeitpunkt war vergangen, zu dem die Königin bereit gewesen wäre zuzustimmen. Sie waren entschlossen, hier zu bleiben. Die Wiesel sahen einander in tiefer Verzweiflung an. Niemand konnte die Menschen zur Rückkehr zwingen. Und es hatte den Anschein, dass diese beiden starrköpfigen Ex-Herrscher von Welkin niemals anderen Sinnes werden würden – es sei denn durch ...

Die Kinder. Die Kinder sollten ihre Rettung sein.

Nachdem sie alle Blütenköpfe abgeschlagen hatten, kamen sie zum König und der Königin gerannt. Sie baten das königliche Paar inständig, dass sie ihr Leben in den Dörfern und Städten von Welkin wieder aufnehmen dürften. Sie ließen verlauten, dass ihnen von den Erwachsenen ihr Leben gestohlen worden sei und dass sie gezwungen worden seien, das Land, welches sie liebten, zu verlassen, um ihnen zu folgen. Dabei konnte irgendwelcher Hader in der Vergangenheit niemals ihre Schuld gewesen sein, weil sie schließlich nur Kinder waren.

Während die Kinder die Monarchen anflehten, traten andere Erwachsene aus den Höhlen heraus, nachdem der Wind die letzten Spuren des ›Lotusblüten‹-Duftes weggeweht hatte. Einige von ihnen hatten einen Teil der Auseinandersetzung zwischen den Kindern und ihren Herrschern mit angehört.

Nun entstand eine heftige Diskussion: Einige der Menschen wollten nach Hause zurückkehren, andere waren strikt dagegen. Nachdem sich das erste Erstaunen darüber gelegt hatte, dass sprechende Wiesel gekommen waren, um sie nach Welkin zurückzuholen, waren viele der Menschen bereit, sich anzuhören, was diese kleinen Geschöpfe der Wälder und Wiesen zu der Angelegenheit vorzubringen hatten.

»Die meisten von uns waren nicht daran interessiert, Herrscher zu werden«, erklärte Sylber den neu Erwachten. »Die Hunde, Wölfe und Dachse hätten leicht die Macht an sich reißen können, doch sie zogen es vor, sich aus dem Kampf herauszuhalten. Die Wahrheit ist, dass Wiesel, Hermeline, Iltisse, Baummarder, Frettchen und dergleichen schneller intellektuelle Fähigkeiten entwickelten als andere Geschöpfe, und bald blieb der Konflikt uns allein überlassen, während andere, kräftigere Geschöpfe sich aus alledem heraushielten.«

»Der Hauptgrund, warum wir Welkin verlassen haben«, erklärte König Alfons, »ist der, dass wir ständig Krieg gegeneinander führten. Königin Klara und ich hingen uns gegenseitig an der Kehle und machten dem jeweils anderen das Territorium streitig. Das Blutvergießen wollte kein Ende nehmen. Wir konnten uns nie auf einen Kompromiss einigen. Irgendwann wurden wir plötzlich von einem seltsamen Wind heimgesucht, der eine Melodie auf den Lippen mit sich führte. Es war eine schlichte Weise, die uns Menschen nicht mehr aus dem Kopf ging.

Sie trieb uns in den Wahnsinn mit ihrer Beharrlichkeit – wir konnten keinen klaren Gedanken mehr fassen. Sie verhexte uns irgendwie, und schließlich segelten wir beinahe unbewusst zu dieser Insel. Ich glaube, wir waren gezwungen, Welkin zu verlassen, wegen des Chaos und der Zerstörung, die wir dort anrichteten – sowohl was unseresgleichen als auch was die Natur im großen Ganzen betraf. Irgendein höheres Wesen war offenbar der Ansicht, dass es besser für uns wäre, die Ewigkeit in friedlichem Schlaf zu verbringen, anstatt in Welkin zu bleiben und eine Verwüstung zu verursachen.«

»Ein Austausch des Königs oder der Königin hätte zur damaligen Zeit nichts verändert«, fuhr Königin Klara fort. »Wir bewegten uns auf so festgetrampelten Pfaden, dass es unmöglich war, aus jenem Muster auszubrechen. Jetzt haben wir jedoch viele Jahre in diesen Höhlen verbracht und unsere hitzige Natur überwunden. Ich für meinen Teil habe das Gefühl, dass wir zusammenarbeiten könnten, Menschen und Tiere, um eine friedlichere und harmonischere Gesellschaft zu schaffen.

Jeder Konflikt beruht anscheinend auf dem Streben

nach Macht«, fügte sie hinzu. »Wir müssen jene im Zaum halten, die die Macht ausüben, dann kommen wir vielleicht miteinander aus. Wir brauchen einander nicht zu lieben – wir müssen nur Duldsamkeit aufbringen für unsere Unterschiede und versuchen, einander zu verstehen …«

So redeten sie weiter, bis spät in den Nachmittag hinein, wobei die Wiesel natürlich auch ihre Ansichten vortrugen. Die Einwände flogen hin und her. Einige der Menschen hatten das Gefühl, dass sie lange genug geschlafen hatten; andere wollten lieber in den Höhlen bleiben. Die Königin stand jetzt auf der Seite jener, die zurückkehren wollten, der König hingegen gehörte zu denen, die bleiben wollten.

Sylber bemerkte, dass die rebellischen Schatten zurückgewichen, sozusagen ›bei Fuß‹ gekrochen waren; jetzt waren sie mit den Menschen verbunden. Sie wurden immer länger, je mehr sich der Tag dem Abend zuneigte. Sie waren wieder gezähmt und verhielten sich wie die Silhouetten ihrer Besitzer. Sylber hatte den Eindruck, dass die Schatten ihre Rückkehr an ihren angestammten Platz im Plan der Dinge genossen. Sie hatten Spaß dabei, die Handlungen ihrer Besitzer nachzuahmen und über sie hinauszuwachsen, da die Abendsonne ihre Formen streckte, bis sie verblassten, um dann wieder ins Leben zurückzuspringen, als der Vollmond aufging.

Die Wiesel und die Menschen unterhielten sich die ganze Nacht lang. Der König und die Königin erzählten den Wieseln, dass die ›Lotus‹-Düfte nicht gleich von Anfang an auf sie gewirkt hatten. Da Menschen größere und kräftigere Geschöpfe sind als Wiesel, waren sie länger wach geblieben. Dadurch hatten sie Zeit gehabt, ihre Schiffe an Land zu ziehen, sie auf Balken zu hieven und Höhlen zu finden, wo sie sich zum Schlafen niederlegen konnten.

Es war Königin Klara, die die Angelegenheit schließlich auf einen Punkt brachte. »Nun, wir streiten darüber, ob wir nach Hause zurückkehren sollen oder nicht, aber es gibt gar keinen Grund, warum wir alle gehen müssen. Ich werde zurückgehen. Alle, die mit mir kommen wollen, sind herzlich eingeladen, das zu tun, ob es sich dabei um meine früheren Untertanen handelt oder nicht.«

»Wenn das so ist«, erwiderte der König, »dann schlage ich vor: geht einer, gehen alle. Diejenigen, die hier bleiben, werden sich bis in alle Ewigkeit fragen, ob sie die richtige Entscheidung getroffen haben. Ich nehme an, wenn die Dämme erst einmal repariert sind, werden jene, die nach Dorma zurückkehren möchten, dies tun. Allerdings …« – er zupfte sich am Kinn – »… habe ich den Verdacht, wenn ich erst einmal die grünen Felder und Hügel gesehen habe, werde ich genauso wie alle anderen darauf erpicht sein, sie zu durchwandern und die Schmetterlinge und Vögel zu betrachten.« Er seufzte. »Sie fehlen mir. Das muss ich zugeben. Sie fehlen mir sehr.«

Die Königin sagte: »Ich werde ein paar Leute losschicken, damit sie sich um unsere Schiffe kümmern. Wahrscheinlich müssen an ihnen einige Instandsetzungsarbeiten durchgeführt werden. Bald werden wir auf dem Rückweg nach Welkin sein, dank dieser Geschöpfe aus der Wildnis unserer Heimat.«

»Und dank unserer Kinder«, erinnerte sie der König. »Die Wiesel hätten uns niemals gefunden ohne die Hinweise, die Alice und Tom hinterlassen haben.«

»Wir müssen unterwegs dort drüben an der Muntjak-

Insel anlegen«, warf Sylber ein. Wir haben einige Baummarder dort zurückgelassen, die müssen wir auf dem Heimweg auflesen. Außerdem …«

»Ja?«, sagte die Königin.

»Außerdem haben wir ihnen ein Schiff versprochen, weil sie uns geholfen haben, euch zu finden.«

»Tiere wollen ein Schiff?«, wunderte sich König Alfons. »Wer hätte so etwas gedacht? Nun ja, wenn es ihnen versprochen wurde, dann sollen sie es haben. Sie können sich eines aus meiner Flotte aussuchen. Wie findest du das, Wiesel Sylber?«

»Das ist ausgezeichnet, Majestät«, antwortete Sylber erleichtert. »Nur… nur… es heißt ›Lord Sylber von Distelhall in der Grafschaft Sonstewo‹.«

»Ach nein!«, rief ein empörter Mensch aus. »Das ist meine Grafschaft. Das ist mein Zuhause.«

Das war ein gefährlicher Augenblick für alle. Es war schwierig für die Menschen, denen alles auf Welkin gehört hatte, als sie von dort weggegangen waren. Hier waren ein paar Emporkömmlinge, kleine Wieselwesen, die sich jetzt als ihresgleichen aufspielten. Das war nicht leicht hinzunehmen. Tiere waren Tiere gewesen und hatten sich den Regeln der Menschen fügen müssen.

»Von mir aus«, sagte Sylber, »kann Distelhall wieder in den Besitz des ursprünglichen Eigentümers zurückfallen. Ich habe die Absicht, im Halbmondwald zu leben. Aber ich kann nicht für alle Tiere sprechen. Über jeden errungenen Besitz muss im Einzelnen verhandelt werden. In vielen Fällen macht es den Tieren bestimmt nichts aus, in die Wildnis zurückzukehren oder eine Behausung mit dem ehemaligen Eigentümer zu teilen – selbst der König und die Königin müssen vielleicht neue Bewohner in ihren Schlössern oder auf ihrem Gelände dulden –, aber ich fürchte, ihr Menschen könnt nicht davon ausgehen, dass ihr das Recht habt, einfach daherzukommen und alles das wieder für euch zu beanspruchen, das ihr vor so langer Zeit verlassen habt.«

Der König und die Königin und auch deren Untertanen machten nach dieser Rede etwas verdatterte Gesichter. Doch der lange Schlaf auf Dorma hatte bei den Menschen etwas bewirkt: sie waren weitaus einsichtiger geworden.

Es entstand eine Pause, dann sagte der ehemalige Besitzer von Distelhall: »Sieht so aus, als ob es allmählich an der Zeit wäre, dass wir Menschen einiges mit den Tieren teilen, wie? Ich hoffe, du hast an der Einrichtung im Arbeitszimmer nichts verändert. Mir hat der Wandteppich mit den Baumszenen dort sehr gut gefallen.«

»Ich fürchte, wir haben etwas verändert«, antwortete Sylber. »Der vorherige Bewohner war Lord Hohkinn, ein ehrwürdiges und sehr intelligentes Hermelin. Er hat den Wandteppich von der Ostwand zur Westwand umgehängt. Bestimmt wirst du feststellen, dass das Licht auf dieser Seite des Raums viel vorteilhafter ist.«

Es entstand wieder eine lange Pause, dann erwiderte der Lord: »Hervorragend – das hätte mir selbst auch einfallen können.«

Der König fügte hinzu: »Na ja, Chalsford, die Herren von Distelhall waren nie berühmt für einen ausgeprägten Feinsinn. Ausgezeichnete Reiter und begabte Landverwalter, aber ansonsten nicht allzu helle. Gut, das zwischendurch ein Herr dort gewohnt hat, der etwas mehr Rührei in der Pfanne hat, was?«

Ringsum erhob sich allgemeines Gelächter und Zähneklacken.

Die Reise zurück nach Welkin war beinah so ereignisreich wie der Herweg, mit Seeungeheuern und Unwettern, doch die Menschen bewältigten all diese Herausforderungen anscheinend spielerisch. Die Wiesel staunten nur so, wie geschickt sie mit den Schiffen umgingen; die Menschen ihrerseits bewunderten die Fähigkeit der Wiesel, jede Wetterveränderung im Voraus zu spüren. Jeder konnte die eigenen Begabungen einbringen und zeigte sich begeistert über den Erfolg der anderen. So brachten sie die Heimreise gemeinsam mühelos hinter sich.

Achtunddreißigstes Kapitel

Der Protektor von ganz Welkin vernahm, dass Schiffe hoch oben im Norden angelandet waren. Dann überbrachten Vögel die Schreckensmeldung, dass sich an Bord dieser Schiffe jene Wiesel befanden, die er auf einer fernen Insel ausgesetzt hatte (zu diesem Zeitpunkt sagten die Vögel noch nichts von den Menschen, da sie Meister der unangenehmen Überraschungen waren). Trugkopps Selbstvertrauen bekam bei dieser Nachricht einen empfindlichen Knacks. Er ließ nach Sibilines Bruder schicken, um ihm den halben Thron von Welkin anzubieten, als Gegenleistung für ein paar gute Vorschläge zum Abschlachten von Wieseln.

»Aha!«, rief Prinz Punktum, der aus dem Keller heraufgebracht worden war. »Du bist also gezwungen, das gottgegebene und rechtmäßige Amt als Herrscher dieses Reichs an mich zurückzugeben!«

Trugkopp sah den Prinzen an. »Wenn du deine Zunge nicht im Zaum hältst, Punktum, dann lasse ich dich dahin zurückbringen, woher du kommst. Wir haben gegenwärtig eine Krise zu meistern. Die Wiesel sind zurückgekommen. Wenn sie Neuigkeiten von den Menschen mit sich bringen, werden sie in einigen Kreisen von Welkin als Helden gefeiert werden, und es wird eine Rebellion geben.«

Selbst Prinz Punktum mit seinem beschränkten Geist konnte voraussehen, welche Schwierigkeiten die Rückkehr der Wiesel möglicherweise auslösen würde. »Wir müssen ein Heer aufstellen«, sagte er schnell. »Drei Heere. Sib wird die berühmten Kampfmariechen auf dem Marsch entlang der Westküste nach Norden anführen. Ich selbst führe meine Frettchen durch die Zentralebene. Du, Protektor, führst deine Hermeline zur Ostseite des Landes. Wir treffen uns an einem Punkt südlich der Namenlosen Marschen und locken die Wiesel in die klassische Falle zwischen Kopf und Geweih des Hirschkäfers …«

»Hirschkäfer? Was denn für'n Hirschkäfer?«, fragte Sibiline, die nun nicht mehr folgen konnte.

»Das ist eine Formation, die von deinem toten Bruder Rotpelz erfunden wurde, ein strategischer Zug, der heutzutage als vernichtendste aller Angriffstaktiken betrachtet wird«, erklärte Trugkopp. »Das Heer des Prinzen bildet den Kopf des Käfers, während das deine und das meine das Geweih bilden. Der Feind sammelt sich, um das eine Heer, das er sieht, zu schlagen, nämlich den Kopf des Käfers. Seine Reihen sind auf eine Frontalattacke ausgerichtet, während – ohne Wissen ihres Anführers – sich die Geweihe des Käfers an beiden Flanken schließen.«

»Genau so ist es«, murmelte der Prinz. »Mein Bruder war ein hervorragender Stratege.«

Trugkopp war tief in Gedanken versunken: Der Prinz würde ihm von Nutzen sein, bis die Schlacht vorbei wäre; dann würde er dieses verwöhnte königliche Hermelin wieder in den Keller werfen lassen. Oder, noch besser, es zusammen mit den überlebenden Wieseln auf eine entlegene Insel verbannen. Ja, das wäre das Beste:

ihn ein für allemal loszuwerden. Sonst würde Trugkopp für den Rest seines Lebens vor ihm auf der Hut sein müssen. Was er laut aussprach, war jedoch Folgendes: »Ihr seid sehr klug, mein Prinz, dass Ihr Euch seiner Taktiken und Strategien erinnert.«

Danke, Trugkopp, dachte der Prinz, aber bilde dir nicht ein, dass diese Schmeichelei dich rettet, wenn die Zeit gekommen ist. Ich lasse dich von einer Meute wilder Wühlmäuse – Wassermühlmäuse – bis zum Fluss schleifen, wo sie untertauchen und dich dabei mitnehmen werden, damit ich endlich befreit bin von einem Emporkömmling und Halunken der schlimmsten Sorte.

Das waren die Gedanken des Prinzen, aber laut sagte er: »Unsere Zusammenarbeit wird sehr fruchtbar sein, Protektor. Wenn wir Seite an Seite regieren, zusammen mit meiner liebreizenden Schwester, wird die ganze Welt uns beneiden.«

Wie nett, dachte Sibiline und betrachtete ihre beiden Lieblingshermeline. Wie nett, dass mein Bruder und mein Geliebter endlich so gut miteinander auskommen. Das wird eine behagliche kleine Dreisamkeit. Es gibt nichts Besseres, um Probleme zu lösen, als Familie und Freunde zusammenzubringen. »Es freut mich zu sehen, dass ihr beide, obwohl ihr Rivalen seid, an einem Strick ziehen könnt, wenn es nötig ist«, sagte sie.

Die Heere wurden für den Marsch nach Norden vorbereitet. Unterdessen waren endlich verlässliche Meldungen auf Burg Rägen eingetroffen, dass die Menschen die Wiesel begleiteten. Doch diese Nachricht ließ keinen der Hermelinherrscher im Mindesten verzagen.

»Wir werden sowohl die Rebellen als auch die Menschen vernichten und uns ein für allemal von der Bedrohung befreien«, sagte Prinz Punktum. »Unsere Schwerter werden das Blut der Aufrechten schmecken. Unsere Lanzen werden ihre Augen aufspießen. Unsere Speere werden auf sie niedersausen, so wie der unsanfte Regen auf die Erde niedergeht.«

»Ich muss sagen, der letzte Satz war ziemlich gut«, bemerkte Trugkopp bewundernd. »Wo habt Ihr ihn aufgeschnappt?«

»Ach, ich habe ihn in irgendeinem Buch gelesen«, antwortete Punktum lässig. »Ich kann nämlich lesen, weißt du …«

In diesem Augenblick stürmte ein Bote in den Thronsaal und verkündete, dass Lord Hohkinn angekommen sei. Er habe soeben die Fähre verlassen und Land betreten. Der Protektor, der Prinz, die Prinzessin und alle adeligen Hermeline der Burg erwarteten ihn.

Lord Hohkinn war bei seinesgleichen nicht besonders beliebt. Er war in Friedenszeiten ein zu großer Gelehrter und in Kriegszeiten ein zu guter General. Niemand verstand, wie ein Hermelin gleichermaßen sportlich und belesen sein konnte. Das war irgendwie ungerecht. Es verwischte die Regeln. Die Sportlichen hätten eigentlich in der Lage sein müssen, die Belesenen zu übertrumpfen. Irgendwie verdarb Lord Hohkinn ihnen den Spaß.

»Was höre ich da?«, polterte das alte Hermelin, als es in den Saal rauschte. »Ihr habt jeden Soldaten im Reich einberufen … ganz zu schweigen von den Bauernwieseln, die auf den Feldern Arbeit zu verrichten haben …«

»Wir brauchen schließlich jemanden, der das Gepäck trägt«, brummelte Prinz Punktum. »Ihr könnt nicht erwarten, dass sich meine Soldaten um den Packzug kümmern.«

»Ihr müsst diesem Unfug sofort Einhalt gebieten«, befahl Lord Hohkinn. »Wir bauchen die Menschen, damit sie uns helfen, Welkin vor einer Überschwemmung zu bewahren. Sylber und seine Wiesel haben unserem Land einen unschätzbaren Dienst erwiesen. Löst Eure Truppen sofort auf, sonst bekommt Ihr es mit mir zu tun. Meine Soldaten stehen am Ufer des Sees bereit. Wenn Ihr nicht mit dieser Narretei aufhört, gebe ich ihnen Befehl, unverzüglich die Burg anzugreifen.«

»Ihr werdet nichts dergleichen tun«, fauchte Prinz Punktum. »Wachen! Werft diesen Verräter ins Verlies! Ich möchte, dass er drei Tage, nachdem wir zu unserem Marsch aufgebrochen sind, hingerichtet wird. Hängt sein Fell am Fahnenmast des Nordturms auf. Ich möchte, dass es das Erste ist, das ich sehe, wenn ich im Triumphzug aus der Schlacht heimkehre.«

Die königlichen Frettchen schwärmten herbei und nahmen den Gefangenen in Gewahrsam.

»Das werdet Ihr bereuen«, tobte Lord Hohkinn. »Mein Hermelinheer …«

Der Prinz klackte mit den Zähnen. »Deine Hermeline? Das waren Lord Ragnars Hermeline, bevor du sie übernommen hast. Ich werde ihnen von deinem Verrat gegenüber Lord Ragnar berichten. Ich erinnere mich, dass du gesagt hast, Ragi habe sich als Erster in die Schlacht gegen die Ratten geworfen. Aber du hast nichts davon erwähnt, dass er auf die Unterstützung durch deine Truppen vertraute! Und du hast dich absichtlich zurückgehalten – ja …« Die Augen des Prinzen funkelten, als ihm das ganze Ausmaß der Treulosigkeit und Verruchtheit bewusst wurde. »Ja – du hast es zugelassen, dass er hilflos in den Klauen seiner Feinde starb, damit du nach seinem Tod Schreckenburg übernehmen konntest. Du bist treulos, du betrügst deinesgleichen, du bist ein übler Mörder!«

»Das stimmt nicht. Lord Ragnar hat sich übernommen. Er preschte vor, ohne nachzudenken. Ich rief Lord Ragnar zurück, riet ihm zur Vorsicht, aber er war ganz Feuer und Flamme. Er schenkte mir keine Beachtung.«

»So habe ich es auch gehört«, warf Trugkopp ein, dem es nicht behagte, dass diese Hofintrigen außer Kontrolle gerieten. »Lord Hohkinn hat versucht, Lord Ragnar zu retten.«

»Nun, dann hast du etwas Falsches gehört«, fauchte Prinz Punktum. »Hinweg mit dem Verräter! Verbreitet die Kunde, dass der Anführer von Lord Hohkinns Truppen jetzt ein General ist. Befördert jeden in seinem Heer. Nehmt eine Truhe voll Goldmünzen und verteilt sie. Dann trennt Hohkinns Soldaten und mischt sie mit unseren eigenen Truppen. Wir werden ja sehen, wie treu sie danach zu ihrem Herrn stehen.«

Das war ein sehr kluger Schachzug, der dem Bruder des toten Königs Rotpelz würdig war.

»Bruder«, sagte Sibiline, der es wegen Punktums ungezügelten Verhaltens ebenfalls unbehaglich zumute war. »Wir dürfen uns nicht in die Niederungen des Chaos und der Gesetzlosigkeit hinabbegeben. Wie dem auch sei …« Sie nahm schnell Zuflucht zu einem praktischeren Standpunkt, als sie den leidenschaftlichen Blick in Punktums Augen sah. »Es wird niemand mehr in der Burg sein, um die Hinrichtung durchzuführen. Warum schickst du Lord Hohkinn nicht einfach nach Schreckenburg zurück? Er kann uns nicht schaden, wenn wir seine Truppen mit den unseren vermengt haben.«

Der Prinz sah sich schnell um, dann deutete er auf das Wiesel Pompom, den Hofnarren. »Du … du wirst hier bleiben und Lord Hohkinn hinrichten.«

Pompom hätte beinah einen Satz aus der eigenen Haut gemacht. »Ich? Ich… ich… ja, mein Gebieter, mein Prinz. Wie soll ich es anfangen? Soll ich ihn mit meiner aufgeblasenen, an einem Stock baumelnden Mäuseblase zu Tode schlagen?« Pompom versuchte, das Ganze ins Lächerliche zu ziehen; er fühlte sich der schrecklichen Aufgabe keineswegs gewachsen.

»Du wirst ihm mit einem glühend heißen Eisenstab das Herz aus dem Leib brennen.«

»Jo!«, sagte ein Soldat, der in der Nähe stand.

Pompoms Fellhaare standen senkrecht, und er sah aus, als ob er jeden Augenblick ohnmächtig werden wollte. »Ja, mein Gebieter«, sagte er leise, mit schwacher Stimme. »Ich höre und gehorche.«

»So, jetzt müssen wir aufbrechen«, rief der Prinz. »Ich begebe mich in die Waffenkammer und schlüpfe in meine Metallkleidung. Ich habe mir eine neue Rüstung von dem Schmied Spingelberg von Gattsmeier anfertigen lassen – sie ist mit goldenen und silbernen Mond- und Sternensymbolen eingelegt. Bisher wurde sie noch nie im Zorn getragen. Ich werde großartig darin aussehen – ich werde einem Hermelingott gleichen. Trugkopp – dir leihe ich meine alte.«

»Aber die ist doch ganz verrostet.«

»Ein bisschen Rost schadet dir nicht, Hermelin. Schmiere die Gelenke mit etwas Spiritus – das hilft immer. So, jetzt los, marsch, marsch! Ich kann es gar nicht erwarten, bis ich die Klauen auf eine Waffe legen kann – und ihr? Wir hauen sie in Stücke. Wir treiben sie wirbelnd zurück ins Meer. Krieg ist etwas Großartiges, wisst ihr? Das hat mein Bruder Rotpelz immer gesagt.«

Die drei Heere schlossen sich also zusammen. Lord Hohkinns Truppen wurden befördert, bestochen und aufgeteilt; sie fanden sich in den Reihen von drei verschiedenen Heeren wieder. Selbst jene, die Hohkinn treu ergeben waren, konnten nichts dagegen tun. Schließlich setzten sie sich allesamt nach Norden in Marsch. Nach einiger Zeit wurden die Wiesel gesichtet, wie sie die Menschen durch ein Tal führten.

Aus großer Höhe betrachtet, sahen die Menschen gar nicht so erschreckend aus. Sicher, sie waren dicht gedrängt in einem schmalen Tal, und es war schwierig, ihre Zahl abzuschätzen, doch die Augen des Prinzen strahlten vor Blutgier und Kampfeslust. Er sah das vor sich, was er zu sehen wünschte: eine bunt gescheckte Gruppe von schlurfenden Zweibeinern. Prinz Punktum blickte auf ihre Köpfe und schmalen Schultern hinab und fasste noch mehr Mut. Er feuerte seine Streitkräfte mit einer leidenschaftlichen Rede an, dann setzte er sich an ihre Spitze, wie ein Wolf, der das Rudel zum Angriff führt.

Der Prinz rannte so schnell in seiner glänzenden neuen Rüstung, dass er nicht anhalten konnte, als er auf die erste Reihe der Wiesel traf. Sie waren nicht auf einen Angriff gefasst, doch dank ihrer Geistesgegenwart machten sie ihm sofort die Bahn frei. Zusammen mit seiner Königlichen Garde durchbrach er auf diese Weise die erste feindliche Linie. Dann sah er sich Geschöpfen gegenüber, die größer waren als die höchsten Dornenhecken; sie überragten Hermeline und Wiesel gleichermaßen. Der Anblick eines Menschen von unten anstatt von oben war in der Tat eine ganz andere Angelegenheit. Der Prinz hielt inne und gluckste.

»Was ist das denn?«, rief der König der Menschen, begleitet von einer Königin. »Entspricht das etwa eurer Vorstellung von einem Empfangskomitee, Hermelin?«

Prinz Punktum taumelte rückwärts und starrte ehrfürchtig hinauf zu diesem hässlichen, ungeheuerlichen Tier, das Mensch hieß. Noch nie in seinem ganzen Leben war er so tief beeindruckt gewesen. Ein paar Minuten lang gaffte er nur. Gedanken wirbelten ihm durch den Kopf – die Überlegung, ob er sich diesem König und dieser Königin der Menschen unterwerfen sollte. Doch je länger er in die breiten, flachen Gesichter der Riesen hinaufstarrte, desto mehr wurde ihm bewusst, wie unmöglich seine Gedanken waren. Das waren Geschöpfe mit Scharfsinn und Durchblick, die seine eigenen geistigen Fähigkeiten weit übertrafen. Das waren große, schwere Tiere mit zupackenden Händen.

Anstatt mit dem Schwert auf den riesigen Fuß vor ihm einzuhauen, schnallte sich der Prinz die Rüstung ab und legte sie zu Boden. Als Erstes zog er das Schwert aus der Scheide und stieß es mit der Spitze ins Gras. Dasselbe tat er mit dem königlichen Dolch. Diesem folgten das Schild sowie die Schienbein- und die Hinterlauf-Schutzplatten. Das Letzte, was seinen Körper verließ, waren die prächtigen Brust- und Rückenpanzer – der von Spingelberg von Gattsmeier angefertigte Harnisch, den er neben dem Helm mit dem fettig schimmernden schwarzen Rabengefieder an der Spitze ablegte.

Als er damit fertig war, fragte die Königin: »Ist dein Gewand nicht etwas unzeitgemäß, Hermelin?«

In diesem Augenblick kräuselte sich eine Welle von Punktums Nase zu seiner Schwanzspitze, und die Farbe seines Rückenfells veränderte sich von reinem Weiß zu einem gewöhnlichen Braun. Dann sank das muskulöse, stumpfnasige Hermelin langsam auf ein Knie. »Herr«, sagte der Prinz zu dem menschlichen Königspaar, »ich gelobe Euch ewige Treue.«

»Freut mich zu hören«, sagte die Königin, »doch erhebe dich, Hermelin. In Zukunft wird kein Welkiner mehr vor einem anderen auf die Knie sinken. Wir alle hier sind Kinder des Schöpfers.«

Die anderen beiden Heere waren ebenfalls von den Hügeln heruntergekommen und wurden Zeugen dieses Wortaustauschs zwischen Prinz Punktum und den Menschen. Sie sahen, wie der Prinz seinen königlichen Pelz ablegte und sich in einen gewöhnlichen Hermelin verwandelte. Auch sie waren von gehöriger Ehrfurcht erfüllt, allein aufgrund der Anwesenheit der Menschen. Leise befahlen Sibiline wie auch Trugkopp ihren Soldaten, die Rüstungen und Waffen abzulegen.

Bald waren alle unterwegs nach Süden – Wiesel und Hermeline zusammen mit den Menschen und anderen Tieren; sie marschierten friedlich aus dem Tal, das von einem Blutvergießen verschont geblieben war. Stattdessen war es übersät von funkelnden Schwertern, Schilden, Piken, Hellebarden und anderen Waffen sowie Rüstungen. All das würde an Regentagen im Schlamm versinken, um zu verrosten und vergessen zu werden.

Als er sich Burg Rägen näherte, sah Prinz Punktum mit Entsetzen, dass ein braunes Fell am Flaggenmast hing. »Oh, mein Gott«, sagte er zu Trugkopp und Sibiline. »Pompom hat tatsächlich Lord Hohkinn hingerichtet. Die Wiesel werden darüber außer sich sein und zu den Waffen greifen. Was sollen wir nur tun?«

Die anderen beiden Hermeline konnten dem Prinzen keinen Rat geben.

Als sie die Fähren verließen und auf die Brustwehr traten, vermied der Prinz es, zu dem Flaggenmast hinzusehen. Er wartete auf die aufgebrachten Schreie von Sylber und seiner Gruppe.

»He!«, rief Grind schließlich. »Wer … wer hat denn da oben einen Fußabstreifer aufgehängt?«

Prinz Punktum hob den Blick und sah einen abgewetzten alten Fußabstreifer, der am Eingang zum Verlies gelegen hatte, an dem Flaggenmast baumeln. Er verspürte ein kurzes Aufkeimen von Zorn darüber, dass Pompom seinem Befehl nicht gehorcht hatte – es war schwierig, so plötzlich alte Gewohnheiten abzulegen –, dann durchflutete ein Schwall von Erleichterung seinen Hermelinkörper. Er legte Grind kameradschaftlich den Arm um die Schulter; dabei fiel ihm auf, dass das Fell seines neuen Freundes kaum in einem besseren Zustand war als der Fußabtreter, von dem sie sprachen. »Das hat Pompom getan«, sagte er. »Das ist so eine Art … Spaß.«

»Alle Späße von Pompom sind so eine Art von«, erwiderte Grind. »Ich muss ihn irgendwann einmal bitten, mir diesen zu erklären.«

Als sie die Wendeltreppe hinunterstiegen, trafen sie Pompom und Lord Hohkinn im Festsaal an, wo sich beide großzügig am Speiseschrank des Prinzen bedienten. Pompom sprang auf und rannte davon, bis er sah, dass Prinz Punktum sein Winterfell abgelegt hatte, sich in Begleitung von Wieseln und Menschen befand und überhaupt nicht wütend aussah.

Trotzdem versteckte sich der Hofnarr vorsichtshalber hinter Lord Hohkinn, der ein paar ausgewählte Worte an den Prinzen richtete, bevor er die Menschen begrüßte und sie auf eine knappe und geschäftsmäßige Weise vom letzten Stand hinsichtlich der Deiche und Dämme in Kenntnis setzte.

Alles verlief letzten Endes zur vollsten Zufriedenheit, wie man so zu sagen pflegt.

Es dauerte nicht lange, da begannen die Menschen

auch schon mit der Arbeit an den Meeresdämmen. Sie fuhren mit ihren großen Ochsenkarren in die Berge und brachten riesige Steine zurück, die sie zurechtklopften und in die Lücken in den Deichen einpassten. Sie verwendeten große Eichen- und Buchenstämme, um einige der Blöcke an ihrem Platz zu halten, indem sie sie angespitzt in den Boden schlugen und so die aufgeschichtete Erde verstärkten. Dann wurden Tonnen von Lehm abgetragen und mit Hacken und Schaufeln an den Stellen eingesetzt, wo sie benötigt wurden. Die Wiesel konnten nur dastehen und voller Ehrfurcht beobachten, wie diese gewaltigen Bauprojekte durchgeführt wurden.

Im Lauf der nächsten Monate lernten Tiere und Menschen auch, miteinander zu leben. Natürlich herrschte ringsum nicht nur eitel Harmonie – so etwas hat es noch nie gegeben –, aber allmählich setzten sich Gerechtigkeit und Duldsamkeit durch. Verhandlungen an Stelle von Gewalttaten waren an der Tagesordnung. Jeder versuchte zumindest, die heißblütigen Reaktionen im Zaum zu halten und erst mit kühlem Kopf nachzudenken, bevor etwas geschah.

Und das Seltsame war, dass die Magie zwar nicht auf einen Schlag aus dem Land verschwand, doch nach und nach immer schwächer wurde. In dem Augenblick, als ein menschlicher Fuß welkinschen Boden betrat, erstarrten die Statuen und bewegten sich nicht mehr. Sie waren wieder zu richtigen Statuen geworden, aus Metall, Holz, Stein oder Gips. Einige wurden dort belassen, wo sie waren, doch andere wurden zurück in Parks und auf Plätze gebracht. Natürlich hatten inzwischen viele ihren Weg nach Hause zu ihrer Ersten und Letzten Ruhestätte gefunden.

Sieben Monate später war der Halbmondwald ein ruhiger Ort, wo die Wiesel wieder in ihren Wieselbauen wohnten. Sie suchten sich Löcher unter Felsen, in Bäumen oder am Flussufer. Hier richteten sie sich ihr Zuhause ein, indem sie es mit weichem Moos oder Heu auskleideten. Sylber und seine Gruppe hatten zu ihrem alten Lebensstil zurückgefunden; sie erfreuten sich an einem erdnahen Leben, mit den ganz typischen Gerüchen, Bildern und Geräuschen.

Sie hielten ein Gehabdichwohl ab, nicht für einen toten Kameraden, sondern für ein totes Leben. Nun wollten sie ein neues Leben führen, in Wald und Feld. Jeder Bursche und jedes Mädchen im Land hatte fortan die Freiheit, nach Belieben umherzustreifen.

Die meisten waren glücklich, wenn sie zwischen den Gänseblümchen herumflitzen konnten, aber es gab ein einziges Wiesel, das nicht zufrieden war mit den schlichten, erdnahen Freuden, und sich nützlich machen wollte. Das war natürlich Grind, der sich der Gruppe von Gesetzlosen angeschlossen hatte, als das Land ein solches Geschöpf gebraucht hatte.

Grind nahm eine Stelle als Nachtwächter an, und er verrichtete seinen Dienst mit großem Pflichtbewusstsein.

Aus: *Die Geschichte von Welkin*

Nachdem die Menschen die Meeresdämme instand gesetzt hatten, kehrten sie in ihre Dörfer und Städte, ihre Herrschaftshäuser und Burgen zurück. Ihre Wesensart hatte sich jedoch verändert, und wo immer Wiesel oder Hermeline eingezogen waren, wurde eine einvernehmliche Regelung gefunden; entweder wurde für die Tiere ein kleineres, passenderes Haus am Rand des Gartens gebaut, oder ein Schuppen wurde für ihre Zwecke umgerüstet. Einige der Stadt- und Dorfwiesel, wie auch die Tiere des Halbmondwaldes, waren der Ansicht, dass es vorzuziehen sei, zum alten Lebensstil zurückzukehren. Andere hingegen waren so sehr an das behagliche Leben in einem Haus gewöhnt, dass sie das Angebot annahmen und blieben, oft in enger Nachbarschaft mit den Menschen.

Lord Hohkinn ging nach Distelhall zurück, dessen ehemaliger Besitzer ein betagter und ziemlich einsamer Mensch war, der sich während der Reparaturzeit der Dämme häufig mit Lord Hohkinn unterhalten und in ihm einen klugen Gesprächspartner und Gefährten gefunden hatte. Ich, Tauberich, habe meinen Herrn natürlich begleitet und ausreichend Zeit gefunden, die Geschichte von Welkin für die Nachwelt aufzuschreiben.

Prinz Punktum blieb Herrscher der Hermeline und lebte in einer verlassenen Festung aus Holz, die auf einem Hügel mit Blick auf Schreckenburg-Großdummern lag. Er versuchte immer noch, Wiesel herumzukommandieren, doch sie lachten ihn nur aus und rümpften die Nase über ihn. Sein einziger Getreuer, abgesehen von den Wachen, war Pompom, das Hofnarrwiesel. Die beiden verbrachten düstere Stunden miteinander in der Festung, vertieft in die Erinnerung an alte Zeiten – als man noch Spiele mit lebenden Küchenjungen als Kegel und Kammerzofen als Schlagkeulen gespielt hatte. Hin und wieder ließ Pompom den Prinzen – halb neckend, halb mahnend – seine neue aufgeblasene Mäuseblase spüren, nur um den Hermelinherrscher daran zu erinnern, dass die Zeiten wirklich vorbei waren, da er nach Lust und Laune mit Wieseln hatte verfahren können.

Sibiline und Trugkopp verließen Burg Rägen und zogen in wärmere Gefilde. Sie lebten auf einer kleinen Insel vor der Südküste von Welkin mit dem Namen Blakk. Zu ihnen gesellte sich der Otter Flutsch, und gemeinsam gründeten sie eine Modefirma, in der sie Designerklamotten für wohlhabende Hermeline und Wiesel kreierten.

Flutsch schrieb an Grind und fragte ihn, ob ihm an einem Posten als Verkaufsdirektor in ihrem Unternehmen gelegen sei, doch Grind lehnte ab. Er ließ sie wissen, dass er als Verkäufer eher der Hausierertyp war. Tatsächlich gab er seine Stelle als Nachtwächter bald auf und machte sich, bepackt mit Ware, auf Reisen, indem er haarsträubende Geschichten ebenso wie Töpfe und Pfannen in Dörfern und Städten feilbot und allmählich zu einer allgemein bekannten Gestalt in ganz Welkin wurde.

Schließlich war da noch Spinfer, der Hermelindiener, der Trugkopp als Ideenspender gedient hatte, als der Sheriff auf dem Höhepunkt seiner Laufbahn gewesen war. Es ging das Gerücht, Spinfer habe sich der menschlichen Politik zugewandt und betätige sich als Gehirn, das hinter dem einen oder anderen erstaunlichen politischen Schachzug stecke –

obwohl die Menschen, die ihn beschäftigten, sich natürlich nicht zu ihrem Gedankenlieferanten bekannten und darauf bedacht waren, dass er nicht öffentlich in Erscheinung trat. Gewiss ist jedoch, dass er ein recht behagliches Leben führte, dass all seine Bedürfnisse befriedigt wurden und er seine Intrigen und Verschwörungen bis an sein Lebensende weiterspann.

Aus der Feder
von
Tauberich dem Wiesel